LA JOYA DE MEGGERNIE

Kate Danon

Título original: La Joya de Meggernie
Autora: Kate Danon
© Victoria Rodríguez Salido
1ª Edición: Mayo 2017IBSN: 978-1546579472
Portada: Alexia Jorques

A mi familia, que no dudó en acompañarme en uno de los viajes más inolvidables que jamás realizaré. Recorrimos Escocia en busca de paisajes, de experiencias, de sensaciones y de inspiración. Regresamos a casa con un cargamento entero de recuerdos increíbles que nos llenarán el alma y el corazón cuando los evoquemos, porque fue una vivencia única. Y la llama que yo tenía dentro, la de esta historia que vais a leer a continuación, se avivó con el aire de las Highlands, con el verde de sus montañas y el azul de sus lagos, con la magia de sus castillos y la aventura que se respiraba en cada etapa del camino. Solo espero haber sabido plasmar en estas páginas parte de lo que sentí...

PRÓLOGO

Mazmorras de Innis Chonnel, mayo de 1314

El muchacho había vuelto, no lo podía creer.

Ewan Campbell había bajado hasta las mazmorras para verlo con sus propios ojos. Había despedido al guardia que vigilaba la puerta y había entrado en la celda, incapaz de contenerse. Necesitaba estar a solas con él. Necesitaba averiguar la manera de deshacerse de aquel embrujo que estaba consumiendo su mente y su corazón...

Desde niño le habían inculcado que un jefe debía ser fuerte, mostrarse autoritario y saber gobernar a su gente con mano de hierro. Lo habían entrenado con ese propósito. Había vivido todo un infierno a manos de un padre que no consentía la debilidad en ninguno de sus hombres... Menos aún en su propio hijo, aunque solo fuera un niño.

Ewan reconocía, pasados ya aquellos horribles años de su infancia, que lo había soportado gracias a su madre y a su tío Alec. Las dos personas que más le habían querido, las dos únicas personas que habían sabido consolarlo cuando la rígida tutela de su padre, Duncan Campbell, se tornaba insoportable.

Pero ni siquiera ellos habían podido evitar que se le quedara grabado a fuego, bajo la piel, que un buen líder debía ser un auténtico hombre. Un guerrero de conducta admirable, mejor temido que amado, de férrea voluntad y moral intachable.

Y por eso, en aquellos momentos de desconcierto, Ewan Campbell no tenía ninguna duda acerca de lo que opinaría de él su padre si pudiera verlo.

Le diría que no era un buen laird.

Le diría que no era el guerrero que siempre había deseado que fuera.

Le diría que no merecía ser llamado hijo suyo.

Porque, por mucho que intentara negarlo ante sí mismo, Ewan sabía que algo desconocido había despertado en su interior cuando conoció a ese maldito muchacho con cara de duende. Algo que escapaba a su comprensión y a su autocontrol. Algo que le quemaba en las venas, que le hacía añorar cosas que jamás había tenido, que no le permitía cerrar los ojos sin ver detrás de los párpados la imagen que lo torturaba.

¿Acaso estaba volviéndose loco?

Desde que *él* apareció, todo se tornó confuso. Aquel chico enclenque con ojos azules había colapsado su mundo. No había nadie más. No había nada más.

¿Cómo combatir esa pasión arrolladora que se había instalado en su pecho y se había vuelto una auténtica obsesión?

Había intentado alejarse de su hechizo... y casi lo había conseguido. Sin embargo, no contaba con su vuelta. Después de abandonarlo lejos de Innis Chonnel, había tenido la osadía de regresar. No había tenido más remedio que volver a encerrarlo en la mazmorra, aunque tampoco eso había bastado.

Ahora lo tenía delante, tumbado en un rincón de aquella celda, durmiendo, ajeno al caos de sentimientos que se había originado en su interior. A pesar de encontrarse en aquellas lamentables condiciones, envuelto en la húmeda frialdad de aquel agujero, el duende disfrutaba de un sueño que a él le resultaba esquivo.

Se sentó en el suelo y apoyó la espalda contra la pared de piedra, sin poder apartar la mirada de aquel cuerpo delgado. Con un suspiro derrotado, el laird de los Campbell se pasó las manos por el rostro.

Ya no se reconocía a sí mismo, era un fraude para todos los suyos. Si supieran lo que pasaba por su cabeza lo repudiarían. Si sus hombres averiguaran qué era lo que le estaba robando la cordura día a día, lo vilipendiarían sin compasión.

Y no les faltaría razón.

Porque Ewan Campbell, leal servidor del rey Robert de Bruce, orgulloso jefe de su clan, ya no era el ejemplo a seguir por esos guerreros a los que entrenaba para la batalla que se avecinaba contra los ingleses.

Ewan Campbell ya no era ese hombre de conducta y moral intachables que su padre habría querido que fuera.

Ewan Campbell, perseguido por decenas de mujeres, envidiado por los más fieros soldados, había sucumbido ante el embrujo de una criatura de su mismo sexo...

Y se aborrecía por ello.

CAPITULO 1

Desde pequeña, todos le había dicho que era el vivo retrato de su madre. Para la joven Willow era todo un honor que hicieran esa comparación, puesto que Erinn MacGregor había muerto al dar a luz y ella no había llegado a conocerla. Saber que, de alguna forma, su madre se reflejaba en sus ojos azules, en el gesto de su boca al sonreír, en el color oscuro de su largo y sedoso cabello, la confortaba. Era un modo de tenerla cerca, aun cuando nunca hubiera estado a su lado; era su particular y privada manera de conocerla.

Aquel día, el parecido entre ambas era más notorio que nunca. Tal vez por su forma de sonreír, o porque al fin se intuía, bajo aquellas mejillas sonrosadas, el rostro de la mujer en la que estaba a punto de convertirse. A pesar de que acababa de cumplir dieciocho años, resultaba evidente que sus facciones necesitaban madurar un poco más para alcanzar su expresión definitiva.

Su vieja nodriza, Marie, se cruzó con ella por las escaleras y pudo ver lo contenta que estaba su joven señora.

—¿Adónde vas tan eufórica? —le preguntó.

—Tío Gilmer me ha hecho llamar. Quiere darme mi regalo de cumpleaños.

La anciana le sonrió con ternura. No eran buenos tiempos, y cualquier detalle que tiñera de color aquellos días grises en que vivían era bien recibido. La muchacha tenía pocos motivos para celebrar algo, con su padre y uno de sus hermanos ausentes, convocados a la guerra que libraba el rey Robert de Bruce contra los ingleses. La mayoría de los soldados MacGregor había partido con ellos y la joven había quedado al cargo de Niall, el menor de los gemelos, que tenía el cometido de custodiarla y hacerse cargo del clan mientras el auténtico laird, su padre, batallaba contra el enemigo.

Al llegar al gran salón Willow comprobó que su tío ya estaba allí, sentado en la cabecera de la larga mesa mientras su ama de llaves, Rhona, le servía una copa de vino. La mujer levantó la vista y le dedicó una sonrisa sincera. Se encaminó hacia ella y le habló antes de retirarse.

—Hoy está de muy buen humor. Creo que el regalo le hace más ilusión a él que a vos —le susurró con complicidad.

Willow le devolvió la sonrisa, encantada. Rhona siempre le había gustado, era una mujer atenta y cariñosa que llevaba al cargo de Landon Tower desde que tenía memoria. Las malas lenguas decían que tanta entrega y dedicación en su trabajo se debía a que estaba enamorada en secreto del señor de aquel castillo. Willow no veía nada de malo en ello, todo lo contrario. Tío Gilmer no se había casado nunca y, si Rhona había decidido amarlo, no hacía mal a nadie.

—Me alegro de que esté feliz —contestó ella, apretando una de las manos del ama de llaves con cariño—. Entre todos haremos que vuelva a ser el hombre que era.

Una sombra de tristeza cruzó entonces por la cara de la mujer.

—Será complicado, mi señora. Nadie vuelve a ser la misma persona cuando los dientes de esta guerra cruel te muerden el corazón.

Willow tragó con dificultad el nudo que se le había formado en la garganta al escuchar su tono. No era solo por la desgracia que había sufrido tío Gilmer. El único hijo de Rhona, de apenas dieciséis años, había muerto en batalla defendiendo la causa del rey Bruce. La abrazó en un gesto espontáneo, sin saber de qué otra manera trasmitirle lo mucho que lamentaba su pérdida. Willow no podía imaginarse su angustia y su dolor, y quiso reconfortarla.

—Lo siento tanto... Le tenía mucho aprecio a Connor, era un muchacho muy valiente —musitó mientras la abrazaba.

Rhona se mostró azorada por la muestra de cariño y permaneció muy tiesa hasta que Willow se separó.

—Era valiente y el mejor de los hijos —corroboró, con los ojos empañados. Después, se los limpió con un par de manotazos y compuso de nuevo su amable sonrisa—. Pero hoy no hay que hablar de penas, sino de alegrías. Vuestro tío ya estará impaciente por daros el presente que ha preparado con tanta ilusión. Os dejo con él.

Dicho lo cual, continuó su camino y Willow se quedó a solas con el señor de Landon Tower.

—Vamos, acércate, ¿tantas cosas tienes que hablar con Rhona? —la llamó.

—Ya voy.

Mientras se acercaba, la excitación por descubrir cuál sería su regalo borró toda preocupación de su mente por unos instantes. No había sido un buen año; demasiadas ausencias y demasiadas penas como para disfrutar de su cumpleaños. Solo por eso, no podría agradecer más el detalle que había tenido tío Gilmer con ella.

Se sentó a su lado, incapaz de mantener la compostura. Los dedos le temblaban de emoción y sus ojos contemplaron con deleite el tamaño y la forma de aquel enorme paquete envuelto con una tela de lino blanco, adornado con una cinta carmesí que lo rodeaba con una perfecta lazada. Gilmer lo empujó hacia ella con su única mano. Willow trató de no dirigir la mirada al otro brazo, donde un muñón reemplazaba la extremidad que había perdido en el campo de batalla.

Aquella era la causa de que Niall y ella hubieran abandonado Meggernie, su hogar, y se encontraran en Landon Tower, la fortaleza de su tío. Ambos lo querían demasiado como para dejarlo solo en un momento así y, tal y como le había confesado a Rhona momentos antes, Willow esperaba que su presencia sirviera para que el guerrero volviera a ser el hombre que conocían, a pesar de que aquella desgracia le marcaría ya por siempre.

En realidad, Gilmer Graham no era su tío de sangre. Era amigo de su padre desde que tenía uso de razón y, tanto para ella como para sus hermanos, era uno más de la familia. Cuando le cortaron la mano en la batalla de la reconquista de la isla de Man, el rey Bruce lo liberó de la obligación de luchar contra los ingleses. Para el guerrero, su mutilación y su posterior licencia del ejército escocés había supuesto un duro golpe. Cuando Niall y Willow recibieron la mala noticia, acudieron a Landon Tower prestos a darle todo su apoyo.

Niall lo comprendió mucho mejor que ella, puesto que el muchacho había sido excluido de la batalla solo porque Malcom, su hermano gemelo, había asomado la cabeza al mundo dos minutos antes que él. Willow sabía que Niall anhelaba acudir al frente junto a su padre y servir al rey Bruce como otros muchos jóvenes, y estaba convencida de que si ella no existiera, su hermano habría podido cumplir con los dictados de su honor y patriotismo.

—¿No vas a abrirlo?

La voz grave de Gilmer sacó a Willow de sus cavilaciones y lo miró, con una sonrisa. Sintió una oleada de cálido agradecimiento por aquel hombre, no podría quererlo más de haber sido su auténtico tío. Se fijó en las ojeras que ensombrecían su mirada gris y lamentó que la suerte le hubiera sido tan esquiva. No merecía lo que le había ocurrido y las consecuencias de aquel infortunio le estaban pasando factura. Su cabello, siempre oscuro y brillante, largo hasta los hombros, lucía ahora múltiples hebras plateadas. En el rostro despejado y bien afeitado aparecían ahora arrugas que antes no estaban. Aun así, el conjunto, con la nariz algo chata y los labios finos y elegantes, dotaba a su rostro de cierto atractivo. Willow se preguntaba por qué nunca se había casado o por qué, dado que conocía los sentimientos que le profesaba Rhona, no había hecho pública la relación que mantenía con su ama de llaves y que era un secreto a voces dentro de los muros de aquella fortaleza. Incluso se decía que Connor, el muchacho que había dado a luz Rhona a pesar de no tener un esposo, era hijo del laird Graham. Tío Gilmer jamás lo había reconocido y jamás había confesado que mantuviese relaciones con alguna mujer. Pero en fin, se dijo Willow, aquel tema no era de su incumbencia y no le tocaba a ella opinar al respecto...

Con dedos temblorosos, tiró de la lazada que adornaba el paquete y lo desenvolvió conteniendo el aliento. Cuando retiró la tela blanca, descubrió un precioso vestido de seda color celeste y se llevó una mano a la boca para ahogar una exclamación.

—Tío Gilmer..., es maravilloso —susurró, con lágrimas en los ojos.

Desplegó la prenda y se puso en pie. La colocó sobre su cuerpo acariciando la suavidad de la tela, admirando los bordados de las

14

mangas y del escote en color dorado. Era el vestido más increíble que había tenido nunca.

Cuando levantó la vista, descubrió que los ojos de su tío también estaban empañados por la emoción.

—Quiero que te lo pongas para la fiesta que pienso dar en tu honor —le pidió.

Willow asintió y se acercó para depositar un suave beso en su mejilla. Él inspiró con fuerza cuando se inclinó sobre su rostro... Pobre tío Gilmer, seguramente no quería que se le escaparan las lágrimas que ella había intuido ocultas tras aquella mirada colmada de amor.

—Gracias por este regalo increíble. Y gracias por organizar esa fiesta, aunque mi cumpleaños ya haya pasado. Ahora, ¡voy a enseñárselo a Niall!

La muchacha salió corriendo del gran salón, tan contenta que no podía contener su excitación. Solo le faltaba una cosa para ser completamente feliz: que su padre y Malcom pudieran estar con ella cuando brindaran por sus recién cumplidos dieciocho años. Sabía que no podía ser y, aunque su ausencia mitigaba la ilusión que crecía en su interior ante la perspectiva de aquella celebración, no podía negar que anhelaba que llegara el día de la fiesta. En esos tiempos era todo un lujo que su tío Gilmer organizara una cena por todo lo alto en su honor. Willow, que ya había adquirido las nociones básicas para la administración de los gastos de su propio clan, no ignoraba que las arcas de casi todas las familias escocesas habían mermado de manera alarmante con la guerra. Los impuestos del rey para sufragar los gastos de su campaña eran elevados y los clanes notaban la falta de recursos. La fiesta no iba resultar excesiva ni lujosa, pero no por ello dejaba de ser emocionante.

Subió de nuevo la escalera de piedra hasta alcanzar el piso superior, donde se ubicaban los aposentos de Landon Tower. La alcoba de Niall estaba junto a la suya, y tal era su entusiasmo por mostrarle su regalo, que entró sin llamar y sin pedir permiso.

—¡Niall, mira lo que...! —La frase murió en sus labios antes de terminarla. Willow se quedó parada en la puerta, extrañada al encontrar a su hermano sentado en la cama, inclinado hacia delante, con los codos apoyados en las rodillas y las manos sujetándose la cabeza. Sobre la cama, a su lado, había una carta. Un horrible presentimiento la invadió al comprender que aquella misiva podía contener noticias del frente, de su padre o de Malcom. ¿Les habría ocurrido algo grave? ¿Por eso Niall parecía tan abatido?

—Willow —dijo su hermano, levantando la vista hacia ella, azorado por haber sido descubierto en esa postura.

—¿Qué pasa? ¿Se trata de padre? ¿Es Malcom?

Niall se levantó de la cama y acudió a su lado de dos zancadas para abrazarla. El precioso vestido resbaló de sus manos al suponer que su hermano trataba de consolarla por anticipado. Su corazón se encogió de incertidumbre y dolor.

—No, tranquila. Están bien. Los dos están bien...

La joven soltó el aire que no sabía que estaba reteniendo cuando escuchó aquellas palabras. El alivio fue tan intenso que se mareó, aunque por suerte Niall aún la sujetaba entre sus brazos.

—Entonces, ¿qué te pasa?

—Debemos partir de inmediato hacia Meggernie.

Toda la ilusión se le heló de golpe en las venas. Niall no podía estar diciendo lo que ella imaginaba.

—Pero la fiesta... ¡es mañana! ¡No podemos marcharnos! ¿Qué ha ocurrido?

Niall se separó de ella, pero la mantuvo sujeta por los hombros y la miró con gesto grave.

—Sé que deseabas celebrar tu cumpleaños con tío Gilmer, pero no va a poder ser. Ya he dado orden de que preparen nuestras cosas, partiremos en cuanto estés lista.

Willow movía la cabeza, negándose a aceptar sus órdenes.

—¿Por qué? ¿Por qué tenemos que salir corriendo? ¿Ha pasado algo en Meggernie?

La joven miró hacia la cama, donde el papel que había visto al entrar parecía cobrar de pronto un nuevo protagonismo. Sin duda, algo de lo que había allí escrito había alterado a su hermano y le obligaba a tomar la drástica determinación de volver a casa.

16

Niall la contempló con el semblante más serio que jamás le había visto. Su hermano nunca había tenido dificultad para hablarle y explicarle las cosas, pero estaba claro que en esa ocasión le estaba costando encontrar las palabras adecuadas.

—Confía en mí —fue lo único que pudo decirle—. Es de suma importancia que regresemos.

—Pero...

—Willow, no me lo pongas más difícil y obedece. Por favor.

El ruego final no atenuó el impactó que causó en ella el tono autoritario de su hermano. Apenas lo reconocía. Jamás le había hablado así, jamás se había sentido tan pequeña delante de él como en ese momento. Las lágrimas acudieron a sus ojos, tanto por la impotencia que sintió como por no recibir de Niall la cortesía de una mínima explicación. ¿Acaso pensaba que ella era incapaz de comprender las cosas? Si había sucedido algo grave, estaba preparada para afrontarlo.

Dolida, recogió su vestido del suelo y se dio la vuelta para marcharse. Solo esperaba que, cuando Niall le comunicase a tío Gilmer su decisión de abandonar Landon Tower, el guerrero fuera lo suficientemente convincente como para hacerle cambiar de opinión.

CAPITULO 2

El viaje de vuelta a Meggernie resultó triste para Willow. Nadie pudo persuadir a Niall para que se quedaran en Landon Tower hasta después de la fiesta e incluso, después de que Marie hablara con él, la vieja nodriza pareció ponerse de su lado. La muchacha se había despedido de Gilmer con lágrimas en los ojos y el guerrero la abrazó con emoción contenida. Hubiese querido que los MacGregor se quedaran más tiempo y, al igual que le ocurría a Willow, tampoco entendía las repentinas prisas de Niall. El veterano guerrero no se encontraba en su mejor momento y los necesitaba; había puesto mucha ilusión en aquella fiesta para su sobrina, era uno de los pocos alicientes que le quedaban. Que el joven MacGregor hubiera decidido marcharse, así sin más, tan de repente, suponía un duro revés en su ánimo.

Y Willow se encontraba en el medio de ambos hombres, confusa, molesta y dolida. Aquella situación la tenía tan desconcertada que no había dirigido la palabra a su hermano desde que abandonaran la fortaleza. Él tampoco se mostraba deseoso de entablar conversación, pues se había puesto al frente de la comitiva y les hacía avanzar a un ritmo mucho más rápido de lo normal.

Cuando el sol se puso se dio cuenta de que habían recorrido, al menos, la mitad del trayecto. Tenía el trasero dolorido y la espalda le daba pinchazos, pero no se había quejado ni una sola vez. Que Niall ordenara el alto para acampar y pasar la noche fue todo un alivio. Su nodriza, que a pesar de su edad seguía montando a caballo, se puso a su altura para comprobar que estaba bien.

—¿Qué tal tu espalda?

—No estaría bien que me quejara, Marie, teniendo en cuenta que me triplicas la edad y tú no has abierto la boca en todo el trayecto.

—En otras circunstancias lo habría hecho, no te quepa duda.

Willow la miró, arqueando una ceja.

—¿Y en qué circunstancias nos encontramos, exactamente?

La anciana, al darse cuenta de que los soldados empezaban a desmontar para preparar el campamento, hizo lo mismo y esquivó la pregunta de su joven señora. Lady, la yegua de Willow, se movió nerviosa, indicándole a su ama que también ella necesitaba descanso. Le palmeó el cuello con cariño antes de apearse y encaminarse hacia la zona donde los hombres MacGregor ya estaban montando las tiendas donde se refugiarían para dormir, alrededor de una gran fogata que ayudaría a combatir el frío de la noche.

Ella misma se encargó de Lady, como llevaba haciendo desde que su padre le enseñó. Cuidar de su yegua y cocinar eran las únicas tareas que le permitían realizar en su hogar dado que, para todo lo demás, siempre tenía a alguien detrás haciéndolo por ella. Cuando su tienda estuvo lista, cogió sus mantas de dormir y se reunió con Marie. Daba igual que ya hubiera cumplido los dieciocho años; para la anciana, Willow siempre sería su niña y nunca se perdía el ritual de acostarla, aunque no estuvieran en su hogar.

—Antes no me has contestado —le reprochó, mientras estiraban las mantas en el interior de la tienda—. Tú sabes lo que le ocurre, ¿verdad?

Marie la miró y sus ojillos marrones refulgieron con la escasa luz de la fogata que se colaba por la tela. A pesar de ser bastante mayor, la mujer rebosaba vitalidad y energía. Sus dedos nudosos alisaron las arrugas de las mantas y luego palmeó la superficie para que se acomodara. Willow obedeció y se puso de espaldas a ella para que le deshiciera el peinado, como cada noche. Marie comenzó a hablar mientras sus manos trabajan desenredando los largos y oscuros mechones de su cabello.

—Tu hermano está preocupado, nada más. Pero todo irá bien.

—¿De verdad no me vas a decir lo que pasa?

—No me lo ha dicho —reconoció la mujer, con un suspiro—. Aunque presiento que no tardaremos en averiguarlo. Vamos a darle tiempo, mi niña, porque, sea lo que sea, se le veía bastante afectado.

20

—Entonces, si no te ha contado lo que ocurre ¿de qué habéis hablado? —Willow se giró para mirarla a la cara. Marie no solía mentirle, pero quería asegurarse.

—Me ha pedido algo. Espero no tener que hacerlo nunca, pero, llegado el caso, lo haré.

En aquella penumbra, el bello rostro de Willow se mostró confuso y aturdido.

—¿Qué te ha pedido?

—Algo que me romperá el corazón —contestó Marie, obligándola a girar de nuevo la cabeza para trenzarle el cabello.

No le quiso decir más y la joven se dio por vencida. Era consciente de que no había nadie más testaruda que su Marie, y si no quería hablar, no lo haría. Era la única madre que conocía, puesto que cuando la suya murió en el parto, Ian MacGregor había confiado en la nodriza para criarla. Después de su padre y sus hermanos, era la persona a la que más amaba en el mundo. Sus palabras no hicieron sino acrecentar el desasosiego que la acompañaba desde que habían salido de Landon Tower.

—Ya está. Vamos a cenar algo y después nos dormiremos. Tenemos que descansar lo que podamos, imagino que tu hermano querrá partir en cuanto amanezca.

Marie salió de la tienda y regresó al poco con algo de comida para las dos. Willow apenas probó bocado, tenía el estómago cerrado. Dejó el plato a un lado para acostarse sobre las mantas y cerró los ojos, intentando seguir la recomendación de su nodriza. Pero imposible. Dio unas cuantas vueltas y supo que no conseguiría dormir, su cabeza era un hervidero de dudas y preocupaciones. El único que podía aplacar esa angustia era su hermano, pero después de no dirigirle la palabra en todo el día no se sentía con valor para abordarlo.

Sabía que no había obrado bien. Se había comportado como una chiquilla caprichosa, enfurruñándose a pesar de ser plenamente consciente de que Niall jamás haría nada para perjudicarla. Se revolvió sobre las mantas y miró a Marie, tendida a su lado. Al contrario que a ella, el sueño la había atrapado con rapidez después de la larga jornada de viaje. Giró entonces la cabeza hacia la rendija abierta de la entrada de la tienda y se entretuvo observando el ir y venir de los soldados MacGregor en el campamento. Sus ojos buscaron a Niall entre los rostros de los guerreros, percatándose de que no lo había visto sonreír desde el día anterior. En una persona como él, a quien siempre le brillaban los ojos y que solía mostrar a todo el mundo su cara más amable, resultaba inquietante.

Fue justo entonces cuando comprendió que Niall soportaba una carga demasiado grande y que ella, en su egoísmo, no había hecho absolutamente nada para ayudarlo. Se había enfadado con él por no querer compartir su preocupación, y solo ahora, al encontrarlo por fin sentado frente al fuego, con el rostro angustiado, se daba cuenta de que tal vez solo tenía que apoyarlo, hacerle ver que ella estaba allí para respaldarlo por muy negras que se pusieran las cosas.

Decidida, se levantó y se arrebujó en el manto con los colores de los MacGregor antes de acercarse al lugar donde descansaba Niall.

—¿Qué haces todavía despierta? —preguntó él en cuanto la vio llegar, tiritando de frío.

—Tú también estás despierto.

—Yo tengo muchas cosas en las que pensar —le dijo, con la mirada perdida en las llamas.

Willow se sentó a su lado y apoyó la cabeza en su hombro. Notó el calor que envolvía el cuerpo de su hermano y el agradable olor que siempre desprendía y que le recordaba a casa.

—Perdóname, Niall.

El susurro afligido de la joven atrajo su atención. Los ojos enormes y azules de Willow estaban al borde de las lágrimas.

—¿Perdonarte? Tú no has hecho nada, Willow.

—Por eso mismo. Tenía que haberte apoyado y, en lugar de eso, me he enfurruñado como una niña pequeña. He dejado que mi egoísmo y mi frivolidad se adueñaran de mi ánimo, en lugar de preguntarte cómo podía ayudar.

—Es normal que te disgustaras por perderte la fiesta. —Niall la apretó contra sí—. Créeme, lamento haberte sacado de Landon Tower con tanta premura, te mereces esa celebración y mucho más.

Willow tragó saliva ante esa afirmación tan apasionada y contempló con amor el rostro de su hermano. Siempre le había parecido muy guapo, incluso más guapo que Malcom, y eso que ambos poseían las mismas facciones. Tenía el pelo moreno igual que ella y cada vez que sonreía se le marcaba un hoyuelo en la mejilla izquierda. Sus ojos eran azules también, aunque más rasgados y menos redondos que los suyos. A pesar de ser muy alto y con hechuras de guerrero, su aspecto no era intimidatorio. Niall era muy especial; era, de los tres, el más risueño y al que más cariño le tenían todos en Meggernie. No era para menos. Amable y con un corazón generoso, conocía la naturaleza de las personas y sabía ganarse la confianza de los que le rodeaban. Willow siempre podía contar con él, para que la hiciera reír, para que la escuchara, para que la abrazara cuando echaba tanto de menos a la madre que no había conocido, que le dolía el pecho al respirar.

Malcom no era como él. La quería, de eso no tenía ninguna duda, pero no congeniaba con ella tan bien como Niall. Malcom era más serio, mucho menos sentimental y más pragmático para todo. No era un soñador, no se reía de cualquier cosa y no bailaba nunca en las fiestas. Era un guerrero feroz, eso sí, y era tal vez lo único en lo que podía considerarse algo superior a Niall. Ambos hermanos eran excepcionales con la espada, pero Malcom era un poco más fuerte, lo que le daba cierta ventaja cuando se enfrentaban entre ellos. Sabía que su padre la había dejado al cargo de Niall porque él la comprendía mucho mejor que el bruto de Malcom, pero a veces se preguntaba si su hermano había estado de acuerdo con esa decisión, y si no preferiría estar en el frente en lugar de hacer de niñero, soportando las tonterías de una jovencita que dramatizaba por no poder disfrutar de una simple celebración.

—Me da igual la fiesta, Niall —le dijo, cuando pudo deshacerse del nudo que le apretaba en la garganta al pensar en esa posibilidad—. Lo que de verdad siento es causarte tantas molestias. Sé… sé que si no fuera por mí, ahora estarías con padre y con Malcom en el campo de batalla. Sé que lamentas no poder servir a tu patria como desearías y siento ser la culpable de que te hayas tenido que quedar.

23

—¿Crees que eres la culpable de que padre me haya dejado al cargo de Meggernie… y de ti?

—Sé que te gustaría estar con ellos y no puedes, porque estoy yo.

Niall movió la cabeza en un gesto incrédulo.

—Willow… —Le acarició la cara con cariño antes de seguir hablando—. Por supuesto que me gustaría ayudar y servir a nuestro rey, pero alguien tenía que quedarse al frente del clan. No lamento estar aquí contigo, ¿cómo puedes pensarlo siquiera? ¿No sabes que, para mí, tú eres lo más importante?

—¿De verdad?

—Eres mi pequeña, la joya de Meggernie. Padre sabía que yo era el más idóneo para cuidarte… Malcom te habría vigilado como un halcón, estoy seguro, y no habría dejado que nada malo te ocurriera. Pero ¿acaso habría consentido que lo visitaras en mitad de la noche para contarle una de tus pesadillas? Si despertaras a Malcom para semejante tontería, te lanzaría una almohada a la cara y te echaría de su alcoba a voces. Padre sabía que yo, por el contrario, te abrazaría e iría a buscarte un tazón de leche tibia para que pudieras volver a conciliar el sueño.

—Entonces, ¿no sufres por tener que hacer de niñero?

—De ningún modo. —Niall suspiró y buscó su mano para expresarle con un apretón todo lo que tenía dentro y no tenía tiempo de poner en palabras—. Lo único que me pesa es que mi valía sea insuficiente para protegerte.

—No comprendo lo que quieres decir. ¡Tú eres un guerrero formidable! No podría tener mejor escolta.

Niall la miró entonces de una forma extraña. La joven nunca había visto ese brillo de preocupación en su mirada y una molesta desazón hizo presa en su ánimo.

—Te protegeré con mi propia vida, nunca lo dudes —le dijo, antes de llevarse el dorso de su mano a los labios para besarla.

—¿Qué ocurre, Niall? ¿De qué tienes miedo? —preguntó ella con un hilo de voz—. ¿Ha sucedido algo malo en Meggernie, es eso?

Niall cogió aire y lo soltó despacio. Se mantuvo en silencio tanto tiempo que la joven pensó que no le contestaría; pero lo hizo.

—No. Pero podría suceder… —Se separó de ella y volvió a fijar la vista en las llamas de la fogata—. Escucha, no es momento de hablar de esto. Debemos descansar, mañana hemos de partir con las primeras luces y llegar a casa cuanto antes. He de preparar el castillo, debo reunir a todos los hombres que pueda.

—¿Temes algún ataque?

—Siempre temo que nos ataquen. Pero ahora, con la mayoría de nuestros soldados en el frente, me parece que estamos más expuestos que nunca.

Ella lo miró con una expresión interrogante, sin comprender nada. Su hermano le acarició el brazo tratando de tranquilizarla.

—Te lo contaré todo, te lo prometo. Pero no aquí, no ahora. Mañana, cuando no me sienta tan vulnerable, cuando estemos entre los muros de nuestro hogar, cuando tú estés a salvo, hablaremos.

Willow advirtió el miedo que teñía el tono de Niall. Era lógico que quisiera llegar cuanto antes a Meggernie, puesto que allí gozaban de las defensas de la fortaleza y de la protección del resto de los pocos hombres que les quedaban. ¿De qué se había enterado Niall? ¿Qué decía esa carta que ella había visto sobre su cama esa misma mañana? ¿Quién querría atacar su hogar, abusando de su clara desventaja al tener sus fuerzas mermadas? La joven no se dio por vencida e insistió para que su hermano le confiara sus temores.

—¿De quién se trata, Niall? ¿Quién podría querer hacernos daño? Hace mucho que padre firmó la paz con los Stewart, y tampoco sabemos nada de los Campbell desde hace años.

Niall zanjó la conversación levantándose para acompañarla de regreso a su tienda.

—Mañana, te lo prometo. Tienes que descansar y no quiero que lo que tengo que contarte te quite el sueño.

—De todas maneras no podré dormir —se quejó ella.

—Claro que sí. Ya lo verás, yo estaré ahí, justo enfrente, vigilando para que nada malo te pase. —Le cogió la cara entre las manos y la besó en la frente—. Hasta mañana, pequeña.

Willow se acostó en sus mantas y le observó regresar a su lugar frente al fuego. Se quedó mirándolo, lamentando que no le hubiera permitido permanecer a su lado. No quería ser una carga para él, quería ayudar, pero sabía que Niall aún la veía como a una niña a la que tenía que cuidar como cuando eran críos. Él pensaba que ocultándole los problemas la protegía, pero no era así. Ya hacía mucho que se había dado cuenta de que nada se solucionaba ignorando los males del mundo. Y aunque los habitantes de Meggernie, empezando por Niall y Marie, se empeñaran en mantenerla a ella en una burbuja, Willow comprendía que no le hacían ningún favor.

La joya de Meggernie, ese era su mote. El propio Niall se lo había puesto siendo niños y a su padre le encantó. Decía que Willow brillaba con luz propia, como un zafiro, y que iluminaba los corazones de todos los habitantes de la fortaleza con el azul mágico de sus ojos y su sonrisa. Después de la muerte de su madre, a la que todos adoraban, la pequeña Willow era un rayo de esperanza que encendía la alegría de quienes la conocían. Era el tesoro de su gente, algo preciado y precioso, aunque a ella ese título la incomodaba algunas veces.

Como en esa ocasión.

¿Por qué nadie le decía qué estaba pasando? ¿Por qué Niall era tan cabezota? Podía ayudar, podía dar su opinión, podía aportar soluciones. Pero no. Era mejor mantenerla al margen, en la ignorancia, en su eterna urna de cristal.

Deseó, de todo corazón, que su hermano cumpliera su palabra y que, en cuanto estuvieran en Meggernie, le contara lo que sucedía. Con ese pensamiento en la cabeza, poco a poco, se fue quedando dormida.

CAPITULO 3

Para su consternación, las cosas no mejoraron cuando llegaron a su hogar. Niall se mostró más esquivo que nunca y sus tareas como máximo responsable de la fortaleza lo absorbieron de tal modo, que la joven estuvo dos días sin cruzarse con él.

Los soldados MacGregor estaban cada vez más nerviosos, y Errol, el segundo al mando ahora que ni su padre ni Malcom se encontraban allí, ayudaba en todo lo posible a Niall para que la situación no se volviera insostenible. Willow intentó hablar con él, dado que con su hermano era imposible, pero no tuvo más suerte que Marie cuando lo había interrogado. El hombre las esquivó a ambas alegando que tenía mucha tarea por delante y que era imperativo cumplir las órdenes que Niall les había dado a todos sus guerreros.

La joven comenzó a desesperarse.

Se estaba cansando de que todos corrieran de un lado al otro del castillo con cara de alarma sin explicarle nada. Decidió que si su hermano no hablaba con ella esa misma noche, acudiría a su alcoba y no lo dejaría dormir hasta que le confiara el problema.

Sin embargo, Niall no acudió al salón a la hora de la cena. Willow tuvo que conformarse con la compañía de Marie y algunas de las esposas de los guerreros que habían partido al frente junto con su padre. Las damas comentaban que todos los soldados de Meggernie parecían nerviosos y se respiraba en el ambiente el preludio de una tragedia. Sus agoreros comentarios pusieron la piel de gallina a Willow y le agriaron la comida, mas no pudo reprenderlas. Ella sentía lo mismo y estaba muy preocupada. Ni siquiera la suave música del laúd que pretendía amenizar la velada lograba distraer a las mujeres de aquel desasosiego.

Sus temores se hicieron realidad mucho antes de lo esperado, porque poco después de que les sirvieran el postre, su hermano irrumpió en el salón seguido por varios de sus hombres, con el rostro en tensión.

—Meggernie está siendo atacado.

La frase cayó sobre todas ellas como un caldero de agua hirviendo. Saltaron de sus sillas y se aproximaron a él, acribillándolo a preguntas que rezumaban pánico. Niall pidió calma con las manos, incapaz de entender una sola palabra de lo que barbotaban sus voces histéricas.

—¡Por favor, silencio! —les pidió—. Necesito que vayáis a por los niños y os refugiéis en los sótanos hasta que pase el peligro.

—¿Quién nos ataca?

—¿Qué está pasando?

—¿Por qué? ¿Qué quieren de nosotros?

Las mujeres siguieron preguntando como si no lo hubieran escuchado.

—Haced lo que se os dice, os lo ruego.

—Niall, ¿qué... qué está ocurriendo? —Willow se sumó al nerviosismo general, consciente de que su hermano ya había previsto aquel ataque.

Y no le había contado nada al respecto.

Los ojos azules del joven guerrero se posaron sobre los suyos y a ella le recorrió un escalofrío por la espalda ante el funesto presentimiento que la embargó. Vio que los labios de su hermano se separaban para contestar, pero los gritos de Errol, en la puerta del salón, llamaron su atención.

—¡Niall! ¡Han entrado, están dentro! ¡Alguien ha debido facilitarles el acceso desde el interior!

Las mujeres exclamaron de horror y salieron corriendo para cumplir las órdenes de Niall, cuyo rostro se había desencajado ante la noticia. Se volvió hacia Willow y la cogió de las manos.

—Ve con Marie y haz lo que ella te pida. Apenas hemos tenido tiempo...

—¡Niall, te necesitamos, deprisa! —lo apremió Errol.

—Niall... —susurró Willow, con un hilo de voz, abrazándose a su hermano con desesperación.

—No hay tiempo —le escuchó decir, antes de besarla en la frente—. Prométeme que harás lo que Marie te diga, promételo.

Le acunó la cara entre sus manos y ahondó en sus ojos, esperando su respuesta.

—Te lo prometo.

—Buena chica. —Niall la miró con intensidad, volvió a besarla en la frente y, antes de separarse de ella, articuló con voz ronca—: Te quiero, no lo olvides nunca.

Se alejó después para unirse a Errol y los demás y desapareció de su vista tan rápido que Willow creyó que había soñado esa despedida. No tuvo tiempo tampoco de asimilarla, porque la mano huesuda de Marie atrapó la suya y tiró de ella hacia las escaleras que daban acceso al piso superior.

—¡Pero Niall ha dicho que nos refugiemos en el sótano! —protestó.

—No, tú no. ¿Qué te ha pedido? Que hagas lo que yo te diga. Sígueme.

Corrieron por el pasillo que iba a parar a la habitación principal del castillo, la que ocupaba el laird, su padre. Los ruidos de batalla llegaban hasta allí, espeluznantes y aterradores.

El corazón de Willow latía desaforado, muerto de miedo por lo que estaba ocurriendo.

—Dios Todopoderoso, Marie. ¿Qué está pasando? ¿Qué sabes, qué te ha contado Niall? ¿Quién nos ataca?

—Lo único que me reveló tu hermano es que debía ponerte a salvo. Vamos, no te entretengas, no hay tiempo que perder.

Entraron en la habitación del señor, Ian MacGregor, y Marie atrancó la puerta para que nadie pudiera abrirla. Willow miró a su alrededor con ojos asustados, sin comprender lo que hacían allí.

—¡Rápido, quítate la ropa!

—¿Qué?

Marie no le contestó. Buscó en el interior del arcón que había a los pies de la cama y sacó un hatillo y unas ropas que podían haber pertenecido a cualquiera de los sirvientes de Meggernie.

—Tienes que huir, mi niña. Y nadie debe saber quién eres... Venga, ponte esto.

Los ojos de Willow se llenaron de lágrimas ante el tono definitivo de la nodriza.

—No me iré. Quiero quedarme aquí, contigo, con Niall. Todo saldrá bien, tenemos buenos guerreros, pueden ganar. No... no me iré.

La anciana se giró hacia ella y le colocó las manos en los hombros, mirándola con severidad.

—¡Sí te irás! Niall está ahí abajo, dando su vida para protegerte. Le prometí ponerte a salvo, y antes que a él, le juré a tu padre que cuidaría de ti mientras él luchaba en el frente. Así que sí, te irás, huirás y harás lo que yo te diga. —La mujer cogió aire y sus ojos se suavizaron antes de proseguir—. Te dije que se me iba a partir el corazón... puedes creer que a mí me duele más que a ti. Por favor, quítate el vestido y ponte esa ropa.

Willow se limpió las lágrimas que caían sin control por sus mejillas. Asintió con la cabeza y se dio la vuelta para que Marie la ayudase a desabrochar las cintas de su espalda. No discutió más, porque se lo había prometido a Niall y sabía que no había tiempo que perder. Además, tratar de disuadir a su nodriza era inútil. Aquella leal sirvienta se dejaría matar por el más sanguinario de los guerreros antes que incumplir una orden de su laird o, en su defecto, del hijo que este había dejado al cargo del clan.

Mientras Willow se deshacía del vestido, un fuerte estruendo les llegó desde la planta inferior del edificio. Un muro había caído, y los golpes de los muebles contra el suelo y las paredes anunciaban que la lucha estaba ya en el interior del castillo.

—Tengo miedo por Niall —confesó.

—Tu hermano sabe cuidar de sí mismo. Además, tiene a Errol, que le protegerá las espaldas. Vamos, apresúrate, pueden llegar aquí arriba en cualquier momento.

Marie terminó de vestirla con las ropas harapientas de sirviente y la instó a sentarse en un pequeño taburete de madera, colocándose a su espalda. De reojo, Willow vio cómo la mujer sacaba una daga muy afilada del hatillo de ropa que había traído consigo y sospechó lo que iba a hacer. El pánico la recorrió de pies a cabeza. Intentó levantarse para resistirse, pero Marie la retuvo sujetándola por un hombro. No fue tanta la fuerza que aplicó en el gesto, pero bastó para que la joven comprendiera que no había más opción.

Con manos hábiles, Marie recogió toda su melena oscura, que casi le llegaba a la cintura, y la elevó en el aire. Sin un titubeo, movió la hoja del cuchillo con precisión y le cortó el pelo con increíble habilidad, retocando luego algunos mechones para darle el aspecto que luciría un muchacho cualquiera.

Willow sorbió sus lágrimas antes de pasarse las manos por la cabeza. Su melena, su preciosa y suave melena... Aunque aquel cambio de imagen fuera necesario, era muy duro para una joven deshacerse así de uno de sus atributos más atractivos.

—¿Realmente era necesario? —se quejó.

La anciana suspiró con tristeza, pero no perdió tiempo en consolarla. Era una chiquilla y no comprendía que lo que estaban haciendo era lo único que podía salvarla de un destino incierto. Se aproximó a la chimenea y manchó sus manos con hollín.

—Tu hermano tenía muy claro que debías pasar inadvertida —le explicó.

Sin darle tiempo a reaccionar, pasó las manos sucias por el rostro de Willow, ocultando sus rasgos y camuflando aún más su condición femenina. No contenta, le tiznó también el cuello de piel cremosa y lo poco que asomaban sus brazos por la enorme camisa de hombre que se había puesto.

—Ya está. Vamos, no perdamos más tiempo.

Marie le colocó en los brazos el hatillo que ella misma había preparado y luego fue hasta el enorme tapiz que colgaba de una de las paredes de la habitación. Apartó la gruesa tela y descubrió una pequeña portezuela de madera con una cerradura. Se sacó una llave que llevaba colgada del cuello y la abrió.

—Tienes que huir por aquí —le dijo.

Willow se asomó y arrugó la nariz.

—Huele a humedad y a moho. Y está muy oscuro —protestó.

—Tonterías. Tú eres valiente, esto no supone ningún reto para ti.
—La mujer atrapó la cara de su niña entre sus huesudas manos—.
Escucha, en el hatillo llevas comida, agua, una muda de ropa y algunas monedas. Hay, además, una carta que tu hermano me dio para ti. Yo no sé leer, y él no me ha contado lo que pone, pero seguro que será muy reveladora.

El corazón de Willow latió más deprisa al escucharla. ¡La carta! ¿Sería la misma que Niall leía en Landon Tower cuando decidió que se marcharan de allí? Sus dedos aferraron el hatillo con impaciencia, pero no había tiempo de ponerse a leer.

—Marie... ¿qué haré? ¿Adónde iré? ¿No te ha dicho Niall nada más? ¿Cuándo debo regresar?

La mujer la abrazó con fuerza antes de darle las últimas instrucciones.

—No debes volver, no debes confiar en nadie. Niall irá a buscarte, él sabrá cómo encontrarte. Y si... —la voz de Marie se quebró, sin saber cómo pronunciar las siguientes palabras—. Si Niall no pudiera ir, si algo le ocurriera, debes esperar a que sea Malcom o tu padre quienes te busquen. Solo ellos, Willow, es muy importante. No reveles a nadie tu identidad, ahora eres un muchacho, ¿entendido?

Ella cabeceó, limpiando las lágrimas de su cara, que ya no podía contener. No quería marcharse, se le rompía el corazón solo de pensar en abandonar su hogar y dejar allí a sus seres queridos, sin saber lo que iba a ser de ellos.

—Marie... —intentó hablar Willow, pero unos gritos en las escaleras pusieron fin a la despedida. Era urgente que la joven se marchara de inmediato, o la treta del disfraz no serviría de nada.

—Vamos, vamos, márchate —la empujó su nodriza. Le puso sobre los hombros una capa gruesa y desgastada que complementaba su disfraz, además de protegerla del frío exterior—. Sigue este corredor hasta el final. Cuando salgas a la superficie te encontrarás a una distancia prudencial de Meggernie y, lo que es más importante, de las tropas enemigas. Ten mucho cuidado, mi niña. ¡Corre, corre!

Sin darle tiempo a decirle adiós, Marie le cerró la portezuela en las narices. Escuchó cómo echaba la llave y, justo después, un golpe terrible que parecía indicar que habían derribado la puerta de la alcoba.

Willow, llorando, puso la mano abierta en la madera que la separaba de la lucha que se libraba en el interior de la habitación. Escuchó voces masculinas que ladraban improperios y la voz de su dulce Marie contestándoles con toda la dignidad que cabía en su enjuto cuerpo. No podía distinguir lo que hablaban, pero reconocía el tono orgulloso de su vieja sirvienta. Con una pena infinita en el corazón, se dio la vuelta y avanzó casi a cuatro patas por aquel corredor estrecho, alejándose de su familia y de todo lo que conocía. Era muy joven, pero sabía lo que podía ocurrir a continuación: podría escuchar el alarido de la anciana cuando se negase a confesar su paradero y aquellos guerreros inmisericordes acabaran con su vida. Y entonces sí que no podría moverse del sitio, espantada por la crueldad de esos hombres, y la encontrarían.

Avanzó en la oscuridad, cegada por una negrura absoluta y sus propias lágrimas. Pero el pasadizo era tan estrecho que no había oportunidad de tropezar o equivocarse de camino. Era un túnel excavado a propósito para el cometido que ella llevaba a cabo: desaparecer del castillo sin ser vista, atravesar sus muros por la parte inferior a salvo de las patrullas enemigas y aparecer al otro lado, muy lejos, donde ya nadie pudiera encontrarla.

Después de lo que le parecieron horas discurriendo por el largo pasadizo, siempre cuesta abajo, notó un soplo de brisa fresca en aquella atmósfera asfixiante. No se había detenido en ningún momento, por más que la espalda le aguijoneara de dolor por la postura encorvada, se hubiera desollado las rodillas y tuviera las manos heridas de ir tanteando a oscuras el camino. Por fin obtenía su recompensa: la salida del túnel.

Cuando ya casi podía respirar el aire de la noche, topó con una pared de roca que le cerraba el paso. La palpó con la mano y comprobó que tenía rendijas, por lo que imaginó que tan solo estaba superpuesta. Empujó con todas sus fuerzas, al menos, las que le quedaban, y apenas movió la roca unas pulgadas. Tuvo que hacer varios intentos, hasta casi desfallecer, para conseguir apartar la piedra que le impedía el paso a la libertad.

Una vez fuera, sus ojos al fin pudieron distinguir, bajo la luz de la luna llena, las siluetas del paisaje que adornaba los alrededores del castillo de Meggernie. Se giró y comprobó que, a su espalda, como bien le indicara Marie, quedaba el que hasta ese día había sido su hogar, iluminado por el fuego que prendía rabioso acá y allá, incendiando algunas zonas estratégicas, convirtiéndose así en aliado de sus enemigos.

¿Dónde estaría Niall? ¿Tal vez había perecido ya bajo la espada de alguno de aquellos guerreros del infierno?

Con un dolor que le resultó insoportable, apartó la vista de la fortaleza y se alejó caminando en la noche, todavía llorando, escuchando de lejos los gritos de muerte de los suyos.

CAPITULO 4

Aquella primera noche la pasó caminando, fiel a la promesa que había hecho de huir sin mirar atrás. Envuelta en la capa raída, apretando los dientes por el frío que se había instalado en sus huesos, se fue alejando cada vez más de su hogar. Notaba los pies destrozados y entumecidos. A pesar de que la luna llena le facilitó la huida, su luz resultaba escasa y más de una vez tropezó y se enganchó con las ramas de los árboles del bosque que atravesaba. Con las primeras luces del alba, decidió arriesgarse y salió al camino principal, deseosa de encontrar alguna casa o taberna donde poder descansar un poco y entrar en calor. Anduvo casi una hora más hasta dar con una pequeña aldea y, una vez allí, buscó la posada. El sitio no le era desconocido, pues había visitado alguna vez el lugar junto a su padre siendo más pequeña. Al laird de los MacGregor le gustaba interesarse por su gente y aquella aldea aún se encontraba dentro de los dominios del clan.

Cuando entró en el establecimiento, observó que había un grupo de campesinos junto al mostrador armando jaleo a pesar de ser una hora tan temprana. La joven se aproximó con precaución y llamó la atención del tabernero. El hombre, que parecía muy interesado en la conversación que mantenían aquellos lugareños, se mostró molesto por la interrupción. A Willow le extrañó recibir su primera mirada irritada y no comprendió qué era lo que había hecho para merecerla.

—¿Qué quieres, chico? —le preguntó, de malos modos.

Ella abrió los ojos, aturdida. ¡Cielo Santo! ¡Había olvidado su disfraz! No supo cómo sentirse ante el descubrimiento de que, solo por ser un muchacho mal vestido, su presencia molestase.

—¿Podría servirme una sopa caliente y un poco de vino? —balbució, apenas sin voz.

35

—¿Tienes con qué pagar?

El ceño de aquel tabernero no era muy hospitalario.

—Sí, señor.

—Más te vale.

Willow sacó de su hatillo una pequeña bolsa de monedas y depositó sobre el mostrador lo que costaba la comida y un poco más.

—Necesito también un sitio donde descansar un poco.

—Bien. Arriba tienes habitaciones, puedes hospedarte en la primera que encontrarás al final de la escalera.

—Gracias.

El hombre le sirvió lo que había pedido en una de las mesas y volvió junto al grupo de aldeanos, que seguían hablando entre ellos bastante alterados.

No pudo evitar escucharlos mientras comía y, cuando distinguió el nombre de su hogar en la conversación, les prestó toda su atención con el corazón desbocado. Contuvo las ganas de levantarse y acudir a su lado, aunque en esos momentos era lo que más deseaba en el mundo.

—Os digo que ha sido una masacre.

—Pero, ¿qué querían? ¿Qué podían buscar en Meggernie? El laird no tiene riquezas —preguntó un anciano al que Willow reconoció. Su padre había hablado con él en alguna ocasión.

—Nadie lo sabe —contestó otro, el más orondo del grupo—. Tal como llegaron, se marcharon, dejando tras de sí muerte y horror. Es evidente que debe de tratarse de alguna venganza, porque como bien ha dicho Brod, el laird no posee nada tan valioso como para provocar un ataque de estas características.

—Dicen que Meggernie ha quedado desierto. Los supervivientes han huido y se han desperdigado, ocultándose en las granjas o aldeas vecinas. Tienen miedo a un nuevo ataque... Y yo también lo tengo. El laird MacGregor está lejos, junto con el ejército que tendría que protegernos. Sin un líder, con el jefe del clan en el frente, ¿cómo vamos a defendernos? —preguntó el tabernero en esta ocasión.

El corazón de Willow se paró al escuchar aquel interrogante. Un terror primitivo estrujó su garganta hasta casi impedirle respirar.

Aguzó el oído, pero el zumbido del pánico distorsionaba las voces de los hombres y tuvo que hacer un esfuerzo supremo para poder concentrarse. Respiró hondo. ¿Había dicho... sin un líder? ¿Dónde estaba Niall, qué había sido de él?

Nadie tuvo tiempo de contestar, porque en ese momento un par de muchachos entraron en tromba en el establecimiento, sin resuello, y se acercaron hasta el anciano Brod agitando un trozo de tela rasgada en sus manos.

—¡Abuelo! Cayden ha encontrado esto en el bosque, enganchado en una rama al lado del camino que conduce a Meggernie.

Todos los hombres que allí había se aproximaron para estudiar lo que traían. Willow también se incorporó, intentando ver por encima de las cabezas que se inclinaban sobre el retazo de manto hallado por los chiquillos.

—Parecen los colores de los Campbell —susurró Brod.

—¿Y por qué demonios querrían atacarnos los Campbell? —volvió a intervenir el tabernero, incómodo ante tal posibilidad.

No era para menos. El clan Campbell era uno de los más temidos en todo Argyll y los demás clanes les tenían mucho respeto. Su laird, Duncan Campbell, era famoso por la férrea disciplina a la que sometía a todos sus soldados y por su carácter duro y autoritario. Sin embargo, Willow sabía que su padre y él, a pesar de haber tenido sus diferencias en el pasado, habían pactado una especie de tregua que terminó con las disputas entre ambos clanes tiempo atrás. ¿Por qué, entonces, ese ataque?

Los interrogantes se agolpaban en su cabeza, aturdiéndola, entumeciendo sus sentidos. ¿Le había ocurrido algo malo a Niall? Y, en ese caso, ¿qué iba a hacer ella?

Como una luz reveladora, un pensamiento iluminó su mente. ¡La carta! La había olvidado por completo. La carta que había alertado a su hermano, la carta en la que podría hallar muchas de las respuestas que buscaba.

Se terminó el vino y la sopa a toda prisa y se retiró a la habitación que el tabernero le había indicado, apretando el hatillo contra su pecho. Una vez a solas, atrancó la puerta con la única silla que encontró en la alcoba y se sentó luego en el jergón, junto a la ventana, para poder leer con la luz de la mañana. Mientras rebuscaba entre sus cosas, notó que las manos le temblaban. Dio con el pergamino enrollado al fondo, metido entre los pliegues de la ropa que Marie le había puesto de recambio. Cuando lo abrió, vio que se trata de una nota breve y directa, una advertencia.

"La joven Willow MacGregor corre grave peligro. Él la busca, va a por ella, y ahora que el laird MacGregor no está, piensa que es el mejor momento para golpearlo donde más le duele: su hija. Lo odia, lo ha odiado toda su vida y no parará hasta que vea cumplida su venganza. No os fiéis de nadie. De nadie. Solo puedo advertiros, no os puedo decir mi nombre puesto que si llegara a enterarse de que os he avisado, me mataría. Pero, creedme, no se detendrá ante nada."

No estaba firmado, aunque a Willow le dio la sensación de que la letra era de mujer. Así que por eso Niall se alteró tanto al recibir ese mensaje: iban a por ella. Fuera quien fuera, pretendía hacerle daño a ella para castigar a su padre. ¿Quién podía odiarlo tanto? ¿Qué había hecho su padre de malo para ganarse así la animadversión de ese enemigo cuyo nombre desconocían? Willow detestó con toda su alma al responsable de aquel ataque, por cobarde, por esperar a que su padre y el ejército MacGregor estuviesen lejos de Meggernie para llevar a cabo su ansiada venganza. Eso era lo que tanto había perturbado a Niall, y por eso temía no estar a la altura y no poder protegerla. ¡Claro! Todos sus esfuerzos, todas las instrucciones que le había dado a Marie estaban destinadas a ponerla a salvo de aquel demente rencoroso. Por eso el disfraz, por eso su nodriza había insistido en que no revelara a nadie su identidad, a menos que su padre o sus hermanos acudieran en su búsqueda. El enemigo, que sin duda alguna era escocés, puesto que si tenía viejas rencillas con su padre era porque lo conocía de antes, podía ser cualquiera. Y podía tener ojos u oídos tras cada piedra del camino...

Willow se estremeció de terror al pensarlo y volvió a guardar aquel pergamino con sumo cuidado. Tenía que conservarlo para mostrárselo a su padre cuando regresara. ¿Y qué haría ella mientras tanto? Esperar. Esperar y rezar para que Niall se hubiera salvado y ya estuviera buscándola.

Se tumbó en el jergón, agotada por el cúmulo de emociones y tensiones que soportaba. Los ojos se le cerraban de puro cansancio, a pesar de que el miedo le aconsejaba estar alerta, no dormir, marcharse de aquel lugar cuanto antes y esconderse de todo y de todos.

Alguien la quería muerta, pero los párpados pesaban demasiado. Y, justo antes de caer rendida al sueño, un nombre se coló en sus pensamientos, provocándole pesadillas. El nombre asociado a los colores de la tela que habían encontrado en el camino y que lo incriminaba.

Campbell.

CAPITULO 5

Sobrevivir lejos de su hogar no resultó tarea fácil. Hacía ya varios días que Willow había dejado atrás su vida privilegiada como hija de un señor de las Highlands y aún no había encontrado un lugar seguro en el que quedarse. Los ecos de la cruel incursión perpetrada contra Meggernie todavía flotaban en el aire, corriendo de boca en boca, de aldea en aldea. El rumor de que habían sido los Campbell se extendió como un reguero de pólvora ardiendo. No había más prueba de esa suposición que el jirón de tela encontrado por dos muchachos, pero era suficiente para inculpar a todo un clan.

También hablaban de Niall. Decían que había caído en la refriega, y eso era incapaz de aceptarlo. Tenía que tratarse de un error. No, no lo creería... Al menos, no hasta que alguien de confianza se lo demostrase.

Algo que, en esos días inciertos, estaba muy lejos de conseguir.

No se fiaba de nadie, no encontró ninguna cara amiga o siquiera conocida en las aldeas por las que pasaba. Mantuvo su disfraz, tal y como prometió, y no regresó a Meggernie aunque estuvo tentada en más de una ocasión. El culpable de aquel ataque bien podría estar esperando a que ella retornara a su hogar... No podía arriesgarse. Pensó en acudir a Landon Tower, junto a su tío Gilmer. Él la protegería, él sabría qué hacer en aquellos momentos en los que se encontraba tan perdida. Mas luego se acordó de lo mucho que había sufrido en el frente, de su mutilación, que lo había dejado lisiado para siempre, y de que ya no era el guerrero que había sido. Esconderse en su casa solo le pondría en peligro, porque seguramente el enemigo que acechaba en la sombra lo descubriría, y no quería que se lanzara contra Landon Tower como había hecho con Meggernie. Si quería proteger a sus seres queridos debía mantenerse alejada de ellos. Era mejor esperar, como le aconsejó Marie, a que su hermano acudiera en

41

su ayuda. Rezó para que, tanto él como su querida nodriza hubiesen sobrevivido y ya estuvieran buscándola...

Vagabundeó por todo Argyll sin rumbo fijo, sobreviviendo como lo haría cualquier pilluelo de la calle. Las monedas con las que contaba se terminaron rápido, no había sabido administrarse. Hacía demasiado frío como para dormir en la calle y el alojamiento en las posadas que encontraba en el camino resultaba caro. Así que, una vez sus recursos desaparecieron, tuvo que arriesgarse con prácticas deshonestas. Más de una vez se encontró en dificultades al ser descubierta cuando se apropiaba de alguna manzana o de algún mendrugo de pan que no le pertenecían. Por suerte, siempre había tenido piernas rápidas y, como la magnitud de sus delitos era irrisoria, al final los incautos a los que conseguía engañar se cansaban de perseguirla y la dejaban tranquila.

Debió imaginar que en algún momento se le acabaría la suerte. Y eso ocurrió diez días después de su huida de Meggernie. Metió la mano en la alforja equivocada y se encontró, antes de darse cuenta, atrapada entre los brazos de un hombretón que no estaba dispuesto a pasar por alto su fechoría.

—¡Mirad lo que tenemos aquí! —voceó a sus acompañantes.

Willow había sorprendido a los viajeros mientras estos hacían un alto en su camino. Yacían tumbados alrededor de un más que agradable fuego y la joven pensó que dormitaban para reponer fuerzas; pero, a juzgar por lo rápido que se había movido el hombre, no era así.

—¡Bruto! Suelta al muchacho, ¡le estás haciendo daño! —le espetó una de las mujeres que estaba con él, incorporándose de sus mantas.

—Ha intentado robarnos —se defendió él, sin soltarla.

El tercer y último miembro del grupo, una jovencita de largas trenzas rubias, acudió a su lado y comprobó lo que Willow había sacado de su alforja.

—Padre, es un trozo de pan.

—¡John Nicolás St. Claire, suelta ahora mismo a ese pobre chiquillo! ¿No ves que está hambriento?

—Pero Maud...

—Ni pero ni nada.

La mujer, de estatura mediana y complexión fuerte, le miraba con los brazos en jarras y una feroz expresión en la cara. A su marido no le quedó otra que obedecer.

En cuanto se vio libre, Willow intentó echar a correr para escapar, pero Maud la detuvo agarrándola por la capa con determinación.

—¿Y tú adónde crees que vas? ¿Te parece bonito ir robando por ahí a salto de mata? No son maneras, muchacho. Siempre habrá gente que comparta un poco de comida contigo.

La risotada del hombretón sorprendió a Willow, que se giró para mirarlo. Era todo un oso, con la cara cubierta por una espesa barba pelirroja y los ojos castaños risueños.

—¿A que ahora preferirías uno de mis abrazos antes que su sermón?

—De sermón nada, solo le refiero lo feo que es robar. Y no digamos peligroso. ¿Cómo te llamas, chico?

—Mi nombre es Will... —Cerró la boca de pronto, al recordar que debía mantener su disfraz.

—Will es un nombre muy bonito —susurró la jovencita de las trenzas, mirándola de una forma rara.

Willow se pasó las manos por el pelo corto, incómoda, y dio un paso atrás.

—Siento haber intentado robarles —murmuró, falseando su voz para que descendiera algún tono—. Pero la verdad es que no he encontrado a nadie tan generoso como para atreverme a pedir algo de comida.

—¿No tienes familia? —le preguntó Maud a bocajarro.

Ella se encogió sobre sí misma y notó que el corazón emitía un doloroso latido.

—Tenía familia —contestó a la mujer, que la miraba esperando su respuesta—, pero la perdí.

No hacía falta añadir nada más, su tono ya lo dijo todo. Maud había escuchado muchas veces ese mismo timbre funesto en boca de amigos y conocidos que, como ese muchacho, habían perdido a sus seres más queridos. Ella misma había padecido el infortunio de perder

43

a un hijo, apenas un bebé, muchos años atrás, y su corazón aún se encogía de pena y dolor cuando lo recordaba. Trataba de ser fuerte por su familia y por regla general mantenía aquel pasado bien atrapado entre capas y capas de pragmatismo y realidad. Pero, cuando se topaba cara a cara con uno de los muchos huérfanos que abundaban en esos tiempos difíciles, no podía evitar evocar el rostro de aquel bebé sonrosado, pensar en cómo sería si hubiera sobrevivido y lamentarse por ver que el muchacho que tenía delante se había quedado sin familia mientras que ellos eran una familia que se había quedado sin un hijo.

—Ven, anda, siéntate con nosotros y caliéntate cerca del fuego —le ofreció, agarrándola por un brazo para que no se le ocurriera volver a huir. Estaba en la naturaleza de Maud abrir su corazón a seres que parecían tan desvalidos y, sin darse cuenta, ya estaba ideando un plan en su cabeza para intentar ayudarlo—. Te presentaré a mi familia. Ese grandullón de ahí, tan bruto, es mi marido John. Y esta es mi pequeña Liese...

La joven se sonrojó y bajó los ojos al suelo, avergonzada.

—¡Madre! Ya tengo dieciséis años, no soy una niña —protestó.

Willow la comprendía a la perfección. En su casa siempre la habían tratado como a una criatura especial por ser la pequeña de la familia y por ser mujer. En ocasiones, hubiera preferido ser un chico de verdad para poder comportarse como sus hermanos y que no estuvieran tan pendientes de ella...

Ahora todo aquello carecía de importancia, porque estaba sola.

Maud sacó del morral que descansaba en el suelo varias piezas de fruta, un poco de queso y más pan. Le ofreció su comida a Willow con una sonrisa y a ella le rugieron las tripas de hambre ante la sola visión de aquellas frambuesas silvestres. No tuvo más remedio que sentarse a su lado y aceptar su hospitalidad.

—¿Y hacia dónde te diriges? —le preguntó John, acomodándose frente a ella.

La joven se encogió de hombros y mordió un trozo de queso.

—¿De dónde eres? —inquirió entonces la mujer, intrigada.

—Vengo de Glen Lyon.

El gesto de sus improvisados acompañantes cambió en un segundo. Una mezcla de alarma y curiosidad cruzó por los ojos que la observaban sin pestañear.

—¿Estuviste allí cuando atacaron el castillo? —preguntó John.

La joven negó con la cabeza con demasiado ímpetu.

—Se oyen cosas horrorosas de aquella incursión —le explicó Maud. Hasta el momento, Willow solo había escuchado rumores. Tal vez ellos supieran más, pensó, y por fin podría enterarse de lo ocurrido aquel día. Sin embargo, no estaba segura de ser capaz de soportar lo que iban a contarle—. Dicen que Meggernie fue atacado por el clan Campbell y que consiguieron acabar con uno de los hijos del laird Ian MacGregor.

El corazón de Willow se paró durante unos segundos. A duras penas pudo tragar el trozo de pan que se le había quedado atascado en la garganta y tuvo que parpadear repetidas veces para contener las lágrimas. ¿Entonces era cierto? Lo que se había negado a creer, lo que se había obcecado en bloquear en su corazón, ¿era verdad? ¿Su Niall estaba muerto? Afortunadamente, el matrimonio estaba concentrado en contar la historia y ninguno se percató de su aflicción... o eso pensó ella.

—Se rumorea que el mismísimo laird Campbell iba a la cabeza del grupo que asaltó el castillo —comentó el pelirrojo John.

Su mujer se giró hacia él como un rayo, con la furia latiendo en sus ojos.

—¡Bah! ¿No creerás esas barbaridades del hombre que nos ha prometido un futuro? Imposible, no puedo aceptarlo.

—Pues hay más de uno que lo va diciendo por ahí... Y de todos es conocida la fama del laird de los Campbell por su ferocidad en la batalla.

—¿Duncan? ¿Duncan Campbell? —preguntó Willow, con un hilo de voz y los ojos nublados.

No lo conocía en persona, pero había oído hablar muchas veces a su padre de su brutalidad.

—No, Duncan no —le explicó John—. El laird Duncan cayó en la batalla de la isla de Man contra los ingleses, ¿no lo sabías? Su hijo

Ewan le ha sucedido en el cargo, ahora él es el jefe de los Campbell. Lleva poco tiempo ocupando el puesto, pero, por lo que parece, quiere ponerse al día con todas las rencillas que su padre mantenía con los otros clanes...

—¿Qué sentido tiene? —insistió Maud—. Estamos en guerra contra los ingleses, por el amor de Dios. ¿Por qué querría, precisamente ahora, atacar a sus vecinos?

—Mujer, hay algunos odios que no se olvidan así como así, y menos en estas tierras, ya lo sabes. Cuando el río suena... Si dicen que le vieron al frente de sus tropas, atacando Meggernie, por algo será.

—Los chismosos de tres al cuarto me traen sin cuidado —exclamó Maud, indignada—. Un joven tan apuesto, con esa gallardía innata y esa generosidad que ha demostrado con nuestra familia... ¡No puede haber cometido todas esas fechorías que le imputan!

John miró a su mujer arqueando una de sus cejas pelirrojas.

—¿Qué tiene que ver su apuesta apariencia con el hecho de que sea o no sea un salvaje en las refriegas contra sus enemigos?

—Pues sí, tiene que ver y mucho. Yo sé ver más allá del aspecto físico de las personas, y cuando hablo de que alguien es apuesto me refiero a mucho más que una cara bonita. Ewan Campbell tiene algo... no sabría decirte qué, pero confío en él. Y no puede haber cometido la barbaridad de que lo acusan.

—Confías en él porque nos ha ofrecido un techo bajo el que vivir y un trabajo para que podamos ganarnos el sustento —le recriminó su marido.

Willow sentía una opresión dolorosa en el pecho, pero necesitaba preguntar. Lo que decía la carta que había llegado a manos de Niall cuadraba con que el causante de sus desdichas fuera el joven Campbell, que había decidido retomar viejos odios. Ignoraba que el antiguo laird, Duncan Campbell, hubiera odiado tanto a su padre. Pero entraba dentro de lo posible. Y, por desgracia, en las Highlands, el odio era uno de los legados que los padres dejaban a sus hijos al morir.

—¿De qué acusan al laird de los Campbell, exactamente?

Su voz fue apenas un hilo quebradizo, pero llamó la atención de sus interlocutores. La joven Liese fue la que contestó, con el tono impreso del horror que le producían los rumores acerca del ataque.

—Dicen que el laird quemó un ala entera del castillo, y que ordenó que mataran a los prisioneros que habían capturado delante de sus familias y del propio hijo del laird MacGregor. Al parecer, él era el encargado de la seguridad de su gente y fue como un castigo añadido: ver morir a sus hombres uno a uno, sin piedad, a manos de sus enemigos. Yo no sé si es cierto, pero si lo es, fue una auténtica crueldad.

—¿Y luego terminaron matándolo a él también? —Willow no reconocía su propia voz, impregnada de la agonía que le inundaba el alma.

—Eso dicen —musitó Maud, sin perderse detalle de las distintas emociones que pasaban por el rostro de lo que ella pensaba era un muchacho—. Pero yo no lo creo.

Al final, una lágrima se escapó de los ojos de Willow y todos pudieron verla a pesar de que la limpió con rapidez con la manga de su camisa.

—Lo siento —se disculpó—, tenía amigos entre los MacGregor.

Maud estudió aquel rostro imberbe y sucio con interés. Aquel jovencito era mucho más de lo que aparentaba, estaba segura. Y, de algún modo, el aura especial que lo envolvía ganó de manera definitiva su corazón. Si se había escapado de aquel ataque, si había visto morir a alguno de sus amigos, no era de extrañar que se mostrara tan turbado. Sin darse cuenta, el instinto maternal que era ya desmesurado en ella se acrecentó. Ella había perdido a un hijo y Will lo había perdido todo. Aquel muchacho seguramente había vivido un infierno, aunque ahora disimulase, y solo por eso pensaba ayudarlo. Cobijaría a ese polluelo bajo su ala, decidió, y no permitiría que vagase más en solitario, sin protección y sin familia.

Miró a su esposo John y no se sorprendió al ver que él la estaba observando a su vez. El enorme pelirrojo, al que amaba con todo su corazón, parecía leerle la mente. Ella lo interrogó con la mirada y no hizo falta más. Llevaban demasiado tiempo juntos y eran capaces de hablarse con los ojos. John asintió con un suspiro y Maud esbozó una sonrisa de satisfacción antes de volverse de nuevo hacia el muchacho.

—Escucha, Will, nosotros vamos a Innis Chonnel, a trabajar en el castillo del laird Campbell. A eso me refería antes al afirmar que ese hombre no puede ser tan malvado. Lo conocimos hace mucho tiempo, cuando era apenas un muchacho y lo cobijamos una noche de tormenta en nuestra humilde cabaña. Él no lo ha olvidado, y ahora que somos nosotros los que necesitamos su ayuda, nos la presta sin ningún reparo. Mi marido le escribió unas letras rogándole por un trabajo y él nos aceptó, conminándonos a que nos trasladáramos a su castillo para vivir bajo su protección. —Pensó dos segundos lo que iba a decir a continuación y añadió—: Tal vez sería buena idea que vinieras con nosotros, allí encontrarías un hogar.

Willow la miró como si la creyera completamente loca. ¿Pensaba acaso que ella le pediría un trabajo al laird de los Campbell? ¿Al bastardo que según todos los rumores había saqueado su hogar, asesinado a sus amigos y torturado hasta la muerte a su hermano Niall?

Abrió la boca para contestar con gesto airado, pero la mujer la detuvo levantando una mano.

—Espera, antes de que digas nada, piénsalo, ¿quieres?

—Madre, no insistas —intervino Liese—. Si es cierto que tenía amigos entre los MacGregor, lo último que querrá es estar al lado de su asesino.

Aquella frase encendió una llama muy peligrosa en el corazón de Willow.

Al lado de su asesino.

Sí, era una buena forma de acercarse a ese hijo de satanás y poder vengar a su familia. Nunca antes había sentido esa oscuridad en el alma, pero allí, parada en mitad de un camino que la llevaba a ninguna parte, Willow MacGregor decidió que su única salida era la venganza. ¿Qué iba a hacer con su vida? ¿Vagar por el mundo sin rumbo, sobrevivir a costa de la buena voluntad de la gente o de sus propias fechorías hasta que alguien la rescatase? Tampoco era probable que eso ocurriera pronto, se dijo, máxime cuando Niall ya no estaba...

Tragó el nudo que tenía en la garganta.

Los St. Claire le ofrecían un futuro cierto, algo a lo que agarrarse para dar sentido a una vida que en esos momentos parecía que no valía nada. Podría conocer a su enemigo, podría descubrir sus puntos débiles e iría guardando esa información para cuando pudiera reunirse de nuevo con su padre y su hermano Malcom. Entonces ellos podrían acabar con la vida del verdugo de Niall...

… si es que antes no lo había hecho ella.

Sus ojos azules se iluminaron con un brillo decidido y oscuro cuando se elevaron hasta el rostro de Maud, que aguardaba su respuesta.

—De acuerdo, iré con vosotros.

CAPITULO 6

El pequeño grupo llegó a Innis Chonnel cuando el sol ya se ocultaba por el horizonte. La bruma que subía de las aguas del lago Awe adquiría un blanco fantasmal con la escasa luz del atardecer y la silueta del castillo se elevaba fantástica ante sus ojos, orgullosa en medio de aquella isla a la que se dirigían.

Willow no pudo dejar de admirar la belleza y el encanto de aquel lugar mágico en ese paraje único. En cierto modo le recordaba a su hogar, cerca del lago Tay, aunque aquella construcción que podía apreciar al otro lado, erigida en medio de las aguas, se le antojaba oscura en su magnificencia. Meggernie era distinto, más luminoso, más lleno de vida. Por desgracia, su antiguo hogar ya no existía; al menos, no como ella recordaba.

Innis Chonnel se emplazaba en mitad del lago, sobre una isla de tierra oscura, convirtiéndose así en una fortaleza muy bien protegida de las incursiones enemigas. Cualquiera que intentase llegar hasta ella tendría que atravesar el Awe y quedar expuesto a los ojos de los vigías. En la orilla del lago donde se encontraban ellos en esos momentos, una pequeña aldea se levantaba discreta y humilde bajo la sombra protectora del castillo.

—¿Vamos a vivir aquí? —preguntó Liese, nerviosa ante las miradas de los lugareños, que los estudiaban sin disimulo.

—No lo creo —contestó su padre—. Si entramos a formar parte del servicio del laird, lo más probable es que nos acomoden en el castillo.

—¿Y cómo llegaremos hasta allí? —volvió a preguntar la joven, preocupada.

Willow sintió que compartía la misma desazón. De algún modo, la niebla que se elevaba del Awe se había colado en su ánimo, empañando la poca confianza que ya tenía en la decisión que había tomado días atrás. Tal vez, después de todo, meterse como una culebra en la morada de su enemigo no fuera tan buena idea.

—Hay que cruzar al otro lado, por supuesto —explicó John—. Mirad, ahí tenemos un pequeño embarcadero.

El grupo se dirigió hacia la zona donde un hombre custodiaba el amarradero del lago. No había ninguna barca a la vista, pero era indudable que aquel era el punto de unión entre el castillo y la aldea que llevaba su mismo nombre.

John se adelantó y se presentó ante el que, con toda probabilidad, era un soldado Campbell. Le mostró la carta que su laird le había hecho llegar tiempo atrás y que era el pase que necesitaban para alcanzar su destino. El hombre, de estatura mediana y mirada torva, examinó con ojos críticos el documento. Willow hubiera jurado que el guerrero no sabía leer y que disimulaba de mala manera para que no lo tacharan de ignorante.

—Sí, ya me avisaron de vuestra llegada —anunció por fin, devolviéndole la carta a John.

Agarró un largo palo de madera que tenía una tela verde atada a modo de bandera en el extremo, y lo agitó varias veces de cara al castillo. Willow miró en la misma dirección y detectó un movimiento similar en la otra orilla, a los pies de la fortaleza.

—Enseguida vendrán a buscaros —les explicó, antes de perder el poco interés que su llegada le había despertado.

Maud se sentó sobre una de las rocas de la orilla a esperar, y el resto de sus acompañantes la imitaron. Por el tono que había usado el soldado, *enseguida* era un término dudoso y no sabían cuánto tiempo pasaría hasta que les atendieran.

Willow miró una vez más hacia Innis Chonnel, la fortaleza cuya figura se oscurecía a medida que el sol se escondía en el horizonte. Las dudas volvieron a martillear en su ánimo… Aún estaba a tiempo, se dijo. Aún podía huir bien lejos de aquel lugar que presentía peligroso y hostil. ¿Realmente iba a enfrentarse al hombre que, según los rumores, había asesinado a su hermano? ¿Iba a poder soportarlo? No pudo elucubrar mucho más porque, contra todo pronóstico, la barcaza que enviaron desde el castillo para buscarlos apareció antes de lo que pensaban.

—¡Ah, ahí llega! —exclamó Maud. Se levantó de un salto del suelo y, como si sospechara lo que pasaba por su mente, se acercó a Willow para darle las últimas instrucciones—. Recuerda, eres mi hijo. A pesar de lo que sientas, ten presente que ahora nuestra vida depende del laird Campbell, así que deja aquí, en este lado del río, los malos recuerdos y las penas del pasado. En este lugar podemos tener una vida tranquila, tanto John como yo estamos felices de que ahora formes parte de nuestra familia y te prometo que conseguiremos que vuelvas a sonreír. ¿Confías en mí?

Willow estudió la mirada decidida de la mujer, debatiéndose entre la gratitud que la embargaba al saberse una más entre los St. Claire y la sed de venganza que poco a poco emponzoñaba su alma. No sabía por qué Maud había asumido el papel de madre ni qué había hecho ella para ser merecedora de ese cariño que le prodigaban con generosidad, pero lo cierto era que en los pocos días que llevaba con ellos se había sentido arropada con el calor de una verdadera familia. Y también había recobrado parte de su serenidad. Sabía que les debía eso a las tres personas que ahora la miraban esperando su respuesta y decidió que no quería defraudarlos. Al menos, no todavía. No antes de haber estudiado a conciencia al que suponía su mayor enemigo.

—Claro que sí, Maud. Confío en todos vosotros —le dijo, intentando sonreír.

No lo logró. Ella tenía razón, los músculos de su cara ya no la obedecían, era incapaz de conseguir que las comisuras de sus labios se elevaran en un gesto tan sencillo, otrora tan habitual y espontáneo en ella.

La mujer asintió satisfecha y la abrazó antes de recoger sus cosas y volverse hacia la gran barcaza que ya atracaba en el embarcadero.

—Vamos, muchacho. —John le dio una palmada en la espalda para que se pusiera en marcha y Willow caminó por los tablones del pequeño malecón, detrás de los que ahora eran su familia.

—¿Sois los St. Claire? —preguntó el barquero, alzando los remos con los que avanzaba por las aguas.

—Sí, somos nosotros —contestó John, poniéndose a la cabeza del grupo.

—Mi nombre es Bors. Subid, el laird lleva un par de días esperando vuestra llegada.

Todos obedecieron al hombre que lucía el manto de los Campbell, aunque Willow se quedó unos segundos dubitativa, perdida en los colores verde y azul de aquella tela. La misma tela que habían encontrado cerca de Meggernie. La misma tela que los inculpaba.

—Venga, Will, sube —le pidió Maud, tendiéndole una mano para que la siguiera.

Si lo hacía, si subía a esa barcaza, estaría asumiendo mucho más que una nueva vida. Cogió aire, miró de nuevo al castillo y tomó su decisión. Tal vez no fuera la más acertada, pero asumiría las consecuencias y llegaría hasta el final. Asió la mano de su nueva madre y embarcó con la imagen de su hermano Niall más viva que nunca en su recuerdo.

Una vez todos estuvieron a bordo, Bors inició el regreso al castillo. El bote avanzaba a buen ritmo gracias a que John se había apoderado de otro juego de remos y ayudaba con sus fuertes brazos al barquero. Willow no podía apartar la mirada de las altas murallas de piedra gris que circundaban aquel islote, en cuyo interior moraba el hombre que parecía haber dado un vuelco a su existencia. Por unos minutos, su mente se dedicó a vagar por aquellos lejanos días de su niñez, cuando sus hermanos mayores, idénticos el uno al otro, eran el centro de su pequeño universo. Niall y Malcom eran sus héroes, el espejo en el que ella quería reflejarse, aunque nunca se lo consintieran. Recordó el hoyuelo que aparecía en el rostro de Niall cuando le dedicaba su sonrisa más pícara, que solía ser el preludio de alguna de sus travesuras; o el flequillo rebelde de Malcom, que ella se empeñaba en peinar con su mano diminuta pero que nunca conseguía mantener en su sitio.

Un hondo suspiro se escapó de su pecho al darse cuenta de que jamás volvería a ver a los gemelos juntos. Ni siquiera estaba segura de que algún día pudiera volver a encontrarse con Malcom... ¿Qué habría sido de él y de su padre? ¿Se habrían enterado ya de la suerte corrida por Niall? Por fortuna, Willow había podido dar rienda suelta a su pena en los días que habían tardado en llegar a Innis Chonnel y había llorado a su hermano hasta quedarse sin lágrimas. Siempre durante las noches, al abrigo de su manta, tumbada bajo las estrellas. Cuando suponía que los St. Claire ya estaban dormidos y el único testigo de su aflicción era el aire nocturno que no podía reprocharle su llanto. De no haber sido así, el mero hecho de pensar en Niall la habría delatado ante sus enemigos porque su cara se habría congestionado de pena y dolor.

—¿Te encuentras bien, muchacho?

Willow tardó unos segundos en darse cuenta de que el tal Bors se dirigía a ella. Aún no estaba acostumbrada a que la trataran como a un chico. Miró al hombre de pelo largo y oscuro que remaba sin descanso y que la observaba a su vez con el ceño fruncido.

—Navegar siempre me marea —se excusó, falseando su voz como ya se estaba acostumbrando a hacer cada vez que hablaba.

—¿A esto lo llamas navegar? —bufó el hombre, desdeñando su comentario—. Solo estamos cruzando un río, ¿acaso eres tan pusilánime, muchacho?

John apretó los labios, ofendido por las palabras del barquero. Se suponía que Will era ahora su hijo y no podía tolerar que se burlara de él.

—No es ningún pusilánime, te lo aseguro —le defendió.

—Es débil —insistió el hombre—. Mira su cara, está descompuesto. Cualquiera pensaría que de un momento a otro va a vomitar por la borda. Os advierto que el laird no consiente que ninguno de sus hombres sea un medroso insignificante.

—Will no es uno de los hombres del laird Campbell —saltó Maud en defensa del muchacho—. Es mi hijo, y estamos aquí para trabajar a su servicio, no para engrosar sus filas de guerreros.

Bors soltó una áspera carcajada en el mismo momento en que la barcaza arañaba el fondo pedregoso de la orilla a la que se dirigían y se detenía a escasos metros de su destino.

—Una vez traspaséis estas murallas, todos vosotros formaréis parte de nuestro clan. Y todos los hombres, desde el más aguerrido de los soldados hasta el último de los camareros que sirven a los Campbell, deben dar la imagen que nuestro laird exige a los suyos: la de fortaleza. Si el muchacho no espabila, tened bien presente que Ewan Campbell se encargará personalmente de adiestrarlo para que se ponga a la altura de los demás.

Willow tragó saliva ante la mirada despectiva que el barquero volvió a dedicarle. No lo consideraba un hombre de verdad..., pero claro, *es que no lo era*. ¿En serio eran tan brutos esos Campbell que no podían aceptar que alguien fuese diferente? Si solo iba a ejercer de sirviente en aquella casa, ¿por qué tenía que aparentar una masculinidad que jamás iba a poder exhibir? Sus ojos se elevaron de nuevo a las altas murallas y miró aquella fortaleza desde una nueva perspectiva.

No sería un hogar... sería una prisión. Una prisión de piedra oscura y fría en la que estaría recluida hasta que pudiera llevar a cabo su venganza.

CAPITULO 7

Ewan Campbell estaba furioso. Masticaba con fuerza la carne del asado que habían servido esa noche para la cena mientras se recriminaba una y otra vez sus acciones. Era consciente de que tenía que haberse tomado las cosas con más calma. Sin embargo, la mirada angustiada de Agnes cuando acudió a él se le había clavado en el corazón y no había dudado ni un segundo en desterrar al que hasta esa misma tarde había sido su mejor amigo, su lugarteniente, su mano derecha.

La criada había acusado a Melyon de violación delante de todo el clan. Eso significaba que a él, como laird, le tocaba impartir justicia. En cualquier otro clan, seguramente, la violación de una simple criada no hubiera trascendido y con una breve reprimenda al culpable se hubiera dado por zanjado el asunto.

Sin embargo, en Innis Chonnel no.

A lo largo de los años, en el clan se había forjado una cultura propia de protección y salvaguarda de todos sus miembros, ya fueran de sangre noble o meros criados, como era el caso. Agnes había acudido a su laird para que impartiera el castigo correspondiente al violador, pero él, superado por la responsabilidad, no había tenido los arrestos necesarios. ¡Santo Cielo! ¡Melyon había sido su compañero de juegos desde la más tierna infancia! Tendría que haberlo capado, eso era lo que hubiera hecho un buen líder. Pero pudieron más sus emociones que la obligación que tenía para con Agnes.

La muchacha, demasiado joven, había llegado corriendo y se había postrado a sus pies, con la cara magullada y el vestido hecho jirones. Entre lágrimas, había descrito la barbaridad que su amigo de

57

la niñez había cometido. Nadie había puesto en duda sus palabras, porque nadie podría creer jamás que aquel llanto era fingido. Había demasiada pena, demasiada humillación en sus mejillas y dolor en sus hermosos ojos verdes.

Melyon había comparecido ante él con la cabeza erguida, sin mostrar ni un ápice de arrepentimiento. Algunas de las mujeres de la sala le habían increpado con crueldad: ninguna violación podía quedar impune, esa era su ley. Y Melyon tendría que haber sido lo suficientemente hombre como para contener sus instintos más bajos. A fin de cuentas, a pesar de la fea cicatriz que cruzaba su rostro desde el ojo hasta el mentón, aún había en el castillo hembras más que dispuestas a satisfacer sus deseos.

¿Por qué? ¿Por qué había elegido una presa tan frágil como Agnes, qué sentido tenía?

Ewan bebió un largo trago de su jarra de cerveza y rememoró una vez más la mirada suplicante de la joven sirvienta. Quería que acabara con la vida del hombre que la había mancillado. Quería justicia extrema... Algo que él no podía concederle por ser Melyon quien era. Y se sentía mal porque, de haberse tratado de cualquier otro hombre, no hubiera dudado en aplicar el mayor de los castigos.

—¿Tienes algo que decir en tu defensa? —le había preguntado, sabiendo que era en vano, que él jamás confesaría haber hecho algo así. El porte soberbio de su mentón y la dureza de su mirada, oscurecida por la sombra de aquella cicatriz, así se lo indicaban.

—Tú ya me has juzgado y sentenciado —se limitó a decir Melyon.

Aquellas palabras se le clavaron en el pecho como garras afiladas, haciéndole dudar. Un carraspeo incómodo, salido de la garganta de uno de sus más ancianos y sabios consejeros, le alertó de que aquel comportamiento no era propio de un laird. Y menos, de un laird que llevaba tan poco tiempo en el cargo. Era en esos primeros momentos cuando debía mostrar toda su autoridad, sin ceder ni una pulgada. Eran las peores horas desde que había sucedido a su difunto padre; debía ser contundente, aplicar la ley sin importar quien fuera el culpable. Solo así se ganaría el respeto de su gente y la fidelidad de todos sus hombres. Si mostraba debilidad, si intercedía por Melyon solo porque hasta ese momento había sido uno de sus mejores amigos, perdería mucho más que la confianza de una doncella ultrajada.

Y, a pesar de todo, no pudo ordenar un castigo acorde con su crimen.

—Abandonarás de inmediato Innis Chonnel —sentenció—. A partir de ahora ya no eres un Campbell, no serás recibido ni socorrido por ninguna de las familias a mi cargo, y cualquiera que ose ayudarte una vez salgas fuera de estos muros será castigado con el rigor que merece. No podrás volver jamás. Si alguno de mis guerreros te ve siquiera rondar las orillas del Awe, tendrá mi aprobación para acabar con tu vida sin vacilar.

Las palabras salieron de su boca, pero no parecía su voz. Los ojos grises de Melyon no se habían apartado de los suyos en lo que duró la parrafada, le sostuvo la mirada hasta el final. Y cuando su laird terminó de hablar, el hombre hizo una pequeña reverencia con la cabeza y se dio la vuelta para abandonar el salón, sin reparar siquiera en su víctima, que seguía arrodillada cerca de los pies del jefe del clan, hipando su desconsuelo.

Ewan suspiró por ese recuerdo y apartó su plato con disgusto.

—No te atormentes, has hecho lo correcto —le dijo Lawler, uno de los ancianos consejeros, al ver su gesto.

—Exacto —corroboró Adair, el hombre que le había carraspeado cuando mostró un mínimo de debilidad—. Incluso diría que te has quedado corto, pero en fin...

—El clan sabrá comprender —insistió Lawler—. Después de todo, Melyon era tu lugarteniente.

—¡Por eso mismo tendría que haber sido mucho más duro! —exclamó Adair, dando una palmada enfurecida sobre la mesa.

Ewan contempló al anciano. Siempre se dirigía a él con altivez, con sus ojos oscuros plagados de algo muy parecido al desdén. Su rostro, curtido en mil batallas, estaba enterrado bajo una poblada barba blanca, pero a pesar de eso se podía apreciar en cada uno de sus gestos que aún no lo respetaba como jefe. Aún no se había ganado la aprobación de aquellos dos consejeros que tan fielmente habían servido a su padre en el pasado. Lawler en concreto, había sido la mano derecha de Duncan, el anterior laird, y no estaba dispuesto a abandonar ese cargo. Se había ofrecido a guiarlo en cada uno de los pasos que diera como jefe del clan Campbell y Ewan se había sentido agradecido... al principio. Cada día que pasaba, el joven se daba cuenta de que él no era como su padre y quería tomar sus propias decisiones; pero tanto Lawler como Adair se lo ponían, en ocasiones, bastante difícil.

Tenía que empezar a imponer su voluntad desde ese mismo momento, o presentía que iba a ser un pelele en las manos de aquellos dos viejos hasta que pasaran a mejor vida. Sin embargo, antes de que pudiera responderles como clamaba toda su furia interior, uno de los sirvientes se acercó hasta la gran mesa portando un mensaje.

—Señor, los St. Claire aguardan para ser recibidos.

Ewan bufó, contrariado. No habían podido elegir peor día para aparecer, no tenía ganas de ser cordial con nadie. Una de sus criadas había sido violada bajo su propio techo y él, que tenía la obligación de velar por su seguridad, no solo no la había podido proteger de su atacante, sino que además no había sabido impartir justicia. A eso había que sumarle que había perdido a uno de sus mejores amigos. Se sentía fracasado, traicionado y hundido. Su humor no podía ser más lóbrego.

—Hazles pasar —susurró, antes de darle otro gran trago a su cerveza.

—No me gusta esa decisión que has tomado, Ewan —le echó en cara Lawler—. ¿Quién es esa gente, acaso los conoces lo suficiente como para aceptarlos en el castillo?

—A Melyon lo conocía de toda la vida y ya ves lo que ha ocurrido —espetó el laird con contundencia—. Esa gente, como tú les llamas, fueron caritativos conmigo y me acogieron en su humilde hogar sin pedir nada a cambio. Compartieron conmigo su comida y su fuego, sin preguntarme quién era ni de dónde venía. Yo estaba perdido y ellos me ayudaron, es lo mínimo que puedo hacer para corresponderles.

El viejo apretó los labios, consciente de que nada de lo que dijera le haría cambiar de opinión. El nuevo laird no se dejaba influenciar tan fácilmente como su antecesor, y eso no le agradaba en absoluto. Lawler había gobernado aquel clan a través del anterior jefe y no estaba acostumbrado a que rechazaran sus consejos de manera tan tajante. Pero ya encontraría la manera de llevar al joven laird a su terreno... Todo volvería a ser como antes, se juró, mientras miraba cómo aquella panda de menesterosos entraba en el salón para recibir la hospitalidad de los Campbell.

Ewan también los miraba. Y su sorpresa fue mayúscula al comprobar que la familia que avanzaba por el suelo alfombrado de esterillas de la sala era de cuatro miembros en lugar de los tres que había conocido años atrás. Además de su hija, que si mal no recordaba se llamaba Liese, había otro muchacho con ellos. Un joven de pelo oscuro corto y unos ojos enormes y azules que miraban espantados todo a su alrededor. Aquel chico le provocó una extraña sensación en la boca del estómago y se revolvió incómodo en su silla. Era como si uno de los duendes de las leyendas escocesas hubiera irrumpido en su casa, dotado de un halo de magia e inocencia que conseguía atraer su mirada muy a su pesar.

Sin embargo, cuando los recién llegados se detuvieron frente a la gran mesa y aquellos ojos azules se posaron sobre los suyos, los encontró rebosantes de veneno.

Y eso también le molestó.

¡Lo que faltaba para acrecentar su mal humor aquel día!

Willow se detuvo junto al resto de su familia delante de la mesa donde cenaban el laird y los personajes más importantes del castillo. Se encogió cuando sintió las miradas que recayeron sobre ellos, evaluándolos, decidiendo si los recién llegados eran dignos de pertenecer o no a su clan. Sobre todo, le escocieron las miradas de los dos ancianos que la repasaron de arriba abajo sin ningún pudor. Sin embargo, no les correspondía a ellos decidir su destino. El hombre que se sentaba en el lugar preferente de la gran mesa era el único que ostentaba ese poder. Willow lo observó con curiosidad no exenta de miedo, conteniendo a duras penas las emociones que amenazaban con desbordarla.

Allí, cenando tranquilamente como si no fuera un asesino, se encontraba el hombre más imponente que jamás había visto.

Su envergadura daba fe de lo bien entrenados que tenía sus músculos, posiblemente a base de cercenar las cabezas de sus enemigos en el campo de batalla, pensó Willow asqueada. Tenía un rostro atractivo, reconoció, con una fuerte mandíbula, una nariz recta y perfecta, símbolo inequívoco de que nunca se la habían partido, y una mirada acerada de ojos avellana que paralizaría a cualquiera sin necesidad de usar la fuerza bruta. El pelo castaño le caía hasta los hombros, algo alborotado, y lucía una camisa blanca abierta por la parte superior que enseñaba la piel morena de su cuello. Sí, era un hombre muy varonil y apuesto, tal y como Maud había descrito, que seguro atraía todas las miradas femeninas de la sala.

Pero ella solo veía a un monstruo.

Únicamente era capaz de apreciar el aura de oscuridad que lo envolvía, imaginándose sin esfuerzo cómo esgrimiría la espada con su poderoso brazo para acabar con la vida de cualquiera que se interpusiera en su camino.

—¿Por qué me estás mirando así? —A pesar de no haber elevado la voz, las palabras de Ewan Campbell acallaron todos los murmullos del salón. El silencio flotó en la sala denso e intimidatorio—. Te hablo a ti —añadió, levantando la vista para fijarla directamente en los ojos azules de Willow.

Maud y John se colocaron a su lado ante el tono del laird.

—Es nuestro hijo, señor —señaló la mujer, pasándole un brazo sobre los hombros—. Es joven y bastante impresionable. No ha sido su intención molestaros.

—No recuerdo que tuvierais ningún hijo. Me acuerdo de Liese, pero no de él —dijo el laird, sin apartar los ojos de la figura del muchacho.

—Bueno... —intervino John—, en realidad lo hemos adoptado. Se quedó sin familia y Maud no consintió dejarlo a su suerte. Si no es mucho pedir, nos gustaría que lo tomarais a él también bajo la protección del clan.

Willow empezaba a ponerse muy nerviosa bajo el escrutinio tan directo del líder de los Campbell. Se pegó más a Maud, buscando su apoyo, deseando que aquella entrevista terminara cuanto antes. Su gesto no le pasó desapercibido al laird.

—Sois todos bienvenidos, John St. Claire. Me gusta teneros aquí y saber que puedo devolver el favor que me hicisteis aquel día hace ya algunos años.

—Fue un honor para nosotros, laird.

—Maud y Liese ayudarán en la cocina y en todas las tareas domésticas que mi ama de llaves, Jane, les requiera —explicó, yendo al grano—. John, tú entrenarás con mis guerreros y colaborarás en las tareas de reparación del ala este del castillo. El muchacho, mientras siga escondiéndose tras las faldas de su madre, limpiará las porquerizas y atenderá a los animales del corral.

John abrió la boca para protestar, pero el laird levantó una mano para silenciarlo.

—Yo decidiré cuándo está preparado para asumir responsabilidades más propias de hombres que de niños. Tendréis que conformaros con eso por el momento. Podéis retiraros, Jane os servirá algo de comida en las cocinas.

Willow no podía llevarse peor impresión de aquel hombre. ¡Era un auténtico maleducado! Ella, en su hogar, jamás habría tratado de esa manera a unos recién llegados después de un largo viaje, por más que estos fueran a formar parte del servicio. Había obviado cualquier tipo de cortesía, no les había preguntado nada, no les habían presentado al resto de los presentes. Su ceño intimidatorio y el tono brusco de su voz invitaban a salir corriendo de aquel salón en lugar de hacerles sentir bienvenidos y queridos entre aquellos muros.

Willow añoró con un dolor aplastante el arrope de su familia y de toda su gente. Echó de menos a Marie, su querida Marie, y se imaginó cómo la consolaría de haber estado aún a su lado.

—Chico, ¿estás sordo? —La voz del laird, ronca y desagradable, la sacó de sus ensoñaciones. El hombre la miraba como si su sola presencia fuera algo que no pudiera soportar—. He ordenado que os retiréis, ve con tu familia.

Willow parpadeó y miró a los lados, dándose cuenta de que Maud, John y Liese ya estaban casi en la puerta del salón, mientras que ella se había quedado embobada allí en medio, parada bajo la atenta y despiadada mirada del laird.

—Señor —susurró, haciendo un breve gesto con la cabeza antes de salir corriendo junto a los demás.

Ewan lo vio desaparecer y tardó unos minutos en apartar sus ojos de la puerta por donde había salido. ¿Qué demonios le había ocurrido? ¿Qué tenía aquel muchacho que lo había encendido de aquella manera? Verlo esconderse tras las faldas de Maud le había revuelto el estómago.

—Yo me ocuparé de hacer de ti todo un hombre —siseó para sí mismo, sin querer investigar más a fondo los sentimientos que le habían asaltado después de contemplar aquellos enormes ojos azules en esa cara de duende.

Después de una cena muy frugal en las cocinas, puesto que en palabras de Edith, la cocinera, habían llegado tarde y no pensaba preparar nada especial para ellos, los condujeron al que a partir de entonces sería su hogar. Salieron del edificio principal guiados por Jane, el ama de llaves, y tomaron el camino que conducía a las dependencias de los sirvientes. Willow se fijó en que era una zona cercana al muro exterior que circundaba la isla y protegía la fortaleza, donde habían construido una serie de chozas de piedra con techos de madera y paja destinadas a todos los que servían en el castillo. A los St. Claire se les había adjudicado una de estas habitaciones, pero al entrar Willow se percató de que solo había dos catres: uno grande para el matrimonio y otro más pequeño para Liese.

—La preparamos para tres personas —se excusó Jane, acercándose al fuego para avivarlo—, así que por esta noche tendréis que apañaros.

—No pasa nada —dijo Willow—, yo dormiré en el suelo. Ya estoy acostumbrado.

—Pero mañana podremos disponer de otro catre, ¿verdad? Nuestro muchacho no puede dormir tirado junto al fuego... —protestó Maud.

—Por supuesto, mañana daré orden de que solventen este inconveniente. Y, ahora, os dejo descansar, seguramente estaréis agotados del viaje. —La mujerona se encaminó hacia la puerta, pero en el último segundo se volvió—. Los sirvientes desayunamos todos con las primeras campanadas de la capilla, al alba, porque luego tenemos que atender a los señores del castillo. Por favor, sed puntuales.

—No te preocupes, Jane, estaremos preparados para atender todo aquello que se nos ordene —prometió John en nombre de toda su familia.

El ama de llaves hizo un gesto de asentimiento con la cabeza y luego desapareció.

—Bueno, pues ya estamos aquí —exclamó Maud, sentándose sobre su catre con un sonoro suspiro de satisfacción.

—El laird no me ha parecido tan bondadoso como decíais, padre —opinó Liese, mientras abría su hatillo y comenzaba a sacar sus escasas pertenencias de él.

—Ewan Campbell tiene muchas cosas en la cabeza, aparte de la tarea de recibir a unos sirvientes —le defendió Maud—. Pero era un buen muchacho cuando lo conocimos y no ha podido cambiar tanto.

—Además, el simple hecho de aceptarnos habla por sí solo —la secundó John.

El matrimonio confiaba plenamente en su benefactor, estaba claro. Pero Willow no lo veía así, y jamás podría hacerlo. Aunque el mismísimo laird se llegara a mostrar de repente amable y cordial con los St. Claire, cosa que dudaba, para ella no era más que un simple asesino. Al menos, hasta que alguien le demostrara lo contrario.

—¿Qué te ha parecido a ti, Will? —le preguntó Maud.

—La verdad, no suelo formarme opiniones tras un encuentro tan breve con una persona —mintió—. Pero sí me ha quedado claro lo que opina el laird de mí.

—No se lo tengas en cuenta, Will —John se sentó al lado de su mujer sin dejar de mirar al muchacho—. Son guerreros y están acostumbrados a que todos sus soldados muestren una hombría intachable. Tú eres muy joven, aún tienes que ensanchar y que te crezca pelo en el pecho... Ya verás cómo dentro de poco estarás entrenando conmigo para convertirte en la admiración de todos los Campbell, incluido el laird.

Willow gimió para sus adentros. ¿Pelo en el pecho? Lo que le faltaba... Más le valía recopilar toda la información que pudiera en el menor tiempo posible y escapar de Innis Chonnel enseguida, antes de que alguien se percatase de su engaño y se diera cuenta de que en su pecho no había más que una venda que aplastaba sus pobres senos como parte de su disfraz.

CAPITULO 8

Malcom MacGregor entró en la tienda de su padre con el semblante congestionado. Un emisario de Meggernie había llegado hasta su campamento, en Stirling, con las peores noticias posibles.

Un mes... un mes entero sin saber nada de sus gentes, de sus hermanos Niall y Willow, y cuando por fin aparecía el esperado mensajero, descubría con horror que era portador de las nuevas más dolorosas.

—¿Qué ocurre? —preguntó Ian, acudiendo presto a su lado al ver el color ceniciento de su rostro.

—Meggernie... —musitó Malcom, con la voz rota—. Meggernie ha sido atacado.

El aire pareció faltarle de los pulmones. El laird MacGregor tuvo que apoyarse en el hombro de su hijo para asimilar tan terrible revelación.

—¿Qué... quién... cómo...? —no acertaba a formular ninguna pregunta, los interrogantes se le agolpaban en el corazón.

—Hace más de una semana. Hemos perdido su gobierno.

El anciano elevó los ojos buscando los de su hijo y no hizo falta que pusiera en palabras el mayor de sus temores.

—Dicen... dicen que Niall cayó en la refriega, padre. —A su hermano gemelo se le quebró la voz y las lágrimas asomaron, sin llegar a derramarse.

No tuvo tiempo de ahondar en su propio dolor, porque Ian MacGregor se tambaleó ante la noticia y las rodillas le fallaron. Malcom tuvo que sujetarlo y acompañarlo hasta una de las butacas de cuero para que se sentara.

—No te apures por mí, hijo mío, cuéntamelo todo, aunque me veas flaquear. Necesito saber qué ha ocurrido.

—Cuentan que vieron los colores de los Campbell.

—¿Los Campbell? Pero... hace mucho que nuestros clanes pactaron una tregua. No... no lo entiendo. ¿Seguro?

—Son rumores, padre. Sabemos que un ejército cercó nuestras murallas al amparo de la noche y que alguien, desde dentro, les abrió las puertas para que el asalto fuera más efectivo. Los nuestros lucharon con valor, comandados por Niall, pero eran inferiores en número y tuvieron que claudicar.

—¿Se rindieron? —preguntó el guerrero, con la vista perdida en el infinito, reviviendo una batalla en la que él no había participado.

—Parece que sí, o eso cuentan.

—Pero, entonces... Niall...

—Nuestro enemigo no respetó la bandera blanca. Tomaron prisioneros y luego...

—¿Qué? No me ocultes nada, Malcom. No intentes proteger mi corazón, porque ya lo tengo destrozado.

—Ajusticiaron a nuestros hombres delante de Niall. Le obligaron a presenciarlo. Después, lo mataron.

Ian MacGregor bajó la cabeza y escondió el rostro entre sus manos. Las palabras ponían imágenes detrás de sus ojos y, aunque los cerrara, no dejaba de verlas. Escocían, dolían como dagas clavadas en el pecho. ¡Cuánto había tenido que sufrir su hijo al verse sometido! Obligado a ver cómo torturaban a sus hombres, conociendo de antemano su propio desenlace. Sin poder socorrer a su gente, sin poder defender a aquellos que amaba...

El laird levantó la cabeza con brusquedad.

—¿Y Willow?

Malcom movió la cabeza en un gesto negativo.

—¿Muerta? —la voz del padre era apenas un sonido sibilante y derrotado.

—Nadie lo sabe. Nadie sabe nada de ella desde el ataque, nadie la ha visto.

Ian MacGregor inspiró con fuerza al recobrar algo de esperanza.

—Marie la puso a salvo, estoy convencido. Nuestra niña está viva, Malcom, pero si nadie sabe dónde está, significa que está perdida y, posiblemente, sola. Tenemos que buscarla.

La misma chispa de esperanza que iluminaba los ojos del laird prendió en el corazón de su hijo. Malcom desplazó a un lado el infinito dolor de la pérdida de Niall para concentrarse en Willow. ¿Dónde habría podido ir? ¿Dónde se había escondido su dulce e indefensa hermana? Necesitarían ayuda para dar con ella y rezaba para que alguna familia piadosa la hubiera acogido en su seno hasta que ellos regresaran para restablecer el orden en Meggernie.

—Partiremos mañana, iré a alertar a nuestros hombres para que se preparen —anunció a su padre, con el ánimo algo más recuperado ante la perspectiva de la acción.

—No, hijo, espera —le retuvo Ian—. No podemos abandonar el campamento sin el consentimiento del rey. Estamos aquí por orden suya y desaparecer sería considerado un acto de traición.

—¡Pero Meggernie ha sido atacado! Sé que es nuestro deber obedecer a Bruce, pero en parte esto es culpa suya.

El laird comprendía la furia de Malcom. La misma llama de indignación prendía en su alma, porque el deber para con su patria le había privado de la oportunidad de luchar junto a su hijo Niall y de proteger a su gente. Sin embargo, no era estúpido. Y no pensaba echar a perder la única posibilidad de recuperar todo lo suyo haciéndole un feo al rey de Escocia.

—Hablaré con él. Le pediré permiso, no puede negarnos el derecho de auxiliar a nuestro clan.

Malcom contempló a su padre mientras salía de la tienda con el paso lento y los hombros hundidos. Siempre había sido un guerrero fuerte e inquebrantable. Ahora, tras la terrible noticia, se hacía más patente lo avanzado de su edad, porque su espíritu ya no podía soportar el dolor de la pérdida con el estoicismo del que siempre había hecho gala. Lo siguió para ofrecerle todo su apoyo frente al rey. Se colocó a su espalda y no lo abandonó en ningún momento, porque, aunque su padre no hubiera pronunciado las palabras, sabía que en esos angustiosos instantes lo necesitaba más que nunca.

—No podéis marcharos —dijo el rey—. Ahora no.

Los dos MacGregor apretaron los labios y los puños ante el tono indiferente del monarca. Robert de Bruce cenaba en su propia tienda rodeado de sus más fieles consejeros cuando recibió la visita de los ultrajados guerreros.

—Los Campbell han tenido la desfachatez de atacar mi casa en mi ausencia, señor, ¡tenemos derecho a protegernos! —estalló Ian MacGregor, dando un paso al frente. El hijo lo detuvo poniéndole una mano en el hombro.

—No sabemos con certeza que hayan sido los Campbell. Ninguno de los informes que he recibido lo aclara.

—¿Sabíais lo del ataque? —Malcom no daba crédito.

—Sí, aunque hace apenas un día. Lamento mucho lo ocurrido y me irrita que cualquiera de mis súbditos aproveche la ausencia de algún jefe de uno de los clanes para atacarlo. Pero es algo a lo que ya, lamentablemente, no podemos ponerle remedio. Os necesito aquí, debemos intensificar el asedio al castillo, tus hombres son indispensables en mi ejército. No podéis marcharos —repitió.

Los entristecidos ojos de Ian observaron cómo la boca de Bruce masticaba un pedazo de carne sin que el más mínimo tic revelara lo poco que le importaba el asunto. Se sintió humillado y rebajado como nunca. Al rey le traía sin cuidado que el clan MacGregor hubiese sufrido la ira de otro clan, y sospechaba que no iba a recibir justicia por su parte. Sin duda, otra culpa que achacar a los Campbell.

—Señor, Ewan Campbell ha actuado con deshonor. Si no sois capaz de verlo, es que no concedéis la misma valía a mi familia que a la suya.

El rey levantó la mirada con brusquedad, ofendido por el comentario. Dejó su cuchillo con un golpe sobre la mesa y se levantó para apuntar con un dedo a su interlocutor.

—¿Insinúas que el laird de los Campbell recibe un trato de favor? —Su tono advertía del peligro de continuar por ese camino, pero Ian le había hecho reaccionar ante su problema y pensaba llegar hasta el final.

—Solo digo, majestad, que mientras mis hombres luchan y perecen bajo vuestras órdenes, algo de lo que todos los MacGregor nos enorgullecemos, Ewan Campbell se mantiene a salvo en su fortaleza y, no contento con eso, abusa de su privilegio para atacarnos cuando más débiles nos encontramos.

—El padre de Ewan cayó en el campo de batalla hace poco menos de un año, Ian. Lo sabes tan bien como yo. La reconquista de la isla de Man nos costó muchas bajas... Mucha sangre Campbell se ha derramado prestando servicio a su patria y por eso, y porque considero que el joven laird debe tener tiempo para hacerse con las riendas de su clan, le he permitido quedarse en su fortaleza, como dices, en lugar de convocarlo junto al resto de mis lairds. Tiene además otra misión impuesta por mí: la de formar nuevos guerreros. Cuando estén listos se incorporarán a nuestras filas. Todas las espadas son pocas en los tiempos que corren. —Bruce hizo una pausa para coger aliento, su indignación lo dejaba sin aire—. Y no está demostrado que haya sido Ewan Campbell quien os atacara. Después de tantos años de luchas entre clanes, he aprendido que las intrigas y las traiciones forman parte de nuestro día a día, y antes de sentenciar a uno de mis lairds más leales debo tener pruebas convincentes.

—Señor... —intentó hablar el MacGregor.

El rey detuvo su protesta levantando una mano. Aún no había terminado.

—Tu sufrimiento no me produce indiferencia, aunque puedas pensar lo contrario. Pero no es el momento de poner orden en una disputa entre clanes, hay asuntos mucho más importantes en este momento para Escocia. Te prometo que cuando los ingleses rindan la fortaleza, tu caso será el primero que resuelva.

Todos conocían el pacto que Bruce había hecho con el senescal Philip Mowbray, que gobernaba el castillo de Stirling. Tantas semanas de asedio habían mermado las provisiones de la guarnición inglesa y su situación se volvía crítica por momentos. Siendo así, Mowbray había dado su palabra de que rendiría la fortaleza si antes del verano no eran rescatados por sus compatriotas ingleses. Se acababa el plazo, y el rey necesitaba de todas sus tropas para salir victorioso de aquella lid. Se rumoreaba que los ingleses tenían intención de pelear hasta el final y que la tan esperada rendición no se produciría.

Ian comprendió que Bruce tenía sus razones y no pensaba claudicar ante sus súplicas. Aun así, se arrodilló, con la cabeza baja y la voz desesperada.

—Al menos, señor, concededme una merced. —Tragó saliva antes de continuar. El orgulloso highlander jamás se había arrodillado ante nadie—. Mi hija, Willow, está desaparecida. No quisiera que corriese la misma suerte que su hermano Niall, así que, por piedad, dejadme enviar un destacamento de MacGregor para que la busquen. Malcom podría marchar mañana mismo y yo me quedaré aquí, con el grueso de mis hombres, para serviros hasta el final.

Bruce frunció el ceño y meditó la petición del poderoso Ian MacGregor. Lo conmovió verlo en esa postura derrotada y decidió que, después de todo, su ejército podía prescindir de un puñado de hombres. Recordó a la pequeña Willow MacGregor. En las pocas ocasiones que la había visto le había parecido una criatura adorable, muy parecida a su difunta madre, Erinn, por la que el rey había sentido admiración en el pasado. Definitivamente, si estaba en su mano evitar que la pequeña sufriera el mismo destino que su hermano, lo haría.

—Puedes enviar a tu hijo, Ian —concedió al fin.

Minutos después de su encuentro con el rey, Ian y Malcom se reunieron con el comandante del ejército MacGregor en su propia tienda. El hombre era una mole, más alto incluso que Malcom, de brazos poderosos y mirada asesina. Su pelo largo y la barba oscura y tupida le daban un aspecto salvaje. Sin embargo, Angus era el más disciplinado de sus soldados y confiaba en él como si fuera su propio hijo.

—Laird —dijo el hombre nada más aparecer—, hemos oído las noticias, estamos desolados. ¿Vamos a regresar?

El eco de venganza que se percibía en su tono conmovió al jefe. Malcom y él no eran los únicos que sufrían por lo sucedido, todos sus hombres se desvivían por el clan y estaban dispuestos a dar la vida por los suyos.

—Solo Malcom y tú, Angus —le respondió Ian—. Os llevaréis a una decena de hombres, escoged a los mejores. Comprobad los daños en Meggernie, pero si está tomado y su vigilancia es fuerte, no entréis en disputas. Estableceros en Glenstrae; a partir de ahora y hasta que recuperemos el castillo, será nuestro cuartel general. Ayudad a las gentes del clan, estarán perdidos y desorientados sin un líder. Y, sobre todo, buscad a Willow. Quizás se haya ocultado con alguna de las familias.

—Señor, si nuestros enemigos se enteran de que la pequeña Willow ha desaparecido, pueden intentar buscarla también para usarla en nuestra contra.

Ian meditó esas acertadas palabras.

—Tienes razón. Malcom, habréis de ser muy discretos a la hora de preguntar por ella. Tal vez... —El viejo guerrero pensó en una posibilidad que podría funcionar—. Tal vez sea mejor usar el apodo que le puso Niall, solo nuestros más allegados lo conocen.

—La joya de Meggernie —susurró Malcom, entendiendo.

—Así podremos confundir a nuestro enemigo, sea quien sea. Pensarán que estamos buscando un tesoro robado en el ataque. Cuando preguntéis, decid que la joya ha desaparecido y queremos recuperarla a toda costa. Solo el que sea un verdadero amigo comprenderá el mensaje y nos ayudará a dar con ella. Ofreced una recompensa si es preciso, alguien tiene que saber dónde está mi hija.

—¿Una recompensa? Si está con alguna de las familias MacGregor no será necesaria. Jamás aceptarán unas monedas por haber cumplido con su deber: proteger a uno de los suyos.

—Ya lo sé. Pero si no está con los nuestros puede haber ido a parar al hogar de cualquier otro clan vecino. Puede que incluso esté prisionera, si alguien la ha reconocido. Estoy dispuesto a entregar la torre de Glenstrae y sus tierras, incluyendo todas las cabezas de ganado que se benefician de sus pastos.

Angus abrió los ojos, sorprendido.

—¡Hemos peleado muy duro para conservar los dominios de Glenstrae!

Era cierto. Los MacGregor habían tenido disputas encarnizadas durante largos años por mantener la posesión de aquella cañada codiciada por sus clanes vecinos.

—Sé que tomo la decisión en nombre del clan y no debiera. Sé que abuso de mi poder al entregar algo que pertenece a toda nuestra gente... pero es mi hija, Angus. Estoy dispuesto a dar mi vida por ella si es necesario.

Angus hizo un brusco gesto de asentimiento con la cabeza. Estaba avergonzado por su reacción, ¡él también entregaría su vida por la pequeña Willow!

—Se hará como pides, laird. No te decepcionaremos.

Ian MacGregor puso una mano sobre el hombro de Angus y otra sobre el de su hijo. Los miró con intensidad antes de hablar.

—Confío en vosotros, sé que la encontraréis. Por favor, devolvedme sana y salva a mi pequeña.

CAPITULO 9

Cuando a la mañana siguiente le pusieron el desayuno delante, Willow echó de menos las improvisadas raciones que Maud les repartía cada amanecer. Las frutas silvestres, su trozo de queso y el poco pan del que dispusieran que, aunque estuviera un poco duro, sabía a gloria. Removió con su cuchara de madera las tristes gachas de su plato y tuvo que contener una mueca de asco; jamás le habían gustado.

—¿Por qué no les pones un poco de miel? —le propuso una de las sirvientas que estaba sentada frente a ella.

—Agnes, sabes que no podemos despilfarrar de esa manera —la regañó Jane, el ama de llaves.

—Una cucharadita de nada no se notará —suplicó la joven, mirando a la mujer con los ojos muy abiertos.

A Willow no le gustó que la chica intercediera por ella. No quería meter a nadie en ningún lío y menos por unas miserables gachas. Y esa muchacha ya parecía tener bastantes problemas encima a juzgar por los arañazos de su cara. ¿Se habría peleado con alguien?

—No me hace falta miel, gracias. Las comeré así.

—Vamos —la joven extendió su mano por encima de la mesa y la colocó sobre la suya—, yo te cedo mi parte, es lo menos que podemos hacer para que os sintáis bienvenidos.

Liese fulminó con la mirada a aquella descarada. Willow también estaba incómoda, aquello se excedía de amabilidad.

—Te llamas Agnes, ¿verdad? —le dijo Liese con la voz tirante—. Will no quiere tu miel, ¿lo entiendes?

—Eso deberá decidirlo él, ¿no crees?

Era evidente que entre las dos jovencitas había surgido una animadversión inmediata. Willow se removió en su silla y apartó la mano

75

con delicadeza. Se había percatado de que Liese la miraba con ojos soñadores desde que se conocieron, y parecía que Agnes iba por el mismo camino. ¿Qué encanto masculino podía tener ella, que era tan poca cosa y, en palabras del propio laird Campbell, un pusilánime que se escondía tras las faldas de su madre? Menos mal que en cuanto la vieran enfangada con los excrementos de los cerdos, a esas dos se les iba a pasar la tontería al momento.

—No necesito miel, gracias —zanjó al final, metiéndose una gran cucharada en la boca que casi la hizo vomitar.

John soltó una risotada al tiempo que daba por concluido su desayuno y se levantaba de la mesa.

—Venga, Will, termina ya esa papilla y salgamos fuera. Dejemos a las mujeres con sus disputas femeninas, tenemos mucha tarea por delante.

Willow engulló tres cucharadas más y salió corriendo detrás del grandullón, aliviada por escapar de la cocina. Allí la gente no era amable, a excepción de la empalagosa Agnes; al igual que pasó la tarde anterior, cuando llegaron a la fortaleza, nadie se presentó y pocos se interesaron por los recién llegados. La hospitalidad brillaba por su ausencia y el único gesto amigable que habían tenido con ella había propiciado una discusión con Liese.

Y el día no había hecho más que empezar.

Se encaminó junto con John hacia las pocilgas, arrebujándose en el amplio chaquetón de lana que le había prestado Maud. Allí en las tierras altas las temperaturas no solían ser amables con sus habitantes y aquel día no era una excepción. Su aliento se convertía en vaho cuando respiraba y estaba a un paso de que le castañearan los dientes. Rezó para poder sujetar su mandíbula delante de los hombres del laird, porque si ya encontraban medroso a Will solo por su aspecto, no quería ni pensar en lo que dirían si lo veían tiritando de frío como un triste pájaro en mitad de una nevada.

—Buen día, señores —les saludó el mozo que se ocupaba de los animales, en cuanto traspasaron la cerca de madera de las porquerizas.

Era un muchacho un poco mayor que Willow, pelirrojo y con la cara llena de pecas. Tenía las mejillas sucias y el pelo corto muy revuelto, cosa que a ella le hizo mucha gracia, aunque se abstuvo de demostrarlo.

—Buen día, chico. Mi nombre es John St. Claire y este es mi hijo Will. El laird quiere que mi muchacho ayude en las porquerizas y con los animales del corral, ¿querrás enseñarle lo que tiene que hacer?

—Por supuesto. Siempre se agradece que alguien te eche una mano —su sonrisa dejó ver una mella en su dentadura, lo que conseguía que su imagen fuera aún más cómica—. Mi nombre es Donald, y te contaré todos los secretos de este entretenido oficio.

A Willow le agradó desde el principio. Era la persona más gentil con la que se habían topado desde su llegada. El muchacho le explicó cómo era el trabajo diario con los animales. Se encargaban de echarles de comer a los cerdos, a las cuatro vacas que tenían y a las aves del corral; tenían que llenar los abrevaderos, recoger los huevos de las gallinas y ordeñar a las vacas. Debían mantener la zona lo más limpia posible, y para ello Donald le enseñó cómo retirar los excrementos sin mancharse demasiado, cosa que Willow agradeció. Fue una mañana agotadora, llena de nuevas y desagradables experiencias. Para cuando sonaron las campanas de la capilla anunciando el mediodía, tenía las manos agrietadas, el estómago algo revuelto y le dolían todos los músculos del cuerpo. Ahora se daba cuenta de lo protegida y lo mimada que la habían tenido siempre en su hogar... ¡Jamás en su vida había trabajado tanto!

—Te veo fatigado, Will —le dijo Donald en un determinado momento—, tal vez deberías descansar un poco.

—No —respondió ella, falseando su voz—. Estoy bien.

El mozo chascó la lengua y negó con la cabeza. Willow se encontraba sudorosa y tenía la cara enrojecida por el esfuerzo. Sus ojos azules resaltaban grandes y brillantes en la cara sucia, dando la impresión de que suplicaban por un descanso.

—De todas maneras, pararemos un rato. Ven conmigo.

Salieron del corral y se dirigieron a las cocinas. Willow caminaba detrás de su nuevo amigo, admirando su espalda delgada, pero, a juzgar por lo que había visto durante toda la mañana, bastante más fuerte de lo que aparentaba. Se imaginó que el laird tenía a ese chico cuidando de sus animales por el mismo motivo que a ella: lo veía débil, aún no lo consideraba un hombre de verdad para entrenar junto con sus guerreros. Y lo lamentó por Donald, aunque él no había dado muestras de que su tarea le disgustara.

—Espera aquí —le dijo el pelirrojo, junto a la puerta trasera del edificio principal, que conectaba directamente con las cocinas.

Ella obedeció. Saboreó ese minuto de paz y levantó la cara hacia el cielo, absorbiendo la luz del sol que ese día brillaba fuerte y les deba un descanso de la llovizna que había estado cayendo, intermitente, los días anteriores.

—¡Corre, corre, corre!

Los gritos de Donald la sobresaltaron antes de que el chico saliera como una exhalación de la cocina, rumbo a las murallas. Lo siguió sin pensar; a su espalda, escuchó las voces de la mujerona que se ocupaba de los fogones, maldiciendo e insultando al joven con todas sus ganas. Se detuvieron junto a un portón de madera, sin resuello, y Donald le enseñó lo que había hurtado: un trozo de pan, un poco de queso y un par de manzanas.

—Esa bruja detesta que metamos mano en la despensa, pero a veces está distraída y consigo algún manjar de media mañana. Vamos, lo comeremos en mi lugar especial.

Willow esbozó algo parecido a una sonrisa por el entusiasmo de su amigo. La verdad era que se le había hecho la boca agua al ver la comida y no sentía ningún remordimiento por la travesura. Donald abrió el portón de madera y dejó una piedra colocada para que no se cerrara. Desde la cara exterior del muro, tapó el hueco con unos cuantos matorrales secos y ocultó la entrada como le habían enseñado a hacer desde pequeño. De nada valía vivir en una fortaleza si se descubrían sus accesos secretos con tanta facilidad.

Caminaron hasta la orilla del lago y en un recodo, parapetados por dos enormes rocas, se sentaron a devorar las viandas. Willow estaba feliz de poder tomarse un descanso. Bromeando con Donald, escuchando sus anécdotas en las porquerizas, se olvidó por un rato de sus problemas y notó una serenidad en su ánimo que hacía mucho tiempo que no sentía.

Ewan Campbell se había pasado un buen rato mirando por la ventana las idas y venidas de aquel enclenque muchacho en las pocilgas y en el corral. Apretó los dientes cuando se percató de que esa criatura apenas podía cargar con el cubo de agua para abrevar a los animales. ¿Es que ni siquiera servía para una tarea tan simple? Desde su posición, en lo alto de la torre, no podía distinguir el azul de los ojos de esa cara de duende, pero, para su total desconcierto, lo recordaba con nitidez. No entendía por qué le llamaba tanto la atención, por qué no podía dejar de espiar sus movimientos y lamentar que fuera un chico tan pusilánime. Cuando aceptó a John y a su familia, jamás imaginó que tuviera que cargar con un mequetrefe que daba lástima mirar. Incluso Donald, que era el menos corpulento de sus hombres, parecía un gigante a su lado. Bueno, tal vez eso era exagerar, pero desde luego Ewan no se sentía feliz con aquella adquisición.

Cuando los vio marchar rumbo a la cocina, se quedó embobado contemplando cómo el jovenzuelo levantaba su rostro buscando el sol de la mañana. Y después, cuando salieron corriendo huyendo de los escobazos de la cocinera, el laird quedó convencido de que aquel muchacho tenía que ser un poco afeminado. Apretó los puños mientras observaba cómo se escabullían por la portezuela secreta, pero no porque le molestara que robaran un mendrugo de pan o por buscar un rato de libertad fuera de las murallas. No… no era eso.

En Innis Chonnel nunca habían dado cobijo a un afeminado.

Y no iba a consentir que ningún hombre bajo su mando mostrara esas inclinaciones tan insanas y tan mal vistas entre su gente. Si su padre continuara con vida, se le revolverían las tripas ante la sola presencia de una criatura así.

Ewan cerró los ojos ante el recuerdo de su progenitor. Como cada vez que pensaba en él, le asaltaban sentimientos encontrados. Admiraba al jefe que había sido, que había sabido llevar con mano firme al clan y lo había vuelto peligroso a los ojos de sus enemigos.

Los Campbell se habían forjado una fiera reputación gracias a su padre y no existía ninguna fisura que vulnerara su seguridad. Todos los hombres bajo su mando debían cumplir con los estrictos requisitos de su laird, y el pobre diablo que no lo consiguiera era expulsado sin más de la fortaleza.

Sí, no le cabía ninguna duda. Duncan Campbell jamás habría aceptado al hijo de John St. Claire en su hogar. Lo habría echado de allí a patadas nada más verlo...

Y esa era la parte que más había odiado de su padre.

Daba lo mismo que le pusieran delante a un chiquillo o a un hombre hecho del todo; para él, todos eran iguales. O, mejor dicho, todos *debían* ser iguales. No hacía ningún tipo de distinción a la hora de adiestrar guerreros, era implacable. Ewan dejó escapar el aire de sus pulmones ante las imágenes que lo invadían cuando recordaba aquella parte de su infancia. Su padre había sido despiadado mientras lo educaba, ya que estaba destinado a sucederle algún día y Duncan quería cerciorarse de que dejaba el clan en las mejores manos.

Las manos más fuertes.

No importaba que su madre, la hermosa Cait, suplicara llorando cuando lo adiestraba con la misma rudeza que al más aguerrido de sus soldados.

—¡Por el amor del cielo, Duncan! —le oía decir, cuando sus brazos ya no podían sujetar la espada, cuando sus piernas apenas lo sostenían—. No es más que un niño...

—¿Y eso es excusa para mostrar su flaqueza delante de todos? En Innis Chonnel no hay lugar para los débiles... Y te aseguro que mi hijo no lo será.

Ewan abrió los ojos para emerger de aquel pasado que parecía ya muy lejano en el tiempo. Había sido duro, sí, pero gracias a él había adquirido una destreza y una fuerza admiradas por todos los hombres a los que comandaba. Tenía su lealtad... y se había ganado además el respeto de sus enemigos, que demostraban un reverente temor cada vez que pretendían combatirle. Ese era el legado que Duncan Campbell le había dejado tras su muerte. Para bien o para mal, era quien era gracias a su padre, y pensaba honrarlo como merecía.

Miró una vez más hacia el exterior, buscando la penosa figura del hijo de John con renovada determinación. Si tenía que encargarse personalmente de que aquel muchacho se convirtiera en todo un hombre, como mandaba la tradición de los Campbell, lo haría sin contemplaciones.

Más tarde, durante la cena, Ewan tuvo que apelar a toda su fuerza de voluntad para no desviar la mirada hacia el rincón de la mesa donde John y su familia se habían acomodado. El muchacho responsable de sus cuitas había ayudado a servir las enormes bandejas con la carne mientras su hermana Liese escanciaba el vino en las copas de los comensales. Después, ambos habían ocupado su lugar, junto a los demás sirvientes. Sin embargo, al laird no le habían pasado desapercibidos los ademanes de aquel chico. Era todo delicadeza, casi podría rivalizar con cualquiera de las doncellas del castillo por la suavidad con la que se movía de un lado a otro del salón, y eso le había quitado hasta el hambre.

—Mi señor, ¿estáis bien? —le preguntó Agnes, mientras retiraba una de las fuentes vacías para sustituirla por otra llena con las mejores piezas para el laird.

—Sí, muchacho, hoy estás muy poco conversador —le señaló el viejo Lawler, como siempre sentado a su lado.

Odiaba que lo llamara muchacho. Era el jefe del clan, por todos los santos. Pero en ese momento lo que más le molestaba era que se hubieran percatado del mal humor que lo embargaba.

—No es nada —se disculpó—. Creo que aún estoy afectado por la traición de Melyon. No todos los días perdemos un buen guerrero... y un buen amigo.

Y lo decía en serio. Era una excusa para camuflar la extraña marea de emociones que lo sacudía cada vez que los ojos azules de aquel pillastre se cruzaban en su camino, pero no por eso sus palabras dejaban de ser ciertas. Lamentaba haber perdido a su lugarteniente, le dolía terriblemente haber tenido que echarlo así de su hogar. Sin embargo, cuando Agnes bajó la cabeza, mortificada, ante la mención de su antiguo amigo, supo que no podría haber obrado de otro modo.

—Siempre encontrarás hombres de valía en nuestras filas. Melyon no era irreemplazable.

El poco tacto de Lawler terminó de enervar al joven laird, que se levantó con gran estruendo dejando a todos con la boca abierta ante su brusquedad.

—Seguid, por favor —les impelió de malas maneras—, yo no tengo hambre.

Dicho lo cual, abandonó el salón a grandes zancadas.

Willow lo siguió con el rabillo del ojo. Desde luego, el jefe era un auténtico maleducado. Se había marchado sin terminar la cena, dejando plantados a todos los que intentaban agradarlo. Claro que, ¿qué se podía esperar de un monstruo como él? Tragó con dificultad el nudo que se le formó en la garganta al pensar en Niall, en el infierno que tuvo que haber pasado a manos de ese cruel laird. Si su hermano había perecido por su culpa, ella se lo haría pagar, aunque aún no sabía cómo.

Primero, tenía que averiguar lo que había ocurrido de verdad, no le bastaban rumores esparcidos por las viejas chismosas de las aldeas. Llevaba un día entero en ese lugar y no había hecho más que trabajar y trabajar, por lo que no había tenido ocasión de indagar. Tal vez Donald pudiera confirmar sus sospechas y le explicara por qué el Campbell había retomado una venganza que, no podía ser de otra manera, había ideado su padre. Aunque lo dudaba. Por lo poco que había llegado a conocer a Donald en las horas compartidas, dedujo que era un chico despreocupado, que vivía para los animales y a quien no le interesaba meterse en problemas. No soltaría su lengua con ella así como así.

Luego estaba Agnes. La muchacha era la única del servicio que había mostrado algo de interés por su persona. Aunque la verdad era que dicho interés le daba muy mala espina. La miraba con ojitos de cordero, pestañeaba demasiado. Y suspiraba. Mucho. Willow no podía sostenerle la mirada cuando suspiraba hinchando el pecho de manera tan exagerada. Además, cada vez que lo hacía, Liese se ponía muy nerviosa. Lo que menos deseaba Willow era provocar una guerra entre esas dos jovencitas que se disputaban su atención. No, mejor no acercarse a Agnes, resolvió.

Mientras meditaba, escuchó las risotadas de los guerreros que cenaban al otro lado del salón. Se volvió hacia ellos y observó cómo conversaban, cómo bromeaban y se jactaban de sus logros en el campo de batalla. Willow entrecerró los ojos. Sí, ellos seguro que no tenían ningún problema para alardear de las incursiones llevadas a cabo contra sus enemigos. Allí tenía la fuente de la que obtendría su información, pero, claro, para eso debía convertirse en uno más de aquel grupo. A un muchacho enclenque encargado de los cerdos y las gallinas no iban a contarle absolutamente nada. Debía granjearse su respeto, por mucho que le costara.

El problema era que no tenía ni la más remota idea de cómo hacerlo.

—No te apures —la tranquilizó John al ver lo que miraba con tanto anhelo—, dentro de poco tú y yo compartiremos mesa con todos ellos.

Willow se volvió hacia él con los ojos brillantes de impaciencia.

—¿Puedes entrenarme mañana, cuando termine mis tareas en las porquerizas?

John pareció sorprendido por su petición.

—Pero... el laird dijo que hasta que él no lo considerara oportuno, no podrías reunirte con los demás hombres para el adiestramiento.

—Yo no he dicho que quiera reunirme con el resto —aclaró Willow, bajando la voz—. El Campbell no tiene por qué enterarse, entrenaremos aparte.

—No me parece prudente desafiar así una orden del laird —opinó Maud, mirando ceñuda a su joven hijo adoptivo.

Lo último que deseaba era que el jefe del clan le cogiera ojeriza a Will. Ya se había llevado muy mala opinión de él cuando lo conoció, no debían tentar a la suerte.

John contempló al joven y se mesó la barba pelirroja, pensativo.

—Comprendo tus ganas de entrar en acción, muchacho. Tal vez podamos empezar a desarrollar esos músculos poco a poco para que, la próxima vez que el laird repare en ti, te vea de otra manera.

Willow le agradeció el comentario con un amago de sonrisa, ya que aún no conseguía ese gesto de forma natural. Maud, sin embargo, chascó la lengua con disgusto.

—No me gusta, John, aún no está preparado.

—¡Bah, mujer, bobadas! Si fuera por ti, lo protegerías entre tus faldas hasta que le saliera pelo en la cara.

—No es eso... Por San Mungo, espero que tengáis cuidado. Temo la reacción del laird si os descubre.

—Tú y tus santos. No te preocupes, lo haremos en nuestro tiempo libre, nadie podrá reprocharnos nada.

El grandullón le guiñó un ojo a Willow y ella notó que sus labios se curvaban en otro intento de sonrisa que no prosperó. ¿Cuándo volvería a reír? Bebió de su copa de vino para tragar el nudo que se formó en su garganta, como cada vez que recordaba el motivo por el que había llegado hasta la madriguera de sus enemigos.

Venganza.

Por su hermano, por Marie, por Errol... y por todos los que se habían quedado allí, en Meggernie.

Volvería a reír cuando viera al jefe de los Campbell de rodillas en el suelo, pidiendo clemencia por su vida, se dijo.

Volvería a reír cuando le llevara a su padre la cabeza de aquel asesino en una bandeja.

CAPITULO 10

El joven Donald jamás había visto a nadie trabajar con tantas ganas. Su nuevo compañero de faenas era un muchacho enclenque, pero con una voluntad de hierro. Lo miraba ir de un lado a otro, recogiendo los excrementos de los animales como si le fuera la vida en ello.

—¿Qué te ocurre? —le preguntó, mostrando su sonrisa mellada.

—Nada, es que hoy necesito acabar pronto.

—¿Tienes una cita? —se mofó—. ¿Ya ha caído alguna de las doncellas del castillo en tus redes? ¡Qué suerte tienes, bribón! Esos ojos azules seguro que las vuelven locas...

Willow detuvo sus quehaceres para mirarlo con asombro.

—¡No es nada de eso! —protestó, escandalizada. No cayó en la cuenta de que era un comentario muy típico entre hombres.

—Ah, ¿no? Pues oye, si alguna se te acerca y no tienes interés, mándamela a mí, que yo la consolaré... —Donald soltó una risotada y Willow enrojeció, muy consciente de la clase de consuelo del que hablaba su amigo.

—Es solo que... tengo cosas que hacer —musitó.

Demasiado tarde se percató de que hubiera sido mejor seguirle la corriente y dejar que creyera que su cita era de índole romántica. Se suponía que el entrenamiento con John era un secreto.

El pelirrojo levantó las manos en señal de rendición.

—Bueno, bueno, no te pongas así. Si no quieres hablar de ello, no seré yo el que indague para conocer tus secretos. Ya te darás cuenta, es mucho mejor no interferir en la vida de los demás. Se vive más tranquilo...

Al punto, Donald se alejó con los dos cubos de agua que cargaba para llenar los abrevaderos. Willow lo observó con un sentimiento de alivio en el pecho: con él no tendría problemas. Al menos, así lo deseaba.

Se afanó lo que pudo para terminar todas sus tareas y para la hora del almuerzo consideró que sus deberes estaban ya realizados. A pesar de que le pesaba el cansancio de andar trajinando desde el alba, corrió como una liebre hasta el patio de armas donde entrenaban los hombres del laird. Una vez allí, se agazapó en una esquina para espiar sus movimientos y estar pendiente de John, al que interceptaría en cuanto el ejercicio hubiera finalizado.

Repasó con la mirada al grupo de guerreros que ahora simulaban combates de dos en dos, elevando las enormes espadas sobre sus cabezas y protegiéndose con los escudos de madera que portaban en la otra mano. Había que reconocer que todos ellos resultaban increíbles. Las anchas espaldas y los brazos musculosos delataban el duro entrenamiento al que se sometían. Sus ojos se detuvieron en la figura de laird, que luchaba como uno más.

No... como uno más, no.

Willow constató que sus golpes sonaban más fuertes que el resto y su cara tenía una expresión feroz, como si en verdad el combate que libraba fuera a muerte. Ponía el alma en cada envite y, tras unos cuantos intercambios, logró desequilibrar a su adversario, que terminó tirado en el suelo con el filo de su hoja apoyado contra el cuello. Ewan Campbell miró al hombre desde arriba y asintió, satisfecho con el resultado. Luego, le tendió la mano y le ayudó a levantarse.

Aquel gesto extrañó a Willow.

Un despiadado asesino como él hubiera pateado el cuerpo de su adversario en lugar de ofrecerle su mano. Claro que, aquel guerrero no era un auténtico enemigo, se trataba tan solo de un entrenamiento.

Sin pretenderlo, la joven se encontró admirando el porte altivo del señor de los Campbell. Era atractivo, si bien la fascinación que una mujer podía sentir frente a él era la misma que frente a uno de los bellos ángeles caídos que servían a Satanás. Sus encantos varoniles eran oscuros, seductores y peligrosos. Willow se estremeció solo con imaginar que un hombre así se le pudiera acercar... Suerte que a sus ojos ella no era más que un pusilánime jovenzuelo. ¿Cómo harían las mujeres para soportar las caricias de aquellas enormes manos? ¿Cómo podrían respirar encerradas en uno de sus abrazos? Sin duda el laird era muy capaz de aplastarlas contra el amplio pecho moreno lleno de cicatrices...

—¿Qué haces ahí escondido, Will?

La voz de Maud la devolvió a la realidad. Pero, por desgracia, también la puso en evidencia, porque la mujer habló lo suficientemente alto como para que algunos de los guerreros la escucharan; entre ellos, el temible laird.

Willow quiso que la tierra la tragara. Los ojos castaños del líder de los Campbell la taladraron, dejándola petrificada en el sitio. No podía apartar la mirada del furioso rostro de aquel ángel de los infiernos, convencida de que sería capaz de alcanzarla en dos zancadas y agarrarla por el cuello para pedirle explicaciones. Ella no debía estar allí, ya lo había dejado bien claro el día de su llegada.

—Will, hijo, vamos. —John se acercó y agarró a su hijo del brazo para alejarlo cuanto antes del patio de entrenamiento.

Maud fue la encargada de excusar su comportamiento, una vez más.

—No era su intención molestar, mi señor, es solo un chiquillo curioso con ganas de convertirse en hombre cuanto antes.

Ewan no dijo nada. Se limitó a gruñir antes de darse la vuelta y desaparecer por la puerta del edificio principal. Maud miró al cielo y rogó para que aquel hombre tuviera paciencia con su Will. En el poco tiempo que llevaban con él se había dado cuenta de que no era un muchacho como los demás. Y, por su bien, esperaba que la tontería se le pasara pronto y madurara de una vez por todas, o jamás saldría de las porquerizas...

No podía con la espada. Willow apretó los dientes y lo intentó una vez más, pero el acero no se levantó más de un metro del suelo.

—Tal vez mi arma sea demasiado grande para ti —comentó John—. Aún tienes que desarrollar la musculatura.

La joven resopló por la decepción, jamás tendría los brazos de un guerrero. ¿Significaba eso que no podría enfrentarse con ninguno para que la aceptaran en su grupo? No, se negaba a creerlo. Tenía que haber una manera, debía colarse entre ellos para poder conseguir la información que perseguía. Quería tener la certeza de que el laird era el asesino de su hermano, y puesto que en aquella fortaleza nadie comentaba nada acerca del ataque a Meggernie, no tenía más remedio que indagar.

Apretó los labios en una mueca decidida. Cogió aire y lo intentó de nuevo. Esta vez, estrelló la espada contra el escudo que John sostenía, pero el hombretón ni siquiera se movió por el golpe.

—Bueno, no te desanimes, algo es algo. Inténtalo otra vez.

Desde luego, su padre adoptivo tenía mucha paciencia, reconoció Willow. Se habían retirado a una zona detrás de las porquerizas, donde era improbable que nadie los descubriera entrenando. Allí, el fuerte olor de los animales del corral ahuyentaba a los curiosos. El sol ya descendía por el horizonte y una brisa helada anunciaba que la noche estaba al caer. John instó a su joven pupilo a intentarlo una y otra vez, hasta que después de muchas estocadas fallidas, por fin Willow golpeó con acierto y potencia sobre el escudo.

—¡Bien! Muy bien, muchacho. —El hombre contempló a su discípulo y comprendió que estaba a un paso de desfallecer—. Lo dejaremos por hoy, es mejor acabar con la sensación de triunfo. Mañana intentaré hacerme con una espada más pequeña, seguro que se te dará mejor.

Willow hubiera querido protestar. Lo que para John era un triunfo, para ella era un paso muy lento en su camino. Pero lo cierto era que le ardían los brazos y los pulmones le quemaban. El sudor le corría por la espalda empapando su camisa y tenía el rostro acalorado. Necesitaba un respiro.

—De acuerdo. Gracias por tu tiempo, John, te lo agradezco.

El hombre le palmeó la espalda con afecto y se alejó rumbo al comedor. No quería perderse la cena que ya estaba a punto de servirse.

Willow se dejó caer en el suelo, exhausta. Por un momento, se dejó vencer por el desaliento: no podría. Jamás blandiría una de esas enormes espadas como lo hacían los guerreros Campbell; era físicamente imposible. Notó que las lágrimas amenazaban con escaparse de sus ojos y se los restregó con saña. No iba a llorar.

Se levantó, entumecida y sudorosa, soñando con una tina llena de agua caliente, algo de lo que en el pasado había podía disfrutar a su antojo, pero que en sus actuales condiciones estaba muy lejos de conseguir. Hacía días que no se lavaba y notaba cómo la mugre se le pegaba al cuerpo como una segunda piel. Miró hacia la alta muralla, visualizando el lago al otro lado. ¿Y si...? Era una locura, el agua estaría congelada, pero sintió que lo necesitaba con urgencia.

Y no pensó en las consecuencias.

Los ojos del laird se paseaban de un lado a otro del salón, impacientes.

El muchacho no estaba.

¿Dónde se había metido ese pillastre del demonio con cara de duende?

Allí se encontraba su familia: Liese ayudando a servir las mesas, John sentado con los hombres en la otra punta y Maud organizando a los niños para que la comida no acabara toda por los suelos. ¿Acaso aquel mequetrefe se había tomado la noche libre, sin su permiso? ¿Estaría enfermo?

Ewan Campbell se pasó una mano por la cara, exasperado. De haber sido cualquier otro de sus sirvientes, ni se hubiera dado cuenta. Pero tenía esos ojos azules metidos entre ceja y ceja, no recordaba haberse obsesionado así nunca con nada. Tal vez eran sus ganas de averiguar más cosas acerca de él. No era trigo limpio, había algo raro en su diminuta persona. Su modo de mirarlo fijamente, con temor pero también con una chispa de desafío y desdén, como si lo acusara de alguna felonía, no era lógico en alguien que acababa de conocer.

Al cabo de un rato, cuando ya era patente que ese... ¿Will? Sí, Will, no iba a aparecer, se levantó hecho una furia y fue en busca de John.

—¿Dónde está tu chico? —le espetó de malas maneras, al llegar a su altura.

El hombretón se sorprendió por su tono y, por unos segundos, no supo qué contestar. Maud, que había observado la escena, se acercó al rescate de su esposo.

—No se encontraba bien, laird. Se ha... se ha quedado en cama —mintió.

Ewan entrecerró los ojos, la contempló unos instantes con una intensidad que la mujer soportó a duras penas, y salió luego del salón bufando como un animal enfurecido. Al momento, Maud se giró hacia John con la mirada alarmada.

—¿Dónde demonios está ese inconsciente?

El pelirrojo solo pudo encogerse de hombros y ambos se preocuparon por la reacción del laird cuando diera con su paradero.

CAPITULO 11

Recorrió todo el patio y, luego, se dirigió hacia los aposentos de los sirvientes. Aún no era noche cerrada, por lo que no le hizo falta ninguna tea que le iluminara el camino, la penumbra del atardecer era suficiente para ver por dónde se andaba. Abrió la puerta de la pequeña choza con un golpe que rebotó contra la pared dispuesto a gritar mil improperios, pero allí no había nadie. Miró los catres vacíos y los rescoldos casi extintos en el hogar, sintiéndose estúpido. Salió de nuevo, más furioso aún que antes. Daría con ese mocoso aunque tuviera que mirar bajo cada piedra de Innis Chonnel.

Caminó paralelo a la gran muralla, siguiendo su curso, inspeccionando cada rincón. Y, de pronto, tuvo un presentimiento. Gruñó como un oso al sospechar que su idea no era tan descabellada y corrió hacia la portezuela secreta que había visto utilizar a Will y a Donald el día anterior.

Efectivamente, la trampilla estaba abierta, sujeta con una piedra para que no se cerrara.

Maldijo mil veces a ese muchacho inconsciente y salió de la fortaleza en su busca. No tuvo que caminar mucho; tras un recodo, resguardado por un grupo de enormes piedras recubiertas de musgo, encontró al joven Will terminando de atarse las calzas. Tenía el pelo mojado y alborotado, por lo que supuso que se había estado lavando en las frías aguas del lago. ¿Estaba mal de la cabeza?

—¡¡Will!!

El grito furioso sobresaltó al chico, que levantó la cabeza y lo miró con los ojos espantados.

Allí, bajo la extraña luz brumosa, el pelo mojado, la piel pálida de la cara limpia y los ojos brillantes, parecía más que nunca una criatura fantástica de leyenda. Ewan quedó sobrecogido por la imagen y tuvo que sacudir la cabeza para deshacerse del hechizo y dejar que todo su enfado saliera como un torrente incontenible.

Se abalanzó sobre él y lo agarró brutalmente por el brazo. El chico gimió de dolor, pero eso no lo conmovió.

—¿Te has vuelto loco? ¿Qué diantres estás haciendo aquí fuera?

Lo sacudió con energía y Willow se encogió ante la expresión asesina de su rostro. Sus ojos refulgían de oscuridad y ardían de ira.

—Yo solo quería…

—¡Cállate! ¡Jamás he conocido a nadie con tan poca sesera!

—Necesitaba asearme… y no estaba tan fría —protestó ella, intentando liberar su brazo sin conseguirlo.

El laird acercó tanto su cara que Willow temió que le arreara un cabezazo. Una vena latía enloquecida en su cuello y, por primera vez desde su llegada, la joven sintió auténtico pánico en presencia de ese Campbell. Podría matarla allí mismo y nadie haría nada para evitarlo.

—¿Crees que me preocupa que cojas un enfriamiento? ¡Me trae sin cuidado lo enfermo que caigas!

Ella boqueó, impotente, sin comprender absolutamente nada.

Ewan emprendió el regreso al interior de la fortaleza arrastrándola consigo, sin importarle que su presa tuviera que correr para poder seguirle el ritmo. Era eso o que le arrancara el brazo.

Una vez dentro, el laird volvió cerrar y asegurar la portezuela, y se giró para fulminarla con la mirada.

—Has puesto en peligro a mi gente, nadie sale de la fortaleza por la noche. Y mucho menos usando la trampilla secreta, dejándola abierta para que cualquiera que nos aceche tenga la oportunidad de colarse dentro. —La joven pensó que el laird exageraba, pero no dijo nada. Bastante enfadado se lo veía ya—. ¿Quién te ha desvelado el secreto?

El corazón de Willow latió desbocado. Temió por su compañero y decidió mentir, a pesar de ser muy consciente de que la mano que la sujetaba cada vez apretaba más fuerte.

—Nadie. Lo descubrí yo solo.

Ewan no se molestó por el embuste, al contrario. Pensó que, al menos, el chico tenía algo de honor al proteger a Donald con su silencio.

—Y ahora descubrirás lo que les ocurre a aquellos que ponen en peligro la seguridad de mi casa —le susurró con ira contenida.

Volvió a arrastrarla, esta vez en dirección al edificio principal. Se hizo el silencio en el salón donde todos cenaban cuando aparecieron y el laird no se detuvo, sino que avanzó hacia las escaleras de piedra ubicadas al fondo, que daban acceso al piso inferior. Willow notó un frío atroz en los huesos cuando comprendió que se dirigían hacia las mazmorras. ¡Cielo Santo! ¿Tan grave había sido el crimen? Ella no lo consideraba así y odió aún más la crueldad de ese hombre.

Una vez abajo, Ewan abrió una de las celdas y la empujó dentro con violencia, haciéndola caer al suelo. Después, cerró de un portazo y Willow se quedó completamente a oscuras.

Tuvo miedo.

Cuando el sonido de los pasos del laird se perdió en la distancia, el silencio se cernió sobre ella añadiendo más desasosiego a su ánimo. Era como si la hubieran tirado a un pozo negro donde los sentidos quedaban anulados y solo podía escuchar el latido de su corazón y su respiración atormentada. Palpó a ciegas los alrededores y dio con la pared helada y húmeda. Se sentó en el suelo y se acurrucó sobre sí misma, temblando. Allí dentro hacía frío y ella tenía el pelo y las ropas aún mojados por el baño. Las piedras de aquellos muros exhalaban un pestilente olor a orines y temió que el silencio que gobernaba el lugar se viera interrumpido por los correteos de algún roedor.

No pudo contenerse más. Las lágrimas acudieron a sus ojos calientes y saladas, enormes, y rodaron por su rostro hasta que se durmió tiritando de frío y de miedo.

No supo cuánto tiempo pasó hasta que despertó de nuevo. Se sorprendió al notar algo cálido sobre la mejilla y abrió los ojos. El tenue resplandor de una antorcha se colaba por el ventanuco de la puerta, arrojando una leve claridad al interior de la celda que disipaba la aplastante oscuridad. Tocó con curiosidad lo que tenía encima del cuerpo y descubrió que era una gruesa piel, seguramente de oso. Agradeció a quien quiera que se hubiera preocupado por ella el haberle dejado aquel maravilloso regalo, se acurrucó de nuevo tapándose hasta la nariz y volvió a sumirse en un sueño intranquilo.

En el sueño, Willow corría por un prado de un verde intenso. El cielo era azul brillante sin nubes y el aire primaveral traía olores a tierra húmeda y a hierba. Tras ella, las carcajadas de los gemelos la instaban a imprimir más velocidad a sus pequeñas piernas: estaban a punto de alcanzarla. Giró la cabeza un momento y ese fue su gran error. Tropezó, cayó rodando por el suelo y enseguida tuvo encima a su hermano Niall, que la atrapó entre sus brazos con una sonrisa de triunfo en la cara.

—¡La tengo, la tengo! ¡La joya de Meggernie es mía!

Willow no podía parar de reír. Solo Niall la llamaba de ese modo; era su niña mimada.

Malcom también los alcanzó, colorado y sudoroso. Nunca había podido correr tan rápido como Niall o la propia Willow, pero, a cambio, era el muchacho más fuerte de todo Meggernie.

—¿Qué haremos con ella, Niall? —preguntó, con una enorme sonrisa.

—No sé... ¿la tiramos al lago?

—¡¡No!! —protestó ella, riendo.

—¡Ya sé! La obligaremos a que nos haga unos pastelillos para el postre —exclamó Malcom.

—¡Ja! ¿Y cómo piensas obligarme?

Su hermano la miró alzando ambas cejas repetidas veces y le mostró las manos, colocadas como las garras de un oso. Niall lanzó una carcajada al verlo y lo imitó. Willow chilló porque sabía lo que venía a continuación, pero por más que forcejeó no pudo escaparse. Los gemelos se lanzaron sobre ella y le hicieron cosquillas hasta que le dolió la tripa de la risa.

—¡Basta, me rindo, me rindo! ¡Os haré los pastelillos, los haré!

Y mientras reía, un feo nubarrón oscuro tapó el sol de aquel cielo antes límpido. Los alegres gritos de sus hermanos cesaron y Willow se encontró de pronto sola en aquel prado, desorientada. Se levantó del suelo y se abrazó el cuerpo intentando protegerse del frío gélido que de pronto flotaba en el ambiente. La hierba verde a su alrededor se secó y perdió su brillante color. Todo era silencio y el aire se volvió gris. Notó una pesadez amarga en el estómago y un desamparo brutal, sola en medio de aquel páramo. Y entonces a lo lejos divisó una figura oscura, que se acercaba montada sobre un enorme caballo que pateaba el suelo con sus poderos cascos en dirección a ella.

Se estremeció de terror. Era la muerte, seguro, que venía a buscarla. Pero no.

Cuando se acercó lo suficiente, Willow pudo ver el rostro del jinete y le tuvo aún más miedo que a la propia parca.

Era Ewan Campbell, que se acercaba cada vez más, con el rostro contraído en una mueca feroz y violenta, con la espada desenvainada y los ojos inyectados en sangre.

Cuando estuvo casi sobre ella, Willow, aterrada, solo pudo gritar.

Despertó sobresaltada. Se incorporó y notó que tenía los dedos crispados alrededor de la piel que la cubría. Miró a su alrededor con ojos espantados hasta que recordó que se encontraba en la mazmorra de Innis Chonnel.

—Chico, ¿te encuentras bien?

La voz del guardia le llegó desde detrás de la puerta de madera.

No, no se encontraba bien, pero no tenía ganas de explicárselo a un desconocido.

—¿Por qué has gritado? —insistió el hombre.

—Hay una rata —se inventó.

Escuchó las carcajadas secas al otro lado y no le extrañó que se riera de ella. Supuso que él, en su lugar, habría cogido la rata con una mano y le habría arrancado la cabeza de un solo mordisco. Así eran los hombres Campbell.

—Chico, o endureces la piel, o lo vas a tener muy crudo para ganarte el favor del laird.

Justo lo que ella pensaba.

—¿Ya ha amanecido? —le preguntó, cambiando de tema. No iba a explicarle que ella jamás llegaría a ser el guerrero que todo el mundo pretendía.

—Hace un rato, sí.

—¿Y aquí no dan desayuno a los presos?

Se acercó hasta el ventanuco de la puerta para poder ver al hombre que hablaba con ella, pero en cuanto asomó la nariz, el guarda dio un golpe a la madera, sobresaltándola.

—No tientes a la suerte y aléjate un poco. No debo darte conversación.

Las tripas de Willow rugieron como protesta a semejante trato. No había cenado la noche anterior y su estómago se lo recordaba clamando con insistencia.

—¿Cuánto tiempo me van a tener aquí?

Silencio.

—¿Puedo ver a John o a Maud?

Más silencio.

—¿Soy el único preso en las mazmorras?

—¡De acuerdo! Cierra la boca. Eres más molesto que un enjambre de abejas... —El guarda bufó al otro lado de la puerta y dejó ver su rostro a través del ventanuco. Willow comprobó que era un hombre moreno con barba, de ojos claros, al que parecía hacerle tan poca gracia como a ella estar en aquel lugar—. Supongo que ahora te bajarán algo de comida, el laird no suele dejar morir de hambre a sus prisioneros. No puedes ver a nadie, eres el único preso y saldrás cuando el laird lo estime oportuno. Y ahora cállate, aléjate de la puerta y no me crees problemas.

Willow se apartó, con el corazón encogido ante las perspectivas que se abrían en su futuro. Ewan Campbell era realmente un hombre cruel. La imagen de su sueño regresó con fuerza cuando cerró los ojos para respirar hondo, y volvió a abrirlos, espantada. Era un monstruo, no encontraba otro apelativo.

Notó entonces que, como cada mañana al despertar, su vejiga necesitaba ser vaciada. Miró a su alrededor, desesperada. ¿Tenía que hacerlo allí mismo? Desde luego, por el olor de aquel lugar, no era la primera persona que se veía obligada a ello. Cogió aire y se armó de valor para pasar por esa humillación lo antes posible. Se dirigió a una esquina y se echó mano a la cinturilla de las calzas para bajárselas... Gracias al cielo, la oscuridad le otorgaba la intimidad suficiente como para que el guardia, en caso de que sintiera curiosidad y mirara a través del ventanuco, no advirtiera que era una mujer. Sin embargo, el alivio le duró un instante, justo hasta que el sonido que delataba su necesidad llenó aquella mazmorra sumida en el más desesperante de los silencios. Se sintió mortificada y humillada, su cara ardía por la vergüenza.

De nuevo las lágrimas asomaron a sus ojos mientras recomponía su ropa. Se dirigió al rincón opuesto de la celda y se sentó en el suelo, abrazándose las rodillas. Odió al laird con todas sus fuerzas y juró que un día se las pagaría todas juntas.

CAPITULO 12

Tres días después, Ewan amanecía una vez más con la imagen del muchacho en la cabeza.

En realidad, aquella visión de Will vistiéndose a orillas del lago, con el pelo moreno mojado y los ojos azules, enormes, lo mortificaba a cada instante. El laird se preguntaba una y otra vez si el castigo impuesto había sido justo, dado que el pillastre no conocía sus costumbres y no podía saber que el hecho de salir a hurtadillas de la fortaleza en plena noche, dejando además una puerta abierta, constituía un delito grave. Pero no se arrepentía, porque, por muy severo que pudiera parecer, estaba convencido de que aprendería la lección.

Pese a todo, no había podido evitar bajar a la mazmorra, la misma noche de su encierro, para dejarle una de sus pieles más abrigadas. Lo encontró dormido, aovillado sobre el suelo, y tuvo que apelar a toda su fuerza de voluntad para no sacarlo de allí y devolverlo al calor de su choza, junto a su familia. En aquel momento vislumbró la debilidad que Will despertaba en él y no le gustó. Por eso lo dejó allí; y por eso, tres días después, aún no le había concedido la libertad.

Eso no significaba que no pensara en él. Constantemente. ¿Qué iba a hacer con ese muchacho?

John le había confesado que quería entrenarse con los hombres, que él mismo le estaba enseñando el manejo de la espada. Ewan no creía que Will estuviera capacitado aún para ello. Su cuerpo era débil, su aspecto desvalido lo convertía en un blanco fácil. Ese aire de inocencia que le rodeaba, el mismo que a él le había fascinado desde el principio, confundiéndolo con una criatura salida de las fábulas, lo incapacitaba para convertirse en un temible guerrero.

Sin embargo, como deferencia hacia John y a su familia, que una vez le ayudaron desinteresadamente y que ahora lo habían dejado todo para unirse a su clan, estaba decidido a convertir a la piltrafa que habían adoptado en todo un hombre.

El porqué ese chico de pronto era tan importante para él y le obsesionaba era todo un misterio. Y no quería ahondar en los extraños sentimientos que lo asolaban cuando su imagen regresaba a su cabeza con insistencia... Jamás había tenido a nadie así bajo su cargo, eso era. La novedad, la compasión por esa criatura frágil era lo que conseguía perturbarlo, se dijo.

Ese día se levantó decidido a terminar con el castigo. Se vistió rápido, pero, antes de poder dirigirse a la mazmorra, uno de sus consejeros lo interceptó en el gran salón.

—Laird, ha llegado un mensaje para ti.

El viejo Adair le tendió el pergamino para que lo leyera. Por su gesto, Ewan estaba convencido de que él ya era conocedor de su contenido. Con un suspiro resignado, lo desenvolvió y estudió la escueta nota, donde le anunciaban la visita del laird del clan vecino, James MacNab, en unos días.

—¿Sabemos el motivo que lo trae a Innis Chonnel? —preguntó.

—Puedo intuirlo, pero no lo sé con certeza.

—¿El ataque a los MacGregor?

El viejo Adair asintió sin dejar de observar la expresión de su señor. Por fortuna, Ewan había aprendido a disimular muy bien sus emociones y no dejó traslucir lo que realmente pensaba de la visita.

—¿Doy orden de que vayan preparándolo todo para cuando lleguen?

—Sí. MacNab será tratado con la hospitalidad que merece.

Se alejó sin dar más explicaciones y al consejero le quedó la duda de la índole de esa hospitalidad. Algunas veces, el carácter cerrado de aquel muchacho exasperaba al viejo Adair, pero no le quedaba más remedio que tolerarlo. Sin duda, no era como su antecesor, pero eso no significaba que no pudiera llegar a ganárselo para volver a ser él, a través de sus consejos, quien gobernara el clan Campbell como había estado haciendo siempre.

Nada más bajar los escalones que daban acceso a las mazmorras, Ewan notó que la temperatura descendía varios grados. Se acercó a la puerta de la celda donde había metido a Will tres días atrás y le pidió al guardia que la abriera.

—¿El prisionero ha dado problemas?

—No, laird. El primer día protestó un poco, pero después ha estado callado todo el tiempo.

Sus palabras incomodaron a Ewan. Entró en aquel cubículo que, por primera vez, notó que apestaba, y buscó en la penumbra hasta dar con la figura del muchacho. Estaba tirado en el suelo, pero se levantó en cuanto vio que alguien lo observaba desde la puerta.

—¿Has aprendido la lección? —le espetó el laird, que no podía ver bien en esa oscuridad los rasgos de Will.

—¿Qué lección? —osó preguntar. Su voz sonaba cansada y afónica por la falta de uso.

—Chico, ¿eres duro de mollera, o qué?

Willow no contestó. No tenía que hacerlo, ¿verdad? El laird ya se había formado su opinión, nada de lo que dijera podría cambiarla.

—Dime que no vas a volver a poner en peligro a mi gente —le pidió, apuntándolo con un dedo.

—Nunca fue mi intención hacer tal cosa —susurró, sin prometer nada para el futuro.

—Bien. —Ewan pareció darse por satisfecho con esa afirmación—. Te creo. Eres tan inconsciente que no podías saber lo grave que es dejar la portezuela abierta en mitad de la noche —lo dijo como si de verdad pensara que Will era tonto desde su nacimiento—. Pero yo lo arreglaré. A partir de ahora, estás bajo mi cargo. Yo te enseñaré a comportarte como un auténtico Campbell, y a pensar como tal. Le tengo mucho aprecio a John, pero no creo que sea una buena influencia para ti. Es demasiado blando contigo. Así no aprenderás nunca.

Las palabras del laird le congelaron la sangre en las venas. Willow estuvo tentada de gritarle que prefería mil veces quedarse encerrada en esa pestilente mazmorra que convertirse en su "pupilo".

—¿No dices nada?

—¿Qué podría decir, laird?

Ewan bufó, exasperado. Cada vez estaba más convencido de que el muchacho no tenía arreglo, pero no podía hacer otra cosa. Se había convertido en una auténtica obsesión para él, debía transformarlo en un hombre. Uno que no se distinguiera del resto, que pasara desapercibido en el grupo de guerreros, para ver si así podía dejar de pensar en esos ojos azules que lo martirizaban cada noche.

Cuando Maud la vio aparecer, ahogó una exclamación de alivio. La acogió entre sus brazos y la estrujó tan fuerte que Willow pensó que le quebraría alguna costilla.

—Llevo tres días sin dormir. ¿Qué hiciste, demonio? ¿Por qué el laird te castigó en las mazmorras?

La preocupación en su voz provocó un nudo de emoción en su garganta. Solo su padre, sus hermanos y su querida Marie habían demostrado un cariño tan sincero hacia ella. Willow lamentó haber ocasionado la zozobra de la mujer.

—Ignoraba que el laird se tomara la seguridad del castillo tan a pecho. Ya no se me olvidará más.

Maud se apartó con un chasquido de sus labios y la observó de arriba abajo.

—Estás más delgado y demacrado, necesitas descansar. —Luego se acercó de nuevo y arrugó la nariz—. Y un baño, con urgencia.

—Un baño es lo que me metió en este lío —protestó Willow—. Además, el señor me ha pedido que me reúna con él en el patio de entrenamiento enseguida.

—Enseguida es un concepto con muchos matices. Primero te asearás, luego tomarás un caldo caliente y entonces, y solo entonces, podrás ir a ver qué quiere el laird.

Willow abrió la boca para protestar, pero la mujer tiró de su brazo en dirección a su choza y no tuvo opción de resistirse. Por suerte, la edad del muchacho obligaba a Maud a dejarle intimidad para sus abluciones, así que Willow pudo lavarse con el agua del barreño y cambiarse de ropa sin preocuparse de que descubrieran su identidad. Cuando estuvo lista, se reunió con ella en las cocinas y tomó el desayuno que su cuerpo le pedía a gritos, bajo la atenta mirada de los demás sirvientes. Algunos movían la cabeza con desaprobación, y otros, como la joven Agnes, la miraban como si tras su breve estancia en las mazmorras tuviera un aire mucho más interesante.

—Dime, Will —le preguntó, sentándose a su lado con un parpadeo coqueto—, ¿es verdad que ahí abajo se escuchan los lamentos de los hombres torturados en el pasado?

Willow notó un desagradable escalofrío en la nuca. ¿Qué clase de persona sentía esa macabra curiosidad? Se separó de ella antes de hablar.

—Yo no he escuchado nada.

Agnes se pegó de nuevo a ella.

—¿Ni siquiera por las noches? —susurró.

—Ahí abajo está tan oscuro que no podía distinguir cuándo era de día o de noche, así que no, lo siento.

Sin más, se levantó y salió de la cocina. No quería seguir respondiendo a sus preguntas y soportando esa mirada depredadora sobre ella. ¿De verdad esa joven estaba interesada? ¿Encontraba su disfraz de hombre atractivo? Willow sacudió la cabeza, confundida. Tendría que tener mucho cuidado con Agnes si no quería que descubriera lo que se escondía bajo sus ropas de muchacho.

Echó a correr cuando las campanas de la capilla empezaron a sonar, temiendo la reprimenda del laird por haberse entretenido tanto. Cuando llegó al patio de armas se encontró con que los hombres ya habían comenzado los entrenamientos.

Buscó con la mirada hasta que dio con la enorme figura de Ewan Campbell, que combatía con la espada contra uno de sus guerreros. Sin duda, era un hombre temible. Sus golpes eran duros y secos, contundentes. Su expresión concentrada le recordó a su hermano Malcom, porque poseía la misma intensidad y la misma entrega en la lid. Pero, por contra, Malcom jamás había demostrado ser tan despiadado con sus enemigos...

No quiso recordar el día del ataque, ni los rumores esparcidos acerca de la suerte corrida por su querido Niall, porque tenía miedo de su propia reacción. Allí había muchas armas... ¿Y si, fingiendo torpeza, una de esas espadas tan afiladas se clavaba en la espalda del laird por error?

—Vamos, Willow, concéntrate —se reprendió a sí misma.

La idea era una auténtica estupidez nacida de la rabia que le roía las tripas cada vez que lo miraba. Lo más probable era que si osaba hacer tal cosa, un guerrero tan entrenado como Ewan Campbell esquivara el ataque con facilidad y ella acabara muerta por su impulsividad.

—Will, muchacho, me alegro de verte.

La voz amable de John la sacó de sus peligrosas cavilaciones. El pelirrojo la miró con sus ojos bondadosos y, al igual que había hecho Maud un rato antes, repasó su aspecto para cerciorarse de que estaba bien.

—No te preocupes, hace falta algo más que unos días en las mazmorras para acabar conmigo. —Intentó sonreír, pero sus labios no obedecieron. Lo único que consiguió fue una mueca tirante.

—Más vale que eso sea cierto —siseó una voz a su espalda—, porque te aseguro que tus días de encierro no serán nada comparados con lo que te espera.

Willow se estremeció al escuchar la fría advertencia del laird. Se giró para encontrarle mirándola fijamente, con las piernas separadas y los brazos cruzados sobre el pecho desnudo. Cielo Santo, ese hombre era enorme. Podría partirla en dos solo con sus manos.

—Coge una espada —le ordenó.

Ella tragó saliva. Miró a su alrededor, dudando.

—Toma, muchacho —le dijo Colin, el segundo al mando de aquella tropa que Ewan entrenaba. Le ofreció su enorme espada y ella la cogió con dedos temblorosos.

Apenas podía sostenerla, pero se situó frente al laird levantando la barbilla, dispuesta a hacerlo lo mejor posible.

No se esperaba el ataque.

Ewan profirió un terrible grito y se lanzó contra ella sin previo aviso. Willow retrocedió un paso y solo tuvo tiempo de elevar el arma lo justo para detener el golpe del guerrero. El dolor se extendió por sus brazos y sacudió todo su cuerpo. Sus manos dejaron caer el acero y trastabilló hacia atrás, al tiempo que los hombres que contemplaban la escena estallaban en carcajadas. Sin embargo, cuando levantó la vista hacia el rostro del laird, este no se reía. La observaba con el ceño fruncido y los labios apretados en una línea de decepción.

—Eres demasiado blando, no eres digno de sostener una espada.

Willow no dijo nada, no podía hablar. ¡Cuánto deseaba tener la fuerza de sus hermanos! Si hubiera sido un varón, ahora no se encontraría en esa tesitura. Si ella fuera Malcom, habría podido detener el ataque de aquel miserable y le habría hundido la espada en el pecho sin vacilar. Sus pensamientos debieron traslucirse en su rostro, porque el laird cambió su expresión y dio un paso hacia ella.

—Si consigo encauzar en la dirección adecuada toda esa rabia que leo en tus ojos, tal vez haga de ti un hombre.

—Intentaré no defraudaros, señor —las palabras se le escaparon entre los dientes con un claro tinte de arrogancia.

Ewan esbozó una sonrisa que no alcanzó a sus ojos.

—Más te vale —amenazó.

CAPITULO 13

Odiaba a ese hombre.

No podía ser de otra forma. Ewan Campbell se ganaba su animadversión día a día, con cada uno de sus gestos, con cada palabra que salía de su boca. Incluso aunque no lo creyera el asesino de su hermano, lo detestaría con toda su alma.

—Sube más los brazos —le espetaba, una y otra vez—. No, así no... Eres muy flojo, Will... ¡Sujeta bien la espada! Vamos, prueba de nuevo...

¡Dios bendito! Era incansable, no la dejaba respirar. El primer día de entrenamiento, la puso a acarrear piedras en la zona donde otros hombres reparaban la muralla, en el ala este del castillo. Dijo que así sus músculos se desarrollarían.

Antes de la hora del almuerzo, Willow se había desmayado por el sobreesfuerzo.

El segundo día, la colocó frente a un muñeco de paja y le entregó una espada que apenas podía levantar. Le ordenó cortarle la cabeza al espantapájaros de un solo golpe, ante la mirada atenta y divertida del resto de los hombres.

Las primeras intentonas provocaron carcajadas y comentarios jocosos acerca de la escasa fuerza de Will, que no conseguía elevar el acero más allá de las piernas del muñeco. Ewan no la dejó descansar y, al final, el pobre muñeco acabó destrozado... pero con la cabeza aún pegada a sus hombros. El laird bufó su descontento hasta que a Willow le ardieron las orejas de humillación.

El tercer día, Ewan le dio un escudo de madera y ordenó a los demás que la atacaran con sus armas. Su misión: protegerse y repeler los ataques en la medida de lo posible. Por la noche, Willow tenía moratones por todo el cuerpo, aunque la peor parte se la había llevado sin duda su trasero. Los brutales envites de sus compañeros consiguieron que ella cayera de culo una y otra vez, para su mortificación.

El cuarto día, y el quinto, y el sexto, fueron igual de desastrosos y extenuantes. Una semana después de haber comenzado su adiestramiento, Willow estaba convencida de que Ewan Campbell la mataría igual que había hecho con Niall. Solo que a ella le quitaría la vida poco a poco, lentamente, porque el padecimiento al que la sometía durante los entrenamientos no podía encontrar otro final.

¿Y todo para qué? pensaba Willow, deprimida.

Para nada, esa era la verdad. Porque los otros guerreros Campbell aún no le habían otorgado su confianza. Cada vez que intentaba acercarse a ellos para conversar, se reían en su cara o le daban la espalda. Algunos, incluso, escupían en el suelo cuando se dirigía a ellos, solo para que le quedara bien claro lo mucho que la despreciaban. A sus ojos, el muchacho Will era un auténtico deshonor para su ejército.

—Yo creo que lo estás haciendo bien —le dijo John, al séptimo día, mientras Will recogía todas las armas tiradas por el suelo del patio como le habían ordenado.

—¿Entonces por qué me encomiendan las tareas de los escuderos? —se quejó.

—Porque si sigues así será lo único para lo que servirás.

El bramido furioso de Ewan a sus espaldas sorprendió a ambos. Willow se giró y la visión del laird, vestido tan solo con el manto de los Campbell enrollado a la cintura a modo de falda, la perturbó. Parecía un auténtico salvaje, con el pelo castaño que caía hasta los hombros alborotado por el entrenamiento y la expresión asesina de su rostro. El amplio y musculoso pecho desnudo señalado con sus cicatrices de batalla, los potentes brazos en jarras y las piernas separadas le daban un aire amenazador.

—¿Quieres ser un escudero toda tu vida, o quizá un insignificante sirviente? —lo azuzó.

Ese hombre vil disfrutaba insultándola. Tal vez fue aquel pensamiento el que le otorgó el valor suficiente para fruncir el ceño ante su mirada tenebrosa, porque se encontró respondiendo al laird de los Campbell sin mostrar el más mínimo respeto.

—No creo que los sirvientes de tu casa sean insignificantes y es una ofensa que su propio laird opine algo así.

—¡Will! —jadeó John, a su lado, sorprendido por la osadía.

Pero era tarde. Willow sentía que la ira borbotaba en su interior y se rebelaba contra ese tirano que había convertido su vida en un infierno. Supo que, si tuviera fuerzas, si no se encontrase tan exhausta, se habría tirado sobre él para arañarle la cara e intentar sacarle los ojos.

A pesar de las consecuencias.

El rostro de Ewan se tornó más sombrío aún. Esa alimaña se atrevía a hacerle frente delante de sus guerreros, ¡intolerable! De dos zancadas llegó hasta él y le agarró por la pechera.

—¿Cómo osas hablarme en ese tono?

Sus ojos azules no mostraron ni una pizca de arrepentimiento. Aguantó estoicamente la embestida, aguardando el golpe que llegaría. Un puñetazo de ese animal podría matarla, era consciente, pero en ese momento le importaba bien poco. Si le escupía en la cara... ¿toda su gente recordaría el agravio después de su muerte? Sería una buena forma de dejar ese mundo, pensó, acumulando saliva detrás de sus mejillas mientras la zarandeaba.

Sin embargo, al ver que el chico no se arredraba, la mirada del laird se suavizó, y Willow captó el sutil cambio. La expresión de su rostro dejó de ser pétrea para revelar algo parecido a la admiración, y el calor que encontró en su gesto disipó las ganas de escupirle. Un pensamiento estúpido se coló en su mente: *es un hombre muy apuesto*. Y se quedó embobada unos segundos, sumergida en aquella mirada profunda que pretendía tragársela entera.

Como si saliera de un sueño, Ewan parpadeó varias veces antes de soltarla, empujándola con fuerza para alejarla de sí. John la sujetó a tiempo para evitar que cayera de culo contra el suelo. El laird la apuntó con un dedo mientras profería el castigo por haberse atrevido a hablarle en ese modo.

—Ya que tan digno crees el trabajo de un sirviente, a partir de hoy, te limitarás a esas tareas. Serás mi ayuda de cámara, mi criado.

Allá donde yo vaya, vendrás conmigo. Estarás pendiente de mis necesidades y de todo cuanto te ordene. ¿Queda claro? No hay más entrenamiento para ti, nunca llegarás a ser uno de mis guerreros. —Dicho lo cual, le dio la espalda y abandonó el patio como si lo llevara el mismísimo diablo.

Willow quedó desolada. ¿Qué había hecho? Había perdido la oportunidad de llegar a ser uno más en el ejército de los Campbell. Había echado a perder su única baza para que aquellos hombres rudos e insensibles la aceptaran como a un igual, y poder enterarse así de sus hazañas, de sus secretos inconfesables, de los pecados que les impedirían alcanzar el cielo prometido cuando fallecieran.

Porque, estaba convencida, todos ellos irían al infierno.

No podía ser de otro modo. No tenían piedad, no tenían respeto por nada que se saliese de sus normas, de su forma de pensar. Eran crueles, viscerales e irascibles. Igual que el laird que los comandaba.

Willow revivió el momento en que sus ojos habían conectado, y volvió a sentir el mismo estremecimiento que la había recorrido de pies a cabeza. Pero, esta vez, no había sido un escalofrío de miedo. Que el cielo la ayudase, porque eso significaba que reconocía que Ewan Campbell era más humano de lo que aparentaba y ella se había percatado.

¡No! No debía bajar la guardia, no debía permitir que un solo instante de debilidad cambiara la percepción que tenía acerca de él. Podía dejar de comportarse por unos segundos como el tirano que realmente era, pero eso no lo exculpaba de sus crímenes. Si Ewan Campbell era, como sospechaba, el asesino de Niall, no merecía que ella cediera ni un ápice en su postura.

Lo odiaría hasta el final de los tiempos, no había más que hablar.

No entendía qué le estaba ocurriendo. Aquel muchacho lo enervaba como ninguna otra persona en el mundo. Era incapaz de mantener la calma y la compostura en su presencia... ¡tenía ganas de arrancarle el pellejo! Y, al mismo tiempo, sentía la necesidad de controlar cada uno de sus movimientos, de vigilarlo, de velar por él. Aquella semana se había convertido en un auténtico tormento. Veía la incapacidad del chico, cómo apretaba los dientes cada vez que le requería un esfuerzo excesivo y lo intentaba... sin conseguirlo. Varias veces lo dominó un extraño instinto protector que le dictaba que debía liberarlo de los complicados ejercicios a los que sometía al resto de los hombres; sin embargo, la tozudez de Will lo dejaba sin argumentos. Era evidente que el chico jamás llegaría a ser un buen soldado, pero se empeñaba en ello con toda su alma. Ewan admiraba ese rasgo de su carácter. Y también la ausencia de protestas. Jamás se quejaba, jamás emitía ningún gemido de dolor o de frustración. Solo apretaba los dientes, levantaba su pequeño mentón con firmeza, y volvía a intentarlo.

Por las noches, aún lo perseguía la imagen de su rostro de duende como una maldición. Will era una debilidad que no comprendía y que no se podía permitir. Y aquel día, cuando se atrevió a amonestarlo delante de sus hombres, fue el colmo. ¡Por supuesto que Ewan no creía que los sirvientes de su casa fueran insignificantes! Pero aquel demonio sacaba lo peor que llevaba dentro. Y cuando lo había zarandeado, sus ojos... ¡Dios Todopoderoso! Por un momento, aquel irritante muchacho lo había mirado como lo miraría una joven obnubilada por su apostura. Conocía esa mirada, había tenido la suerte de recibir muchas de esas por parte de distintas mujeres y jamás las había desaprovechado. Pero Will... ¡era un chico, por todos los infiernos!

Con todo, lo peor no había sido descubrir ese peculiar brillo de atracción en los ojos azules del chico.

No, ni mucho menos.

Lo peor había sido el hecho de constatar que su estómago se había contraído ante esa mirada. Había reaccionado a ella, ¡su cuerpo había correspondido!

No lo comprendía. Jamás le habían gustado los afeminados, herencia que seguramente le había dejado la cruel tutela de su padre, que consideraba las prácticas sexuales entre dos hombres aberrantes.

¿Qué le estaba ocurriendo? Ewan, encerrado en su habitación por el bochorno que sentía, se tapó la cara con las manos. Tendría que haber echado de sus tierras a ese mocoso en cuanto se presentó ante él...

En lugar de eso, le había nombrado su criado personal.

¿Para qué? ¿Para tenerlo controlado, para poder verlo todos los días? Sabía que su decisión carecía de lógica y que su estabilidad emocional corría un grave peligro. Pero tenía que demostrarse a sí mismo que era capaz de superar aquella estúpida obsesión. Él no era esa clase de hombre, no se dejaría engatusar por los ojos azules de un duende, y se enfrentaría a ese demonio que ensombrecía su masculinidad costase lo que costase.

No salió de su cuarto en toda la tarde, sumido en sus propios pensamientos. Ya por la noche, unos tímidos golpes en la puerta llamaron su atención.

—Adelante.

El responsable de sus desvelos entró portando una bandeja con comida y una jarra de cerveza. Will, cumpliendo con sus nuevas funciones, era el encargado de llevarle la cena, ya que el señor no había bajado al gran salón a la hora acostumbrada.

—Os traigo algo de comida, laird —le dijo en un susurro avergonzado—. También... también quería disculparme.

Ewan elevó una de sus cejas ante el tono contrito del muchacho.

—John te ha obligado, ¿no es así?

—Pues sí —admitió con sinceridad.

—Si no sientes realmente arrepentimiento por tus palabras de antes, prefiero que no me pidas perdón.

Willow lo miró con fijeza, decidiendo si hacer caso a John o a su orgullo. Ese tiempo de vacilación le indicó a Ewan que si quería una verdadera disculpa, podía esperar sentado.

—De acuerdo, veo que eres más obstinado de lo que ya había advertido. Deja ahí la bandeja y lárgate —le espetó con sequedad.

Willow obedeció, pero, antes de marcharse, se colocó frente al laird, con las manos en la espalda y las piernas separadas, intentando aparentar una masculinidad de la que carecía.

—Señor... yo... bueno, me gustaría saber en qué van a consistir mis nuevas tareas. Si no voy a entrenar con los otros hombres... ¿qué haré? ¿Volveré a las porquerizas?

A pesar de que intentaba sonar sumiso, el tono de Will tenía cierto aire de rebeldía. Ewan no podía creerse que ese descarado tuviera la osadía de hablarle mirándolo a los ojos, sin amilanarse. No parecía el mismo que había llegado el primer día ante su presencia, cuando se escondía tras las faldas de Maud. Aunque, si mal no recordaba, siempre lo había mirado como si pensara que el señor de los Campbell, a su juicio, mereciera todos los males del mundo.

Se levantó de la cama donde estaba sentado, solo para imponer su estatura al muchacho. Imitó su gesto y puso las manos detrás de la espalda, separando las piernas. Willow sentía que aquel hombre enorme absorbía todo el aire y la luz de la habitación con su presencia. Tuvo la prudencia de temblar ligeramente al notar que la expresión del laird advertía del peligro que corría.

—Te dedicarás a lo que yo quiera que te dediques. Harás lo que yo quiera que hagas en cada momento, esas serán tus tareas. Te presentarás ante mi puerta al amanecer, todos los días, y ya iremos viendo cómo puedes serme útil.

Sus palabras estaban destinadas a aplastar la chispa de rebelión que desprendían aquellos ojos azules, pero obtuvieron el efecto contrario. Will irguió aún más sus hombros y alzó la cabeza.

—Como ordenéis, mi señor —contestó, con un deje beligerante en su tono.

Salió del dormitorio enseguida, para no darle tiempo a reaccionar. Y Ewan pensó que ese muchacho tenía que estar mal de la cabeza para provocarlo de ese modo. Sin querer, se encontró admirando su enjuta figura y sus andares de niño... ¡Por las barbas de Lucifer! Sin duda, el chico le había contagiado alguna clase de enfermedad, porque lo que le ocurría con él no era normal.

No podía serlo, se dijo.

Un señor de las Highlands no podía estar encaprichándose de uno de sus sirvientes... Para colmo, varón y afeminado.

CAPITULO 14

Varios días después recibieron la anunciada visita de los MacNab. Ewan, que había dispuesto de casi todo el tiempo de Will desde que le nombró su sirviente particular, dejó de acapararlo para que pudiera ayudar a los demás a preparar el castillo para sus invitados.

Para Willow fue una auténtica liberación.

El laird de los Campbell era déspota y autoritario. Nunca le satisfacía nada de lo que ella hacía, ya fuera sacarle brillo a sus botas o servirle el vino cuando lo pedía. Jamás encontraba en sus labios una palabra de agradecimiento, o una alabanza. Y era extraño porque, aunque lo detestaba con toda su alma, había descubierto que deseaba que él le reconociera todo el esfuerzo que hacía cada día.

A veces, cuando le ordenaba permanecer de pie, cerca, simplemente por si lo necesitaba para algo, Willow se encontraba con los ojos fijos en aquel rostro atractivo. Se embobaba mirándole la boca mientras él conversaba con sus hombres, o con los dos viejos consejeros, sin querer reconocer ante sí misma que aquellos labios le parecían muy varoniles. Observaba cómo le caían los mechones de pelo castaño por los ojos, y el gesto brusco que siempre hacía para retirarlos de su cara. Escuchaba sus palabras de líder, dándose cuenta de que coincidía en muchas de las decisiones que tomaba en lo referente a los intereses del clan. Lo veía discutir con sus consejeros, haciéndose valer ante esos dos ancianos agrios que pretendían ningunearlo escudándose en su falta de experiencia. El laird terminaba imponiendo su criterio, que Willow encontraba casi siempre acertado, y lo admiraba por ello.

Por asombroso que resultase, se había dado cuenta de que Ewan Campbell podía llegar a ser bastante generoso y muy justo con su gente. En esos momentos Willow llegaba a olvidar que el hombre al que servía podía ser, en realidad, el asesino de su hermano, y estar cerca de él se convertía en una auténtica tortura. Resultaba perturbador estar presente en sus aposentos cuando se desnudaba sin ningún pudor, a pesar de que ella solía desviar siempre la vista a tiempo. Encontraba hipnótica la manera en que se afeitaba algunas mañanas, vestido tan solo con sus calzas. Era desconcertante la necesidad de buscarlo siempre con la mirada, para ver dónde se encontraba, para vigilar cada uno de sus movimientos. Pero, sobre todo, resultaba muy inapropiado que un extraño calor se instalase cada día en la boca de su estómago cuando llamaba a su puerta y se presentaba ante él para recibir las instrucciones de todo lo que habría de llevar a cabo durante la jornada.

Así que verse libre del señor durante aquel día fue un respiro para ella, una oportunidad de volver a encauzar sus sentimientos hacia la senda de la venganza, la cual se difuminaba día a día en su horizonte al no encontrar ninguna prueba que confirmara las oscuras sospechas que le habían llevado hasta Innis Chonnel.

Bajo la dirección de Jane, el ama de llaves, se habían dispuesto en el gran salón largas mesas para recibir a los visitantes, y todos los sirvientes andaban a la carrera para que todo estuviera a gusto de su laird.

La cocinera, Edith, vociferaba órdenes a diestro y siniestro y de los fogones salían los aromas más deliciosos que Willow recordaba haber olido en mucho tiempo. Asado de venado, gallo salvaje y buey; guisos de cordero acompañado de puré de verduras y frutos secos; panes morenos recién horneados y distintas compotas de fruta para acompañarlos...

Willow no podía evitar salivar ante semejante festín. Sin embargo, sabía que su lengua no degustaría ninguna de aquellas viandas, reservadas para los paladares de los invitados. Esa noche, los sirvientes no comerían junto al señor del castillo, como el resto de las jornadas. Mientras durara la visita, únicamente los guerreros y sus mujeres, junto con el laird y sus consejeros, ocuparían el salón.

—Muévete, muchacho, lleva estas bandejas al salón —le ordenó la mujerona, señalándole con una cuchara de madera.

116

No perdió el tiempo. Agarró dos de los enormes platos y siguió a Liese, que también llevaba jarras de cerveza tibia para las resecas gargantas de los viajeros.

La llegada de los MacNab coincidía con el regreso a Innis Chonnel del padre Cameron, el párroco encargado de velar por la fe cristiana en la fortaleza. Por supuesto, estaba invitado a compartir la mesa del jefe. No solo todo el clan le tenía un enorme respeto, además, Ewan le consideraba su amigo. El religioso era conocido entre su gente por su alma caritativa y su entrega incondicional a la hora de ayudar a los más desfavorecidos. Pasaba largas temporadas de viaje, visitando las granjas Campbell, las aldeas donde no disponían de ninguna parroquia, ofreciendo su fe y sus servicios religiosos a todo aquel que lo necesitara. Eran tiempos difíciles y convulsos, muchas almas estaban faltas del consuelo espiritual que solo hombres como él podían brindar.

Para Ewan, era una suerte que hubiera regresado justo en aquel momento, al mismo tiempo que los MacNab aparecían. El padre Cameron era de las pocas personas en las que podía confiar con fe ciega y sabía que tendría un apoyo mucho mayor contra las intrigas de sus visitantes que si solo contaba con sus dos consejeros oficiales.

Por su parte, Willow se alegraba de que tan solo unos cuantos privilegiados tuvieran la suerte de disfrutar de aquella fabulosa cena, pues eso añadía aún más respiro a sus horas de libertad. Era estresante permanecer mucho tiempo ante de la intimidatoria presencia de Ewan Campbell. Su tarea consistiría en agasajar a los MacNab y desaparecer, cosa que estaba deseando.

En el salón, los comensales ya ocupaban sus respectivos asientos y se lanzaban como lobos hambrientos sobre la comida que iba siendo colocada en los centros de mesa. Willow nunca había visto tanta falta de modales junta. Recordó lo que decían todos de su madre, la dulce y sensata Erinn, allá en Meggernie: ella jamás hubiera consentido en su salón un comportamiento semejante. Su esposo y sus hijos podían ser unos salvajes en el campo de batalla, pero no así en la mesa. Era evidente que allí, en Innis Chonnel, no había una mujer que se ocupara de tales asuntos. Miró al laird con curiosidad.

¿Por qué no estaba casado? Era un hombre joven, debía de tener la misma edad que sus hermanos. Se preguntó dónde estaría su madre, la esposa del anterior jefe del clan. Los Campbell necesitaban a alguien que pusiera un poco de orden en aquel universo salvaje dejado de la mano de Dios. Se fijó en que Ewan tenía una expresión taciturna en su rostro y apenas probaba bocado, dedicándose a beber de su copa sin intentar participar de la conversación.

Sí, Willow no albergaba ninguna duda al respecto: era un mal anfitrión. Por más que su mesa estuviera bien provista y su bodega abierta a disposición de los invitados, su compañía distaba mucho de resultar agradable.

Después de unos cuantos viajes de la cocina al salón y viceversa, Willow notó que uno de los hombres MacNab la seguía con la mirada. Se estremeció ante esos ojos claros como el aguamiel porque, por la forma en que la observaba, estaba convencida de que aquel guerrero había adivinado su condición femenina.

—¡En, chico, acércate!

Willow se sobresaltó al escuchar su vozarrón, llamándola.

No se había equivocado, estaba pendiente de ella y ahora tendría que hacerle frente y disimular mejor que nunca. El MacNab era bastante corpulento, con el pelo largo y mal peinado y una barba rala de color pardusco. Obedeció al punto y bajó la cabeza antes de hablar, con la voz impostada.

—Señor, ¿deseáis que os traiga alguna cosa más de las cocinas?

—No te había visto nunca por aquí, ¿quién eres?

Si su mirada ya la había alertado e incomodado, su tono consiguió erizarle todo el vello del cuerpo.

Sin embargo, Willow se libró de contestar porque el grito del laird, nombrándola, tronó en el salón interrumpiendo todas las conversaciones.

—¡Will!

Acudió al reclamo, con las orejas ardiendo de vergüenza, pues todos los ojos de la sala estaban fijos en ella. Cuando llegó junto a la silla del Campbell, la voz le salió débil.

—¿Qué ocurre, mi señor?

La reacción de Ewan la cogió desprevenida y la aterrorizó. El hombre agarró su pechera con violencia y casi pegó el rostro al suyo. Willow estuvo a punto de ahogarse con la cólera que traslucían los ojos castaños.

—Vete ahora mismo a las cocinas y no salgas de allí. No te quiero en este salón, no te quiero merodeando por mi mesa, ¿me has entendido?

La soltó tan de repente que Willow trastabilló hacia atrás. Abochornada, humillada y muerta de miedo, hizo lo que el laird le ordenó sin perder más tiempo. ¡Dios bendito! ¿Qué error tan grave había cometido para ser reprendida de ese modo, delante de todos los invitados? Solo esperaba que, fuera lo que fuera, no implicase su regreso a las mazmorras; ya la había amenazado en varias ocasiones alegando que su incompetencia merecía unos días de reclusión, pero estaba convencida de que no podría soportar ni una hora metida en aquella celda otra vez. Notó las lágrimas apretándose contra sus párpados y aceleró el paso para escapar del salón antes de que se derramaran.

No comprendía a ese hombre. Era incapaz de entender qué era lo que tanto le ofendía. Por qué aprovechaba cada ocasión para lapidarla con sus insultos, para echarle en cara lo incapaz que era en cada una de las tareas que acometía. Echó de menos a su padre, a sus hermanos, siempre tan llanos, tan sinceros, tan amables con ella. Había estado lamentando muchos años el que se la tratara como si fuera la joya de Meggernie, porque aquello implicaba también vivir en una jaula de oro. Y ahora echaba de menos toda esa consideración, los mimos y, ante todo, el amor incondicional de su gente.

Los Campbell no eran su gente.

Y, desde luego, ese hombre violento y autoritario no era su laird.

Pero, por su hermano Niall, afrontaría lo que tuviera que llegar. No iba a renunciar tan pronto. Averiguaría si Ewan Campbell era el responsable de su muerte, en cuyo caso, solo le pedía a Dios el valor y la fuerza necesarios para clavarle una daga en el corazón.

CAPITULO 15

—¿No has sido muy duro con el muchacho? ¿Qué falta ha cometido para merecer tal reprimenda?

Ewan apartó los ojos de la puerta por la que había salido Will y se volvió hacia James MacNab, que esperaba su respuesta con una sonrisa ladeada. Su gesto evidenciaba lo poco que le importaba la cuestión, era simple curiosidad… y otra cosa que el laird Campbell descubrió enseguida.

—Sin ánimo de ofender, James, preferiría no hablar de las torpezas de mi servidumbre. Ya es bastante bochornoso para mí que no se sepan comportar como se les manda.

—En esta ocasión estoy de acuerdo con James —intervino también el padre Cameron—. No he visto que el mozuelo hiciera nada malo, Ewan.

—Vosotros no lo conocéis. Os diré, por experiencia, que es mejor que se quede en las cocinas. Su torpeza puede llegar a ser muy molesta.

—Vamos, vamos, no será para tanto —apuntó James.

—¿Qué interés puede tener el jefe de los MacNab en la suerte que corra uno de mis sirvientes?

Su interlocutor soltó una risa entre dientes. Ewan siempre había encontrado a ese hombrecillo detestable, con su baja estatura, sus ojos oscuros de comadreja y su avidez para sacar partido de cualquier desgracia ajena.

—Bueno, me he fijado en que a mi lugarteniente, Reed, el muchacho le ha caído en gracia. —Bajó el tono para añadir, sin que le oyera el religioso—: Sé que podemos hablar con confianza, y sé que sabes de los gustos un tanto… especiales de mi guerrero. Es evidente para todos que el chico es un poco afeminado, por lo que imagino que compartirá las mismas apetencias que Reed en cuanto a…

—Olvídalo, MacNab. —Ewan le cortó antes de que continuara, porque ya se sabía el discurso.

Sí, conocía de sobra los hábitos sexuales de ese animal de Reed MacNab. Y, por eso mismo, jamás consentiría en ejercer de alcahueta entre el guerrero y cualquiera de las personas que estaban bajo su protección en Innis Chonnel.

Esa máxima se reafirmaba de manera tajante tratándose de Will.

Ese era el motivo por el que lo había echado del salón. Tenía que alejarlo de los ojos lujuriosos de Reed y de su mente sucia e infecta. Ewan no aceptaba de buen grado las prácticas sexuales de los afeminados, por todos era sabido, pero en el caso de Reed su reticencia se acrecentaba de manera notable. Porque aquel hombre no se limitaba a compartir el lecho con otros hombres. Había oído historias y, si era verdad tan solo la mitad de lo que se decía, ese MacNab disfrutaba vejando a sus parejas, sometiéndolas por la fuerza, provocándoles dolor. Solo así conseguía él su propia satisfacción. Le asqueaba solo con imaginárselo, ya fuera un varón o una hembra lo que eligiera ese demente para divertirse.

—Te noto algo tenso, Ewan —prosiguió James—. ¿Sería abusar de tu hospitalidad pedirte que des tu consentimiento para que mis hombres se diviertan un poco? En Innis Chonnel siempre se nos ha tratado bien y a todos nos hace falta relajarnos un poco. En breve, habremos de reunirnos con el rey Bruce en Stirling, por lo que no tendremos muchas oportunidades más de disfrutar de estos momentos distendidos.

—No me parece mal que queráis divertiros —expuso Ewan—. Pero no deseo que la fiesta degenere. No consentiré según qué tipo de comportamientos, James, tenlo bien presente.

El líder de los MacNab chascó la lengua antes de esbozar una sonrisa relamida.

—Comprendo tus reparos, amigo Ewan. Las habladurías han escapado de los muros de tu fortaleza y ha llegado hasta mis oídos lo sucedido con tu lugarteniente, Melyon.

El laird se tensó al escuchar aquel nombre. No tenía ningún interés en oír lo que aquel hombre tuviera que decir al respecto.

—No quiero hablar de ello, MacNab.

—Es muy penoso cuando uno no es capaz de proteger a su clan dentro de su propia fortaleza, ¿verdad? Por eso comprendo tu recelo. No debes preocuparte, diré a mis hombres que no se conduzcan como energúmenos. No quisiera tener que desterrar a ninguno de ellos, como tú hiciste con Melyon.

Ewan se volvió hacia él con el impulso de devolverle el golpe. Era evidente que su invitado quería hurgar en la herida y no podía tolerarlo. Una mano firme se posó en su hombro y la voz sensata del padre Cameron le habló en el oído.

—No te dejes llevar por la furia, laird.

—MacNab es nuestro invitado y estoy convencido de que su intención estaba lejos de ofenderte —habló también Adair, coincidiendo con el párroco.

—¡Por supuesto! —saltó James, aunque su gesto satisfecho evidenciaba lo contrario—. Además, ¿es que acaso aún le tienes estima a ese violador de mujeres? Por cómo te has revuelto, bien lo parece.

—No quiero hablar de ese tema y creo que ya lo he dejado claro. Si la preocupación de los MacNab es no encontrar diversión entre los muros de mi casa, tus hombres pueden estar tranquilos. No faltará comida ni bebida, ni entretenimientos, ya que nos ponemos; yo, como laird de los Campbell, lo garantizo. Solo espero que tú cumplas tu palabra y tus guerreros hagan gala del comportamiento ejemplar que se les exige.

—Se conducirán como deben, y pobre del que no lo haga —le confirmó James, barriendo con la mirada la mesa que ocupaban sus hombres, para que todos tuvieran bien presente la advertencia.

—Y ahora, aclarado este punto, sería mejor abordar el motivo que os ha traído hasta Innis Chonnel. Debo confesar que estoy intrigado por esta visita inesperada —le soltó Ewan sin más dilación, impaciente por conocer los tejemanejes de aquel hombre detestable.

James MacNab tomó un sorbo de su vino antes de hablar, con deliberada parsimonia.

—La curiosidad, querido amigo, ¿qué otra cosa si no? En todo Argyll solo se habla del ataque sufrido por los MacGregor.

Ewan notó que el padre Cameron, sentado a su lado, se tensaba. Sin embargo, haciendo gala de la prudencia que lo caracterizaba, no se pronunció.

—Se comenta que las noticias han llegado hasta el frente y el viejo Ian se ha enterado mientras continúa la lucha contra los ingleses. Por supuesto, ha montado en cólera. Supongo que su primera reacción será intentar recuperar Meggernie al precio que sea —explicó James.

—Yo haría lo mismo, de estar en su lugar —comentó Ewan de forma sucinta.

—Esos MacGregor solo han tenido lo que se merecen —intervino el viejo Adair, por lo que se ganó una dura mirada de su laird y del sacerdote.

MacNab se inclinó hacia Ewan con sus ojos de comadreja brillando de curiosidad. Se pasó la lengua por los labios antes de hacer la pregunta que estaba deseando plantear.

—¿Lo mataste con tus propias manos? ¿Sufrió mucho ese arrogante de Niall MacGregor?

El padre Cameron abrió la boca para decir algo, pero Ewan se adelantó.

—Me temo que alimentar el morbo de mis invitados no es una de mis mejores cualidades, James, así que tienes que disculparme si prefiero guardar silencio ante tu interrogatorio. De todos modos, presiento que saciar tu curiosidad no es lo único que te ha traído a mi casa, ¿me equivoco?

El hombrecillo se sintió decepcionado porque sabía que Ewan no le desvelaría ningún detalle del ataque, por más que tratara de embaucarlo con palabras zalameras. Suspiró y bebió otro sorbo más de su vino antes de confiarle el motivo real de su visita.

—Amigo mío, tus instintos no se limitan tan solo al campo de batalla. Eres muy hábil para detectar los intereses de las personas que te rodean y, una vez más, has acertado de pleno. He venido hasta Innis Chonnel para hacer una compra.

Tanto el laird de los Campbell como sus hombres de confianza se mostraron sorprendidos.

—¿Una compra? —preguntó Adair

—En estos tiempos de guerra y escasez, ¿qué tenemos que os pueda interesar tanto como para venir en persona a adquirirlo? —inquirió también Lawler.

MacNab se recreó en las expresiones incrédulas de sus interlocutores y alargó el tiempo de la respuesta para darle el énfasis que merecía.

—Una joya.

James se quedó mirando a Ewan con intensidad, como si con su mirada el laird de los Campbell hubiera de comprender a qué se refería.

—Disculpa, ¿has dicho una joya?

—La misma que le arrebataste a MacGregor en tu incursión.

—No sé de qué me hablas —murmuró Ewan, en verdad estupefacto.

El tono de la conversación había descendido, por lo que tan solo James y su lugarteniente, Reed MacNab, así como el laird Campbell y sus consejeros escuchaban lo que allí se decía.

—Tengo un cofre lleno de monedas que devolverán la luz a tu entendimiento.

Ewan apretó los puños y aniquiló al hombrecillo con sus ojos oscurecidos por la ofensa.

—Veo que aún no me conoces, si crees que tu oro puede comprarme.

—Vamos, querido amigo. —El tono de James estaba crispando a Ewan, que se tenía que contener por momentos para no estampar su puño en esa cara exultante de suficiencia—. No es ningún secreto que la guerra contra Inglaterra ha dejado las arcas de Innis Chonnel llenas de telarañas. Mi oro, como bien dices, os vendría muy bien. El rey puede solicitar en cualquier momento vuestra ayuda, y entonces,

¿qué le diréis? ¿Que no podéis mandarle más que un puñado de guerreros por falta de recursos?

Ewan apretó los dientes. Ignoraba cómo ese demonio se había enterado de su precaria situación económica y lamentaba encontrarse en clara desventaja. El anterior laird, su padre, no había sabido administrarse cuando el rey solicitó los recursos de su clan. Pero, meditó, si esa comadreja estaba dispuesta a entregar tanto por una estúpida joya, el asunto requería de más atención por su parte.

—No tengo la joya que buscas, pero, aunque la tuviera, no te la entregaría. Imagino que debe de valer mucho más que ese cofre que me ofreces con tanta alegría y estoy dispuesto a averiguar lo que te traes entre manos —le dijo.

Tanto Reed como James MacNab entrecerraron los ojos ante aquella salida. No se podía considerar más que como un insulto.

—¿De qué me estás acusando, exactamente? —estalló el líder de los MacNab, poniéndose en pie con gran estruendo. Su lugarteniente ya se había llevado la mano a la empuñadura de su espada.

Los consejeros Campbell se pusieron también de pie, alarmados por el cariz que había tomado la conversación.

—Calma, señores, calma, por favor —pidió Lawler, mirando de reojo a su laird con reproche—. Nada más lejos de la intención de nuestro jefe que molestar a sus invitados en su propia casa. ¿No es cierto, Ewan?

—He venido aquí con una oferta sincera y muy generosa, porque aprecio mucho a vuestro clan. Siempre he considerado a los Campbell mis aliados y no esperaba esta reacción. Estoy muy interesado en esa joya por motivos personales y considero que la suma que estoy dispuesto a pagar, aunque excesiva, a mis ojos la merece. Quizá para el laird Ewan Campbell gastar tanto en algo así sea poco más que un pecado, pero no para mí. No pienso revelar los verdaderos motivos que me impulsan a adquirirla, amigo mío, pero tendrás que confiar en que mi ofrecimiento está exento de cualquier interés oculto que pretendas achacarme.

—Por supuesto, por supuesto —intercedió Adair, que había visto cómo los guerreros Campbell ocupaban posiciones en el salón al ver amenazada la paz de su casa—. ¿Cuántas veces hemos visto que un hombre despilfarra una fortuna en una joya para una mujer? No sé si será el caso de nuestro querido James, y no pretendo saberlo, no quisiera ser yo quien vulnere su intimidad. Pero ¿no se cometen esta clase de locuras por amor? O, quién sabe, tal vez la joya perteneciera a un MacNab en otros tiempos y acabó en manos de los MacGregor. No sería de extrañar que nuestro amigo quisiera ahora recuperarla a cualquier coste.

El viejo consejero comprobó que James MacNab le dedicaba un gesto de agradecimiento por sus palabras y dejaba entrever que alguno de los motivos expuestos podría ser el verdadero.

Ewan miró a uno y a otro. Sus tripas seguían advirtiéndole de que aquel hombrecillo con ínfulas de gran líder ocultaba algo, pero no iba a provocar una pelea en su casa. Aquello equivaldría a poner en su contra al consejo Campbell en pleno y, como nuevo laird que aún no se había asentado del todo, no estaba en condiciones de arriesgarse.

—Te pido disculpas, querido amigo. —El timbre de su voz al referirse al MacNab rayaba la impertinencia, aunque los demás, con buen juicio, lo pasaron por alto—. No pretendía molestarte con mis dudas, pero comprenderás que no es normal recibir esta clase de ofertas, y menos por una mísera joya.

—Para mí no es mísera —insistió el otro.

—Me ha quedado claro. Lamentablemente, como ya te he dicho antes, no tengo esa joya en mi poder.

—¿Puede, tal vez, alguno de tus hombres haberse quedado con ella sin que tú lo supieras?

La insistencia de MacNab y la insinuación resultaban ofensivas. ¿Acaso creía que los hombres Campbell ocultarían algo así a su laird? Ewan se tragó el veneno que le subía por la garganta para no estallar y disimuló. Si quería llegar hasta el final con ese asunto, debía seguirle la corriente.

—Haré lo posible por averiguarlo. Pero, por esta noche, olvidémonos del tema y dediquémonos a disfrutar de la cena y de las humildes diversiones que os puedo ofrecer.

James asintió, aceptando aquella pequeña tregua.

El laird de los Campbell levantó su copa y brindó en el aire, esperando que sus invitados hicieran lo propio. Al cabo de un buen rato, cuando vio que el ambiente se relajaba y que las conversaciones derivaban hacia otros derroteros, se levantó con una disculpa y se retiró a su habitación.

Tenía mucho en lo que pensar.

CAPITULO 16

Reed MacNab estaba excitado. La frágil figura del muchacho de cabello negro y ojos azules había avivado su libido hasta conseguir que no pudiera pensar en nada más que en encontrarlo a solas. Tras la cena, mientras sus compañeros se quedaban en el gran salón disfrutando de la música, el vino y el baile, Reed salió rumbo a las cocinas buscando a su presa.

Sin embargo, allí solo encontró una buena reprimenda de la cocinera por meterse en sus dominios sin ser invitado y la decepción de no hallar al muchacho.

—¿Dónde puedo encontrar al chico moreno, ese escuálido con ojos azules? —preguntó, no obstante.

El ama de llaves de Innis Chonnel, Jane, que entraba en esos momentos, escuchó la pregunta.

—Algunos sirvientes se han retirado ya a descansar, mañana les espera un duro día —respondió.

—Necesito que alguien me suba unos cubos de agua caliente a mi habitación y el muchacho me ha caído en gracia. ¿Puedes avisarlo, si eres tan amable?

Jane quedó muy sorprendida por la inesperada petición. No eran horas de darse un baño y, además, en la alcoba que habían puesto a disposición del lugarteniente de MacNab no había ninguna tina para el agua. Antes de poder contestarle, sin embargo, el viejo consejero Lawler entró también en la cocina con el pretexto de conseguir un poco de leche caliente para poder conciliar mejor el sueño. La cocinera estaba acostumbrada al hábito del anciano y tenía ya su cuenco preparado.

—¿Qué ocurre? —preguntó al ama de llaves, extrañado de encontrar al MacNab en las cocinas.

Jane explicó la petición de aquel hombre y las dificultades que conllevaba, pero el anciano consejero le restó importancia a sus impedimentos y él mismo le dio la solución.

—Es nuestro invitado, Jane, el segundo del clan MacNab y merece nuestra hospitalidad. Busca al muchacho que ha pedido y envía a otro sirviente más para que entre los dos trasladen la tina de mi propio cuarto a la alcoba de Reed. Si es necesidad de este magnífico guerrero darse un baño después de tan largo viaje, no podemos ni debemos negarle ese gusto.

Jane asintió y salió disparada de las cocinas rumbo a las chozas de los sirvientes. Fue derecha a la de los St. Claire y encontró a la familia preparándose ya para irse a dormir.

—Will y Liese, venid conmigo.

—¿Ocurre algo? —preguntó Maud, alarmada por lo tardío de la hora.

—Nada que deba preocuparte. Uno de nuestros invitados requiere de un favor especial.

Los jóvenes intercambiaron una mirada de fastidio, pero se apresuraron a obedecer al ama de llaves.

La siguieron hasta el interior del edificio principal y subieron al primer piso, donde se hallaban los distintos aposentos. Llegaron hasta el que ocupaba Lawler y entraron para llevarse la tina. Jane les guió luego hasta la de Reed MacNab, que ya los esperaba impaciente mientras se paseaba ansioso de un lado a otro.

Sus ojos color aguamiel devoraron a Will en cuanto entró por la puerta, aunque se abstuvo de hacer ningún comentario delante de Jane y de Liese.

—Ahora, id a por el agua caliente. Will, ayudarás a nuestro invitado en lo que necesite, ¿entendido?

Willow notó un desagradable escalofrío recorriéndole la espalda. ¿Acaso no prefería ese hombre que le ayudara en su baño una sirvienta? Al punto, lamentó ese pensamiento. Tampoco deseaba que alguien como Liese, por ejemplo, tuviera que vérselas con semejante guerrero. Su mirada torva y velada indicaba que ese MacNab no tenía ni un ápice de nobleza en su enorme cuerpo.

Bajó junto a Liese de nuevo a las cocinas con un nudo oprimiéndole la garganta, deseando y rezando con fervor para que, una vez llenada la tina, aquel hombre la liberara de sus servicios. Sin embargo, algo le decía que no iba a ser así, por lo que, en un acto de audacia impulsado por el miedo, escondió uno de los cuchillos de la cubertería entre sus ropas antes de volver a la habitación con el agua.

Cuando entraron en el cuarto del invitado, Liese y ella vaciaron los cubos en la tina. Su hermana adoptiva hizo una reverencia al hombre antes de salir por la puerta y Willow estuvo tentada de gritarle que no la dejara a solas con semejante individuo. El miedo la paralizó, e hizo lo único que podía hacer en aquella situación. Se volvió con un carraspeo para aclararse la garganta, que se le había quedado seca por el pánico, y preguntó:

—Mi señor, ¿deseáis alguna otra cosa?

—Mmm, veamos… —El MacNab caminó alrededor de ella, como un ave de rapiña volaría sobre su presa antes de caer sobre ella—. Antes, en el salón, no me has dicho tu nombre.

—Cierto. Pero sin duda vos lo habréis escuchado de labios de mi laird, como el resto de los presentes.

El hombre abrió los ojos, sorprendido por su descaro. Willow no sabía de dónde le nacía esa valentía que la obligaba a arremeter contra su acosador.

—Will.

—Así es, señor.

—¿Te apetece darte un baño, Will?

—Creía que el agua era para vos.

—Y así es. Pero podemos compartirla, ¿qué me dices?

—Es un ofrecimiento muy amable por su parte, señor, pero debo rechazarlo.

—Qué pena —suspiró Reed—. Entonces, ayúdame a desnudarme.

Willow empezó a temblar. El MacNab detuvo su caminar y se quedó esperando con las manos alzadas a que el sirviente comenzara la tarea. Ella se acercó, con el corazón latiendo desbocado por el miedo que sentía. Con disimulo, palpó el cuchillo escondido entre los pliegues de sus calzas y soltó un poco de aire, aliviada. Desabrochó con los dedos trémulos el cinturón de cuero y le quitó el manto que descansaba sobre uno de sus hombros. Le tocó el turno a la camisa y Willow se estremeció cuando escuchó el gruñido satisfecho del hombre al notar sus dedos temblorosos sobre el pecho.

—¿No te han dicho nunca que tienes manos de mujer?

Sus ojos se encontraban a escasos centímetros y Willow percibió claramente la maldad que anidaba en los del MacNab. Temió verse descubierta, pero lo que dijo a continuación la dejó paralizada de puro estupor.

—Por suerte para mí, no lo eres. Me gustan más los muchachos poco hechos y tiernos como tú.

Willow se olvidó hasta de respirar. ¿Un hombre que deseaba a otro hombre? En su corta vida había oído cosas al respecto, pero jamás les prestó la debida atención. Ahora, se materializaba frente a ella una cuestión que siempre había creído ajena a su mundo y, aún más, que amenazaba su propia integridad física. Eso, sin contar con que ella no era en realidad el mozo que el MacNab suponía. ¿Cómo reaccionaría si seguía adelante con su acoso y descubría que en verdad era una mujer? No quería averiguarlo, presentía en aquel hombre una violencia latente y un orgullo que quedaría expuesto si averiguaba que lo habían engañado.

—Aún no estoy desnudo, ¿qué haces ahí parado? —lo apremió.

A duras penas pudo Willow completar la tarea. Y, cuando lo tuvo desnudo delante de sus ojos, enrojeció hasta la raíz del cabello al observar su virilidad, erecta y dispuesta, enorme y amenazadora. Jamás sus ojos vírgenes habían visto a un hombre tal y como Dios lo trajo al mundo. Pero, mucho menos, había visto a nadie tocarse sus intimidades delante de otra persona. El MacNab se acariciaba con una mano mientras sonreía de oreja a oreja al contemplar la reacción de Willow.

—Pareces extasiado. ¿Nunca has visto la verga de un auténtico guerrero? Ven, acércate, te dejaré tocarla…

Willow se sintió asqueada. Tanteó en busca del cuchillo y lo aferró con fuerza debajo de la ropa, a su espalda. Si aquel MacNab daba un solo paso hacia ella, se lo clavaría donde primero alcanzase.

Jane entró en la alcoba de su laird para llevarle las velas que le había pedido antes de retirarse. Ewan estudiaba unos documentos en su mesa y levantó los ojos cuando la escuchó llegar.

—Aquí tenéis, señor. Aunque, si son para seguir trabajando por lo que veo, tengo que reprenderos seriamente. Se ve que estáis agotado después de esta jornada, los invitados han consumido toda vuestra energía.

—Solo estaba repasando las cuentas de Innis Chonnel, Jane —se sinceró con su ama de llaves, a la que estimaba y cuya opinión respetaba mucho más que las de sus propios consejeros—. Me preocupa un comentario vertido por MacNab acerca de nuestras arcas. Necesitaré que mañana me hagas un inventario de los víveres que almacenamos en la despensa y de los barriles que nos quedan en la bodega. Quiero saber con lo que contamos para lo que queda de invierno.

—No os apuréis, mi señor. Mañana sin falta os daré cuentas de lo que me pedís.

—Gracias, Jane. —Ewan iba a despedirla cuando recordó algo—. Hace unos minutos he oído mucho jaleo en el corredor. ¿Ha ocurrido algo?

—No, laird. Al menos, nada importante. Estábamos trasladando la tina de la alcoba del señor Lawler a la de nuestro invitado, Reed MacNab.

—¿Por qué? —Ewan frunció el ceño, aquello era muy raro.

—El mismo Lawler me lo pidió, para atender la demanda del guerrero. Mandé a Will a por el agua, en estos momentos el muchacho está atendiéndolo en su baño…

El rugido furioso del laird asustó a la pobre Jane, que solo pudo apartarse del camino de su señor cuando se precipitó hacia la puerta con el rostro oscurecido por la cólera.

Ewan notaba que la sangre latía frenética en sus venas mientras avanzaba por el corredor a pasos agigantados. Sin llamar, abrió de golpe la puerta de la habitación ocupada por el MacNab y la imagen que descubrió lo paralizó unos segundos.

Reed estaba completamente desnudo, a excepción de sus botas, y miraba con lascivia a su presa mientras se sobaba con una mano delante de sus narices. Will, por su parte, no apartaba los ojos del miembro endurecido del guerrero, con el rostro encendido.

No supo qué le molestó más: si ver al MacNab frotándose como un cerdo en celo, o suponer que Will se hallaba expectante y ansioso por descubrir dónde desembocaba aquel preludio.

—¿Qué significa esto? —gritó, sobresaltando a los dos ocupantes del dormitorio.

—¡Por los cuernos de Satán, Campbell! ¿Acaso no es evidente? El muchacho y yo estábamos empezando a conocernos...

—¡Cúbrete, Reed! —le ordenó Ewan—. Creo que durante la cena he dejado clara mi postura al respecto: no dejaré que ocurra, no en mi casa.

—No. Tus palabras exactas han sido que si tus gentes consentían en compartir el divertimento, no habría ningún problema. Y no he oído que el chico se negara.

Ewan fulminó a Will con la mirada. Una rabia espesa lo cegó. Se dirigió a él y lo aferró del brazo, arrastrándolo luego fuera de la habitación.

—¡Eh, un momento! —se quejó el MacNab, dando un paso hacia ellos.

El laird de los Campbell se detuvo en seco y le habló por encima del hombro, sin levantar la voz, sin girarse siquiera.

—Será mejor que te hagas a la idea: habrás de consolarte tú solo. Ninguno de mis sirvientes subirá a tu habitación, así que no solicites a nadie más. Y si me entero de que alguno de los míos pasa la noche contigo, por la mañana me encargaré de arrancarte personalmente eso que te estabas acariciando con tanto placer.

Reed supo que era capaz de cumplir esa amenaza, por lo que rumió su frustración cerrando la puerta con un golpe tremendo.

Ewan tiraba del brazo de Will sin miramientos y lo condujo hasta su propia habitación. Una vez allí, lo encaró con la furia que le roía las entrañas. Para su sorpresa, vio cómo el muchacho sacaba un cuchillo de entre sus ropas y lo apuntaba con la mano temblorosa.

—No... me... toques —susurró, casi sin voz.

Tenía los ojos muy abiertos y la tez pálida.

—¿Es que acaso querías quedarte con él? —masculló Ewan. Aún tenía la vaga esperanza de haberse equivocado y de que Will, en realidad, no deseara encamarse con el animal de Reed como había supuesto.

Dio un paso hacia él, dispuesto a desarmarlo, pero la mirada desquiciada del muchacho lo detuvo. Blandió el cuchillo con más fuerza y barrió el aire que los separaba a modo de advertencia.

—No... te... acerques.

Ewan tuvo un breve pero lúcido momento de inspiración. Al contemplar la imagen asustada de Will, el color cerúleo de sus labios entreabiertos, sus pupilas dilatadas de miedo, comprendió. El chico estaba aterrorizado, estaba como ido. Tal vez jamás había visto lo que acababa de presenciar en el dormitorio de Reed. Tal vez ese bestia le había dicho palabras que lo habían sumido en ese estado enajenado. Una vez más, Ewan lo comparó con un frágil duendecillo. Tuvo el absurdo e intenso deseo de acercarse y consolarlo para que entendiera que no había nada que temer. Quería que dejara de temblar y que sus ojos volvieran a enfocar.

Al segundo, lamentó dicho impulso con todo su ser.

A cualquier otro le hubiera dado un buen pescozón para que espabilara. ¿Qué tenía Will, que lo volvía tan insoportablemente blando? El enfado, dirigido contra sí mismo, lo terminó pagando el muchacho. Ewan se dejó de tonterías y se abalanzó sobre él para apresarle la muñeca con la que sostenía el cuchillo. Apretó la carne demasiado tierna para su gusto hasta que logró que la mano se abriera y soltara el arma.

Sus ojos, apenas separados unas pulgadas, se fundieron en una mirada intensa. Los de Ewan, penetrantes, se comían los de Will, agrandados por el miedo.

—Yo no soy el enemigo —le susurró con brusquedad, incómodo por sus propias reacciones—. No te haré daño, relájate.

Fueron palabras determinantes, mas no obraron el cambio que el laird pretendía; al contrario. Will por fin reaccionó, pero, en lugar de mostrarse relajado y manso, se enrabietó. Sus párpados se entrecerraron y el gesto de su boca se endureció.

—Para mí sí, laird Campbell —siseó con furia, para sorpresa de Ewan—. Para mí sois un auténtico monstruo, que ataca fortalezas al amparo de la noche, como un zorro, y mata a placer.

La acusación fue como un puñetazo en la boca del estómago. Le aturdieron sus palabras, pero el tono con que fueron dichas... Había veneno y mucho dolor en su voz. A pesar de que en otras circunstancias al laird le hubieran resbalado tales improperios, en esta ocasión provocaron que algo zozobrara en su ánimo. Por eso tal vez aflojó su presa, y Will aprovechó para salir corriendo del cuarto y huir despavorido.

No sabía por dónde iba, las lágrimas la cegaban. Willow atravesaba el corredor, iluminado por las antorchas que pendían de las paredes, con la imagen de Ewan Campbell en su cabeza. En su delirio, había sustituido el rostro de Reed por el del laird. Ya no era el MacNab el que la había aterrorizado hasta conseguir que su mente desconectara de la realidad. Al parecer, todo su ser había decidido evadirse para no seguir sufriendo el pánico helado que le causaba ver a aquel hombre tocándose del modo en que lo hacía, o la expresión de sus ojos color aguamiel, que prometían la más desagradable de las experiencias. No era MacNab, ya no, porque al recobrar el sentido había sido el rostro de Ewan Campbell, oscuro y maligno, el que ella había visto. Una cara de expresión sombría, que la atormentaba incluso en sueños; la cara del miedo, la cara de un asesino. Y Willow, en su pesadilla, solo comprendía una cosa: tenía que defenderse de él, escapar, a falta de la fuerza necesaria para hacerle frente...

Llegó a su choza y tuvo la lucidez de detenerse antes de entrar. Se limpió la cara con las mangas, respiró hondo y trató de serenarse. Si Maud la descubría en ese estado, se moriría de preocupación.

—¿Qué haces ahí parado, Will?

Willow se giró al escuchar la voz melosa de Agnes. La chica le miraba con aquellos ojitos tiernos que la ponían tan nerviosa. ¿Es que esa noche todos se habían vuelto locos?

—Iba a acostarme, ya he terminado mis tareas.

—Sí, ya he visto que ese MacNab tan rudo solicitaba tus servicios... —Agnes se acercó a ella contoneándose—. ¿Te ha gustado, Will?

—No, yo... —Willow guardó silencio al ver la mezquina expresión en el rostro de la joven sirvienta.

—¡Claro que sí! —exclamó, acercándose tanto a ella que pudo notar sus pechos apretándose contra su cuerpo—. Y ahora comprendo por qué durante todos estos días me has ignorado a pesar de mis insinuaciones.

Sus labios se acercaban peligrosamente a los de Willow y esta echó la cabeza hacia atrás por instinto.

—¿Qué insinuaciones?

—¡Oh, vamos! ¿No lo has notado, Will? Desde que llegaste he estado intentando que lo comprendieras... Creo que eres el muchacho más guapo que he visto en mi vida.

Se abalanzó sobre ella y la puerta evitó que pudiera esquivarla. Agnes la besó. Juntó sus bocas en un beso apretado que duró solo hasta que Willow pudo reaccionar y apartarla de un empujón.

—¿Cómo te atreves? ¿Me rechazas? ¿En serio prefieres la compañía de ese apestoso MacNab a la mía?

Sus ojos eran dos rendijas rebosantes de maldad y Willow se estremeció al notarlo.

—Agnes, yo... lo siento, tengo que irme. —Abrió la puerta a su espalda con la intención de escapar cuanto antes.

—Te arrepentirás de esto, Will —siseó la sirvienta con veneno.

Sin duda, está loca, pensó Willow con un escalofrío.

¿Quién hubiera pensado que la dulce Agnes era en realidad una arpía manipuladora capaz de montar en cólera al no salirse con la suya? Entró en la choza y cerró antes de que a la chica se le ocurriera alguna otra maldad.

Su nueva familia dormía al calor de un agradable fuego y Willow se supo a salvo por primera vez en toda la noche. Se le llenaron los ojos de lágrimas y deseó que Maud estuviera despierta para que la abrazara y la consolara; pero, por supuesto, despertarla y preocuparla con sus problemas era lo último que haría. Se metió en el catre notando un cansancio extremo, físico y mental.

Tal vez por eso le costó conciliar el sueño.

A su mente volvía una y otra vez la grotesca imagen de aquel guerrero desnudo, explicándole con detalle y con voz arrastrada todas las cosas que pensaba hacerle. Su estómago se retorcía de angustia al recordarlo, tenía la piel erizada y los dedos crispados en torno a la manta. Al final, justo antes de que el sueño la venciera, un pensamiento revelador consiguió que su ánimo se sosegara un poco: Ewan Campbell en realidad no la había atacado. Fue quien la sacó del dormitorio del MacNab, el que la arrastró lejos de las sucias manos de Reed y la salvó de la experiencia más aterradora de su existencia.

—Pero eso no te redime, Ewan Campbell —susurró, medio dormida—. Aún eres mi enemigo.

CAPITULO 17

Ewan golpeó la puerta con el puño repetidas veces, sin importarle que fuera una hora tan intempestiva. El padre Cameron debía encontrarse durmiendo, pero en ese momento le traía sin cuidado. Aquellas eran las dependencias anexas a la pequeña capilla, donde se había instalado el religioso a su llegada a Innis Chonnel, unos años antes, y pocas veces el joven había necesitado visitarlo. Ni él ni sus hombres acudían con asiduidad al rezo, pero era algo a lo que el padre Cameron ya estaba acostumbrado. Por eso, estaba convencido de que el pobre hombre iba a llevarse toda una sorpresa al verlo allí, delante de su puerta a altas horas de la madrugada.

No se equivocó. La puerta se abrió tras unos cuantos golpes más, mostrando el rostro asustado del clérigo al otro lado, que vestía ropa de cama.

—¡Ewan!

—Necesito hablar con vos, padre —le soltó sin preámbulos. Nunca había sido de trato delicado, y no iba a empezar esa noche.

El sacerdote se hizo a un lado para que entrara, sin abandonar la expresión de incredulidad por tener allí, en su pequeña salita, al laird de los Campbell reclamando sus servicios.

—¿Quieres que te confiese a estas horas? —preguntó con cautela.

—De ningún modo.

—Entonces, ¿en qué puedo ayudarte?

Ewan le miró con ojos atormentados. El padre Cameron supo captar al instante la angustia que espoleaba su ánimo, pero esperó con paciencia a que fuera él quien expusiera sus cuitas.

—Tengo un problema y no sé cómo afrontarlo —confesó al fin.

Su interlocutor suspiró y le señaló una de las butacas para que tomara asiento. Antes de acomodarse él, sirvió dos vasos con un licor que solo probaba en ocasiones especiales. Ewan reconoció la botella, había sido un regalo de su difunta madre, Cait, para el sacerdote. Se trataba de un brebaje que preparaban sus antepasados al que llamaban Agua de Vida, y que conseguían a base de destilar cebada y centeno. El líquido, decían, era capaz de revivir a un muerto y de espantar las más amargas penas. Cuando el padre Cameron le entregó uno de los vasos, le dio un trago para calentar las tripas antes de encarar aquella conversación. El sacerdote hizo lo mismo y luego se sentó frente a él, mirándolo a los ojos.

—Así que tienes un problema —empezó a decir, moviendo su cabeza—. Debo admitir que me tienes intrigado. No has acudido a mí desde que tu madre nos dejó, a pesar de que has tenido que lidiar con situaciones muy complicadas para un laird que acaba de hacerse con el control de un clan. No viniste a mí cuando tu padre cayó durante la batalla, ni tampoco cuando tu mejor amigo fue acusado de violación. Tampoco me has pedido consejo para acallar todos esos rumores que circulan sobre ti más allá de los muros de Innis Chonnel...

—¿Qué rumores? —le interrumpió Ewan, aunque sabía de sobra a qué se refería.

—Los que dicen que eres un asesino sin corazón y que irás derecho al infierno por poseer un alma tan impía como el mismísimo Satanás. ¿Es que acaso son ciertos?

Aquel hombre no era solo un sacerdote. El padre Cameron era de la familia, alguien que siempre se había preocupado por su bienestar y al que no podía mentir.

—No. No son ciertos.

—¿Y por qué permites que te difamen de esa manera? Antes, en la cena, el MacNab te interrogaba acerca de ese ataque a los MacGregor y tú no lo has sacado de su error. ¿Por qué tus gentes, tus soldados, no desmienten esos sucios rumores?

—Porque yo se lo he pedido así. Padre, sabéis lo que me ha costado asumir el mando de Innis Chonnel. A pesar de que el rey Bruce pretende que todos los clanes luchemos unidos, los Campbell seguimos teniendo enemigos que no dudarán en aplastarnos al menor signo de debilidad. Mi padre peleó muy duro para que nuestro nombre fuera temido más allá de estos muros y yo debo velar por mantener esa reputación que nos precede.

El sacerdote abrió los ojos, sin ocultar su disgusto.

—¿Crees que mantener el legado de Duncan es lo que debes hacer? Tu padre era un hombre cruel, Ewan, tú no eres así.

—Sí, lo soy. Porque no puedo ser de otra manera, él se encargó de prepararme a conciencia para tomar su relevo.

—Lo sé —susurró—, estuve allí viéndolo, sufriendo junto a tu madre por ti... y por todos los que estaban a su cargo. Aunque tú lo tengas como ejemplo de un buen líder, Ewan, hay otras opciones. Se puede gobernar un clan desde el respeto, la piedad, la generosidad...

—Padre, sabéis que no soy un hombre temeroso de Dios. Soy un guerrero. Aunque os disguste, mis actos, por muy crueles que puedan pareceros, siempre estarán destinados a proteger a nuestra gente. Que los otros clanes crean que fui yo quien ordenó el ataque a Meggernie, me favorece. Que estén convencidos de que fui yo el que asesinó a Niall MacGregor sin vacilación, me convierte en alguien temible. Un laird al que no querrán contrariar, con el que no querrán enfrentarse.

El sacerdote lo escuchaba sin dar crédito a lo que oía.

—Pero, ¿no tienes curiosidad por saber quién ha vertido esas calumnias sobre los Campbell? Aunque a ti pueda parecerte que te ha hecho un favor, convirtiéndote en un líder temido por todos, al final tendrás que rendir cuentas por esa fechoría. Porque, no te engañes, es una auténtica felonía. Ian MacGregor se encuentra en el frente, junto a nuestro rey, protegiendo los intereses de Escocia. Que alguien ataque su casa, que masacre a su gente, a su propio hijo, es un acto desleal y carente por completo de la nobleza que el rey Bruce espera de todos sus súbditos. Me sorprende que a día de hoy no tengamos noticias suyas. Supongo que los ingleses le tienen tan ocupado que no puede permitirse el lujo de poner orden en su propia tierra; pero no te quepa duda —lo señaló con un dedo acusador—, el rey querrá esclarecer este asunto y pedirá explicaciones.

Ewan no lo había pensado. Jamás creyó que el ser acusado del ataque a los MacGregor fuera más allá de los rumores que corrían de aldea en aldea. ¡Qué estúpido! Ahora veía que, tal y como esos dos viejos cuervos consejeros se empeñaban en recordarle, no estaba tan curtido en las intrigas del poder como lo había estado su padre. Las palabras del padre Cameron le habían abierto los ojos, pues era evidente que alguien trataba de perjudicarlo frente al rey Bruce. Y no solo a él. Los MacGregor también habían sido víctimas de quien quiera que fuese el culpable de aquel ataque. Claro que, ellos, de un modo mucho más salvaje y atroz. ¿Quién podría tener algo en contra de ambos clanes?

—Deberíais ser vos mi consejero, padre Cameron, y no los dos buitres carroñeros que mi padre me legó.

El sacerdote le mostró una sonrisa comprensiva.

—No lo soy, pero siempre me tendrás para escucharte y darte mi punto de vista en todo lo que necesites.

—Lo sé, padre. Y tengo muy en cuenta el sermón que acabáis de darme... Mañana mismo empezaré a investigar para descubrir quién atacó a los MacGregor haciéndose pasar por Campbell.

—Me parece lo más acertado y prudente, Ewan. Es necesario encontrar al culpable antes de que el rey Bruce tome cartas en el asunto.

El joven laird asintió con la cabeza y su mente regresó al verdadero problema que lo había impulsado a sacar al religioso de su cama en plena noche. Bebió lo que quedaba de su Agua de Vida y luego dio vueltas al vaso entre sus manos, sin saber cómo abordar su mayor preocupación.

—No era de esto de lo que querías hablarme, ¿verdad? —adivinó el sacerdote, al ver que Ewan volvía a sumirse en aquel silencio atormentado que lo torturaba.

—No.

—Habla, pues, hijo mío. Te escucho, y sabes que nada de lo que me cuentes saldrá de entre estas cuatro paredes.

Ewan se lo agradeció mentalmente. Aun así, le costaba un mundo pronunciar las palabras.

—Padre... Mi problema, mi dilema... es de carácter moral.

—Comprendo.

—No, no lo entendéis. Yo nunca... es decir, que siempre creí que un hombre... —Se tapó la cara con las manos, incapaz de proseguir. No, de ninguna manera podía confesar lo que le quemaba en el alma. Trató de pensar otra manera de enfocar sus dudas—. Veréis, hace poco llegó una nueva familia a Innis Chonnel.

—Lo sé. Maud es muy creyente, viene a menudo a la capilla a rezar junto a su hija Liese.

El laird asintió.

—Han traído con ellos a un muchacho, Will. Ya lo habéis visto durante la cena. Él... él no es como los otros. Me saca de mis casillas, me dan ganas de estrangularlo por su torpeza y su... su...

—¿Su qué?

—Su poca hombría —admitió al fin—. Tengo la sensación de que es afeminado, y ya sabéis lo que opinaba mi padre al respecto.

El sacerdote se reclinó en su butaca y entrelazó los dedos de sus manos, mirándolo con intensidad.

—Lo sé. ¿Y tú qué opinas?

—¿Yo? —Ewan se sorprendió por la pregunta y se puso a la defensiva—. Lo mismo que él, por supuesto, que no deberían existir personas así.

—¿Estás convencido de que es afeminado? —volvió a preguntar el padre Cameron, alzando una de sus cejas blancas.

—Esta noche lo he encontrado en una situación comprometida —le explicó, y acto seguido le relató lo ocurrido con el MacNab, sin omitir ningún detalle. Salvo, eso sí, la furia que lo había invadido al suponer que Will deseaba ese encuentro tanto como Reed.

—Por lo que explicas, ese muchacho es aún muy joven y no sabe nada de la vida. Si dices que estaba aterrado, posiblemente nunca se haya visto en una situación semejante. John y Maud lo adoptaron hace poco, ¿qué sabemos de él? Tal vez nunca haya tenido una familia que le haya explicado ciertas cosas, tal vez sea tan inocente que no entienda las relaciones entre hombre y mujer como las entendemos tú y yo. Y apuesto lo que quieras a que tampoco había sospechado nunca que un guerrero pudiera insinuársele como lo ha hecho el MacNab. Si me permites decirlo, yo creo que el joven Will solo está confundido.

Ewan meditó esas palabras.

Si aquello era verdad no estaba todo perdido. Tal vez pudiera rescatar a Will, hacer de él todo un hombre... Y así a lo mejor él podría dejar de soñar con sus ojos azules de una vez por todas.

—Gracias, padre —dijo, levantándose para marcharse—. Creo que ya sé lo que tengo que hacer.

Se encaminó hacia la puerta, pero el sacerdote lo siguió.

—Espera, Ewan, escucha. No todos nacen para ser soldados, y puede que ese muchacho no esté destinado a formar parte del ejército Campbell. Por lo que más quieras, recuerda que todos somos criaturas de Dios, con nuestras virtudes y nuestros defectos. No repitas los errores de tu padre, no te conviertas en un tirano como él. Piensa en tu tío Alec: un guerrero como pocos y, sin embargo, opuesto a tu padre en todo. Recuerda lo que él te enseñó, se puede ser fuerte y, al mismo tiempo, justo y generoso.

Ewan notó un nudo en la garganta ante la sola mención de su tío, Alec Campbell. No podía pensar en él en esos momentos, no quería dejarse llevar por la emoción.

—Tranquilo, padre. No someteré a Will a más entrenamientos.

Aquello intrigó al sacerdote.

—Entonces, ¿en qué estás pensando?

—No puedo decíroslo, padre Cameron. Pero si quiero que Will se convierta en un verdadero hombre, tal vez tenga que ayudarle a distinguir unas buenas faldas de las calzas masculinas de los soldados.

No dijo más, pero dejó al sacerdote preocupado con aquella insinuación. Tenía razón, prefería no saber qué se le había pasado por la cabeza para guiar los pasos de Will en la dirección que la moral cristiana dictaba. Solo rezaba para que, lo que fuera que hubiera pensado, no resultara una completa indecencia...

CAPITULO 18

Maud la despertó muy temprano, cuando apenas rayaba el alba.

—Will, vamos Will, abre los ojos. El laird pregunta por ti.

Willow sentía que una tonelada de piedras le aplastaba el pecho. Tenía tanto sueño que no podía despegar los párpados. Lo que menos le apetecía era abandonar el calor de las mantas para encontrarse con ese hombre en el aire gélido de la mañana.

—Hoy no quiero trabajar, Maud. Estoy enfermo.

La mujer dejó escapar una suave risa al tiempo que le acariciaba la cabeza.

—Vamos, criatura. Un sirviente no puede permitirse el lujo de enfermar, ¿no lo sabías? Toma, una taza de caldo te sentará bien.

Willow soltó un gruñido acorde con su fingida condición masculina y se incorporó para obedecerla. Se tomó el líquido caliente que entibió su cuerpo, se vistió y salió aguantando los empujones de Maud, que le apremiaba para que no hiciera esperar al laird.

Fuera, el día amanecía tan frío como imaginaba. La primavera era caprichosa y tan pronto lucía un sol radiante en el cielo, como este se encapotaba y soplaban brisas heladas procedentes de las montañas. Se arrebujó en su vieja capa y corrió hacia el patio central, donde le habían dicho que aguardaba el señor.

Cuando llegó, vio que Ewan Campbell discutía acaloradamente con uno de sus consejeros, Lawler, y que a sus pies tenía preparados un par de hatillos que, a buen seguro, le tocaría cargar a ella.

—No puedes marcharte así —le decía el hombre mayor—, no con tu casa llena de invitados.

—He puesto a Colin al mando, él cuidará de vuestra seguridad en mi ausencia.

—¿Pero qué pensarán los MacNab?

—¿De verdad crees que me importa?

—Es un insulto que abandones Innis Chonnel mientras ellos están aún alojados aquí —insistió Lawler.

—Dile a James que he ido a investigar ese asunto de la joya. Eso lo calmará.

—Bueno, pues, al menos, llévate algunos guerreros.

—No.

—¿Vas a partir con ese sirviente como único acompañante?

—Iré más rápido. —Ewan miró al viejo con una media sonrisa en el rostro—. Pareces preocupado por lo que pueda sucederme... No temas, no dejaré que me maten.

Lawler bufó antes de contestar a su bravata.

—Desde luego no seré yo quien te llore si lo hacen.

Se alejó de su señor y Willow aprovechó para acercarse. Oyó murmurar al laird a espaldas del anciano.

—No, imagino que en ese caso saltarías de alegría, viejo.

La muchacha se extrañó al oír aquella afirmación. ¿Ewan Campbell dudaba de la lealtad de su consejero? Entonces... ¿por qué lo mantenía a su lado? Si algo había aprendido Willow desde que su padre se marchó a la guerra, era que las traiciones estaban presentes en el día a día de todos ellos. Le sorprendía que alguien pudiera estar tan tranquilo manteniendo en su casa gente que no era de fiar.

—¡Vaya, por fin apareces!

Willow miró con aprensión las bolsas que el laird tenía preparadas.

—¿Nos vamos a alguna parte?

Ewan comprobó que su tono destilaba todo el miedo de la noche anterior. Sus labios temblaban y sus ojos continuaban espantados, no se le había pasado el susto.

Así que es verdad. No fue solo por lo sucedido con el MacNab. Realmente, me considera un sanguinario asesino.

Aquello reafirmó su decisión. Necesitaba ese viaje a solas con Will, por muchos motivos. En primer lugar, para llevar a cabo el cometido que se había auto impuesto: le mostraría al muchacho los placeres que una buena moza podía proporcionarle. Tal vez así dejaría atrás ese aire afeminado que lo acompañaba a cada paso que daba.

Por otro lado, quería averiguar por qué lo temía tanto, aunque se hacía una idea. Había interrogado a John, y había averiguado cómo encontraron al chico antes de adoptarlo. Ninguno sabía con certeza de dónde provenía, pero Ewan presumía que tenía algo que ver con Meggernie y con el ataque sufrido semanas atrás. Si el muchacho había escapado del castillo durante la ofensiva, era normal que lo considerara un asesino. Y, por algún estúpido motivo, a Ewan le molestaba que el chico pensara esas cosas de él.

Tal vez si pasaban algún tiempo a solas, Will comprendería su verdadero carácter. Tendría tiempo de explicarle que los rumores eran falsos... y que él, como laird de los Campbell, estaba dispuesto a descubrir quién se hallaba tras los ataques perpetrados contra los MacGregor.

Sacudió la cabeza con disgusto al darse cuenta de que estaba dispuesto a darle a un simple criado unas explicaciones que no merecía. ¿Por qué perdía el tiempo con él?

Porque te juegas mucho más que recuperar la virilidad de un muchacho, se dijo. *En esta empresa te juegas la tuya propia...*

—Vamos, Bors nos está esperando en la barca —le ordenó, con más brusquedad de la que esperaba. Sus pensamientos le traicionaban y, como siempre, lo pagaba con el muchacho—. Partimos de inmediato.

Salieron de la fortaleza y se dirigieron hacia donde el barquero aguardaba. El guerrero Campbell la contempló con desprecio y, como era ya costumbre entre ellos, escupió en el suelo cuando pasó su lado. Willow trató de pasarlo por alto, pero lo cierto era que cada vez le molestaba más el rechazo de aquella gente. ¿Acaso se estaba encariñando con los Campbell a su pesar?

Una vez se pusieron en marcha, la magia del paisaje apaciguó de alguna manera su desazón. Sus ojos se recrearon en la belleza de las cristalinas aguas del Awe. Había algo tentador y atrayente en el brillo de la superficie, que parecía tener secuestrada su mirada. La bruma que ascendía del lago otorgaba una cualidad mística al aire que los rodeaba y el silencio, roto únicamente por el sonido de los remos, la estremecía.

Cuando alcanzaron la orilla opuesta, Willow comprobó que el hombre encargado del embarcadero los estaba esperando con un par de caballos pertrechados para un viaje. Bajaron del bote y Ewan les dio las últimas instrucciones a sus hombres antes de dirigirse a las cabalgaduras.

—¿Sabes montar?

Willow tardó un momento en darse cuenta de que le hablaba a ella.

—Sí, mi señor.

—Pues date prisa, no puedo esperarte todo el día.

La joven se dirigió a su montura y, cuando agarró las bridas, el animal relinchó y se movió inquieto. Ella le acarició la frente para tranquilizarlo, como hacía con Lady, su querida yegua, cuando se ponía nerviosa.

—Ya está, pequeño, no voy a hacerte ningún daño.

Ewan, que observaba de reojo al muchacho, detectó en ese gesto una pincelada de costumbre. ¿Sería Will el encargado de las cuadras de los MacGregor? Lo dudaba. A fe suya que aquel mequetrefe era un desastre en todo lo que se proponía, por lo que era impensable que alguien le hubiera dado tal responsabilidad. Sin embargo, parecía muy cómodo con el caballo, como si no fuera algo nuevo para él. A cada instante que pasaba, el joven sirviente le intrigaba más y más.

—Intentaré volver lo más pronto posible —les dijo Ewan a sus guerreros antes de ponerse en marcha, sin esperar a Willow.

—Espero que sea verdad que sabes montar —se mofó Bors, yendo de nuevo hacia la barca para regresar al castillo—. El laird es un gran jinete y no creo que aminore la marcha por tu culpa. Esta noche tendrás un dolor de culo espantoso, chico, no te lo envidio...

Willow lo miró mientras se alejaba riendo y deseó poder gritarle que ella era una excelente amazona, que su padre y sus hermanos siempre habían elogiado su buena mano con los caballos, y que el laird podía cabalgar todo el día si le placía, que no desfallecería. Montó con un movimiento ágil y salió en pos del señor de los Campbell, notando que se le encendía dentro una chispa de emoción. ¡Hacía tanto que no disfrutaba de un paseo a caballo!

148

De inmediato quedó atrapada en la belleza de aquel paisaje espectacular. La luz amarillenta que se filtraba entre los árboles, junto con el aire frío de la mañana, calmaron la zozobra de su ánimo. No podía dejar de admirar los distintos tonos verdes de las hojas de los árboles y de la hierba que asomaba de la tierra oscura. Las flores del brezo llenaban de vida y color el paisaje hasta donde se perdía la vista. Era algo fascinante, al menos para Willow. Contemplar los cambios de estación, ser consciente de cómo cambiaba el mundo a su alrededor, de cualquier forma siempre bello, la contagiaba de una energía vital que serenaba su alma.

Por primera vez desde que supo de la muerte de Niall, la joven pudo respirar llenando sus pulmones por completo. Dejó que el calor del sol le acariciara la cara, que la naturaleza penetrara por todos los poros de su piel. Sí... así se sentía más cerca de su hermano y, al mismo tiempo, no le dolía tanto su ausencia. Podía advertir su presencia en la brisa que agitaba su cabello, en los sonidos del bosque, en el intenso olor a la primavera que llegaba y que llenaba sus fosas nasales...

—¡Will! ¿Por qué te retrasas?

El vozarrón de Ewan la sacó de sus ensoñaciones. Se había detenido para esperarla y reprenderla por entretenerse; al parecer, el laird tenía prisa. Willow se fijó en su ceño fruncido y recordó la noche anterior, cuando la rescató de la habitación del MacNab. ¿Por qué lo habría hecho? Fue la primera vez que se lo planteó. ¿Por qué el laird de los Campbell querría ofender así a uno de sus invitados? Sin pretenderlo, rememoró el gesto de aquel hombre grotesco y las horribles frases que habían salido de su boca mientras se tocaba. Un desagradable escalofrío le recorrió el cuerpo entero y sacudió la cabeza para deshacerse de esas visiones.

—¡Por el amor de Dios, Will! —Ewan se acercó hasta ella, le quitó las riendas de las manos y se dispuso a guiar él mismo su caballo—. Nos va a caer la noche encima antes de que lleguemos a nuestro destino.

Emprendieron entonces un ligero galope al ritmo que impuso el hombre. Willow se agarró a la crin de su caballo y bufó contrariada; se le había terminado el agradable paseo contemplativo.

Cabalgaron durante toda la mañana, deteniéndose en las distintas granjas que encontraban en su camino, todas propiedad de familias Campbell. A Willow le sorprendió ver el respeto que aquella gente le profesaba a su señor, aunque no más que ver al laird preocupándose por el devenir de cada uno de ellos. Les preguntaba por su salud y por sus hijos; quería saber si tenían lo suficiente para vivir, si necesitaban algo más. A los que cuidaban ganado, les preguntaba si habían sido objeto de pillaje y robos por parte de otros clanes. En definitiva, les prestaba atención.

Una vez más, Willow notó que las dudas renacían en su pecho al observarlo. ¿Cómo podía alguien tan leal a su gente, tan noble, tan responsable, cometer las fechorías que le imputaban? La muchacha se había fijado en cómo lo miraban los demás. Pudo verlo ella también, a través de los ojos de aquellos que lo admiraban, y se contagió de aquel sentimiento. Ewan Campbell era un hombre único, formidable, que pasaba de ayudar a un granjero a cambiar la rueda de su carro, a subirse a hombros a uno de los chiquillos que correteaban entre sus piernas solo para divertirse.

Más de una vez tuvo que apartar la vista, azorada, cuando él la miraba a su vez y la sorprendía clavándole los ojos. El calor en su estómago se enroscaba entonces alrededor de su ombligo como una culebra y las sienes le palpitaban de bochorno.

No es posible que lo encuentres interesante. Olvídalo, ¿no lo entiendes? ¿Y si fue él? ¿Y si en verdad es el monstruo que no quieres reconocer?

Willow tenía deseos de darse de cabezazos contra los troncos de los árboles. Porque cada vez se alejaba más de la senda que tenía marcada. Cada vez que él hablaba, cada vez que su voz áspera se colaba a través de los poros de su piel, su lucha interna se volvía más encarnizada.

Por fortuna, a pesar de todo, el tiempo se le pasó volando entre parada y parada. Los Campbell les ofrecían refrigerios y ponían a disposición del laird sus escasas pertenencias. Incluso a ella, que no la conocían de nada, la trataron con un cariño que la conmovió. No era nadie, un simple criado, pero iba acompañando al jefe de los Campbell y eso les bastaba. Willow les devolvió cada sonrisa y cada gesto de amabilidad de todo corazón, sin poder evitar compararlos con la gente de su propio clan. En realidad, se dijo, no eran tan diferentes.

La noche llegó más rápido de lo que esperaban y acamparon a orillas de uno de los cristalinos lagos de la región. Si no hubieran hecho tantos altos en el camino, seguramente hubieran alcanzado su destino... Allá donde quiera que Ewan la condujera. Por un momento, deseó que ya hubieran llegado. Tanto para calmar su desazón como para poder descansar en un lugar techado. La joven lamentó la tozudez del laird, que había declinado más de una invitación para dormir en una de aquellas cabañas que visitaron. Acurrucada junto al fuego, arropada con su capa de lana, echaba de menos el calor de un hogar y el sabor de una buena sopa. ¿Por qué tenían que dormir al raso, con el frío que hacía? Eso, sin contar con que el cielo estaba muy nublado y amenazaba lluvia.

—¿Entras en calor? —le preguntó Ewan mientras sacaba algunas viandas de su morral.

—Pues no...

—Toma. Ponte esto.

El laird le lanzó un manto que llevaba entre las provisiones. Willow lo cogió al vuelo y lo extendió ante sus ojos antes de decidir envolverse en él.

Los colores Campbell.

Era consciente de que, si se lo ponía, podría estar traicionando todo cuanto amaba. Llevaba tanto tiempo obligándose a detestar esos colores, que su sola visión le hacía sentirse mal. Pero tampoco quería morir congelada...

Una decisión realmente difícil.

CAPITULO 19

Iba de mal en peor. Ewan estaba completamente subyugado con aquel muchacho y se odiaba por ello. Era incapaz de colocarlo en su sitio, de verlo como al simple sirviente que era. Lo había estado observando durante todo el viaje, con disimulo, eso sí, y cada vez se sentía más atrapado en el embrujo que ejercía sobre su ánimo.

Will no se había quejado ni una sola vez por el intenso ritmo de su andadura. Cabalgaba con elegancia, con la espalda recta y una gracia que rozaba el lado femenino de manera alarmante. Con sus gentes había sido amable y simpático, había cooperado en todo e incluso había curado la rodilla de una niñita que habían encontrado llorando en una de las granjas visitadas. Ewan no pudo dejar de mirar sus manos mientras lo hacía, invadido por un oscuro sentimiento que emponzoñaba su alma.

Deseaba saber cómo era el tacto de aquellas manos. ¡Dios bendito! ¿En qué se estaba convirtiendo? ¡Si su padre levantara la cabeza!

Ahora, tiritando frente al fuego, Will parecía más frágil que de costumbre. Miraba con el ceño fruncido el manto que le había lanzado, sin hacer ningún amago de ponérselo. Aquello le recordó que el muchacho le había llamado asesino la noche anterior... ¿tendría algo que ver con los MacGregor, tal y como sospechaba después de haber hablado con John? Porque eso explicaría el gesto agrio de su cara ante el tartán de los Campbell.

Era hora de averiguarlo.

—Cúbrete con el manto, Will —le ordenó, con sequedad—. ¿O crees acaso que traicionas a tu clan si vistes los colores de tus enemigos?

Willow abrió los ojos, sorprendida y asustada por la pregunta. Separó los labios para decir algo, pero no le salieron las palabras. ¿Por fin aquel hombre se había dado cuenta de quién era ella?

153

—No me mires así —continuó hablando el laird—. Me acusas de asesino y me miras como si quisieras atravesarme con una espada. ¿Creías que no me daría cuenta? Eres un MacGregor, ¿verdad? Seguramente huiste de Meggernie durante el asalto y tuviste que encontrar un modo de sobrevivir. ¡Qué suerte que aparecieran John y Maud para socorrerte!

Willow notaba que le ardían las mejillas de pura vergüenza. Aunque, si lo pensaba bien, era más la rabia que sentía que otra cosa.

—Sí, soy MacGregor —siseó entre dientes.

—¿Debo entonces preocuparme? —El laird se levantó y acudió a su lado, rodeando el fuego. La levantó del suelo agarrándola por los hombros y ahondó con sus ojos en las pupilas de Willow—. Porque por la forma en que me miras, creo firmemente que estarías dispuesto a rebanarme el cuello mientras duermo.

—Lo que yo desearía hacer y lo que puedo hacer son dos cosas muy distintas —osó defenderse—. Jamás podría sorprender al señor de los Campbell, aun siendo sigiloso como una serpiente, y sé que estaría muerto antes de levantar siquiera la daga.

Ewan trató de asimilar sus palabras. Ese muchacho había perdido el juicio, sin duda. ¿Cómo podía expresar sus intenciones con tanto descaro, sin asomo de temor ante las represalias?

—¿Eso quiere decir que, si pudieras, me matarías?

No contestó. Pero el silencio que flotó entre ellos parecía hablar más claramente que las palabras no pronunciadas. Ewan aspiró con fuerza para contener la furia que lo invadía.

—Dios bendito, muchacho. Lo harías si pudieras, ¿verdad? —quiso asegurarse, porque no podía concebir que Will lo odiara tanto.

—Pero no puedo —habló por fin—, así que no debéis temer un ataque por mi parte. No soy un loco que busca la muerte.

El laird estaba tan desconcertado que hasta le hicieron gracia sus últimas palabras. ¡Vaya con el MacGregor! ¡Tenía agallas, sin duda! Y eso era algo que él admiraba; tanto, que añadía más fascinación por su persona.

Sin embargo, no podía permitir que el mequetrefe saliera indemne de aquel enfrentamiento. Con un rápido movimiento, apresó su cuello

154

con una mano y acercó su cara para que pudiera ver bien la ira en sus ojos.

—Dices que no buscas la muerte, pero me provocas con tus palabras. ¿Qué pretendes? ¿Sabes lo fácil que sería para mí acabar contigo? —Apretó el delicado cuello lo justo para que en la mirada de Will se reflejara el pánico.

—Lo sé —susurró ella, asustada. Tal vez había ido demasiado lejos, pero ese hombre ya no podía hacerle más daño del que había sufrido. Por eso hablaba sin pensar, por eso lo desafiaba con todo el rencor que llevaba dentro a pesar del miedo.

Los segundos se hicieron eternos. Ewan no podía apartar los ojos de aquel rostro imberbe y sucio, notando cómo un caos de emociones le sacudía por dentro. ¿Qué tenía para que lo encontrara tan fascinante? Irradiaba una luz especial, un aire casi mágico que lo atontaba.

—¿Cuántos años tienes? —se le ocurrió preguntar.

Willow mintió, sabiendo que su disfraz sería más efectivo si alegaba tener menos edad.

—Quince.

—Eres demasiado joven —suspiró el laird, soltando su cuello y apartándose de ella—. Por eso eres inconsciente, apasionado… y temerario. Prometí a John que cuidaría de ti y no pienso faltar a mi palabra.

—En este momento, la palabra del laird de los Campbell no me resulta fiable —continuó azuzándolo.

Ewan comprobó hasta qué punto lo detestaba aquel muchacho, que se arriesgaba de un modo tan inconsciente soltando su lengua sin ninguna contención. No podía consentir que siguiera pensando lo peor de él. Decidió que tenía que sacarlo de su error en ese mismo instante.

—Escucha, joven Will. No sé qué has oído al respecto, pero debes saber que los Campbell no atacaron Meggernie. Yo no tuve nada que ver con la muerte del hijo de Ian MacGregor.

Willow cerró los ojos, traspasada por un dolor insoportable. Contuvo las lágrimas al oír el nombre de su padre en los labios de aquel guerrero implacable. Llevaba tantos días creyéndolo culpable, imbuyéndose del sentimiento de venganza, que sus palabras le sonaron falsas.

—Sin embargo —susurró, con ira contenida—, encontraron un trozo de un manto con los colores de vuestro clan. ¿Pretendéis decirme que llegó a Meggernie por sí solo?

Así que era eso, pensó Ewan. Alguien había encontrado una prueba que incriminaba a los Campbell y los rumores habían hecho el resto. El padre Cameron tenía razón, debería haber prestado más atención a esos bulos y haberlos cortado de raíz en cuanto surgieron. Para que la gente creyera esa vil mentira solo había hecho falta una cosa: las ganas que tenían todos de encontrar un culpable a ese crimen deleznable.

—No sé cómo llegaron mis colores hasta Meggernie, aunque te prometo que pienso averiguarlo. Así que olvídate de venganzas y de rebanarme el cuello mientras duermo, ¿de acuerdo? Yo encontraré al verdadero culpable y limpiaré mi nombre, tenlo por seguro.

Willow contempló el rostro de aquel hombre y deseó creerlo, de corazón. Había pasado el suficiente tiempo a su lado como para darse cuenta de que no podía ser el monstruo que había intuido cuando lo conoció. Y saberlo inocente le aportaría sosiego a su alma, que se debatía cada día entre la lealtad hacia su gente y la atracción que notaba crecer más y más hacia el laird de los Campbell.

Siempre había pensado, no obstante, que no tenía sentido que alguien tan joven hubiera llevado a cabo la venganza de la que hablaban en la carta que Niall encontró. Debía de tratarse de alguien mayor, alguno de los aliados o amigos de su padre en otra época. Ewan apenas conocía a su padre, ¿no era lógico dar por cierto que no tenía nada que ver con lo sucedido? Cerró los ojos, deseando creer. Sin reparos, sin remordimientos, sin sentir que traicionaba a su clan. Sin embargo, la duda permanecía ahí, muy dentro de ella. Débil, pero lo suficientemente espinosa como para sentir sus púas arañándole el corazón. Quedaba la posibilidad de que el joven guerrero hubiera sido la mano ejecutora de otra persona, del verdadero culpable, del traidor.

—Como ya os he dicho, no pienso atentar contra vos —le dijo al fin, acurrucándose de nuevo junto al fuego—. Pero no me olvidaré de que alguien atacó a los MacGregor de manera salvaje. Eso nunca.

Ewan se quedó mirando al chico que hablaba con tanta pasión de aquel ultraje hacia su gente. Era loable la lealtad y el amor que sentía hacía su clan. Pero ya no era MacGregor, y cuanto antes lo asimilara, más penas se ahorraría.

—Ten presente una cosa, joven Will, la venganza no sanará tu dolor. Así que olvídate de lo que ocurrió en Meggernie y empieza una nueva vida. —Lo observó fijamente, como queriendo remarcar las palabras que iba a decir a continuación—. Olvídate de tu pasado como MacGregor.

Willow contuvo el aliento. Una sensación de desamparo la recorrió de pies a cabeza. ¿Dejar atrás el recuerdo de Niall, de su familia?

—No puedo hacer eso, mi señor.

—¿Tanto les debes a los MacGregor? Ahora eres un Campbell. Acéptalo de una vez y vivirás más tranquilo. Deja las venganzas y los rencores para los auténticos guerreros. A fin de cuentas, lo mismo da servir a un clan que a otro, mientras tengas un techo bajo el que cobijarte y la suerte de que tu laird, sea quien sea, vele por tu seguridad.

—Ignoro el concepto que tenéis vos de la lealtad, mi señor, pero os advierto que yo no vendo la mía con tanta facilidad. Los MacGregor eran mi familia, y si no sois capaz de comprender eso, es que no sois tan buen laird para vuestra gente como yo creía.

Nada más decirlo, se echó sobre las mantas y le dio la espalda, por lo que Ewan no pudo ver las lágrimas que anegaban sus ojos tras el discurso. El Campbell lamentó su desafortunado comentario, pues él conocía de primera mano lo fuerte que podía ser el sentimiento de la lealtad. No debería haberle echado eso en cara al muchacho, aunque reconocía que en esos momentos, más que nunca, deseaba que el joven Will traspasara al clan Campbell la fidelidad que parecía tenerles a los MacGregor. Después de haberlo acogido como uno más de los suyos, era lo mínimo que podía esperar de él...

La despertó el ruido del chapoteo de un cuerpo en el agua. Willow abrió los ojos y asomó la nariz por el manto con el que se había cubierto durante la noche. En realidad, se había envuelto en aquella prenda con los colores Campbell sin ningún pudor; al final, el frío había desbancado a su orgullo. Y puesto que, después de esa noche, tampoco tenía muy claro que el laird fuera en realidad el temido enemigo que ella había supuesto, consideró que no había nada de malo en aceptar su tartán.

Se incorporó y se frotó los ojos, que notaba hinchados por las pesadillas que había sufrido durante el sueño, como venía siendo ya habitual. Buscó el origen de aquel sonido y divisó a Ewan metido en el lago, dándose un baño matutino. Se estremeció de frío al contemplarlo. ¡Las aguas tenían que estar congeladas! No había sol, además. Las nubes seguían encapotando el cielo y, por experiencia, Willow sabía que la lluvia era inminente. Por suerte, no habían tenido que sufrirla durante la noche.

Se levantó y se dispuso a preparar el desayuno para los dos. Rebuscó en su morral y sacó algunas de las viandas que les habían ofrecido el día anterior durante las visitas a las granjas Campbell. Un suculento trozo de queso, pan ácimo, algo de carne en salazón y un puñado de frutos secos. Willow hubiera querido tomar algo caliente, como un poco de leche o de caldo, pero no iban preparados para eso. El laird viajaba con lo indispensable y no llevaba utensilios de cocina para poder preparar una comida en condiciones.

—¡Will, acércame el manto!

El señor la llamaba desde la orilla y ella obedeció sin pensar, y sin darse cuenta de que Ewan estaba completamente desnudo. Cuando se giró hacia él y lo vio, su cara ardió como si pequeñas llamaradas encendieran sus mejillas. Quedó paralizada en el sitio, sin poder avanzar y sin poder apartar los ojos de aquel magnífico cuerpo que exhibía. Había visto a Reed MacNab dos noches antes, y no sintió ni de lejos lo que estaba experimentando en esos momentos.

Ewan Campbell era formidable. Solo así podía describir esa anatomía perfecta, musculosa y bronceada. Su piel relucía húmeda y dorada, sus piernas potentes, sus brazos de guerrero daban fe de la fuerza que se escondía en su interior; el pecho amplio, de músculos bien delineados, estaba salpicado con las cicatrices de batalla con las que ella ya se había familiarizado durante sus entrenamientos. Su rostro serio, de facciones tan varoniles que la dejaban sin aliento, lucía una barba incipiente que no hacía más que añadir atractivo al conjunto. Su pelo castaño, salvaje y húmedo, goteaba agua sobre sus hombros y cuello, y Willow se preguntó qué se sentiría al tocarlo para secar esa piel con sus propias manos…

—¡Will, muévete, cogeré una pulmonía!

Pero ella no podía acercarse. Sus ojos le recorrieron entero y supo que su disfraz se vería muy comprometido si se le ocurría aproximarse. Se demoró más de la cuenta en su entrepierna, curiosa, meditando acerca de que el miembro de Reed le resultase repulsivo mientras que el del Campbell no le asqueara en absoluto.

—¡Maldita sea, Will! ¿Qué demonios te pasa?

Ewan salió del agua y se acercó mascando furia contra el muchacho. Al llegar a su altura, Willow dio un paso atrás, impresionada, y él le arrebató el manto que sostenía entre sus manos para cubrirse.

—Si me enfermo lo pagarás caro, chico.

—Lo… lo siento. Es que yo nunca había visto a nadie… es una locura bañarse… —tartamudeaba como una idiota—. El agua… ¿no estaba muy fría?

—Helada —bufó Ewan.

Y menos mal, pensó. Aquel muchacho lo estaba empujando hacia el precipicio que quería esquivar a toda costa. ¡Se había quedado embobado mirándolo!

Definitivamente, Will era afeminado.

Ningún hombre contemplaba a otro de la manera en que lo había hecho él. Ewan podía reconocer ese tipo de miradas, le había ocurrido lo mismo durante su último entrenamiento con el chico.

159

¡Will mostraba interés por su cuerpo! No se atrevía a llamarlo deseo, pero estaba claro que se sentía fascinado por lo que veían sus ojos. Daba la impresión de querer tocarlo… y por las barbas de Satán, él tenía la tentación de permitírselo. Si el agua no hubiera estado tan fría como el hielo, estaba convencido de que hubiera tenido una erección ante aquella mirada azul cargada de anhelo.

Sin duda, estaba perdiendo la razón.

—Si quieres asearte, más vale que te des prisa. Partiremos en cuanto haya comido algo.

Usó un tono más desagradable del habitual porque necesitaba deshacerse del embrujo de aquella cara de duende. Cada vez tenía más claro que debía convertirlo en un hombre, mostrándole la diferencia entre su cuerpo y el de una mujer. Quería creer que cuando el jovenzuelo tuviera delante a una buena moza, todo volvería a ser como debía. Y esperaba, por su propia cordura, que no volviera a mirarlo jamás como acababa de hacer mientras salía del lago.

Trató de concentrarse en la misión que aún tenían por delante, aprovechando que el chico desaparecía tras unos matorrales para aliviar sus necesidades. Con un poco de suerte, al mediodía llegarían a su destino. Y, después de solventar el problema con Will, irían a ver a su tío Alec. Tenía que averiguar a qué se refería James MacNab cuando le habló de la joya de Meggernie. ¿Qué había detrás de aquella proposición de compra? ¿Por qué estaba tan interesado en adquirirla? Nunca había oído hablar de esa joya y le intrigaba. MacNab se traía algo entre manos, de eso estaba convencido, y tenía que hallar respuestas. Por eso, a pesar de que estaba prohibido, visitaría a su tío Alec en el lugar que había elegido para su exilio. Él, que había sido amigo de Ian MacGregor en su juventud, era el único que podía saber qué era esa joya, o qué significaba.

Y, aún más importante, en manos de quién podía estar.

Will regresó y Ewan perdió el hilo de sus pensamientos. El muchacho tenía esa extraña cualidad, era irritante. Teniéndolo tan cerca le era imposible estar concentrado. Lo único que se le ocurría para sacudirse de encima aquella debilidad, era tratarlo con sequedad.

—Recoge todo esto, nos vamos.

Willow, sumida aún en la nube de fascinación que le había provocado el cuerpo desnudo de Ewan, se sobresaltó ante su tono áspero. ¿Ese hombre estaba siempre enfadado? ¿O era solo con ella?

Se movió como si estuviera en trance y levantó el campamento mientras el laird ensillaba los caballos. Ya no había duda, el laird de los Campbell ejercía sobre ella un extraño poder de atracción. Jamás había sentido eso por nadie. Jamás había notado que su cuerpo se estremeciera ante la sola visión de otro cuerpo, o ante el sonido de una voz, o ante una mirada penetrante... No pudo evitar observarlo de reojo, como si quisiera dilucidar si lo que había visto y sentido al verlo salir del lago era cierto o solo un sueño. Su constante distracción le costó varios gritos más del hombre, cuyo ceño cada vez era más pronunciado.

Cuando se pusieron por fin en marcha, respiró aliviada. El laird se adelantó un buen trecho, ignorándola como era costumbre, y eso le permitió relajarse para intentar recobrar el dominio de sus emociones.

No le duró mucho. A mediodía divisaron al fin su destino, una cabaña perdida en mitad de la ladera de una colina cubierta por una alfombra de hierba y flores amarillas. Tuvo un mal presentimiento. Un escalofrío desagradable le recorrió la espalda cuando el laird, que se había detenido para esperar a que le alcanzara, se volvió hacia ella con una enigmática sonrisa.

—Ya hemos llegado.

¿Qué le rondaba a ese demonio por la cabeza? Eso era lo único que podía pensar Willow mientras recorrían el último tramo del camino, con el corazón bombeando con fiereza en el pecho.

CAPITULO 20

—Lleva los caballos a la parte de atrás y ocúpate de ellos —le ordenó Ewan en cuanto alcanzaron la cabaña—. Reúnete conmigo dentro cuando hayas acabado.

Ella obedeció, reticente. Si le dijera que prefería esperar fuera, con los animales, ¿se enfurecería? Decidió no tentar a la suerte, así que hizo lo que le había pedido. Aunque, eso sí, se demoró todo lo posible para retrasar el momento de entrar.

Cuando al fin se reunió con él en el interior, lo encontró conversando con dos mujeres. Una de ellas era mayor, una anciana con la cara tan arrugada que Willow temió ser desconsiderada por mirarla tan fijamente. La otra, sin embargo, era una moza joven, de cabello pelirrojo y rasgos muy hermosos, aunque algo exagerados para su gusto. Los labios eran demasiado carnosos y tenía los pómulos muy pronunciados. Poseía además unos pechos enormes que, para colmo, quedaban expuestos en el descarado escote de su blusa.

—Pasa, Will, no te quedes en la puerta —lo animó el laird, que de pronto parecía estar de un humor estupendo—. Estas buenas mujeres son amigas mías. Ella es Iona y esta su hija, Thonia. Almorzaremos aquí... nos tratarán bien. Muy bien.

Había un deje extraño en el tono de Ewan. No hizo más que corroborar su mal presentimiento. ¿Qué estaban haciendo allí, en una cabaña donde solo vivían dos mujeres? Se fijó en que Thonia tenía sus ojos verdes clavados en ella y se estremeció. Era una mirada parecida a las que Agnes le solía dedicar..., pero no era igual.

Esta era, de lejos, mucho más espeluznante.

Intentó obviar que el ambiente se había vuelto de repente muy denso, casi irrespirable, y se acomodó en el lugar que el laird le indicó para comer. Enseguida, la vieja Iona les sirvió uno de sus mejores menús, según palabras del propio Ewan: carne de pato en salsa con salteado de puerros, y Thonia les colocó delante dos sendas copas de vino. Después, los dejaron a solas para que dieran buena cuenta de la comida.

—¿No bebes? —le preguntó el laird, en un determinado momento.

—Prefiero tener la mente despejada, mi señor, por si me necesitáis después.

Los ojos castaños de Ewan se clavaron en los suyos, consumiendo el aire a su alrededor.

—Bebe.

—Pero, laird...

—Bebe un buen trago de vino, Will, lo vas a necesitar.

—¿Por qué?

—Haces muchas preguntas, ¿nunca te lo ha dicho nadie?

—Sí.

Era cierto. Sus hermanos y su padre, incluso su querida Marie, ya se lo habían reprochado en alguna ocasión.

—Apura tu copa, joven Will. Hoy vas a convertirte en un hombre.

Willow, que ya había dado un trago al líquido tibio, se atragantó. Tosió y se puso colorada antes de poder preguntar de nuevo.

—¿Cómo habéis dicho, mi señor?

—Tranquilo, muchacho. No debes ponerte nervioso —Acto seguido, haciendo gala de su falta de tacto, añadió, sin irse por las ramas—. Mira, Thonia es muy buena en la cama; ni yo, ni ninguno de mis hombres, hemos tenido queja de su trato. Sabe lo que se hace, no tendrás problemas con ella.

Willow estaba a un paso de la histeria. ¿Esa era la idea que le rondaba al laird por la cabeza? ¿Encamarla con una mujer ducha en los menesteres del amor? ¿Para convertirla... en un hombre de verdad?

—No, mi señor. Os lo agradezco, pero yo nunca... yo jamás...

—¿Será tu primera vez? —Ewan lo contempló con una sonrisa condescendiente—. ¡Ya lo imaginaba! ¿Por qué crees que te he traído

164

aquí? No eres el primero al que Thonia desvirga, ya te lo he dicho, es muy hábil.

—Pero yo no puedo, yo nunca he visto...

No sabía ni qué decir. ¿Cómo iba a librarse de aquel entuerto? La descubriría, sin duda, y su cólera sería tal, que le rompería el cuello sin miramientos.

Ewan bebió también de su vino mientras estudiaba su expresión de pánico.

—Chico, ¿vas a decirme que nunca has visto a una pareja copulando? ¿Dónde has estado metido? ¿John y Maud no lo hacen en vuestra choza?

Willow negó con la cabeza, demasiado mortificada como para hablar. Comprendía que, entre las clases más bajas, los campesinos o los sirvientes como sus padres adoptivos, era normal hacer vida marital en la misma habitación que compartían con sus hijos. Pero ella, en Meggernie, tenía su propia alcoba y había sido criada como una dama. Sus oídos jamás habían escuchado los pormenores de aquel acto entre parejas... Es más, se suponía que debían respetar su inocencia y su pureza, por eso nadie la había instruido en tales cuestiones. ¿Cómo iba a sospechar que alguna vez echaría de menos que alguien la hubiese ilustrado al respecto? Así, al menos, sabría qué demonios esperaba el laird de ella... de él... ¡En menudo lío se había metido!

Se levantó, presa de una náusea que apenas podía controlar. Salió corriendo de la cabaña y vomitó la deliciosa comida a unos pasos de la puerta.

Ewan, que había salido tras ella, contempló con fastidio su reacción.

—De acuerdo... Tal vez he querido ir muy rápido, Will. Pensé que tenías más mundo, pero está visto que no. —Se acercó hasta ella y le dio unas palmadas en la espalda en lo que pretendía ser un gesto de confianza entre hombres—. Haremos una cosa: hoy solo mirarás.

—¿Cómo? —preguntó en un graznido, mientras se limpiaba la boca con el dorso de la mano.

—Dices que no sabes, que nunca lo has visto. Le pondremos remedio... y después ya no tendrás excusa. Es más, estoy convencido

165

de que, si tienes lo que tienes que tener, después querrás hacerlo tú también. Tu cuerpo reacciona por sí solo cuando ves a otra pareja... ya lo comprobarás.

A Willow se le secó la boca. Tuvo que soportar que el enorme brazo del laird le rodeara los hombros y la condujese, como si se tratase de un amigo de toda la vida, de vuelta a la cabaña.

—¿Hay algún problema, mi señor? —preguntó Thonia, cuando ambos entraron en el salón. Cerca de ella estaba la anciana, que los miraba retorciéndose las manos con ansiedad.

—¿Mi hija no es del agrado del muchacho?

—Todo lo contrario, Iona —contestó Ewan—. Su belleza es excesiva para la timidez de mi pequeño amigo. Esta tarde se limitará a observar... y a aprender.

La joven pelirroja esbozó una sonrisa más que complacida al enterarse de que el revolcón se lo daría el laird de los Campbell, y no un triste chico imberbe sin experiencia. Willow notó un sabor amargo en la boca al percatarse de la mirada incendiaria que la mujer le lanzó a Ewan. Y hubiera jurado que no era por la bilis que acababa de expulsar. ¿En serio debía presenciar lo que estaba a punto de ocurrir entre esos dos?

Thonia se acercó a ellos, contoneando las caderas de manera exagerada, y tomó la mano del laird para conducirlo a su alcoba. Willow ya se había fijado en que, aunque la cabaña no era muy grande, aparte del salón había dos habitaciones más. Supuso que, si la mujer se dedicaba a ese oficio, la intimidad era más que necesaria.

—Ven con nosotros, Will.

La orden del laird sonó rasgada, tal vez algo ausente. Willow se dio cuenta de que él miraba el trasero de Thonia y parecía tener ya todos sus sentidos puestos en lo que iba a ocurrir en el interior de aquella alcoba. ¿Se daría cuenta si ignoraba la orden, si se quedaba con la anciana al otro lado de la puerta, al calor del fuego de su hogar mientras él saciaba sus apetencias carnales?

—Will.

Pues sí. Se había dado cuenta de que sus pies no querían caminar. Les siguió a duras penas, con el corazón en la garganta y el estómago vuelto del revés. No estaba preparada para ver lo que estaba a punto de ocurrir allí dentro.

Nada más entrar, Thonia cerró la puerta y se aproximó a ella... demasiado. Tanto, que sus carnosos labios rojos depositaron un húmedo beso sobre su boca.

—Puedes sentarte ahí, pequeño Will —le susurró, con la voz empalagosa como la miel.

Contuvo las ganas de limpiarse aquel beso y se movió, tensa como la cuerda de un arco, hasta colocarse donde la mujer le indicaba. Era una pequeña butaca de piel de oveja, en una esquina de la habitación. Cuando sus ojos lograron enfocar algo, después de salir del estupor que la embargaba, se fijó en que el laird ya se estaba quitando la camisa por encima de la cabeza. Varios mechones de pelo le cayeron sobre la cara y Willow supo que, para apartarlos, Ewan utilizaría ese ademán tan suyo que ya se sabía de memoria. Se sorprendió al darse cuenta de que conocía a la perfección los gestos del laird, sus ceños fruncidos, sus escasas sonrisas. Y aún se sorprendió más cuando fue consciente de que le gustaba sabérselo de memoria, como si de ese modo ella tuviera, de alguna extraña y retorcida manera, un vínculo más especial que el que pudiera tener con él cualquier mujer...

Tembló de pavor al comprender que el calor que sentía en la boca del estómago era puro anhelo. Tal vez incluso celos.

Envidió las manos de Thonia, que podían tocarlo con libertad. ¡Y vaya si lo hacía! La descarada no dejaba un palmo de piel sin explorar mientras lo desnudaba. También usaba su boca. La paseaba por el pecho del laird, lo saboreaba con la lengua y depositaba húmedos besos por donde pasaba. Envidió también sus labios, y cada parte de su cuerpo que Ewan acariciaba. Una vez pensó que ser tocada o abrazada por ese hombre tenía que ser horrible; mas, al ser testigo de cómo las manos del laird se movían, posesivas, suaves y rudas al tiempo, deseó poder sentir durante un instante lo mismo que debía estar sintiendo Thonia.

—Mi señor... —gimió de pronto la pelirroja, cuando él la apretó contra su cuerpo sujetándole el trasero con ambas manos.

—Quítate la ropa —ordenó Ewan, con la voz ronca.

La mujer se giró hacia Willow con una sonrisa lasciva en su hermoso rostro, y se deshizo de todo lo que llevaba encima con movimientos lentos y pausados, sin dejar de mirarla a los ojos. Al verla completamente desnuda, Willow enrojeció hasta que la cara le ardió como si tuviera fiebre. Había estado tan concentrada en los ojos verdes de Thonia, que no se había percatado de que Ewan también se había desprendido de las calzas y de las botas. Su mirada curiosa recayó en la entrepierna masculina y descubrió, fascinada, que el miembro del hombre era el triple de grande que esa mañana en el lago y que se levantaba hacia arriba como si tuviera vida propia.

Cuando Thonia se volvió hacia él, y le agarró justo ahí mientras buscaba su boca para besarlo con frenesí, Willow sintió un ahogo. Miraba, con los ojos a caballo entre el espanto y el asombro, cómo ella lo acariciaba. Quería salir corriendo para no verlo, pero también ardía en deseo por acercarse más y no perderse detalle. Ese hombre conseguiría condenarla al fuego de los infiernos, porque estaba convencida de que aquello estaba mal. No tendría que estar observando esa escena, no era más que lujuria y perversión... y Ewan había logrado despertar en su interior un interés morboso por saber qué era lo que venía a continuación.

Cuanto más lo acariciaba Thonia, de aquella manera tan íntima, más sonidos perturbadores brotaban de la garganta del laird. La estaban matando aquellos gemidos, lograban que su estómago se contrajera y que notase un latido extraño mucho más abajo, entre las piernas. Sintió la necesidad de tocarse para intentar aliviar la tensión que se acumulaba cada vez más en esa zona, pero tenía miedo hasta de respirar...

Y le costaba. Jadeaba en silencio, con los labios entreabiertos, sin apartar la vista ahora de la mano del laird, que también acariciaba a Thonia masajeándole los enormes pechos, para bajar luego por su estómago hasta rozarle los rizos pelirrojos del pubis. Tuvo que morderse el labio inferior para ahogar una exclamación cuando vio cómo dos de los dedos masculinos penetraban en el interior de la mujer. Thonia sí gritó de gusto y Willow se removió inquieta en la butaca, notando cómo sus pechos se volvían más pesados y se apretaban contra el vendaje que los oprimía. ¡Dios Todopoderoso, Ewan tenía razón! Su cuerpo reaccionaba solo, como si quisiera participar también del placer de la pareja.

A continuación, el brazo que le quedaba libre al laird ciñó la cintura de la mujer para sujetarla y ella, como si leyera su mente, se arqueó hacia atrás dejando sus pechos aún más expuestos. Ewan bajó la cabeza y tomó uno de ellos con la boca, lo que consiguió que Willow se tensara y apretara las piernas, muslo contra muslo. Se humedeció los labios y tragó saliva con dificultad. El corazón le palpitaba como el de un caballo al galope. ¿Era posible que todos sus sentidos clamasen de añoranza? Porque así se sentía, como si echara de menos de manera dolorosa lo que Thonia recibía, lo que Thonia acariciaba, lo que Thonia debía estar sintiendo, a juzgar por sus gemidos.

Se encontró fantaseando de pronto, imaginando lo que supondría ser ella... Podría sentir el fuerte brazo del laird rodeándola, la lengua en sus pezones, por toda su piel. Podría experimentar la sensación de tener sus dedos tocándola ahí abajo, ¡colándose en su interior!, donde la tensión era ya insoportable...

Un sonido extraño y desconocido brotó de su propia garganta sin pretenderlo. Fue lo bastante audible como para llamar la atención de Ewan, que levantó la cabeza y la miró con los ojos nublados por la pasión.

De inmediato, Willow quedó atrapada en aquella mirada intensa y poderosa, llena de fuego. Se avergonzó de sentir lo que sentía, de que él la hubiera escuchado gemir, de tener que darle la razón cuando le dijo que querría unirse a ellos...

—Acércate, Will.

La voz del laird sonó rasposa, pero tan convincente que no admitía réplicas.

Puso a Thonia frente a ella y él se colocó en la espalda de la mujer, mirándola por encima de sus lechosos hombros. Willow se levantó como pudo de la butaca y dio unos pasos hacia ellos, totalmente prendada de la mirada oscura del laird. En ese momento, no comprendió el riesgo que corría. La mirada de Ewan la mantenía completamente subyugada y las nuevas emociones que gobernaban su cuerpo virgen anulaban su voluntad.

Cuando estuvo lo bastante cerca, él apresó una de sus muñecas y guió su mano hasta uno de los pechos de Thonia. Fue de lo más extraño. Estaba tocando a esa mujer, palpando la turgencia de aquel seno generoso y pleno, pero lo único en lo que podía concentrarse era en el calor que la mano del laird le trasmitía a su brazo.

Thonia echó la cabeza hacia atrás, apoyándola en el hombro de Ewan, y gimió como si sus torpes caricias la complacieran.

—Muy bien, Will —susurró el hombre—. Te gusta, ¿verdad?

Willow apartó los ojos de los de él un momento, solo para fijarlos en su boca dura. Y deseó... ¡Oh, por todos los infiernos! Deseó que Thonia no estuviera entre ellos para así poder pegarse a ese enorme cuerpo desnudo y cálido que tironeaba de sus entrañas con insistencia. ¿Cómo era posible? ¿Cómo podía desear fundirse con la piel de un hombre al que había detestado justo hasta la noche anterior? ¿Cómo podía estar muriendo por recibir las mismas atenciones que una prostituta?

Y entonces, como si respondiera a cada uno de sus más prohibidos y vergonzosos deseos, Ewan la acarició.

No a Thonia.

A ella.

CAPITULO 21

No recordaba nunca haber vivido nada tan excitante. El fuego encendido en el hogar arrojaba una luz ambarina sobre el cimbreante cuerpo de Thonia, como siempre delicioso, tibio, apetecible. Y sus manos hábiles, sus labios generosos y sus gemidos eran tan provocativos como de costumbre. Sin embargo, ser consciente de la presencia de Will en aquella habitación lo estimulaba más que cualquier otra cosa. Notaba la mirada del chico sobre ellos y, aunque no había querido mirarlo, sabía que él también participaba de aquella escena sin perderse detalle.

Cuando escuchó el ruidito que escapó de su garganta supo que el muchacho estaba excitado. Entonces cometió el error de mirarlo, y de pedirle que se acercara. La cara de Will estaba transida de pasión. Sus ojos delataban el asombro y la fascinación que debía de estar sintiendo. Lo guió para animarlo, para que supiera lo que se sentía al acariciar íntimamente a una mujer. Sus labios entreabiertos dejaban escapar el aire entre pequeños jadeos y su delicada mano, acariciando con titubeos el pecho de Thonia, fue más de lo que pudo soportar. Con todo, lo que le llevó a un paso de perder su autocontrol fue descubrir que Will continuaba mirándolo a él. No se fijaba en Thonia, no le prestaba la más mínima atención. Los ojos del chico, abiertos, brillantes, azulísimos, estaban clavados en los suyos... Aquel demonio con cara de duende lo deseaba, *a él*, y por todos los infiernos, Ewan también encontraba más suave y tentadora la piel del brazo que sujetaba que la de la mujer que se encontraba entre ambos.

Por eso, tal vez, sin darse cuenta, movió sus dedos en dirección ascendente, desde su muñeca hasta el codo, arrastrando la tela de la camisa hacia atrás para disfrutar del aterciopelado tacto de aquel antebrazo. Le resultó increíble; al contacto con la piel de Will, su cuerpo reaccionó como si le hubieran dado un latigazo. Notó una flama que le recorrió desde las yemas de los dedos hasta el pecho, y bajó como un rayo hasta su entrepierna, consiguiendo que su erección se tornase dolorosa. Tuvo el súbito impulso de apartar a Thonia para que nada lo separase del pequeño duende que encendía sus sentidos y lograba que se sintiera más vivo…

Entonces Will dio un paso atrás, con los ojos desorbitados, y la realidad le cayó encima como un jarro de agua fría.

La cólera contra sí mismo arrasó su ánimo y le agrió el momento.

—¡Lárgate de aquí! —siseó entre dientes, apartando su mano como si la piel de Will quemara.

Por suerte no hizo falta que lo repitiera. El chico salió de la estancia como alma que llevaba el diablo y Thonia se giró hacia él, rodeándole el cuello con los brazos, malentendiendo la situación.

—No os aflijáis, mi señor. No sois el único al que no le gusta que lo miren mientras yace con una mujer. El muchacho ya aprenderá, todos lo hacen, tarde o temprano…

A continuación, se apoderó de su boca y lo besó con ardor, dedicándose a lo que mejor sabía hacer.

Ewan agradeció que ella no se hubiera percatado del verdadero problema e intentó concentrarse en su lengua, cálida y algo picante, que siempre conseguía enajenarlo lo suficiente como para olvidarse del resto del mundo.

Justo lo que él necesitaba en esos momentos.

En aquella ocasión, para su total consternación, fue imposible. Cada vez que cerraba los ojos, veía la cara de Will. Y no podía dejar de comparar lo que sentía tocando a Thonia con lo que había sentido aquel breve instante acariciando la piel del chico. Gruñó contra la boca de la pelirroja y sus propios fantasmas lo espolearon para conducirse de una manera mucho más salvaje de lo que en él era habitual. Agarró a la mujer por el pelo y le echó la cabeza hacia atrás sin miramientos para devorarle los labios. Tal vez si se mostraba más apasionado, más básico, mucho más rudo, pudiera reafirmar su masculinidad y sacarse de dentro el veneno que aquel pequeño duende le había inoculado…

La brisa fresca, preludio de la lluvia que amenazaba en el cielo, calmó el ardor de sus mejillas cuando salió de la cabaña. Su cuerpo estaba tembloroso y débil, el corazón le latía fuerte contra las costillas y el brazo, allí donde la mano del laird lo había acariciado, continuaba sensible. Willow se detuvo a unos pasos de la puerta para recobrar el aliento e intentar serenarse. ¿Qué había ocurrido en aquella habitación? Estaba muy confusa... No le había supuesto ningún trauma toquetearle el pecho a esa mujer; después de todo, ella tenía también dos senos y conocía su tacto. Pero hubiera preferido acariciar el pecho surcado de cicatrices de Ewan y apartar a Thonia, sacarla de esa estancia para que el laird le dedicase a ella toda su atención. Sintió que algo le pinchaba en el estómago y lo identificó como un creciente malestar por imaginarse lo que la pareja podía estar haciendo en aquellos momentos ahora que se encontraban a solas. ¡Por San Mungo, como diría Maud! ¿De verdad estaba celosa?

—Lo que haces es muy arriesgado.

Willow se sobresaltó al escuchar la voz de la anciana. No la había oído llegar, mas allí estaba, a su lado, contemplando el paisaje que se extendía frente a la cabaña.

—¿Cómo dices?

—Tarde o temprano te descubrirá. ¿Qué crees que hará entonces? —La vieja arrugada la miró ahora y le clavó sus retorcidos ojos—. Me ha costado un poco darme cuenta, lo cual quiere decir que tu disfraz tiene mucho mérito. Esa cara sucia y esas ropas holgadas despistan bastante, pero he visto a demasiados hombres en mi vida como para no darme cuenta de que tú no eres uno de ellos.

Willow tragó saliva, tratando de controlar el pánico.

—No me delates, por favor.

—Lo que no entiendo —prosiguió Iona—, es cómo el laird no se ha dado ya cuenta. Una vez conoces la verdad es tan evidente... Supongo que está cegado con su propia lucha interna.

—¿Qué lucha interna?

—Querida niña… Ha pasado algo ahí dentro, ¿verdad?

—Me ha echado.

—Mmm. Lo que suponía. Por eso no se da cuenta. Cuando los hombres vuelven sus ojos hacia dentro, preocupados únicamente por lo que les perturba, se pierden todo lo que sucede fuera de ellos mismos.

Willow la miró sin comprender.

—¿A qué te refieres?

La vieja emitió un hondo suspiro y apartó los ojos para volver a perderlos en el infinito del paisaje.

—A fe mía que el laird no es el único que no se percata de lo que ocurre a su alrededor —susurró—. Te sugiero que le confieses la verdad cuanto antes, niña, o a la larga será peor.

Willow negó con la cabeza, tozuda.

—No puedo, aún no.

—¿Por qué querría una joven como tú hacerse pasar por varón? ¿Huyes de algo… de alguien?

—Huyo de mí misma, Iona —contestó ella, con voz queda, rota por la pena—. Hay días en los que de verdad preferiría ser Will nada más. Así no tendría pesadillas, ni estas ganas de venganza que consumen toda mi energía.

La mujer se giró hacia ella y la contempló largamente.

—¿Es el laird, por ventura, el causante de tu pena y el destinatario de tu odio?

—No estoy segura. Hasta ayer, así lo creía.

Iona abrió los ojos y chasqueó la lengua con pesar. Se acercó más a ella y cogió su mano antes de hablarle de nuevo.

—Déjame que te dé un consejo, niña. Por si no te has dado cuenta, el laird y tú...

—¡Will, los caballos!

El vozarrón del Campbell puso fin a la conversación. Había salido de la cabaña como un vendaval, colocándose las ropas, despeinado, sudoroso y agitado. Le dirigió una mirada que podría haberla convertido en sal, así que no dudó en correr hacia la parte trasera de la casa para encargarse de las monturas. Tal parecía que quisiera arrancarle la piel a tiras solo por existir, así que lo mejor era no darle motivo para ello.

Preparó los caballos y montó en el suyo antes de volver junto a él, pues presupuso que querría partir al instante. Aquel hombre no conocía ninguna de las fórmulas de la buena educación, así que tampoco esperaba que la dejara despedirse de sus anfitrionas como era debido.

Tal y como sospechaba, en cuanto estuvo a su alcance, el laird le arrancó las riendas de la mano para saltar sobre su montura y partir al galope, sin esperarla. Willow solo pudo mirar a la anciana, que se había quedado tan pasmada como ella, y despedirse con un gesto de cabeza.

—Gracias por todo, Iona.

Dicho esto, salió en pos de aquel hombre temperamental y endemoniado.

Le costó trabajo ponerse a su altura, aunque nunca lo tuvo demasiado lejos. Parecía que Ewan trataba de mantener las distancias con ella, no permitía que le diera alcance, aunque tampoco la perdía de vista. Cuando por fin redujo la marcha lo bastante como para que se situara a su grupa, empezaron a caer las primeras gotas de lluvia. Willow maldijo por lo bajo y supuso que él buscaría algún refugio...

Podía seguir soñando.

El laird continuó su camino como si tal cosa y, poco a poco, la tormenta arreció. En vista de que a Ewan no pareció importarle, Willow se arrebujó en el tartán de los Campbell dispuesta a aguantar esa cabalgada bajo el agua.

Después de una hora soportando aquel infierno, decidió que no podía detestar más a un hombre. Estaba calada hasta los huesos y le castañeteaban los dientes de frío. Tenía los dedos entumecidos y apenas podía sujetar las riendas de su caballo. El insistente sonido de la lluvia sobre los campos era ensordecedor, por lo que gritarle a ese descerebrado que se empeñaba en que ambos cogieran un enfriamiento, no tenía sentido. Solo esperaba que recuperara pronto la cordura y buscara cobijo, porque de lo contrario...

Ewan detuvo su caballo.

Willow observó que su espalda se tensaba y se quedaba muy quieto, como si pretendiera escuchar más allá del sonido de las gotas de agua sobre la tierra mojada. Se giró hacia ella y sus ojos castaños la atravesaron con intensidad. ¿Qué le ocurría? El laird volvió grupas y se acercó hasta su posición, con el gesto grave y concentrado. Abrió la boca para hablar, pero en el último segundo, algo pasó silbando cerca de sus cabezas y Ewan actuó sin pensar.

Saltó sobre ella y la arrastró con él hasta el suelo. La tapó con su cuerpo mientras las flechas volaban sobre ellos, mascullando improperios contra sus cobardes atacantes. No la dejó respirar hasta que oyeron la voz del enemigo, que se escuchó más cerca de lo que ambos suponían.

—¡Qué suerte la mía! Ewan Campbell, el flamante jefe de su clan, es también un estúpido redomado. Sales de tu fortaleza solo, sin más escolta que este muchachito pusilánime.

—¿Reed? —Ewan levantó la cabeza y lo buscó con la mirada—. ¿Reed MacNab?

—Mira por donde —se carcajeó—, voy a realizar dos de mis deseos más secretos. Acabaré con el arrogante Campbell y me quedaré con su pequeño mancebo para mí solo. ¿Qué me dices, pequeño Will? ¿Quieres terminar lo que empezamos la otra noche?

CAPITULO 22

Willow se estremeció de miedo ante las desagradables carcajadas de Reed. Levantó la cabeza en cuanto Ewan se lo permitió y observó con pánico creciente que el MacNab no estaba solo. Cuatro hombres más salieron de la espesura del bosque, rodeándolos, cercándolos con lentitud y con expresiones asesinas. Cinco contra ellos, que el cielo les ayudara.

Miró de reojo a Ewan, que se había puesto en pie y ya tenía su enorme espada en la mano. Por increíble que pareciera, no daba la impresión de estar alarmado. Willow constató con asombro que su gesto era más bien de furia contenida, concentrada, como si un extraño poder bullera en su interior y estuviera haciendo un verdadero esfuerzo por controlarlo. Aun así, aun notando el halo de peligro que flotaba a su alrededor, Willow no lo creía capaz de superar a cinco enemigos.

—Ponte detrás de mí, Will —susurró.

—Puedo ayudar, dadme un arma, señor.

Ewan solo la miró un segundo, pero bastó para erizarle toda la piel del cuerpo.

—Ni se te ocurra. Son míos.

Esto último se lo dijo ya con toda la atención puesta en sus atacantes. Reed seguía riéndose entre dientes y balanceaba su espada con diversión. Los demás tenían una expresión tan malvada que Willow se estremeció de terror. ¿Cuántas veces había deseado que Ewan Campbell, el supuesto asesino de su hermano, sucumbiera?

Pero no así, pensó, *no es justo. Ningún hombre debería ser masacrado.*

Se sorprendió ante sus propios pensamientos. Se dijo que el único motivo de su preocupación era que, si el laird caía, ella estaría en manos de unos salvajes. Sin embargo, sabía que no estaba siendo

177

sincera consigo misma. Algo había cambiado. Ella había cambiado, y el modo en que lo veía también. Por primera vez, la idea de contemplar el cuerpo de Ewan atravesado por una espada le resultó insoportable.

Los hombres cada vez se acercaban más. El único punto seguro era a su espalda, y ella tuvo la prudencia de quedarse allí para no distraer al laird. Uno de sus atacantes los apuntaba con su arco, seguramente era el que había disparado antes de que Ewan la apeara del caballo con tanta premura. Matar a un hombre a flechazos, meditó Willow llena de cólera, no tenía nada de noble. Los MacNab no podían ser tan infames... O al menos, eso deseaba.

Por suerte, la arrogancia de Reed parecía superar a la del propio Ewan, porque dio órdenes a su soldado para que no atacara.

—Baja el arco, Gavin. El señor de los Campbell se merece una batalla justa.

Lo dijo con mofa y Willow deseó haber aprendido a luchar, tener más fuerza... ¡ser un auténtico soldado! Entonces le diría cuatro cosas a ese malnacido. ¿Cinco contra uno? Se sorprendió, no obstante, cuando Ewan le contestó con aparente calma.

—Me ofendes, MacNab. Si querías una batalla justa, tenías que haber traído a más hombres. Pero no me importa, ¿sabes por qué? He tenido un mal día. Uno realmente malo... Y me venís muy a mano para desquitarme.

El gesto de diversión abandonó entonces el rostro de Reed. Apretó con fuerza la mandíbula y su ceño se acentuó tanto que Willow pensó que pretendía matar al laird solo con su mirada.

—Atacad —ordenó.

Los otros cuatro hombres se movieron al unísono y el corazón de Willow se disparó. Aquello no podía estar ocurriendo. Dio algunos pasos hacia atrás, muy despacio, hasta que su espalda topó con su propia montura. Se giró y buscó en las alforjas hasta que encontró su daga. La aferró sintiendo cierto alivio y volvió la atención a la lucha, sorprendida cuando comprobó que el primero de los MacNab ya levantaba su espada contra Ewan.

Todo ocurrió muy deprisa. El laird detuvo el ataque, empujó con todas sus fuerzas para repeler al hombre y giró con rapidez para estampar el codo en la cara del que se abalanzaba sobre él. Las lágrimas y la sangre cegaron a su atacante, que cayó de rodillas, pero Ewan no pudo rematarlo porque el tercer individuo lanzó una estocada que estuvo a punto de alcanzarlo. Willow se sorprendió por la rapidez y la agilidad de Ewan. Lo había visto durante los entrenamientos y sabía que era hábil. Pero no tanto. Esquivó la espada que atacaba, al mismo tiempo se movió hacia delante y, en un parpadeo, clavó su propio acero en el pecho del otro hombre. El tiempo que tardó en recuperar su arma fue precioso porque, a pesar de su maniobra de evasión, un MacNab consiguió hacerle un corte en el brazo.

Ewan no profirió ni un solo grito. Bloqueó el siguiente ataque con su propia espada y utilizó el otro puño para desestabilizar al hombre. Dos más se acercaban a él por ambos flancos, pero el laird se movió con presteza y se echó hacia atrás en el instante justo, momento que aprovechó para agarrar las cabezas de sus atacantes y hacerlas chocar entre sí. Los hombres cayeron a sus pies, inconscientes bajo la lluvia que no dejaba de caer.

La lucha prosiguió y Willow ya no veía tanta desigualdad. Lo cierto era que la fiereza de Ewan la dejaba sin aliento. Se revolvía como un animal salvaje, su mirada había adquirido tintes asesinos y se alegró, por una vez, de estar en su bando. No sintió lástima de los MacNab. En cambio, cuando detectó que Reed se movía esquivando la mirada de Ewan y se posicionaba en un ángulo invisible para el laird, notó que la ira se apoderaba de toda la prudencia que la había mantenido alejada del combate. ¡Aquel bastardo pensaba atacarlo por detrás!

Antes de pensar lo que hacía, corrió por el barro, apartándose las gotas de lluvia de los ojos, y saltó sobre la espalda de Reed como un gato, gritando por la furia que ardía en su interior. Demasiado tarde se dio cuenta de que su maniobra no saldría bien. El guerrero apresó su muñeca con brutalidad y apretó para que soltara la daga que blandía. Willow notó cómo crujían sus huesos y, en su desesperación, solo se le ocurrió morder el cuello que tenía tan cerca. Reed gritó como un animal, se echó hacia delante y consiguió deshacerse de ella haciéndola volar por encima de su cabeza. Willow cayó de espaldas con un golpe seco que le nubló la vista.

—¡Will!

Escuchó el alarido de Ewan y el ruido de las botas chapoteando en el barro. Distinguió una sombra que se cernía sobre ella, posiblemente Reed alzando su espada para partirla en dos. Cerró los ojos y pensó en su familia; si tenía que morir, prefería llevarse su recuerdo con ella. Pero, para su absoluta consternación, la única imagen que acudió a su mente fue la de Ewan Campbell. En su alcoba, calzándose las botas. En sus entrenamientos, poniendo el alma en cada embestida. En el lago, caminando desnudo por la orilla. En la habitación de Thonia, clavándole a ella sus ojos oscurecidos de deseo...

Hubo más gritos, ruido de espadas chocando en el aire, resuellos y sonidos de carne golpeando más carne. Abrió los ojos de nuevo al comprender que la muerte no llegaba. La sombra sobre ella se difuminó, salió de su campo de visión empujada por un torbellino furioso y lo último que escuchó fue el gorgoteo de la sangre de alguna garganta cercenada.

La de Reed MacNab, según pudo comprobar cuando se incorporó y miró en derredor.

Ewan Campbell estaba en pie frente a su cadáver, con la espada ensangrentada en la mano. Si no era la mismísima imagen del ángel de la muerte, Willow no sabía qué otra cosa podía ser. Allí parado bajo la lluvia, con la respiración costosa por el esfuerzo y el brillo asesino en los ojos, la joven intuyó el enorme poder que fluía por su cuerpo y que se escapaba más allá de la piel. La fuerza que irradiaba lo envolvía como un halo y se veía atraída por él como lo haría cualquier estúpido insecto ante una llama fascinante.

Así se sentía. Estúpida por desear correr a refugiarse en sus brazos y dar gracias al cielo por tenerlo de su lado. Sabía que junto a él estaría a salvo; después de lo que había presenciado, no podía pensar otra cosa. Pero era más que eso... quería tocarlo. Quería comprobar que estaba bien. Quería que le dijera que ella también estaba bien, que todo había pasado, que nadie le haría daño jamás.

Y eso era una auténtica locura porque, precisamente él, era la persona de la que más había recelado en el tiempo que llevaba con los Campbell.

Entonces la miró.

Con los labios entreabiertos, con el pecho agitado por el esfuerzo.

La forma en que la contemplaba la dejó paralizada en el sitio, de pie tiritando bajo la lluvia, sin poder apartar los ojos de su rostro. Olvidó los cadáveres esparcidos alrededor, olvidó todo el sufrimiento que ese hombre le había causado. Solo existía en el mundo la forma en que la miraba y el absurdo e improbable deseo de esconderse entre sus brazos.

Un deseo, por increíble que pareciera, que se hizo realidad.

Ewan avanzó hasta ella con la decisión de un depredador en busca de su presa. La aferró de su corta melena y la atrajo hacia su pecho para devorarle la boca con un beso abrasador. Fue salvaje. Fue puro fuego. Willow pudo saborear en su piel los últimos vestigios de la batalla corriendo frenéticos por sus venas. Ewan estaba alterado, poseído sin duda por la fiebre del combate. La lengua del hombre buscó entre sus labios y se abrió paso hasta el interior de su boca, tocando su propia lengua, contagiando con el mismo ardor cada fibra de su cuerpo. Notó la misma tensión que había sentido en la cabaña, esa sensación dulce cargada de anhelo que bajaba por su estómago hasta un punto concreto entre sus piernas. Solo que en esta ocasión todo era mucho más intenso, más real, más desgarrado… Únicamente cuando gimió, incapaz de contener el erótico sonido en la garganta, el laird pareció recobrar la compostura.

Se apartó con brusquedad y la miró horrorizado. Como si ella fuera alguien indeseable, como si apestara. Se alejó unos pasos y se pasó la mano por la cara, aún con la expresión desesperada. Miró al cielo y dejó que la lluvia bañara su rostro, pero no se tranquilizó.

No. Lo que hizo fue dejarse caer de rodillas bajo la lluvia y gritar como si una de las espadas enemigas le hubiera atravesado el corazón.

El sonido sacudió el cuerpo de Willow, que notó las lágrimas ardientes acudir hasta sus ojos.

No entendía nada de nada.

¿Qué había ocurrido? ¿Por qué, después de ese increíble beso, Ewan se apartaba como si ella tuviera la peste?

Se abrazó su propio cuerpo para encontrar un poco de consuelo y, al notar la tirantez de la venda que cubría sus pechos para ocultarlos del mundo, cayó en la cuenta.

Abrió los ojos, igual de espantada que el propio Ewan.

El laird de los Campbell la creía un varón, y pese a todo la había besado.

El guerrero más salvaje, el jefe que se jactaba de convertir en hombres de verdad a todos aquellos soldados que entraban a formar parte de su ejército, el intolerante que no permitía la debilidad dentro de los muros de su casa, había sucumbido ante uno de los pecados más humillantes que pudiera imaginar para su virilidad.

El padre Cameron rezaría por su alma impía si llegara a saberlo. Sus sirvientes lo mirarían con recelo si llegara a sus oídos. Sus fieles guerreros lo repudiarían si se enteraran.

Willow apenas podía creerlo, pero había sucedido.

Ewan Campbell había deseado a otro hombre.

CAPITULO 23

Por fin la lluvia les había dado algo de descanso. Willow miró hacia el cielo y agradeció esa tregua, rogando por que el sol asomara para calmar la tiritona que no era capaz de controlar. Habían continuado su camino sumidos ambos en un tirante silencio, tras abandonar los cadáveres de los MacNab a merced de los animales del bosque. Ninguno sintió lástima por ellos.

Ewan no le había dirigido la palabra desde que había montado en su semental; de hecho, no volvió a mirarla desde el beso. Y ella no sabía qué se podía decir en un momento como aquel, así que optó por guardar silencio.

Estaba aturdida, no era capaz de procesar lo sucedido y se encontraba exhausta. Se concentró en su mandíbula, esforzándose al máximo para que sus dientes dejaran de castañetear. También intentó obviar el dolor cada vez más agudo de su muñeca. Era muy probable que Reed MacNab le hubiera roto algún hueso, pero no se quejaría. No pensaba emitir ni un solo gemido delante del laird... ¡bastante bochorno sentía ya después de lo sucedido! Solo rezaba para que no tuvieran que cabalgar mucho más antes de alcanzar su destino. No era una de esas mujeres que se desmayaban a la menor oportunidad, pero presentía que le faltaba poco para perder el escaso dominio de sí misma que le quedaba y, si eso ocurría, se dejaría caer en los brazos de la inconsciencia sin oponer resistencia.

Para su sorpresa, no se detuvieron en ninguna granja más. Al parecer, Ewan había decidido que no quería ver a más familias Campbell y alcanzar su siguiente destino se había convertido de pronto en una prioridad. Aceleró el ritmo sin mirar una sola vez hacia atrás para comprobar si su sirviente lo seguía. Willow supuso que a su laird no le hubiera importado que se perdiera por el camino...

183

Nada más lejos de la realidad.

Ewan se moría por volverse, por mirar de nuevo la cara de ese duende que lo había embrujado y comprobar si la agitación que notaba en el estómago era real. Pero la vergüenza lo ahogaba, lo consumía en una agonía insoportable. No solo se había dejado llevar por sus más bajos instintos, no solo había besado a un muchacho... ¡Además le había gustado!

Sí, había disfrutado aquel beso. La boca de Will era suave y cálida, su lengua dulce, incitante... ¡por todos los demonios! ¡Era uno de los mejores besos que había compartido con alguien en toda su vida! Porque en ese sentido no se engañaba: Will se lo había devuelto.

No, no, no.

Ya en la cabaña de Iona, Ewan había fracasado de manera lamentable al intentar hacer de él todo un hombre. Y no solo eso. Will había conseguido endemoniar su mente para que su virilidad solo respondiera ante él, ante esa imagen de criatura fantástica que lo tenía fascinado. La pobre Thonia había pagado las consecuencias. No se quejó porque entraba dentro de los sinsabores de su oficio, pero la había utilizado de forma vil, cuando él siempre había sido generoso con las mujeres en el lecho. Esta vez no lo fue. La tomó con rabia, casi con violencia, solo para desahogarse y comprobar que su miembro seguía funcionando a pesar de los malvados encantamientos que Will vertía sobre su cuerpo. Y, una vez se hubo saciado, la abandonó sin despedirse, sin preocuparse por saber si ella había disfrutado o no... Le lanzó unas monedas sobre la cama y salió de su alcoba a toda prisa, abochornado, y más frustrado aún que cuando habían llegado. Porque sí, había logrado culminar, pero la experiencia no le había reportado la satisfacción y los placeres habituales. Lo había dejado vacío, helado por dentro, furioso por fuera.

Su cabeza daba vueltas, reviviendo aquellos momentos una y otra vez. Para colmo, ahora aquellas imágenes se mezclaban con lo acontecido en el bosque momentos antes. Su mente ardía, desgarrada por las absurdas sensaciones que habían despertado en su interior con el ataque de los MacNab. Primero, un terror como no había conocido nunca lo había invadido al ver a Will a merced del enemigo.

No le pasó desapercibido el extraordinario valor que había demostrado el muchacho al saltar sobre Reed para detenerlo, aunque jamás se lo reconocería. ¡El muy insensato había estado a punto de morir bajo la espada de ese sanguinario! El alivio que recorrió su cuerpo cuando todo terminó, con Will indemne, había trastocado su cordura, sin duda.

Porque lanzarse sobre él como un ave de rapiña no podía tener otra explicación.

Y ahora no podía mirarlo, no debía hacerlo. Bastante mal se sentía ya consigo mismo. La única escapatoria que su trastornado sentido común pudo elucubrar era llegar cuanto antes al hogar de su tío Alec.

Pensó en el viejo guerrero, exiliado desde hacía años por orden de su padre, el anterior laird. Sus leyes prohibían mantener contacto con un desterrado, pero Ewan había quebrantado en muchas ocasiones los mandatos de su padre para reunirse en secreto con su tío, al que siempre había respetado y querido. En esta ocasión necesitaba de sus consejos más que nunca y, olvidando el motivo inicial por el que había decidido acudir a él, apretó el paso de su montura para arribar cuanto antes a la solitaria cabaña que era ahora su refugio.

Ya era noche cerrada cuando por fin divisó el humo de la chimenea de la pequeña casa de piedra. Su cabeza no había parado de dar vueltas y vueltas en torno al tema que lo mortificaba, pensando en la mejor manera de abordarlo en cuanto estuviese frente al único hombre al que todavía consideraba su familia.

Sin embargo, cuando divisó la silueta de Alec Campbell recortada bajo la luz de la luna, su valor flaqueó.

El viejo guerrero los esperaba espada en mano, precavido ante la inesperada visita de unos extraños en la noche. A Ewan le resultó imponente en su hombría y su propia bajeza emponzoñó sus sentimientos. No sería capaz de confesar lo que había hecho; tenía miedo de que, al pronunciar en voz alta lo que había pasado, los ojos de su tío lo acusaran de ser indigno del apellido que ostentaba con tanto orgullo.

Por eso refrenó su caballo y esperó a que Will le diera alcance. Sin mirarlo, le siseó en voz muy baja su amenaza.

—Si le comentas una sola palabra de lo ocurrido, te arrancaré tu pequeña verga con mis propias manos y se la daré de comer a los cerdos, ¿me has entendido?

Willow lo escuchó muy lejos, aturdida por una neblina de cansancio y dolor que embotaba todos sus sentidos. Lo único que lamentó de esa amenaza fue que no prometiera una muerte rápida. La necesitaba. Y no dudó en pedírsela.

—Mátame ya, Campbell. Por favor... envíame con mi hermano.

Nada más decirlo, su cuerpo dejó de pertenecerle y lo último que sintió fue que resbalaba hacia un lado...

Cuando golpeó el suelo con un ruido sordo, Ewan no tuvo más remedio que mirar. Alarmado, bajó de su caballo y corrió hacia el muchacho, temiendo lo peor. Su tío Alec también se había acercado deprisa y le puso la espada en el cuello justo cuando se inclinaba para cerciorarse de que Will seguía con vida.

—Identifícate o eres hombre muerto.

—¿Ya no reconoces a tu propio sobrino?

—¡Ewan! Por los dioses antiguos, ¿te has vuelto loco? Pensé que erais un par de ladrones dispuestos a robarme las pocas ovejas que me quedan.

—¿Quién se atrevería a robarte a ti unas ovejas, o lo que sea? Aunque te hayas hecho viejo, todos siguen temiendo al formidable Alec Campbell, asesino de gigantes.

El hombre apartó la espada y esbozó una sonrisa.

—¿Aún siguen murmurando esa mentira sobre mí?

—Dudo que algún día dejen de hacerlo.

A Ewan le hubiera gustado saludar a su tío como merecía, pero la preocupación por Will absorbía toda su atención. Tocó su cuello en busca del latido de su corazón y exhaló un suspiro de alivio al comprobar que únicamente estaba desmayado.

—¿Quién es este alfeñique? —preguntó Alec, inclinándose para ver mejor al muchacho inconsciente.

—Es mi criado.

—¿Qué le ha pasado?

—Nos atacaron... Yo...

186

Ewan miró a su tío a los ojos, incapaz de hablar. El viejo guerrero poseía una mirada muy similar a la suya, pero infinitamente más sabia.

—¿Lo hirieron?

—No, pero yo...

No podía confesarlo. Su tío había ayudado a su padre a convertirlo en hombre; Alec Campbell había estado siempre ahí cuando lo había necesitado, y había aprendido más con él que con el propio Duncan. Porque, a diferencia de su padre, Alec era más comedido, más justo, y estaba convencido de que también lo había querido más. Su tío le había enseñado todo lo que se necesitaba saber y tener para convertirse en un auténtico guerrero de honor, en un líder más justo. Y retozar con un jovencito no entraba dentro de sus enseñanzas, eso sin duda.

—¿Qué ocurre, Ewan? Te conozco mejor de lo que te conocía tu propio padre. Estás atormentado, dime qué ha pasado.

El laird de los Campbell se irguió y dio un paso atrás para alejarse del muchacho inconsciente.

—Necesito que lo cuides. No lo quiero en Innis Chonnel y no tiene más familia.

—¿Qué ha hecho para merecer el exilio, al lado de un viejo gruñón como yo?

—Por favor, tío. No puedo confiar en nadie más... Te lo contaré todo, a su debido tiempo. Pero antes he de desprenderme de mis propios demonios. ¿Puedo contar contigo?

Alec le colocó una mano en el hombro y lo miró con todo el orgullo y el amor que sentía por él.

—Siempre podrás contar conmigo. Lo sabes.

Ewan Campbell se emocionaba muy pocas veces. Pero en esos momentos, recibiendo el apoyo incondicional de su único pariente vivo, notó el nudo engorroso de los sentimientos atenazando su garganta. Se abrazó al viejo guerrero unos segundos y se separó después con brusquedad. Fue hacia su caballo sin mirar atrás.

—Ewan, no te vayas en plena noche —le dijo Alec, al ver sus intenciones—. Descansa y come algo caliente junto al fuego. Mañana podrás partir temprano si ese es tu deseo.

El joven se detuvo con las manos colocadas ya sobre la silla de montar. Le habló por encima del hombro, con la voz más derrotada que jamás le había escuchado su tío.

—No puedo quedarme. Yo... No. No puedo.

Montó en su caballo y partió al galope sin más dilación, dejando una mirada preocupada instalada en los ojos de Alec.

Cuando lo perdió en la negrura de la noche, el guerrero envainó su espada y se agachó junto al muchacho. Su vista ya no era la misma que en su juventud y le costaba enfocar los rasgos del mozuelo en aquella oscuridad. Cargó con él y tiró de las riendas de su caballo para regresar a la cabaña, meditando acerca de la extraña actitud de su sobrino. Juraría que jamás en toda su vida le había notado tan alterado. Ni siquiera cuando murió su padre, Ewan se había mostrado tan vulnerable. En los pocos minutos compartidos, había visto una enorme turbación en sus ojos. ¿Qué demonios había ocurrido para alterarlo de ese modo?

Entró en su hogar, donde otro hombre esperaba arma en mano, en actitud de alerta.

—Relájate, Melyon, la visita no tenía nada que ver contigo —lo tranquilizó Alec—. Ayúdame con el muchacho.

El guerrero acudió presto y tomó al chico en brazos para depositarlo en un catre junto al fuego.

—¿Quién es?

Alec se pasó una mano por el pelo, pensativo, antes de contestar.

—Alguien importante para tu laird.

—Ewan dejó de ser mi laird cuando me desterró —apuntó el otro con amargura.

—¡Bah, bobadas! Siempre le serás fiel, no puedes evitarlo. Y ahora tienes una magnífica oportunidad para demostrarlo: tenemos que cuidar de este mocoso, lo ha dejado a mi cargo.

—¿Por qué?

—No tengo ni la más remota idea —contestó Alec, acercándose al catre. A la luz del fuego, el rostro del muchacho adquiría matices muy distintos—. Vaya, vaya, vaya...

—¿Qué ocurre? ¿Está herido? ¿Es grave?

Alec agarró el delicado mentón y movió su cabeza con cuidado de un lado a otro para estudiar mejor aquel rostro de rasgos delicados. Ante el contacto, el chico abrió los ojos unos segundos, semiinconsciente.

—Esto sí que no me lo esperaba —murmuró Alec, al ver el azul intenso que brillaba por la fiebre.

—Me estás poniendo muy nervioso, viejo. ¿Qué cuernos le ocurre al muchacho? ¿Qué ha pasado con Ewan?

Alec tuvo la osadía de palpar su pecho con cuidado para cerciorarse, a pesar de que aquellos ojos inconfundibles no dejaban lugar a dudas.

—Le ocurre que no es un muchacho —anunció convencido—. Aunque lo que ha pasado con Ewan aún tenemos que averiguarlo.

CAPITULO 24

Lo primero que vio Willow al abrir los ojos fue el agradable resplandor de un fuego en el hogar. Exhaló un suspiro de alivio al comprobar que se encontraba en un catre, calentita y arropada, resguardada de la martirizante lluvia y del frío que le había calado hasta los huesos. Miró en derredor y descubrió que estaba en el salón de una pequeña cabaña, amueblado apenas con una mesa de madera y unos taburetes, un viejo arcón apoyado contra la pared y una estantería donde se amontonaban cacharros de cocina sin orden ni lógica.

Antes de terminar su escrutinio, la puerta principal se abrió y dos hombres desconocidos entraron en la cabaña. Venían cargados con algunas piezas de caza entre las que Willow distinguió varios conejos y algunos urogallos. Se le hizo la boca agua al contemplar las presas y no pudo recordar cuándo había sido la última vez que había satisfecho su apetito con una comida decente. Ewan parecía conformarse con carne en salazón cuando viajaba, pero a ella no le bastaba.

—Buenos días —la saludó el hombre más mayor—. ¿Has descansado?

Su voz era grave y trasmitía serenidad, pero Willow estaba alerta. ¿Quiénes eran esos guerreros y dónde estaba Ewan? Lo último que recordaba era estar sobre su caballo, más muerta que viva, deseando que la tortura que estaba sufriendo terminara para siempre.

—¿Dónde estoy?

—En mi casa, a salvo. —Se acercó hasta ella y la contempló con una sonrisa amistosa—. Mi nombre es Alec Campbell, soy el tío de Ewan. Y él es Melyon, un buen amigo.

Willow los observó con cautela. No llevaban los colores de los Campbell; en realidad, no llevaban ninguno de los colores de los clanes que conocía. Vestían con calzas oscuras y camisas más claras. El hombre mayor llevaba además una sobrevesta sin adornos que delatasen su procedencia, cosa que le extrañó si en verdad era un Campbell como decía.

El que había presentado como Melyon tenía un rostro taciturno, marcado con una fea cicatriz que le cruzaba desde el ojo hasta el mentón. Era un guerrero enorme que parecía ocupar casi todo el espacio de la cabaña. Reconoció su nombre, había oído la historia que circulaba por Innis Chonnel acerca del lugarteniente de Ewan. Sabiendo, sin embargo, quién era la otra protagonista de lo acontecido, Willow jamás le había dado mucho crédito. Ahora, teniendo delante al supuesto violador de Agnes, supo con toda certeza que la muchacha había mentido. No entendió el porqué de aquel convencimiento, pero no le cabía duda de que aquel hombre no había cometido un acto tan atroz. Sus ojos grises la miraban con curiosidad, nada más. No encontró maldad en ellos, ni sombras que supusieran una amenaza. Pero ya indagaría sobre ello, si la situación lo permitía. Ella tenía otros problemas de los que ocuparse...

El tío de Ewan la observaba a su vez. Sus ojos tampoco ocultaban la enorme curiosidad que sentía y Willow no creía estar preparada para responder a las preguntas que se adivinaban tras su expresión.

—¿Dónde... dónde está mi señor? —preguntó, al tiempo que se sentaba en el catre.

—Supongo que te refieres a Ewan. No te preocupes, él te dejó a mi cargo.

La mente de Willow barajó todas las posibilidades en un segundo, y ninguna tranquilizó su ánimo. ¿Ewan la había abandonado en esa cabaña, a merced de dos hombres desconocidos? Un brutal sentimiento de abandono le perforó el pecho. Ewan se había marchado sin ella... ¿Por cuánto tiempo? ¿Volvería a buscarla? Noto que el corazón le latía más rápido a medida que las preguntas se agolpaban en su mente. Por suerte, la voz serena del hombre más mayor interrumpió sus frenéticos pensamientos y consiguió que el pánico no la desbordara.

—¿Cómo está tu muñeca? —Alec se sentó frente a ella en un taburete y la estudió con atención. Willow presintió que aquello era el inicio del largo interrogatorio que tanto temía—. ¿Te duele?

Se miró la zona herida y comprobó que alguien se la había vendado. Notaba un dolor amortiguado del que no había sido consciente hasta que el hombre lo mencionó.

—Estoy bien... apenas me duele.

—Has tenido suerte, no está rota, aunque tendrás que llevar el vendaje durante un tiempo. Y veo que la fiebre ha remitido, por lo que confío en que el enfriamiento que traías anoche no provoque más dificultades. Es de locos cabalgar bajo la lluvia, Ewan lo sabe muy bien. No entiendo a qué pudo deberse esa prisa por llegar hasta aquí.

No había formulado ninguna pregunta, pero era evidente que esperaba alguna respuesta por su parte.

—Nos atacaron.

—Sí, de eso ya me informó mi sobrino antes de dejarte aquí. Pero ¿por qué crees que se quería deshacer de ti con tanta urgencia?

—Tal vez... tal vez lo importuné de algún modo —susurró, sabiendo que no podía confesar a ese guerrero que su sobrino había besado al que creía su sirviente y, por ese motivo, ahora lo detestaba.

—¡Bah! He visto cómo trata Ewan a los criados que osan importunarlo, como tú dices. Te aseguro que si fuera por eso no hubiera recorrido una distancia tan larga para dejarte aquí como escarmiento. Te hubiera encerrado en las mazmorras, te hubiera hecho trabajar hasta desollarte las manos... Incluso puede que hubiera ordenado darte algún azote con un buen cinturón.

Los ojos azules de Willow se entrecerraron con resentimiento.

—Ya hizo todas esas cosas conmigo.

—¿Ewan osó azotarte? —se alarmó Alec Campbell.

—No, bueno, eso no. Fue lo único que le faltó. —Como los dos hombres la miraban aún con gesto de asombro, Willow se apresuró a aclarar—: El laird no me tiene en gran estima, señor, no me considera digno de su clan. Pretende hacer de mí todo un guerrero, algo que, me temo, jamás será posible.

—¿Y por qué crees eso?

Willow temió haber hablado más de la cuenta. Aquel hombre la miraba con una intensidad que la desarmaba y le recordaba a su propio padre. Sentía empequeñecer frente a él, y en su interior nacía la necesidad imperante de hablarle con honestidad. Algo en sus ojos le inspiraba la clase de confianza que podría encontrar entre su propia gente, a pesar de no conocerlo en absoluto.

—No lo llevo en la sangre, señor —fue todo lo que pudo decir sin mentirle.

La mirada de Alex Campbell se intensificó. Parecía querer buscar dentro de ella mucho más de lo que había en la superficie.

—Conozco mujeres que son más valientes que algunos hombres. —Ante esas palabras, Willow contuvo la respiración—. Nada te impide ser una auténtica guerrera, joven MacGregor.

La chica enrojeció, mortificada por haber sido descubierta en la mentira.

—¿Cómo lo habéis sabido? —susurró, casi sin voz—. ¿Y cómo es que conocéis mis orígenes?

—Tuve el enorme honor de ser amigo de tu madre —reconoció Alec, hablándole con un tono de voz que no usaba desde hacía muchos años—. Erinn era un sueño para todos los hombres que la conocieron. Yo no fui distinto... Caí en su embrujo tan rápido que estuve tentado de raptarla cuando nos presentaron. Nunca olvidaré sus bellos ojos azules; creía que jamás volvería a verlos. —El hombre sonrió con añoranza—. Me equivoqué.

Sus ojos. Sí... Willow sabía que tenía los ojos de su madre. ¿Pero cómo podía ese hombre recordarlos con tanta nitidez como para descubrir a su hija tras ellos? Parecía que había tenido mucho trato con su padre, ¿acaso aquel era el hombre que había fomentado los viejos odios de los Campbell contra su gente? Willow se tensó al pensarlo, pero esa idea, tal como vino se fue de su cabeza. Era imposible. En esa cabaña alejada de todo no había más que dos hombres desterrados por su clan. No tenían ejército ni soldados para lanzar un ataque contra Meggernie. No tenían tampoco riquezas —saltaba a la vista—, para contratar mercenarios que hicieran el trabajo sucio por ellos.

—¿Y cómo habéis llegado a la conclusión de que soy su hija? —preguntó con cautela.

Una sonrisa triste curvó los labios del guerrero.

—Porque yo, querida niña, estuve presente el día de tu nacimiento. Jamás podré olvidarlo. Mi mejor amigo, Ian, perdió a su esposa. Fue una noche espantosa, todos sus amigos fuimos a darle nuestro apoyo, aunque ninguno imaginó aquel fatal desenlace. Por suerte, te tuvo a ti. —Alec la miró con cariño—. Y menos mal que al menos tú pudiste sobrevivir a ese parto infernal, porque sin ti, él tampoco hubiera salido adelante.

Willow cerró los ojos, agradecida por sus palabras. Al contrario que muchos otros, no la culpaba de la muerte de su madre. Era evidente que sentía verdadero aprecio por su familia.

Por eso mismo, se abochornó por haber sido descubierta de esa guisa. Si Alec había conocido a Erinn, estaría pensando que la criatura que tenía frente a él no era digna de considerarse hija suya.

—Señor, yo... os pido disculpas por mi disfraz.

—No tienes por qué. En los tiempos que corren puedo comprender tu necesidad de ocultarte. Aunque tengo que decir que el disfraz no es muy eficaz para aquellos que conocimos a tu madre. No solo tienes sus ojos: eres su vivo retrato.

Un extraño calor, preñado de nostalgia, recorrió todo su cuerpo. Como cada vez que la comparaban con ella, sentía que su parecido las unía de alguna manera. La notaba más cerca de su corazón.

—Cuéntame qué te ha traído hasta aquí. Qué ha pasado para que hayas acabado al servicio de mi necio sobrino, que no sabe diferenciar a una bonita mujer del anca de una mula.

Willow no se sentía bonita en absoluto en esos momentos. Desde que había adoptado la personalidad de un insulso muchacho, ya no se consideraba atractiva de ningún modo. Imposible con su maravillosa melena cortada, sus elegantes ropas abandonadas en Meggernie y su cuerpo cubierto de tanta mugre que había olvidado la sensación de sentirse completamente limpia.

—Él nunca ha sospechado que soy una mujer y es mejor así. Ahora, solo soy Will.

—¿Will?

—Willow, señor. Mi nombre es Willow, pero ninguno de los Campbell me conoce como tal.

—Willow... Sí, ya lo recuerdo. Hace tanto tiempo que lo había olvidado. La última vez que te vi apenas levantabas un palmo del suelo. —El hombre suspiró con nolstalgia—. Yo hace mucho tiempo que no soy un Campbell, y Melyon tampoco puede usar ya ese apellido, así que, si no te importa, nosotros te llamaremos por el nombre que te puso Ian. Y tú puedes llamarme Alec, deja de llamarme señor.

—D...de acuerdo —concedió ella, aunque el guerrero le imponía demasiado como para usar su nombre de pila.

Alec la observó con detenimiento. Parecía un pajarillo encogido sobre sí mismo, sus ojos supuraban miedo y precaución. ¿Cómo había llegado la hija de Ian MacGregor hasta ese lugar tan alejado de su hogar? En su destierro, se perdía muchas de las noticias que circulaban por los caminos, y no sabía nada de la vida y milagros de la gente que en otro tiempo había conocido. Se moría por hacer mil preguntas, pero comprendió que Willow no estaba preparada. Antes, necesitaba deshacerse de esa coraza de desconfianza con la que se había cubierto.

—Tranquila, no te atosigaré más por hoy, podremos hablar cuando lo consideres oportuno —le susurró, sintiendo que tenía que sosegarla—. Aquí estás entre amigos, nosotros ya no pertenecemos a ningún clan. Somos hombres libres y, como tales, actuamos según nuestro propio juicio. Tú también puedes ser libre aquí, Willow, y te prometo que nadie te hará daño.

La mirada de la chica se oscureció ante sus palabras.

—No, Alec. Yo no soy libre. No lo seré hasta que pueda vengar a mi gente... y a mi hermano Niall.

Ante ese nuevo dato, Alec cambió de parecer. Necesitaba saber.

—¿Por qué dices eso? ¿Le ha ocurrido algo a Niall?

A Willow se le llenaron los ojos de lágrimas de improviso. Hacía ya demasiados días que no se permitía llorar por su hermano, pero delante de aquellos hombres que parecían dispuestos a acogerla, sentía que podía desahogarse.

196

—Lo asesinaron... Atacaron Meggernie, por eso tuve que huir. Todos dicen... dicen que fueron los Campbell, que el mismísimo laird comandaba a sus hombres en el asalto. ¡Dicen que Ewan Campbell lo torturó hasta la muerte, delante de toda nuestra gente!

No sabía cuánto necesitaba decir en alto esas palabras hasta que las dijo. Contempló la cara de estupefacción de ambos hombres, deseando que hablaran, que no se quedaran callados mirándola como si hubiese perdido la cabeza. Cuando al fin alguien abrió la boca, fue Melyon.

—Eso es una falsedad. Una calumnia inventada por el verdadero culpable de esos crímenes para inculpar a Ewan.

—¿Cómo puedes estar tan seguro? —preguntó Willow en un susurro. Tampoco se había dado cuenta antes de cuánto necesitaba que alguien desmintiera aquella vil acusación contra Ewan. Él ya se lo había confesado, pero hasta que el lugarteniente del Campbell no lo ratificó, no se había permitido creerlo del todo.

—Hasta hace poco, yo era la mano derecha del laird. Cuando ocurrió el ataque aún era el comandante de los Campbell y puedo asegurarte que ninguno de nuestros soldados participó en aquella escaramuza. —El enorme guerrero se acuclilló a su lado para mirarla a los ojos antes de afirmar lo siguiente—: También puedo darte mi palabra de que Ewan no es el asesino de tu hermano.

Willow se tapó la cara con las manos y sollozó... De dolor y de pena, pero también de alivio.

Ewan no es el asesino de tu hermano.

Las palabras resonaron en su cabeza como un eco sanador, que la liberó de una opresión que había estado constriñendo su alma todo aquel tiempo. No quiso indagar más en lo que aquello significaba. Se conformaba con saber que ya no tenía por qué odiar al laird de los Campbell de manera ciega e irracional. Ahora era libre de admirar al hombre que había ido descubriendo día a día sin sentirse culpable. Melyon no era consciente, o tal vez sí, de que con su verdad le había quitado un enorme peso de encima.

—No puedo creer que el pequeño Niall esté muerto.

La voz de Alec logró que Willow levantara de nuevo la cabeza.

—¿Cuánto tiempo hacía que no veías a mi hermano? Niall tenía de pequeño lo que yo de dama en estos momentos —comentó, sin poder creerse que las palabras del guerrero la sacaran de la tristeza que amenazaba con ahogarla. Le hacía gracia que Alec se refiriera así a cualquiera de los gemelos. Los dos eran como dos torres humanas.

Él la miró con una sonrisa esperanzada y se permitió la osadía de agarrar su mano para apretársela con fuerza.

—Tienes la belleza de tu madre y el humor de tu padre. Y, lo que es más importante, tienes la fortaleza y la valentía necesarias para afrontar esta dura prueba. Me alegra ver que la pena no ha minado ese corazón MacGregor que llevas dentro... Porque lo vas a necesitar. Juntos, descubriremos quién está detrás de todas estas fechorías, y te prometo que pagará por ello.

Willow correspondió al afectuoso apretón de manos del guerrero colocando la que le quedaba libre sobre sus enormes dedos.

—No sé cómo podré agradecértelo, Alec. No te conozco, pero siento que puedo confiar en ti casi como si fueras de mi familia.

—¡Ah, pequeña Willow! Hubo una época en que tu padre y yo éramos muy amigos. Tanto, que puedo asegurarte que, de algún modo, éramos familia. Ian significó más para mí que mi propio hermano, y por eso me hallas hoy aquí, exiliado de mi hogar, lejos de mi gente... —Sus ojos se perdieron por un momento en el vacío y suspiró—. Lejos de mi sobrino, que tanto me necesita en estos momentos.

Ewan.

Willow saboreó su nombre en la mente y volvió a escuchar las palabras de Melyon en su interior.

Ewan no es el asesino de tu hermano.

CAPITULO 25

Iba a reventar el caballo. Ewan tiró con suavidad de las riendas y redujo el ritmo hasta que el corcel se detuvo, resollando. Había cabalgado como un poseso todo el viaje de regreso, intentando dejar atrás el recuerdo de Will y la ignominia que lo cubría como un manto. Deseó que los hombres de MacNab le atacasen de nuevo para desfogarse con ellos, algo harto imposible dado que ya los había matado.

Apretó los dientes y meneó la cabeza, disgustado consigo mismo como jamás lo había estado. ¿Qué le ocurría? Continuó avanzando a pie, rumbo a Innis Chonnel, para darle al animal el descanso que merecía. Sin embargo, a cada paso que daba, la imagen del muchacho emergía dentro de su cabeza tentándolo para que diera media vuelta.

—Con Alec estará bien —se dijo a sí mismo, para tranquilizarse.

Y eso lo torturaba aún más. ¿Qué le importaba la suerte que pudiera correr ese mequetrefe? Tenía que olvidarlo. Borrar de su mente el recuerdo de sus labios suaves y su lengua dulce. Al evocar aquel momento, Ewan sintió que toda su masculinidad se pudría dentro de él. Si alguien se enteraba de lo sucedido sería el hazmerreír de su gente. ¿En qué clase de líder se convertiría entonces?

El amanecer lo había sorprendido sumido aún en sus funestos pensamientos. La luz anaranjada que rayaba el horizonte atrapó por unos instantes su mirada y una extraña melancolía invadió su ánimo. Descubrió, sorprendido, que no tenía ganas de llegar a su hogar. Allí le esperaban problemas, sus agoreros consejeros y el jefe de los MacNab, James, que pediría explicaciones por su grupo de guerreros desaparecidos. Aunque Ewan estaba en su derecho de defenderse, y así lo declararía delante de todos, haber acabado con el impresentable de Reed le acarrearía muchas dificultades.

De pronto, se sintió muy cansado. Decidió que pararía en alguna taberna del camino para comer, refrescarse y dormir un poco. Había cabalgado durante toda la noche y la tensión, la angustia y la zozobra que invadían su ánimo le estaban pasando factura. Normalmente se hubiera detenido junto a cualquier arroyo, bajo la sombra de un árbol, pero necesitaba además un par de buenas jarras de cerveza. Lo ayudarían a templar el ánimo y a encontrar más fácilmente el sueño que presentía esquivo.

Después de transitar una hora más por el camino principal, halló por fin un establecimiento. Ya había estado otras veces allí, conocía bien al tabernero y era buena gente, aunque, más importante aún, tenía cerveza de calidad. Dejó el caballo bien atado fuera y entró, ocupando la mesa más apartada y discreta que había en el lugar. No quería encontrarse con nadie, no quería problemas. Solo quería beber y olvidar... Al menos durante un rato. Ya tendría tiempo de enfrentarse a la realidad cuando regresara a Innis Chonnel.

Por desgracia, su rato de respiro no iba a ser tan tranquilo como esperaba. Nada más terminar su primera jarra de cerveza, escuchó jaleo en el exterior y, al momento, un grupo bastante numeroso de hombres tomaron el establecimiento. A pesar de ser soldados, no llegaron buscando pelea. Al igual que Ewan, parecía que tan solo querían dar algo de descanso a sus huesos y llenar sus barrigas con buena comida y buen vino. Se dispersaron por la taberna ocupando mesas aquí y allá, y tres de ellos, los que debían comandar el grupo, se sentaron en la mesa que quedaba a espaldas de Ewan sin prestarle la más mínima atención. Él tampoco dejó que la curiosidad le manejara a su antojo, y se mantuvo en su postura, sirviéndose más bebida, sin mirar ni una sola vez hacia atrás. Sin embargo, no pudo evitar escuchar lo que entre ellos comentaban.

—Es imposible, jamás daremos con ella —se lamentaba uno.

—Nadie sabe dónde está la joya, o tienen miedo de decirlo —apuntaba otro.

—¿Miedo? Puede ser, aunque lo más probable es que en realidad no sepan ni de qué les estamos hablando. —El que intervino ahora sonaba menos pesimista, pero más enfurecido—. Si no aparece es porque alguien la tiene, y juro por todos nuestros antepasados MacGregor que el culpable pagará por ello. Cuando encuentre a quien mató a mi hermano y se llevó la joya de Meggernie, lo despellejaré con mis propias manos.

Ewan se tensó al escuchar el apellido MacGregor. ¿Eran aquellos sus hombres? ¿Aquel era el hermano del asesinado Niall MacGregor? Se echó hacia atrás en su silla para que las sombras ocultasen en la medida de lo posible sus facciones, porque si aquellos soldados descubrían quién era él, sin duda se hallaría en serios problemas. No le darían tiempo a justificarse, primero le clavarían una espada en las entrañas y luego preguntarían.

Por desgracia, se había deshecho de Will. Si el muchacho aún lo acompañara, podría servirle de excusa. Podría decirles a aquellos hombres que únicamente estaba ayudando al chico a volver con los suyos, para que se dieran cuenta de que sus intenciones estaban muy lejos de dañar a cualquier MacGregor; acto seguido, les explicaría que los Campbell no tenían nada que ver con el ataque. No... No creía que esa triste excusa le sirviera contra aquellos fieros guerreros. Estaban muy enfadados, tan ofuscados como lo estaría él mismo si las tornas estuviesen cambiadas. Pero al menos, se dijo, si no lo hubiera dejado con Alec, Will podría haber vuelto a su verdadero hogar.

Aquel pensamiento se le agrió al momento, dejándole un regusto muy amargo en la boca.

¿Por qué demonios le resultaba inconcebible que Will regresara con los suyos? Si el muchacho provenía de Meggernie, era allí donde tenía que estar. Por primera vez, pensó que si no hubiera escapado a tiempo, nunca lo habría conocido. ¿Cómo habría vivido él la batalla? ¿Cómo había logrado huir, sobrevivir al infierno que redujo a cenizas toda un ala del castillo, según contaban? Se imaginó al pequeño duende atravesado por alguna espada, muerto y tirado en el suelo, ignorado por los salvajes que destruían piedra a piedra la fortaleza MacGregor. Un desagradable escalofrío le recorrió el cuerpo y dio gracias al cielo de que la providencia hubiera querido rescatarlo de aquel infierno.

—¿Y si la tienen los Campbell? —la voz del primer hombre que había hablado llamó la atención de Ewan otra vez.

—Es más que probable. Pero debemos asegurarnos antes de acudir frente a sus puertas a reclamársela. MacNab y Graham no sabían nada, así que acudiremos al último de nuestros aliados antes de presentarnos ante los Campbell.

—A fe mía que si Bruce no nos lo hubiera prohibido, ese sucio Campbell ya habría respondido ante mi espada. Pero, si es voluntad de nuestro laird que las cosas se hagan según mandato real, no hay más que hablar. Acudiremos a Stewart como dices —habló el segundo de ellos, el que tenía la voz más grave—. La recompensa que ofrece vuestro padre es más que generosa. La torre de Glenstrae es un reclamo muy poderoso, así que es probable que, aunque no conozcan su paradero, nuestros aliados nos ayuden a encontrarla ahora que se ha corrido la voz.

—Lean Stewart ha sido siempre un buen amigo, Angus —le rebatió el hijo del laird MacGregor—. Si conoce el paradero de la joya, no pedirá nada a cambio.

Así que Ian MacGregor había ofrecido la torre de Glenstrae a aquel que le devolviera la misteriosa joya. Ewan maldijo por lo bajo al darse cuenta de que no se había equivocado con James MacNab. La recompensa valía mucho más que un cofre de monedas como el que le había ofrecido y el muy ladino se lo había callado. Pero ¿por qué ese empeño del MacGregor en encontrar su preciada joya? Con todo lo ocurrido con Will, al final Ewan había olvidado comentarle el asunto a su tío Alec. Tal vez él podría arrojar un poco de luz a ese misterio que mantenía en vilo a todos los clanes de los alrededores.

Sin embargo, no podía volver con él. Al menos, no antes de poner en orden sus alterados sentimientos. En aquel momento, oculto en las sombras de la taberna, escondiéndose de los soldados MacGregor, echó de menos a su buen amigo Melyon. Añoraba su compañía y sus consejos. Su lugarteniente habría sabido escucharlo; tal vez no entenderlo, porque lo que le ocurría no lo comprendía ni él, pero se hubiera sentado a su lado para beber y tratar de buscar una salida a su angustia, estaba convencido. Melyon le habría dado la oportunidad de desahogarse, se habría comportado como un verdadero amigo... No como él.

Cada día, desde que lo desterró de Innis Chonnel, lamentaba no haber hablado en privado con su lugarteniente antes de tomar la drástica decisión. Recordó la mirada que le dirigió antes de salir del gran salón, con cuanta dignidad había abandonado el único hogar que conocía cumpliendo la orden del nuevo laird. Cuanto más tiempo pasaba, más convencido estaba de que había una explicación de lo sucedido más allá de la lacrimosa historia de Agnes. Pero él no le había dado oportunidad de defenderse, y ya era tarde.

Ahora, en esos aciagos momentos, se daba cuenta de lo injusto que había sido con Melyon. Lo necesitaba, no solo como compañero de borracheras, sino como el fiel y leal amigo que siempre había sido. Tenía muchos frentes abiertos, el cargo de laird le resultaba en ocasiones mucho más engorroso de lo que jamás pensó. No porque le costase comandar a sus hombres, no... Eso era lo más fácil. Pero las traiciones entre clanes, la obediencia ciega que le debían a Bruce, las intrigas del poder... ¿En quién iba a confiar para resolver todas las cuestiones que lo desvelaban? ¿En los dos cuervos que tenía por consejeros?

Bebió otro largo trago de su jarra de cerveza y esperó, sin apenas moverse, a que los MacGregor terminaran su descanso y prosiguieran su camino. La fortuna estuvo de su parte y ninguno reparó en su presencia, tal vez porque las sombras de la esquina que ocupaba lo ocultaban de la vista de los demás, o tal vez porque aquellos guerreros estaban tan ofuscados en sus propios problemas que no veían más allá de sus narices.

Fuera como fuese, apenas una hora después de invadir la taberna, los MacGregor se marcharon tal y como habían llegado, con las tripas llenas de comida y alguna que otra jarra de cerveza de más. Ewan pudo salir entonces de su rincón y se dirigió al tabernero, al que entregó varias monedas para pagar su cuenta y el favor que le había hecho.

—Gracias por no delatar mi presencia.

El hombre le miró a los ojos con solemnidad.

—Vos sois uno de mis mejores clientes, laird, jamás os traicionaría de ese modo. No le debo nada a los MacGregor y sí mucho a los Campbell. Siempre me habéis ayudado cuando lo he necesitado.

—Y así seguirá siendo.

El tabernero le hizo un gesto agradecido y Ewan salió, dispuesto a proseguir su camino. Su pretensión de dormir un poco había quedado relegada al olvido, pues su cabeza era un caldero de ideas y preocupaciones en ebullición. Cuando montó sobre su caballo, miró el sendero por el que había llegado, sopesando si valía la pena ceder a la tentación y regresar a la cabaña de su tío, como le pedía cada parte de su cuerpo que hiciera. Tenía la oportunidad y la excusa perfecta: sabía que había un grupo de MacGregor que sin duda acogerían a Will de buena gana y él se quitaría ese problema de encima.

Mas no podía hacerlo.

Prefería no volver a verlo tan pronto, aún estaban demasiado recientes las sensaciones que aquella boca dulce y suave le había dejado en la lengua. Aunque no era solo eso, reconoció ante sí mismo. Por muy egoísta que sonase, dejar a Will con su tío Alec y no devolverlo a su gente tenía una gran ventaja para él. Estaba seguro de que no quería tenerlo delante de la vista nunca más... Pero, por si acaso, sabría siempre dónde encontrarlo.

CAPITULO 26

Por primera vez en mucho tiempo, Willow sentía algo de calma en su interior. Sentada sobre una roca, junto a uno de los riachuelos del camino, miraba cómo los dos hombres entrenaban con sus espadas como si el ejercicio físico fuera indispensable en su existencia. Por su parte, se alegraba de no tener que volver a empuñar un arma tan pesada e insufrible. Desde que Ewan la dejó al cargo de Alec, y de eso hacía varios días ya, no había continuado la farsa de hacerse pasar por hombre. Aunque seguía llevando las mismas ropas de muchacho, se había aseado a conciencia para librarse de toda la mugre que la cubría y había retirado la venda que oprimía sus pechos.

Resultaba liberador.

Otro cambio gratificante fue comprobar que ni Melyon ni Alec permitían que les sirviera, como había estado haciendo en Innis Chonnel desde su llegada. Para los hombres era una más, y aunque a veces ellos se empeñaban en otorgarle los privilegios de su antigua condición de dama, Willow se había negado a dejar que la trataran como a una inválida. Solo tenía la muñeca magullada y podía cocinar o realizar cualquier otra tarea sin problemas.

Su pequeña convalecencia tampoco se alargó demasiado, por fortuna, y cinco días después de que Ewan la abandonara allí, Alec decidió que quebrantaría las normas de su antiguo clan y regresaría solo para acompañarla. Era necesario aclarar el misterio que envolvía el ataque a los MacGregor y necesitaban a Ewan para que protegiera a Willow. Ella estaría más segura entre los muros de Innis Chonnel que en una cabaña de piedra en mitad de la nada, custodiada por un viejo y un guerrero desterrado.

Así pues, emprendieron el viaje de vuelta, ideando varios planes para ver de qué manera podían presentarse en Innis Chonnel sin poner en peligro a la joven. Melyon insistió en el hecho de que, a pesar de haber vuelto a su condición femenina, Willow no debía abandonar la instrucción que comenzó con Ewan y los demás soldados Campbell. Alec estuvo de acuerdo, alegando que en los tiempos que corrían una muchacha en su situación debía saber defenderse por sí misma.

Por eso, cada día después del desayuno, sus dos acompañantes se ocupaban de su entrenamiento. Primero practicaban ellos dos, ya que ambos estaban acostumbrados a sus ejercicios matutinos y Willow no quería que rompieran su rutina por ella. Cuando terminaban, los guerreros le dedicaban su tiempo para enseñarle el manejo del cuchillo y el tiro con arco, armas mucho más adecuadas a su musculatura y constitución. Melyon, en concreto, ponía especial interés en que aprendiera a defenderse con una simple daga. Le mostró en qué zonas del cuerpo de un hombre debía hundirla sin dilación llegado el caso, algo que, para su sorpresa, no la horrorizó tanto como había sospechado. Willow había dejado atrás los remilgos de la dama que había sido en otros tiempos y aceptaba los consejos del guerrero sin escandalizarse. También le enseñó cómo debía lanzar el arma, por si el atacante se encontraba algo más alejado de ella.

—¿Ves? Debes sujetar la empuñadura con firmeza, pero no tan fuerte que no te permita controlar el lanzamiento —le decía—. Así, mueves el brazo y dejas escapar la daga de tus dedos aprovechando el mismo impulso. Y, si quieres aún más precisión y fuerza, debes cogerla por el filo. Levantas la mano trazando este arco, apuntas y lanzas...

Willow lo contemplaba con los ojos muy abiertos y aprendía. Se fijaba en cómo lo hacía él y lo imitaba, lanzando una y otra vez el cuchillo hasta que notaba arder los músculos de su brazo. Melyon asentía, complacido por sus ganas y su interés, y ella sentía que por fin estaba haciendo las cosas bien. Después de las frustraciones constantes que había padecido bajo las órdenes de Ewan, el cambio era de lo más satisfactorio.

Ese día, mientras los miraba entrenar como cada mañana, un cálido sentimiento inundó la parte de su corazón que aún notaba vivo. La otra parte, la que había muerto junto con Niall, permaneció helada como siempre. Aquellos dos hombres habían logrado despertar en su interior el aleteo de la amistad verdadera y, aunque ambos eran Campbell, sabía que jamás podría considerarlos enemigos. Y menos ahora, que estaba convencida de que su clan no había tenido nada que ver con el ataque a Meggernie.

Al terminar el combate fingido, los dos se volvieron hacia ella, sin resuello. Willow se levantó de la piedra y les acercó los odres con agua para que se refrescaran.

—Envidio vuestra fuerza y habilidad, señores.

—Bobadas —rezongó Alec—. Para igualarnos tendrías que poseer unos brazos poderosos... y eres demasiado hermosa, tu cuerpo resultaría grotesco con unos brazos del tamaño de los de Melyon.

Willow se echó a reír. Ellos la contemplaron arrobados. Era raro escuchar su risa, resultaba mágica, algo ronca y terriblemente seductora.

—¿Con qué quieres empezar hoy, arco o cuchillo? —le preguntó Alec, cuando se deshizo de su embrujo.

—Arco, por favor.

Melyon fue a buscarlo, solícito. Willow lo miró alejarse y pensó que aquel era un buen hombre. Desde que se había despertado en la cabaña de Alec y se habían presentado, no había hecho otra cosa más que tratar de agradarla y servirla en todo. La pregunta se escapó de sus labios antes incluso de que pudiera pensar que tal vez no sería bien recibida.

—¿Por qué lo desterró Ewan? Tengo entendido que era su mejor amigo.

Alec guardó silencio unos segundos. Era la primera vez que Willow mencionaba a su sobrino después de enterarse de que no era, como ella creía, el asesino de su hermano. Alec constató también que había usado su nombre y no lo había llamado laird Campbell.

—Melyon fue acusado de violación.

—Sí, eso lo sé. Escuché las historias que circulaban por el castillo. Pero ahora conozco un poco mejor a Melyon... y también conocí a Agnes, para mi desgracia.

—¿Eso qué quiere decir?

La joven meditó unos segundos lo que iba a decir. Sabía que aquel era un tema espinoso para sus nuevos amigos.

—Que es imposible que cometiera aquel crimen —aseguró, convencida—. Y si yo, que apenas he tratado con él, lo tengo tan claro, no me cabe en la cabeza que Ewan lo desterrara sin más.

—Es muy difícil tomar las riendas de un clan, Willow. Hace poco que mi sobrino ostenta el cargo, desde que su padre cayó en batalla peleando por Bruce, y es fundamental hacerse respetar al principio. Supongo que mostrarse autoritario y firme pesó más que su amistad con Melyon.

—¿Pesó más que la justicia?

La pregunta incisiva cogió desprevenido al viejo guerrero. Y también a Melyon, que ya regresaba con el arco y las flechas. Fue este último el que salió en defensa del que había sido su laird.

—No es tan sencillo, Willow. Ewan tiene a su lado a dos buitres carroñeros dispuestos a lanzarse sobre sus despojos si fracasa.

—Adair y Lawler —concluyó ella.

—Así es. Ambos tienen hijos varones que ocuparían gustosos el puesto de laird si Ewan demostrara ser indigno del cargo. Si él no me hubiera castigado cuando Agnes acudió ante él clamando justicia, le hubieran acusado de debilidad, de favoritismo al tratarse de mí.

—Pero no entiendo cómo ella se salió con la suya —insistió Willow, indignada con lo que había ocurrido—. ¿Todos en Innis Chonnel se creyeron que la habías atacado? ¿Qué les dijo? ¿Cómo los convenció? ¿Y por qué lo hizo?

Melyon suspiró. Él también se había hecho muchas veces aquellas mismas preguntas.

—Agnes es una criatura caprichosa y cruel. Lo descubrí demasiado tarde, para mi desgracia. Tuve parte de culpa en lo ocurrido, sin duda, porque después de perseguirme sin tregua, cierta noche sucumbí a sus encantos y permití que se metiera en mi cama. Después de aquello, supongo que pensó que entre los dos existían ciertos... sentimientos.

—Y no era así —intervino Willow, al ver que el guerrero se quedaba pensativo.

—Por mi parte no existía más que un cariño amistoso. Pero ella quería más de mí. Algo que yo no podía darle. Tuvimos una fuerte discusión y me prometió que lo lamentaría... Yo no la toqué, Willow, jamás me atrevería a ponerle una mano encima a una mujer. Sin embargo, cuando llegó ante el laird con las ropas rasgadas y arañazos en su cara, todos pensaron que había sido yo. No me defendí porque sabía lo que Ewan se jugaba, aunque no por ello me dolió menos. Hubiera preferido que mi amigo saliera en mi defensa, pero entiendo que su cargo se lo impidió. Y yo jamás haría nada para perjudicarlo, al contrario que esos dos consejeros que buscan su ruina. Desde el principio se han mostrado reacios a que él tomara el relevo de su padre y le ha costado mucho imponerse y ser respetado.

—Pero ¿por qué? —Willow no entendía nada—. ¿Qué pueden reprocharle? Es duro, enérgico y fuerte. Es un guerrero contumaz, dispuesto a todo por su gente.

—Hace años tuvo una fuerte discusión con su padre y abandonó Innis Chonnel —respondió Alec, de pronto con el tono empañado por la tristeza—. Estuvo mucho tiempo fuera, desatendiendo sus deberes como hijo del laird. Y lo peor fue que su madre murió en su ausencia, aquejada de pena y de nostalgia según algunos. Era una mujer muy querida entre los Campbell y le echaron la culpa de su pérdida.

—¿Tú estabas allí? —quiso saber Willow, bastante impactada con la historia.

—No, pero te aseguro que Cait Campbell no era tan débil como para morirse de pena. ¿Lo echaba de menos? No lo dudo. Pero eso no fue lo que se la llevó de este mundo. Contrajo fiebres... eso fue todo. Una virulenta enfermedad acabó con ella, ninguna otra cosa pudo haberle arrancado la vida, porque estoy seguro de que confiaba en su regreso.

Willow imaginó a la madre de Ewan, una dama elegante, de pelo castaño como la miel y ojos avellana iguales a los de su hijo. La visualizó mirando por una ventana de Innis Chonnel, buscando en la lejanía, más allá del Awe, más allá del horizonte, deseando ver cómo la figura de su primogénito retornaba al hogar. Sintió pena por ella, por esa despedida que nunca pudo tener. Morir esperando a alguien debía de ser algo muy triste. No era de extrañar que su gente le achacara esa culpa a Ewan, se dijo.

—¿Estás pensando que Ewan se merece la repulsa de su gente?

Willow enrojeció.

—¿Cómo sabes lo que pienso?

—¡Ah, muchacha! Eres muy transparente. La expresión de tu rostro lo dice todo, veo cómo juzgas a mi sobrino por no haber estado al lado de su madre cuando más lo necesitaba. Crees que obró mal al marcharse de su hogar.

—¿Y no acierto?

—En este caso, no. Al menos, desde mi punto de vista, claro. Se marchó por mi culpa, Willow, por defenderme a mí delante de su padre. Mi hermano era muy testarudo y se empeñaba en salirse siempre con la suya, aunque no llevara razón. Era el gran laird Duncan Campbell, ¿cómo no iba a hacer su voluntad, incluso en contra de lo que dictaba el sentido común?

—¿Qué... qué paso?

—Ven, sentémonos un rato y te lo explicaré. Creo que es más importante que conozcas esta historia que tus ejercicios, hoy no habrá entrenamiento.

Willow no lo lamentó. Se moría de curiosidad por saberlo todo acerca de Ewan Campbell. Aunque descubrió que la historia que quería contarle el guerrero, en realidad, comenzaba con su propia familia...

A medida que Alec hablaba, sentado frente a ella, Willow se sentía más y más confusa. Aquel hombre había conocido a su madre, a sus hermanos cuando eran dos mocosos, a su padre cuando su mirada aún brillaba de amor. Visualizar a su familia a través de los ojos de

Alec era perturbador, porque él les había conocido mucho antes de que ella naciera y contaba cosas que le eran desconocidas. Al mismo tiempo, deseaba saberlo todo. Eran episodios agradables, divertidos, entrañables. Hasta que llegó el momento en que su madre falleció y el relato de Alec se impregnó de una palpable tristeza.

—Tu padre cambió, Willow. Se distanció de los que hasta ese momento habíamos sido sus aliados. Tú no me conoces porque, a partir de aquel día, ya no pude visitar Meggernie con tanta frecuencia. Ian se encerró en sí mismo, no le gustaba compartir su pena con los demás.

—Pero... —lo interrumpió—. Mi padre no es así. Es un hombre serio, no lo niego, pero no llora cada día a mi madre.

Alec la miró y le mostró una sonrisa llena del cariño que solo se puede sentir por alguien a quien consideras de tu sangre.

—En público seguro que no. Y delante de sus hijos, menos. Pero te aseguro que Ian MacGregor nunca ha podido olvidar a Erinn, el amor de su vida.

Imaginar a su padre padeciendo a diario por un amor de la magnitud que Alec describía tocó una cuerda en el corazón de Willow, que latió con más fuerza. Sin venir a cuento, el rostro de Ewan Campbell se le apareció detrás de los ojos y tuvo que sacudir la cabeza para deshacerse de la inoportuna visión.

—Como te decía —prosiguió el guerrero—, los que fuimos sus amigos ya no pudimos visitar Meggernie con asiduidad. No éramos bien recibidos, el laird no tenía ganas de ser hospitalario con nadie. Sin embargo, yo jamás dejé de considerarlo un buen amigo. Por eso, cuando empezaron a surgir los roces entre nuestros clanes, no dudé en defenderlo ante mi propio hermano, el poderoso Duncan Campbell.

—¿Qué sucedió? —Willow estaba absorta. Se inclinaba hacia delante, atenta a cada una de sus palabras.

Melyon, que se había acomodado también cerca de ellos, tampoco se perdía detalle del relato.

—Nada especial o fuera de lo común en estas tierras, pequeña. Robos de ganado, peleas aisladas entre campesinos, historias que son una brizna de paja pero que al pasar de boca en boca se convierten en una gran roca que aplasta todo cuanto se encuentra en el camino. En poco tiempo, los MacGregor y los Campbell se enemistaron sin que nadie supiera muy bien el motivo real de aquel conflicto. Una noche, se produjo una escaramuza algo más seria entre los hombres de ambos bandos. Mi hermano, que hasta ese momento se había mantenido al margen de las disputas entre granjeros, considerando que con los ingleses había problemas más serios a los que atender, recibió amargas quejas al respecto. Su posición como laird quedó en entredicho y, por supuesto, se vio obligado a intervenir. Reunió a sus hombres dispuesto a presentar batalla a los MacGregor, envenenado por las acusaciones y reproches de sus propios consejeros. Quería matar a tu padre, pequeña Willow, tan ofuscado se encontraba.

La joven se dio cuenta de que contenía la respiración. Alec era un maestro contando historias. Mantenía el tono adecuado, realizaba las pausas justas para crear tensión, y su voz era tan grave y atrayente que le era imposible despegar los ojos de sus labios cuando hablaba.

—Yo salí entonces en defensa de mi amigo. Le propuse a Duncan que mandara una misiva a Ian MacGregor; era necesario mantener una reunión con él para aclarar lo sucedido. Conocía a tu padre... Estaba convencido de que él, al igual que mi hermano, era desconocedor de la gravedad de los enfrentamientos entre campesinos. La situación se les había ido de las manos a ambos lairds, pero confiaba en que pudiera solucionarse mediante el diálogo. —Alec tomó aire y cerró los ojos al recordar—. No conseguí que Duncan me escuchara. Muy al contrario, me acusó de traición por ponerme del lado de nuestros enemigos y me desterró.

—Fue entonces cuando Ewan se enfrentó a su padre —adivinó Willow.

—Así es. En aquella época no era más que un chiquillo. Amenazó a su padre con marcharse si me echaba a mí... No sirvió de nada. Mi hermano era muy cabezota y su honor estaba muy por encima de los sentimientos familiares. Por mi culpa, Ewan abandonó a los suyos. Me acompañó en este destierro un tiempo, pero lo animé a que siguiera su propio camino. En el fondo, deseaba que se diera cuenta de que su hogar se encontraba en Innis Chonnel. Estaba destinado a convertirse en laird y su gente lo necesitaba. Se marchó de mi lado a instancia mía y no me arrepiento. Sé que corrió distintas aventuras antes de regresar definitivamente con los Campbell, me las contó más tarde. A pesar de estar prohibido, mi sobrino ha seguido visitándome ocasionalmente, algo que jamás podré agradecerle como se merece. —Alec suspiró con pesar antes de terminar su relato—. Lo único que lamento es que, por mi culpa, Ewan no estuviera presente cuando su madre murió.

Un sentimiento de tristeza planeó en el aire tras sus palabras. Ninguno de los tres dijo nada durante un tiempo, saboreando la historia cada uno a su manera.

Willow miró a Melyon. El hombre tenía los ojos perdidos en el brillo de las aguas del riachuelo y el gesto serio. Supuso que él había vivido en persona ciertas partes del relato y pudo intuir su aflicción por la amistad que lo unía a Ewan, por su desafortunado desenlace, por no poder continuar a su lado como lugarteniente.

Ella misma notaba ahora un cúmulo de sentimientos encontrados en su interior. Imaginaba al joven Ewan enfrentándose a su padre por alguien tan generoso, honorable y valiente como Alec... Y lo admiró. Ese gesto suyo, ese sacrificio al abandonar a su familia por seguir sus propios convencimientos, no casaba nada con la imagen que se había estado forjando de él durante ese tiempo. Ahora todo tenía mucha más lógica. Si, como decía Alec, se había puesto de su lado por querer defender a los MacGregor, no tenía sentido haber sospechado que él era el asesino de su hermano. Día a día, al lado de aquellos dos hombres, Willow descubría a un Ewan que no tenía nada que ver con el que ella había conocido pero que, en el fondo de su corazón, siempre había deseado que fuera.

Porque, por mucho que lo hubiera detestado todos los días que compartió con él, se había dado cuenta de que se había convertido en una parte indispensable de su vida. Lo echaba de menos, por extraño y perturbador que eso resultara. Lo echaba de menos cada día, a cada momento. No se le iba del pensamiento. Añoraba el sonido de su voz, su manera de mirarla, su imponente presencia. Echaba de menos el modo en que ocupaba todo su mundo y sentía pavor al descubrir el enorme vacío que le había dejado dentro con su ausencia. ¿Cómo era posible que, en tan poco tiempo, aquel hombre le hubiera calado tan hondo? Rememoraba una y otra vez los momentos compartidos, su rutina diaria, cada vez que él la había tocado, de un modo u otro. Y en lo que más pensaba, lo que revivía con más intensidad, era el instante en que se habían besado tras el enfrentamiento con los MacNab.

Sobre todo por las noches, cuando todo se quedaba en calma y el silencio la envolvía.

Si se concentraba, podía evocar la sensación de aquellos labios devorando su boca mientras la lluvia caía sobre ellos y la sangre corría frenética por sus venas tras la escaramuza. Si respiraba hondo, conseguía notar de nuevo el tacto de sus enormes manos sujetando su cara, la sensación de resultar querida, irracionalmente deseada, pese a todo, contra todo. En su recuerdo, adulterado por su fantasiosa mente, Willow vestía como las grandes damas. Ewan acariciaba su larga melena suelta hasta la cintura y, tras el beso, no se alejaba como si ella fuera una apestada. En lugar de eso, la cogía entre sus fuertes brazos y la alejaba de todos aquellos cadáveres esparcidos por el suelo...

—¿En qué piensas? —le preguntó Alec, sacándola de sus cavilaciones.

Los ojos del hombre, tan sinceros, tan preocupados por su bienestar, la impulsaron a contestar con la verdad más cruda.

—Pienso que la imagen que me has descrito de Ewan no se corresponde con la que yo tenía de él... y eso me complica la existencia, Alec.

—Tú lo veías como a un monstruo, Willow, algo normal si creíste que era el responsable de la ruina de tu familia.

—Pero no es ningún monstruo.

El viejo guerrero sonrió.

—Por supuesto que no. Puede que sea muy duro a veces con sus hombres, como intuyo que lo fue contigo si te creía un muchacho. Esa es la herencia que Duncan le dejó, me temo, y hay que saber aceptarlo tal y como es. Mira a Melyon; él mejor que nadie sabe que, detrás de su despiadada fachada, hay un corazón noble y generoso.

La joven miró a Melyon y comprobó que la observaba con atención. En su rostro podía leerse que coincidía con las palabras de Alec.

—Tú crees que, a pesar de lo que te hizo, es un buen hombre, ¿verdad? —le preguntó, tal vez porque necesita reafirmar la nueva opinión que el laird le merecía. Nadie mejor que su lugarteniente, que había sufrido en sus propias carnes la cruel intransigencia de su señor, para confirmar lo que su instinto le advertía.

El guerrero le contestó sin apartar los ojos de los suyos.

—Yo daría mi vida por él.

CAPITULO 27

Hacía ya una semana que Ewan había regresado a su hogar, pero los días se le habían hecho tan largos que parecían meses... El laird miraba por la ventana hacia el patio de entrenamientos, donde debería estar junto a sus hombres. En lugar de eso, se encontraba encerrado en su alcoba, taciturno, sin más compañía que una copa de vino. No tenía ganas de ser sociable con nadie y, sobre todo, no quería encontrarse con ningún miembro de la familia St. Claire.

La tarde en que regresó a Innis Chonnel, sin Will, se dio cuenta de que su egoísmo había rebasado con creces la responsabilidad que tenía para con la gente que se encontraba bajo su protección. Aquel día, cuando atravesó las puertas de la fortaleza, Maud acudió a su encuentro rauda y veloz, alertada seguramente por la noticia de que el laird había regresado de su viaje. Era evidente que la mujer venía de las cocinas, porque aún se estaba limpiando las manos llenas de harina en el delantal.

—¿Dónde está Will? —le había preguntado, sin ningún tipo de cortesía, con el rostro alarmado al no verlo a su lado.

—Está bien, Maud, tranquila.

—¿Qué habéis hecho con él?

Ewan no se había sorprendido al escuchar la velada acusación. A fin de cuentas, todos habían sido testigos de lo mal que lo había tratado durante el tiempo que pasó en Innis Chonnel. Era lógico suponer que su familia lo culpara de su ausencia.

—He pensado que le vendría bien pasar un tiempo lejos del influjo de su protectora madre —había contestado, con sequedad—. Will tiene que hacerse un hombre, y aquí no he conseguido que progrese.

La mujer le miró, estupefacta.

—Pero, ¿dónde...?

—Maud, no importunes al señor con tus preguntas. —John había acudido también al escuchar la voz alterada de su esposa—. Si él te ha dado su palabra de que Will está sano y salvo, no tenemos nada que temer.

Ewan había mirado al hombretón pelirrojo alzando una de sus cejas castañas. John era muy listo... Él no había dado su palabra, pero el comentario, en absoluto fortuito, le obligaba a proporcionarles la tranquilidad que le pedían.

—Por supuesto que Will está bien. Lo he dejado al cargo de mi tío Alec; fue él quien me adiestró a mí y estoy seguro de que hará un buen trabajo con Will. Cuando regrese, no reconoceréis a vuestro propio hijo.

El matrimonio había mirado con aprensión cómo el joven laird se alejaba de ellos con sus habituales zancadas. A pesar de que trató de huir a toda prisa, Ewan no pudo evitar oír sus comentarios mientras caminaba hacia el edificio principal.

—No sabía que tenía intención de deshacerse de Will. No me dijo nada; de otro modo, hubiera tratado de hacerle cambiar de opinión —había dicho John.

Maud había emitido entonces un bufido.

—Ha cambiado. No observo en él ningún rastro de aquel chiquillo que recogimos en nuestra cabaña hace ya tanto tiempo. Ahora es un hombre autoritario e intransigente. Ni siquiera nos advirtió, no hemos podido despedirnos de él...

—Ahora tiene muchas responsabilidades, tiene que cuidar de la gente de su clan, es distinto.

—Es un desalmado —había estallado Maud—. Puede cumplir sus obligaciones y mostrar un poco de piedad... no es incompatible. Él sabía que Will es como nuestro hijo, ¡y se lo ha llevado sin más! No nos ha tenido en cuenta. Si eso es cuidar de su gente, más le vale dedicarse a otros menesteres.

La pareja no había moderado su tono para hablar de él. Ewan estaba convencido de que en ese momento querían que les escuchara, para que le remordiera la conciencia.

No los culpaba...

Les había fallado. Jamás hubiera separado a cualquier otro hijo de sus padres sin avisarlos, sin que pudieran gozar de una despedida en condiciones. Pero estaba ofuscado con Will, anulaba su sentido del deber, le bloqueaba y no conseguía obrar con responsabilidad. A pesar de lo que Maud y John pudieran pensar de él, o incluso sentir, no se arrepentía de haber dejado al muchacho con su tío Alec.

En su camino, aquel primer día de su llegada, se había detenido frente al patio de armas donde entrenaban algunos de los guerreros. Se había fijado en los más jóvenes, muchachos que rondarían los quince o dieciséis años, como Will, y que se preparaban para convertirse en soldados que engrosarían las filas de Bruce en el campo de batalla. Los repasó de arriba abajo, examinando sus piernas, sus brazos, los cuellos que asomaban por encima de las protecciones, los mentones en tensión, sus movimientos...

En ese momento, había suspirado con cierto alivio.

No encontraba en ellos nada fascinante, ninguna atracción, ningún interés. Eso solo podía significar que no había perdido su hombría; que, después de todo, su masculinidad no corría peligro.

Sin embargo, esa misma noche, entre los brazos de Gillian, una sirvienta que ya le había calentado la cama en otras ocasiones, descubrió con horror que tal vez se había precipitado al creerse a salvo...

Ahora, una semana después, Ewan recordaba aquella noche con un profundo bochorno. Bebió hasta apurar su copa y llamó para que le retiraran la bandeja de comida que había dejado intacta. Liese fue la encargada de llevar a cabo aquella orden y Ewan no pudo ni mirarla a la cara.

—Trae más vino —fue lo único que le dijo.

Cuando Liese entró en la cocina portando la bandeja con la cena del laird, tanto el ama de llaves como Maud se aproximaron. Observaron con ojo crítico que, de todo lo que habían mandado a la habitación del señor, solo faltaba la enorme copa de vino.

—No ha comido nada —anunció la chica, como si las otras dos necesitaran esa aclaración.

—¿Estará enfermo? Lleva varios días así —dijo Jane.

—Espero que sean los remordimientos —apuntó Maud, mordaz. Aún seguía resentida con el Campbell por haberse llevado a su Will y no escondía tales sentimientos.

—Ha pedido más vino.

—¡Ja! Se cree que así podrá dormir mejor esta noche, ¿verdad? —Maud se remangó el vestido y fue a por otra jarra con pasos enérgicos y decididos—. Permíteme, Jane, esta vez yo se la subiré.

El ama de llaves ya había aprendido que cuando a Maud le brillaban los ojos de aquella manera tan peligrosa, era mejor no interponerse en su camino. Dejó que la mujer se encargara de cumplir la orden de su señor, y elevó una plegaria al cielo para que no fuera demasiado dura con él. En los últimos días, cada vez que Maud veía la oportunidad, le echaba en cara que su hijo Will ya no durmiera bajo su techo. Jane ignoraba lo que afectaba al ánimo del laird hasta el extremo de quitarle el apetito, pero si Maud estaba en lo cierto y eran remordimientos, no creía que azuzándolo de aquella manera fuera a mejorar.

La mujer atravesó el patio con el vino en la mano, bufando su descontento. Los que se cruzaban con ella le cedían el paso y se apartaban de su camino por miedo a convertirse en el blanco de su fiera expresión. Su marido John la vio de lejos y meneó la cabeza. Uno de esos días, se dijo, se encontrarían de nuevo en la calle porque el laird se habría hartado de escuchar las pullas de Maud.

Al llegar frente a la puerta de Ewan Campbell, Maud llamó con fuerza.

—Pasa. —Cuando el señor vio quién le traía la bebida, resopló—. No estoy con ánimo de aguantar tus reprimendas, Maud. Te lo advierto.

Ella se desinfló un poco al ver el aspecto demacrado del hombre. Estaba sentado frente a la ventana, con los codos apoyados en las rodillas y las manos sujetando su cabeza. El cabello castaño le caía desordenado por la cara y cuando sus miradas conectaron, Maud vio las ojeras causadas por la falta de sueño. Aquello, pensó, iba más allá de los remordimientos por haberse deshecho de Will. Por primera vez, la mujer pensó que posiblemente el laird tuviera algún problema serio, y se sintió ruin.

—No os molestaré, señor —susurró, alargando el brazo para entregarle la jarra.

Él la cogió, rellenó la copa y de un trago se bebió casi la mitad.

—Gracias, puedes irte.

Maud se giró para marcharse, pero en el último momento se volvió hacia él.

—Señor, sé que he sido muy dura con vos por haberme quitado a mi Will. Pero no me gusta veros así... Si hay algo, lo que sea, que mi familia pueda hacer para ayudar, no dude en hablar con nosotros.

Ewan la miró con los ojos vidriosos y, tras unos tensos segundos, asintió con la cabeza por toda respuesta.

Cuando la mujer se marchó, el laird apuró la copa y la lanzó después contra la pared, logrando que el metal rebotara con un estruendo que no lo apaciguó. Se sentía más miserable que nunca. A pesar de haberlos apartado de su hijo, aquella familia aún le ofrecía su apoyo. Eran, sin duda, mucho mejores que él como personas.

Sin embargo, no podían ayudarlo. Nadie podía.

Su tormento, la vergüenza que soportaba hora tras hora desde el día de su regreso, era que había dejado de ser un hombre. Al menos, la clase de hombre que le habían inculcado a ser desde niño. Revivía una y otra vez dos escenas en su mente, ambas bochornosas por igual. La primera, la noche de su vuelta a Innis Chonnel, cuando la sirvienta Gillian lo acompañó en el lecho y él, como si en lugar de ser un verdadero guerrero fuese un miserable castrado, no encontró ningún placer entre sus brazos. Por más que la joven lo tentó y acarició, su cuerpo no le respondió como debiera. Fue humillante. Al final, la echó de su cuarto convirtiendo a la pobre chica en el blanco de su furia y frustración. Algo que, definitivamente, no le hizo sentir mejor... todo lo contrario.

221

La segunda escena era aún peor.

Su beso con Will.

El increíble, apasionado y vibrante beso que el chico le había devuelto, que él había disfrutado para su completo desasosiego. Lo rememoraba a veces con enojo; otras, cuando el cansancio y la pena lo vencían, durante las horas de insomnio, lo evocaba con los ojos cerrados, notando que aún su cuerpo se estremecía con las sensaciones que la boca tierna de Will había despertado en él. Y se detestaba más por ello. Por reconocer, en esos momentos de total abandono, cuando lograba abstraerse de la férrea moral que gobernaba su mundo, que daría lo que fuera por volver a repetirlo.

También era cierto que nunca iba más allá. Su imaginación no pasaba del encuentro entre sus labios, no era capaz de visualizar el desenlace de aquella escena grabada a fuego en su memoria. Era el único resquicio que le quedaba para no perder por completo la razón, para no darse por vencido en lo que a su hombría se refería. Ya había constatado que no le gustaban los jovencitos tiernos e imberbes. Solo pensaba en Will. En sus ojos azules, en su boca de labios blandos, en la fragilidad de su delgado cuerpo, en su modo de mirarlo cuando el deseo se hacía patente en su rostro siempre sucio.

A veces, muy ocasionalmente, una idea reveladora lo asaltaba en mitad de la noche. Tal vez ellos, como individuos, no debieran poner barreras a los apetitos de la carne. O, más aún, a los sentimientos que una determinada persona pudiera despertar en uno mismo. ¿Qué importaba que fuera hombre o mujer? El corazón no entendía de esas cosas, la razón les decía una cosa, pero la piel reaccionaba de manera muy distinta al roce con otra piel... Lo que le ocurría con Will no le sucedía con nadie más. Ninguna otra persona, ya fuera hombre o mujer, encendía en su interior las emociones que se despertaban estando cerca de esa criatura.

Aquella idea, tal y como le venía, se diluía en la ira que lo consumía tras comprender que sus pensamientos no tenían ningún sentido, que Dios había creado al hombre y a la mujer por algo... A pesar de no ser un hombre de fe, conocía lo que la iglesia predicaba al respecto. Aquello no estaba bien. No podía estarlo.

Lo único cierto que quedaba cuando las primeras luces del alba se colaban por su ventana, era que él se había convertido en un miserable, condenado por el recuerdo de un chico que le había robado la cordura. Lo echaba tanto de menos que dolía. Añoraba tenerlo merodeando todo el día a su alrededor, recogiendo su ropa, sus cosas, sacándole brillo a sus botas. Will y su pequeño cuerpo, siempre en medio, mirándolo de aquella extraña manera con sus enormes ojos azules. Se había acostumbrado a su presencia y lo necesitaba. Pero, por los cuernos de Satanás que no iría a buscarlo. Aquella locura se le pasaría, tarde o temprano, y él volvería a ser el laird que los Campbell se merecían.

Una nueva llamada en su puerta lo devolvió al momento presente. Dio su consentimiento para entrar a la persona que lo reclamaba, rogando por que el asunto que lo requiriera fuera tan importante como para acaparar toda su atención y poder olvidarse un rato de sus cuitas.

—Han traído este mensaje para ti. Es importante —le dijo Colin, su segundo ahora que Melyon ya no estaba.

Ewan había dado orden a su guerrero de que interceptara cualquier carta, cualquier misiva, y se la llevara directamente, pensando que tal vez su tío Alec querría ponerse en contacto con él. No deseaba dar a sus consejeros, los entrometidos Adair y Lawler, la ocasión de meter las narices en sus asuntos. Desde que había regresado, aquellas dos alimañas parecían estar esperando cualquier fallo, cualquier metedura de pata de su laird para echarse sobre su carroña a la menor oportunidad. Su deseo de destituirlo como líder de los Campbell era tan evidente que debía andarse con mucho cuidado…

Cogió el pergamino lacrado con el sello de Robert de Bruce y todo su cuerpo se puso en tensión. Era una carta del rey, algo a lo que, definitivamente, tenía que prestar toda su atención.

La leyó con avidez, notando que aquella letra de escribano, elegante y puntiaguda, iba despejando la espesa nube que le embotaba la mente. Bruce lo necesitaba. Lo conminaba a terminar el adiestramiento de los hombres que estaban a su cargo y que, en un plazo no superior a un mes, preparara su mesnada para reunirse con el ejército en Stirling, donde mantenían sitio al castillo.

Por fin. Deseaba unirse a los suyos contra los ingleses. Había llegado el momento de reemplazar a su padre al lado de su rey.

Se acercó a la ventana y miró hacia el patio de entrenamiento, donde sus hombres practicaban sin descanso. Mientras les observaba, el rostro de Will volvió a cruzar por su mente.

No podía marcharse a la guerra dejando las cosas así. Lo supo con total certeza, reconociendo que su alma se retorcería en los infiernos si lo mataban en alguna refriega. No entendía muy bien qué era lo que tenía que hacer para afrontar su destino con la paz de espíritu necesaria, pero sabía que, fuera lo que fuera, tenía que ver con Will.

Tal vez debía traerlo de vuelta a Innis Chonnel para que el muchacho se reuniera de nuevo con su familia adoptiva. O incluso más. Tal vez debía buscar a la tropa MacGregor con la que se había cruzado días atrás y tratar por todos los medios de que Will volviera a su verdadero hogar, con su gente. Esta opción no lo convencía demasiado; tal vez Will no estuviera seguro con ellos. Sus problemas personales le habían hecho olvidar el asunto de la joya, que parecía haber sido el detonante del ataque a Meggernie. A su regreso, al contrario de lo que se imaginaba, todos los MacNab habían abandonado Innis Chonnel, perdiendo así su oportunidad para interrogar a su jefe, James, acerca de su retorcido interés en esa joya y en la recompensa que ofrecían por ella. Después, sus propios fantasmas interiores le habían distraído tanto que no había vuelto a pensar en ello... hasta ese día. Will podría no estar a salvo en medio de aquella lucha que los MacGregor mantenían por su supervivencia como clan, no podía devolverlo a su gente.

O tal vez es que no quieres renunciar a la posibilidad de volver a verlo, le habló una voz en su interior.

—Si esa carta es lo que me imagino, tenemos mucho que hacer —la voz de Colin lo sacó de su ensimismamiento—. Deberías bajar a ver a tus hombres, laird, llevas días sin aparecer y algunos se están poniendo nerviosos.

—Ya. Adair y Lawler están sobrevolando mi cabeza como los buitres que son, ¿verdad?

—Pasan mucho tiempo en el patio de entrenamiento, sí. Y susurran al oído de los soldados como viejas cizañeras tratando de plantar la semilla de la desconfianza en tus guerreros. No lo permitas, Ewan. Yo solo no puedo combatir contra sus malas artes... Si Melyon aún estuviera con nosotros, entre los dos meteríamos en cintura a esos dos viejos. Pero no puedo ocuparme del adiestramiento y de apagar al tiempo los fuegos que encienden con sus lenguas viperinas.

Ewan fue hacia su amigo y le puso una mano en el hombro.

—Lo sé, Colin. Perdona por mi abstracción, no volverá a pasar. Voy a asearme un poco y me reuniré contigo y con el resto de los hombres en unos minutos.

El guerrero lo miró a los ojos y asintió satisfecho. Antes de marcharse, sin embargo, le habló con confianza.

—Sé que yo no soy Melyon y que nunca podré sustituirlo, pero quiero que sepas que, para mí, eres más que mi laird; te considero mi amigo. Y, sea lo que sea lo que tanto te preocupa, puedes confiar en mí. No correré con el chisme a esos dos carcamales y trataré de ayudarte en lo que pueda.

Ewan notó que su corazón se aligeraba un poco tras aquellas palabras.

—Gracias, amigo.

CAPITULO 28

Los tres viajeros llegaron de noche a la aldea que se asentaba a orillas del lago Awe, porque así lo habían planeado. Ni Alec ni Melyon eran bienvenidos en aquel lugar que podía considerarse una extensión de Innis Chonnel. Willow contempló la silueta en sombras del castillo, al otro lado de las aguas, y pensó en lo cerca que estaba de Ewan en aquellos momentos... Y en lo lejos también. Solo tenía que cruzar el lago para poder encontrarlo, pero le aterraba tenerlo de nuevo frente a ella. La había dejado abandonada, se había deshecho de ella como si fuera el ser más indeseable sobre la faz de la tierra y aun así no había podido dejar de pensar en él todos los días.

A todas horas.

—Willow, no te entretengas. —Alec llamaba su atención, haciéndole gestos con la mano—. No queremos que nos descubran.

Se había quedado embobada mirando el castillo y los dos hombres ya se habían detenido junto a una de las cabañas, desmontando de sus caballos. Se reunió con ellos, apartando la mirada de la bruma azul que se elevaba del lago y daba al paisaje un aspecto algo tétrico, pero indudablemente bello. Era curioso. Innis Chonnel siempre le había parecido un sitio oscuro, lleno de sombras no solo por su aspecto, sino por todo lo que representaba para ella. Pero, desde el primer día, a pesar de sus impresiones, el lugar le había resultado sobrecogedor por su belleza casi mística. Aquella noche no fue distinta y tuvo que hacer un esfuerzo por apartar los ojos del paisaje que la hipnotizaba.

Desmontó y siguió a sus acompañantes al interior de la cabaña, donde alguien les había abierto la puerta sin poner objeciones. Alec había dicho que tenía amigos leales entre los Campbell y que los acogerían a pesar de la prohibición de no dar cobijo a un desterrado.

A Willow, después de conocer toda la historia, no le extrañó. Tanto Melyon como Alec no se merecían la suerte que habían corrido y era lógico que quienes los habían conocido bien fueran del mismo parecer.

En el interior, Willow encontró una atmósfera confortable que sus huesos, cansados y ateridos de frío, agradecieron. El fuego crepitaba alegre en el hogar y olía a comida... para ella, más que suficiente.

—¡Will!

La chica miró a su anfitrión, que estaba saludando a Melyon cuando reparó en su presencia y se sorprendió tanto o más que ella por la coincidencia.

—¡Donald!

Su compañero de fatigas en las porquerizas, el primer amigo que hizo en Innis Chonnel, la miraba sin poder creer que estuviera allí, junto a los dos desterrados del clan Campbell.

—Cuando el laird regresó sin ti, todos pensamos que no volveríamos a verte. —El pelirrojo se acercó y esbozó una sonrisa que dejó ver su dentadura mellada—. Me alegro de que no sea así.

Willow también le sonrió, de corazón. Al hacerlo, la confusión se adueñó de la mirada de Donald.

—Hay algo diferente en ti. ¿Qué... qué te ha pasado?

—Es largo de contar —contestó, sin impostar la voz como solía hacer, cosa que no hizo más que acrecentar la turbación del muchacho—. Lo primero, y ante todo, quiero pedirte disculpas por haberte engañado.

Donald dio un paso atrás, aturdido por lo que ya estaba averiguando sin ayuda de nadie. Will solía llevar siempre la cara muy sucia, su voz engolada confundía y casi siempre bajaba la vista cuando hablaba con alguien... Descubrir lo que había debajo de la mugre y la impostura le hizo pensar que era más tonto de lo que ya se creía. ¿Cómo no se había dado cuenta antes?

—No te sientas mal, no eres el único al que ha engañado. —Alec acudió a su rescate—. Ven, siéntate y te lo contaremos todo. Vamos a necesitar tu ayuda.

—¿Para... para qué? —Donald no podía dejar de mirar a la chica. A la chica. Era una mujer... ¡por los clavos de Cristo!

—Willow debe regresar a Innis Chonnel y hablar con el laird.

—¿Willow?

—Sí, Donald. Mi nombre es Willow MacGregor, y necesito que me ayudes a entrar de nuevo en la fortaleza. No sé si mi presencia será bienvenida o el laird habrá prohibido mi entrada igual que hizo con Melyon y Alec.

El pelirrojo se pasó una mano por el pelo, agobiado con tanta información.

—Eres una MacGregor... Eres una mujer...

Willow se acercó a él y le cogió las manos para que se tranquilizara. Lo miró a los ojos y le sonrió con dulzura, lo que consiguió que el corazón del muchacho se acelerara.

—Soy yo. Soy la misma persona a la que enseñaste a retirar los excrementos de los cerdos de manera que no me manchara demasiado.

—Pero no sirvió de nada, porque siempre estabas sucio. Y ahora estás limpio... limpia.

—¿Y no me prefieres así? Ya no huelo mal.

—No lo sé. Así me aturdes.

—¿Me ayudarás? —insistió ella, apretando sus manos.

Él las miró, intentando asimilar la situación. Tras unos segundos, levantó la vista con los ojos alarmados.

—¡No puedes volver allí! El laird te matará.

—Lo que me temía, también te ha vetado —susurró Melyon, que ya se había tomado la libertad de servirse un buen plato de lo que fuera que borbotaba en la olla colgada del fuego y estaba dando buena cuenta de ello.

—No —aclaró Donald—. El laird no ha dicho nada de Will, pero lo conozco. Cuando descubra que lo ha engañado, que nos ha engañado a todos, se pondrá furioso. Es mejor que no vuelvas... Deberías regresar con los tuyos.

A Willow le enterneció que Donald se preocupara por ella. Sabía que Ewan se iba a poner furioso, pero si lo pensaba bien, ¿cuándo no había estado furioso en su presencia? Tenía que verlo, costase lo que costase. Alec y Melyon la habían convencido de que solo aunando fuerzas con el laird de los Campbell podrían salir del atolladero en el que estaban metidos. Willow necesitaba su protección, porque los verdaderos culpables del ataque a Meggernie no habían aparecido y, por lo tanto, ella aún estaba en peligro.

Por otro lado, Alec le había hecho ver que Ewan también se había puesto en una situación muy comprometida al no desmentir los rumores que lo señalaban como el asesino de Niall MacGregor. Tarde o temprano, alguien tendría que pagar por ello y el rey Bruce impartiría justicia. Si no encontraban al auténtico culpable, Ewan sería acusado formalmente. Eso era algo que no podía permitir... Al igual que no podía permitir que sus dos nuevos amigos continuaran en el destierro por unos crímenes que no habían cometido. Al menos, en el caso de Melyon. Alec le había recomendado mantenerse al margen de ese otro asunto, alegando que ya se resolvería por sí mismo y no había necesidad de que ella se creara más enemigos por interferir. Pero Willow no podía con las injusticias... y aquello lo era. Así que, quisiera Alec o no, Ewan tendría que escucharla.

Si es que antes no la ahogaba con sus propias manos al descubrir quién era en realidad.

—Voy a regresar, Donald, lo quieras o no. Pero sin tu ayuda me costará más trabajo. ¿Qué me dices?

—¡Oh, de acuerdo, de acuerdo!

La sonrisa que iluminó el rostro de Willow dejó atontado al muchacho. Ella se inclinó y le dio un pequeño beso en la mejilla, consiguiendo que su cara alcanzara el tono rojo de su pelo.

—Y ahora, ¿podemos tomar un poco de ese guiso que huele de maravilla? ¡Me muero de hambre!

Donald asintió, aunque en realidad no se había enterado de lo que le había preguntado. Le había dado un beso. Y era una chica... ¡Una chica!

—Podremos si es que Melyon nos ha dejado algo... —rezongó Alec, que rebuscaba en la olla mientras el aludido no parecía en absoluto arrepentido por su falta de modales.

Willow se sentó a su lado y le pegó un codazo por no esperar a que todos estuvieran sentados a la mesa.

—¡Au! ¿Y eso por qué? —protestó.

—Por mal acostumbrarme. Todo el camino me has hecho creer que tenías más consideración hacia mí, y ahora mírate, devorando como un lobo sin preocuparte por si queda comida para los demás.

—Eso no es verdad. Hay más en la olla... Y, de todas maneras, este otro es para ti. —Señaló otro plato que había cogido y que aún no había tocado. La miró y le guiñó un ojo—. ¿Creías que te iba a dejar sin cenar, con lo delgaducha que estás?

—Eso, y a mí que me parta un rayo —protestó Alec, que solo había podido llenar su plato hasta la mitad con lo que había dejado Melyon en el puchero.

Los demás se echaron a reír, incluido Donald. El muchacho acudió junto a sus invitados a la mesa y sacó un trozo de queso, pan y una jarra de vino.

—Menos mal que Donald sabe complacer a un pobre anciano como yo... —murmuró Alec mientras se llenaba la copa hasta el borde.

—¿Anciano? —preguntó Willow, alzando una ceja—. Vamos, nadie osaría llamar anciano a Alec Campbell, asesino de gigantes.

—¿Cómo te has enterado de mi mote?

La joven guiñó un ojo a Melyon antes de contestar.

—Eso no importa. Lo que queremos saber Donald y yo es por qué te lo pusieron. ¿Cuándo fue? ¿Y qué pasó? ¿Realmente mataste a un gigante?

Alec les dejó ver una sonrisa resignada. No había contado esa historia desde hacía años... Pero a Willow no podía negarle nada. Además, ella escuchaba con tanta atención, que era un verdadero placer relatar sus aventuras.

—Fue en la batalla de Stirling, el 11 de septiembre de 1297, nunca se me olvidará. Aquel día, comandados por William Wallace, los escoceses obtuvimos la victoria más importante hasta aquel momento sobre los ingleses.

—¡Wallace! —exclamó Donald, interrumpiendo su relato—. ¿Estuviste bajo sus órdenes? ¿Era tan alto como decían?

—Lo era. Portaba una espada tan larga que pocos hombres hubieran podido levantarla. Cuando lo vi aparecer, atravesando nuestras filas para ponerse al frente de las tropas, supe que en aquella ocasión teníamos una posibilidad. Su rostro era pura determinación, llegaba dispuesto a vencer o a morir. Y todos los que allí nos encontrábamos pensábamos seguirlo hasta el final.

—Mi padre también estuvo en aquella batalla —susurró Willow, imaginando la emocionante escena que Alec describía.

—Sí. Él y la mayoría de nuestros aliados. Stewart, MacNab, Graham... Todos estábamos allí. Fuimos testigos de cómo Wallace rechazaba cualquier intento de negociación con los ingleses para provocar una batalla. Nos superaban en número por cinco a uno, sabíamos que era una causa desesperada, pero ninguno retrocedió. Vimos cómo nuestros enemigos cruzaban el puente de Stirling y formaban en la explanada, frente a nosotros. Tal vez pensaban que Wallace respetaría las normas de la caballería... ¡pobres ilusos!

—¿A qué te refieres? —preguntó Donald, que no comprendió lo que quería decir.

—El puente fue un elemento estratégico fundamental —explicó Alec—. Era demasiado estrecho y los ingleses, que se encontraban al otro lado del río Forth, solo podían pasarlo de dos en dos. Así que cuando los primeros dos mil hombres lo atravesaron, en lugar de esperar a que siguieran cruzando el resto de sus tropas, Wallace ordenó atacar. Los masacramos. Y sus compatriotas, al otro lado del río, miraban impotentes cómo parte de su ejército sucumbía sin que pudieran ayudarlos.

—¿El gigante al que mataste era un inglés? —Esta vez fue Willow la que interrumpió el relato, con los ojos abiertos y asombrados.

—Sí. Surgió de entre las filas enemigas con una enorme espada, más grande que la del propio Wallace. Un mandoble de los suyos era capaz de terminar con dos escoceses a la vez.

En ese punto, Melyon sonrió, porque sabía que el curtido guerrero estaba exagerando solo para darle más emoción a su historia.

—¿Y pudiste con él? —preguntó Donald, deslumbrado por tal hazaña.

—¿Acaso lo dudas? —respondió Alec, hinchando el pecho con orgullo—. En esa época yo era mucho más joven y fuerte, muchacho. Me costó lo mío, no vayas a pensar que fue fácil. Pero conseguí doblegarlo y acabar con él para evitar que continuara mermando nuestras fuerzas.

—Mi padre me contó que en aquella batalla estuvo a punto de morir. Que un inglés le atacó por la espalda...

Alec miró a Willow y parpadeó, volviendo a un pasado que había borrado de su memoria. Había olvidado aquello, pero era cierto.

—Sí, es verdad. Yo estaba cerca y fui testigo de aquello. Aunque...

—¿Aunque, qué? ¿Acaso mi padre exageró la historia? —preguntó Willow, al ver que el guerrero dudaba. No le importaba, por supuesto. Estaba convencida de que todos los que contaban sus batallas adornaban el relato para que resultara más heroico de lo que en realidad había sido. Alec y su padre no eran diferentes, y ella tampoco deseaba que lo fueran. Prefería sus épicas historias a las verdades que se escondían tras sus vivencias en la guerra.

—No... Olvídalo. Mi memoria ya no es la que era, tal vez no lo recuerdo bien —dijo, haciendo un gesto con la mano para restarle importancia.

Alec no le dijo que él recordaba aquella escena de manera muy diferente. Cierto que un inglés había intentado atacar a Ian Mac-Gregor por la espalda, y que había salvado la vida gracias a la intervención de uno de los suyos. Pero, y tal vez por eso Alec había decidido borrarlo de su cabeza, hubiera jurado que aquel aliado, al que no había podido ver bien la cara, en realidad no estaba protegiéndolo de un soldado inglés. En medio de aquel caos, Alec lo vio levantar su hacha contra el laird de los MacGregor y lanzarla directa a su espalda. Y, en el último momento, el arma impactó en el cuerpo de aquel soldado inglés que se cruzó en su camino. ¿En verdad le había salvado la vida a Ian? ¿O pretendía acabar con él y, gracias a un capricho del destino, un inglés había terminado muerto en su lugar? Alec no entendió en aquel momento lo que sus ojos habían visto y seguía sin comprenderlo. Por eso lo había olvidado. No quería que una duda tan negra y tan fea le echara a perder el recuerdo de aquel glorioso día en el que el ejército escocés se había alzado con la victoria.

Ahora, mirando los ojos de Willow, todo había vuelto con una facilidad asombrosa. Y, tras conocer lo sucedido a los MacGregor, Alec no podía volver a olvidar aquel suceso. Porque algo le decía que todo estaba relacionado, y que aquel escocés sin cara de su recuerdo era el traidor culpable del ataque a Meggernie. Tenía que esforzarse y tratar de enfocar esa lejana imagen... Debía averiguar la identidad de aquel hombre para poder ayudar a Willow y a Ewan.

—No te atormentes —le dijo Melyon a Alec, al ver que el guerrero parecía desolado por su falta de memoria—. Aunque, después de ser testigos de tus lagunas mentales, tal vez sí deberíamos empezar a llamarte anciano...

El comentario jocoso de Melyon relajó la tensión en el rostro de Alec, que no tuvo más remedio que echarse a reír. Mejor que pensaran que no era capaz de recordar en lugar de tener que revelar sus sospechas. Antes, tenía que estar seguro y averiguar la identidad de aquel traidor. Por el bien de todos.

Con las primeras luces del alba, Donald y Willow se dirigieron al embarcadero. El aspecto de la chica volvía a estar camuflado bajo una camisa demasiado grande para ella, una capa raída y un rostro rebozado de manera estratégica de hollín y de barro. Habían decidido decirle a Ewan la verdad, pero era preferible que fuera él quien se enterara primero del engaño y ver cómo reaccionaba antes de hacerlo público entre los muros de Innis Chonnel.

Al llegar al bote que trasladaba a los aldeanos que, como Donald, trabajaban en la fortaleza, se encontraron con el asombro de Bors, el barquero, que no daba crédito a lo que veían sus ojos.

—¿Qué hace ese aquí? —le preguntó a Donald, como si Willow no estuviera presente.

—Es mi compañero en las porquerizas.

—Ya sé quién es. —Al decirlo, Bors escupió al agua como muestra de desprecio—. El laird no lo quiere en su hogar, de lo contrario, no se lo habría llevado.

—¿Y cómo lo sabes? —le interrogó Donald, mucho más tranquilo que ella—. ¿Acaso te ha prohibido que le dejes pasar?

El hombre se quedó pensativo, mirando a uno y otro alternativamente.

—No me lo ha prohibido. Pero todos sabemos que este mequetrefe le da dolor de cabeza. Es un grano en el culo de nuestro laird... No querrá verlo.

—Eso tendrá que decidirlo él, ¿no crees?

Bors volvió a escupir. Antes de dejarlos subir a la barca, les apuntó con un dedo.

—Si me gano una reprimenda por esto, os perseguiré, a los dos, y os daré tal paliza que no podréis levantaros de la cama en una semana. ¿Queda claro?

Ambos asintieron y subieron al bote. Willow se situó lo más lejos posible del aquel guerrero Campbell que la había detestado desde que se conocieron. No había sido tan difícil, después de todo. Aunque, sin la ayuda de Donald, jamás habría llegado tan lejos. Ese bruto de Bors no hubiera consentido que volviera a subir a su barca.

El corazón empezó a latirle con fuerza según se aproximaban a la fortaleza. No solo por la tarea que tenía por delante... confesar su verdad a Ewan iba a resultar complicado. También iba a poder reencontrarse con su familia adoptiva y estaba deseando verlos. Había echado mucho de menos a John, a Maud y a Liese. A ellos también tendría que explicárselo... ¿Cómo se lo tomarían? ¿La odiarían por haberlos engañado? Ellos le habían dado todo su apoyo desde el día en que John la pilló metiendo la mano en su morral, y ella les había pagado con mentiras y más mentiras.

—Tranquilo, Will —escuchó que le susurraba Donald, muy bajito—. Todo saldrá bien.

—¿Qué cuchicheáis vosotros dos? No me fío ni un pelo de vuestras intenciones —espetó Bors—. En cuanto lleguemos, me esperaréis junto a la orilla. Yo mismo iré a avisar al laird.

Y así lo hizo. El bote se detuvo frente al gran portón de entrada y el guerrero saltó para tomarles la delantera. Con una mirada, les repitió que no debían moverse de allí.

—Espero no estar metiéndote en un lío, Donald.

—Bah, me gustan los líos. La vida sería muy aburrida y rutinaria si no tuviéramos estos sobresaltos.

—¿Soy un sobresalto para ti?

El muchacho esbozó una sonrisa de dientes mellados.

—Vas a ser un sobresalto para muchos de los habitantes de aquí, Will. Y yo no pienso perdérmelo...

Bors encontró al laird desayunando en el gran salón. Caminó con paso decidido y se plantó frente a su mesa mirándolo con seriedad.

—¿Qué ocurre?

—Es... es el alfeñique, señor. Ha regresado.

—¿Qué?

—El mocoso, está otra vez aquí, en las puertas del castillo. Ha venido con Donald.

Ewan sintió que el corazón se le paraba en el pecho. Cuando recuperó su latido, un pánico irracional invadió todo su ser ante la sola posibilidad de volverlo a tener delante de sus narices. Creía estar a salvo de su magia de duende; si no lo veía, podía controlarse, podía volver a ser un hombre completo y sin fisuras. Con él merodeando a su alrededor otra vez, aquello iba a resultar imposible. Se moría por salir corriendo hacia las puertas para verlo... pero no se movió del sitio.

—Ve a por él y enciérralo en las mazmorras.

—¿Solo al chico, o a Donald también?

—Solo a él.

CAPITULO 29

Era increíble. Volvía a estar allí metida, sin ninguna explicación, sin ningún motivo aparente. ¿Qué crimen había cometido? Según Donald, el laird no había vetado su entrada en el castillo, pero era evidente que su presencia le molestaba sobremanera. ¿Qué tenía pensado hacer con ella? Se paseó nerviosa por la celda, iluminada apenas con la luz de una tea que ardía al otro lado de la puerta de madera y que se colaba por los barrotes del ventanuco superior. Aquello era una locura. Se detuvo e intentó razonar con el hombre que habían dejado custodiando las mazmorras.

—Necesito hablar con el laird... es importante.

—Ya te he dicho que no quiere hablar contigo.

—Al menos exijo saber de qué se me acusa. ¿Por qué estoy aquí?

—Ni lo sé, ni me importa. El laird quiere que estés, no hay más que decir.

Era como hablar con una piedra. De buena gana le hubiera dicho que, lo que él suponía un mocoso imberbe que le daba la tabarra, era en realidad una mujer. De ese modo, seguro que correría escaleras arriba para avisar a su todopoderoso laird y ella conseguiría su audiencia.

Pero no. Le prometió a Alec que se lo diría primero a Ewan y pensaba respetar esa decisión. De cualquier modo, era lo más sensato. Quién podía imaginar de lo que eran capaces esos bárbaros Campbell cuando se enteraran de que los había estado engañando fingiendo que quería ser uno de ellos, un guerrero como los demás.

Las horas pasaron y le trajeron la comida. Y, varias horas después, la cena. Nadie excepto su guardia entró o salió de las mazmorras. Ni siquiera John o Maud... ¿se habrían enterado de que estaba de vuelta? Lo dudaba. Bors había ido a buscarla después de comunicarle al laird su llegada, y la había llevado derecha a las mazmorras sin darle opción a ver a nadie más. Cuando ya tuvo claro que ese día no recibiría ninguna visita, se echó sobre la piel de oso que continuaba allí desde la vez primera que la encerraron y se dispuso a dormir, algo harto imposible en aquel tétrico y apestoso lugar.

El silencio se hizo pesado por momentos. Le aplastaba el pecho, le zumbaba en los oídos y le impedía respirar con normalidad. Los pensamientos la asolaban, llenándole la mente de recuerdos dolorosos. No quería acordarse de su hermano Niall, porque se ahogaba. No quería pensar en Marie y en lo que habría sido de ella. Se había preguntado muchas veces si su vieja nodriza habría sobrevivido al ataque... Rezaba para que así fuera, porque, simplemente, era demasiado doloroso suponer lo contrario. Tampoco quería pensar en su padre y en Malcom, tan lejanos, porque entonces comenzaría a preocuparse por si los volvería a ver, si aún se encontrarían con vida, si aún se acordarían de ella o si estarían locos de preocupación al desconocer la suerte que había corrido.

Así que, indefectiblemente, su mente regresó al punto que alcanzaba cada noche: los momentos vividos con Ewan. Se concentró en su rostro, de facciones duras, casi siempre serio. Se dejó envolver por el recuerdo de cada profunda mirada que le había dedicado. Sabía que debía sentirse molesta con él por mantenerla en ese desconcertante encierro. No se merecía que le dedicara ni uno solo de sus pensamientos. Pero en aquella soledad tan absoluta, sepultada en un silencio tan abrumador, no tuvo fuerzas para rechazar las imágenes que volvían una y otra vez a su cabeza: Ewan desnudo en el lago, Ewan dormido en su lecho, Ewan galopando sobre su increíble semental, Ewan con la espada en alto protegiéndola de los MacNab, Ewan mirándola, acariciándola, besándola...

—¿Dónde estás, Ewan? Tengo que decirte que ya no te odio... —murmuró, antes de sumirse en un inquieto sopor.

Despertó horas después, con la extraña sensación de que la observaban. Cuando abrió los ojos, descubrió que alguien había colocado una tea dentro de la propia celda y la luz ambarina creaba claros y sombras en aquel agujero. Miró el techo, con miedo hasta de moverse, porque sentía una presencia real cerca de ella y creyó intuir de quién se trataba. Se incorporó despacio y enseguida localizó la figura agachada, sentada en el suelo con la espalda apoyada en la pared. Tenía la cara hundida entre los brazos y no la miraba, aunque le habló en cuanto ella se incorporó.

—Perdona, no quería asustarte.

La voz rompió aquel silencio y a Willow casi se le salió el corazón por la garganta. Aquel tono grave y rasgado tocaba una fibra muy íntima en su ser, todo su cuerpo reaccionó ante aquel sonido.

—¿Mi señor? —preguntó, aún aturdida.

—¿Por qué has vuelto? ¿Por qué no te has quedado con mi tío? ¿Acaso echabas de menos a tu familia?

—Les he echado de menos, sí —reconoció—. Ellos... ¿se encuentran bien?

—Sí. Y también te han añorado. He tenido que soportar las reprimendas de Maud casi a diario por dejarte allí abandonado, así que sería más cortés por tu parte preguntarme si yo estoy bien.

Willow no sabía si aquello era una broma. Por su entonación parecía que sí, pero su voz seguía sonando extrañamente desolada. Fue instintivo, no se lo pensó dos veces antes de preguntar.

—¿Vos estáis bien, mi señor?

Fue apenas un susurro, pero bastó para que Ewan por fin levantara la cara hacia ella.

Cuando sus ojos se encontraron, el impacto los dejó a ambos aturdidos. Willow había olvidado la fuerza de su atractivo, pero no fue eso lo que la dejó sin aliento. Fue su expresión. Su mirada salvaje atravesándola con algo muy parecido a la desesperación, colmada de anhelo. El deseo de saltar de la manta y correr hacia sus brazos resultó abrumador y tuvo que hacer un verdadero esfuerzo por contenerse. ¿De dónde brotaban aquellas emociones tan descontroladas? Se notaba temblar, jamás había sentido nada parecido en su presencia. Deseaba acercarse, deseaba tocarlo, deseaba decirle tantas cosas...

Ewan, por su parte, estaba hechizado. El rostro de Will le seguía fascinando, a pesar del tizne que lo cubría, sus enormes ojos claros, sus labios suaves... Si aquel chico no era una criatura fantástica salida de los bosques, Ewan no sabía qué otra cosa podía ser. Y él era un hombre condenado al infierno, definitivamente, porque la tentación era tan grande que no podría evitarla.

No *quería* evitarla.

Le entregaría su alma a Satanás encantado a cambio de volver a probar esos labios. *Solo una vez más*, se dijo, obnubilado por esa cara que había invadido sus sueños cada noche.

Se incorporó y se acercó hasta la manta donde yacía, notando que el delgado cuerpo de Will temblaba de pies a cabeza. Se dijo a sí mismo que no lo había planeado así, que la magia del joven era tan poderosa que podría hechizar al guerrero con más hombría de toda Escocia....

Y se engañaba. Porque desde que supo que él había regresado, aquella misma mañana, no había tenido otra idea en la cabeza más que llegar hasta esos labios que ahora, entreabiertos, lo tentaban de manera dolorosa.

Aterrado por la fuerza de sus propias emociones, se arrodilló a su lado y levantó la mano para acariciar la mejilla de Will. La suavidad de su rostro era insultante para un hombre. La longitud de sus pestañas, la forma de la boca, la punta de su nariz respingona... Todo era una ofensa para su virilidad. Porque, destrozado, Ewan admitió que adoraba a esa criatura frágil que se estremecía ante su contacto. Le daba igual que fuera un hombre. Le daba igual que fuera un duende, un ángel del cielo o un demonio del averno venido al mundo para corromperlo. Lo deseaba. Y supo que no podría marchar a la guerra para la que se preparaba, en busca de una muerte que recibiría gustoso, sin haber saboreado una vez más sus tiernos labios y sin haber sentido las pequeñas manos de Will acariciándolo.

—Ya sé que no está bien —le susurró junto al oído, acercándose—, pero no puedo evitarlo.

240

Las palabras cosquillearon en la piel de Willow, que buscó sus ojos para cerciorarse de que el laird realmente estaba a punto de hacer lo que ella creía.

Y lo hizo.

La besó.

Igual que en sus sueños... Mejor que en sus sueños.

Esta vez, su boca la tocó muy despacio, casi como si pidiera permiso, y poco a poco, los labios de Ewan se volvieron exigentes. Los dedos del hombre se enredaron en su corto cabello para apretarla más contra él y el beso se tornó posesivo, ansioso, desesperado. Willow se sintió desbordada, no sabía cómo responder. Lo único que tenía claro era que no quería que él se detuviera.

Abrió la boca para recibir su lengua y Ewan gimió de placer. Aquel sonido espoleó los sentidos de Willow, que alzó las manos para acariciar el cuello y los hombros del guerrero. Deseaba tocarlo... siempre lo había deseado, reconoció para sí misma. Y ahora que él se prestaba a ello, no iba a desaprovechar la oportunidad.

Ewan estaba completamente perdido. Su cuerpo le pedía mucho más que un tórrido beso con aquel muchacho. ¿Cómo podía aliviar la dolorosa erección que le apretaba las calzas? Se negaba a practicar con Will lo que había oído hablar a otros hombres. Tal vez, si le pedía al muchacho que lo acariciara con sus manos...

Se apartó con brusquedad.

—¡No!

—Mi señor... —jadeó Willow, mortificada por si había hecho algo mal. Al separarse, Ewan le había dejado un vacío helado en el pecho que la asustó.

—Esto no puede ser... —parecía desesperado, muy atormentado—. ¿Por qué me has devuelto el beso, maldita sea? ¿No ves que esto no puede ser? Soy el laird de los Campbell, mi padre se estará revolviendo en su tumba por lo que acaba de suceder aquí.

Ewan se llevó las manos a la cabeza y le dio la espalda. Su pecho subía y bajaba, todo su cuerpo estaba en tensión.

Willow parpadeó para poder despejarse y comprendió que había ocurrido lo mismo que el día de la refriega con los MacNab. Por

241

mucho que Ewan Campbell lo deseara, su ego, su hombría, le impediría convertir a un joven como Will en su amante.

Pero ella no era un chico.

Se levantó, dispuesta a proporcionarle el alivio que tanto parecía necesitar. Para eso había regresado, de todas maneras. No lo había planeado así, por supuesto, pero las cosas habían llegado a un extremo que requerían de una aclaración inmediata. Ahora entendía Willow por qué Ewan la había abandonado en la cabaña de Alec. Ahora entendía que no quisiera verla esa mañana, cuando Bors anunció su llegada. Ewan Campbell se hallaba en una encrucijada de emociones que no sabía cómo manejar, porque la atracción que sentía por Will era contraria a su naturaleza y no sabía cómo hacerle frente.

—Mi señor... —le dijo, tocándole el hombro con su mano.

—Apártate de mí, Will. Por favor, aléjate.

No se daría la vuelta. No la miraría de nuevo para no caer en la tentación. Willow lo supo, así que respiró hondo, tomando una decisión. No quedaba más remedio...

—Ewan, mírame.

La voz fue distinta. El laird lo notó de inmediato; tal vez por su tono, su confianza o el modo en que pronunció su nombre...

—Ewan, por favor.

Otra vez. Imposible resistirse a esa súplica. Se giró despacio, temeroso por primera vez de lo que podía encontrar en los ojos de aquel demonio. Porque ya lo había decidido, era un fascinante diablo creado solo para atormentarlo.

Cuando lo tuvo de frente, Willow suspiró con fuerza antes de hablar.

—Para esto he regresado. Tenía que decírtelo, tenía que pedirte perdón por mentirte.

Volvió a respirar profundo y, con un movimiento lento, se quitó la capa que la abrigaba y se sacó la camisola de muchacho por la cabeza.

Ewan agrandó los ojos.

No podía ser...

Pero era, porque al frío, aquellos pezones rosados respondieron endureciéndose como frambuesas maduras.

Will tenía pechos de mujer. Unos pechos increíbles, no muy grandes, pero perfectos en su forma.

Se sintió mareado. Como si la tierra se hubiera abierto a sus pies y él cayera y cayera...

—¿Eres una mujer? —lo preguntó como si aún no pudiera creerlo, a pesar de la evidencia.

Willow enrojeció. Pensaba que él se alegraría, pero en lugar de eso, la miraba como si fuera una especie de monstruo. Se tapó con la camisa y la desilusión hizo que el enfado brotara de su boca.

—Por supuesto que lo soy. Lo que me extraña es que vos no os hayáis dado cuenta en todo este tiempo, mi señor. Mi nombre no es Will, sino Willow.

Él se acercó despacio, casi como si temiera que aquella visión se desvaneciera en el aire.

—¿Eres una mujer? —volvió a preguntar, esta vez con un tono más bajo, más íntimo.

Willow solo pudo asentir, cohibida con su cercanía, con esa nueva forma de mirarla. Ewan extendió su mano y agarró la tela con la que se cubría para hacerla a un lado. Quedó de nuevo expuesta y el laird la devoró con la mirada sin ningún disimulo. Notaba que la piel le ardía allá donde él ponía sus ojos y sus pezones se endurecieron más, como si respondieran a otra voluntad que no era la suya.

—Mi señor...

—Ewan. Llámame Ewan otra vez. Di mi nombre, pequeño duende.

Willow tragó saliva. Aquella forma de hablarle era completamente nueva y desconocida. Casi susurraba y su voz se colaba por cada poro de su piel, logrando que un anhelo desconocido se le instalara en la boca del estómago... y más abajo.

—Ewan, tengo que decirte... yo soy...

—Shh, no, no quiero saberlo —le puso los dedos en los labios para que no hablara—. Ahora comprendo que eres en verdad una criatura fantástica, salida de algún bosque o de algún lago, y que cambias de forma a capricho para enloquecerme. Así que debo aprovechar este momento, antes de que vuelvas a mutar en muchacho. No perdamos el tiempo hablando, déjame contemplarte entera...

La mano del hombre contra su boca quemaba. Luego la deslizó despacio, descendiendo por la garganta, por el hombro, hasta llegar a su pecho. Lo acarició muy suave y Willow gimió, mordiéndose el labio inferior.

—Te gusta, ¿verdad? Eres tan trasparente... Tus ojos siempre me han hablado, me gritaban tu deseo incluso cuando eras un chico, y eso me estaba matando.

Ewan tomó el otro pecho en el hueco de la palma de su mano y apretó, encendiendo en el cuerpo de Willow cada rincón que pudiera estar dormido. Sus dedos continuaron explorando aquella piel nueva, se movieron hacia abajo, rozando sus costillas, pasando de largo su cintura. Ella cerró los ojos cuando él maniobró con la cuerda que sujetaba sus calzas y estas cayeron al suelo, dejándola completamente desnuda delante de él.

Ewan dio un paso atrás para contemplarla a su antojo.

—Mi señor...

Temblaba y no se atrevía a mirarlo. Se sentía más vulnerable que en toda su vida y, al mismo tiempo, quería que él volviera a acercarse. Necesitaba sentir su calor sobre la piel.

—Eres un sueño, pequeño duende; un sueño del que no quiero despertar. Abre los ojos, déjame ver cuánto deseas esto.

Inspiró con fuerza y los abrió.

Ewan estaba frente a ella, con la mirada encendida de pasión y locura. Por un momento, Willow dudó de que en verdad el laird fuera plenamente consciente de lo que estaba pasando, de la realidad que ella trataba de mostrarle y que él confundía con magia feérica de los bosques.

—Eso es. No me ocultes nada... y yo tampoco lo haré. —Al decirlo, Ewan también se quitó su camisa, dejando su pecho enorme y lleno de cicatrices al descubierto—. Haces que mi cabeza no funcione como es debido, pierdo el dominio de mí mismo cada vez que te tengo delante. Tal vez debí hacer caso a mi instinto desde el principio, ya que yo estaba cegado. —Se aproximó y agarró una de las manos de Willow para colocarla sobre su pecho—. Debí haber hecho caso a mi piel, se equivoca menos que yo.

Ella acarició una de las cicatrices, resiguiendo su trayectoria con los dedos, y detuvo la palma sobre la zona del corazón, donde este latía con tanta fuerza y tan deprisa como el suyo propio. Alzó los ojos y los enlazó con los del guerrero, que eran puro deseo y entrega.

—Sí, debí hacer caso a mi corazón —susurró él, inclinándose hacia su boca—. Es mucho más sabio que yo —le dijo, antes de volver a besarla.

Willow se perdió en aquella boca dura que se entregaba y, al tiempo, le exigía pleitesía. El laird invadió su intimidad con la lengua y todo su ser respondió, pegándose más a su cuerpo. Cualquier pensamiento coherente desapareció en cuanto sus pieles entraron en contacto y una extraña fiebre pareció consumirles a ambos. Era como si pretendieran devorarse el uno al otro y las manos no tuvieran bastante, buscando, tocando, conociendo... dándose placer.

—Cielo Santo, pequeño duende, eres una delicia —murmuró Ewan con voz espesa, ente beso y beso.

—Ewan...

—Sí, di mi nombre.

Willow no supo en qué momento el laird consiguió que ella yaciera sobre la piel de oso, ni cómo lo hizo. Solo se percató de que habían cambiado de postura cuando las enormes manos del guerrero, que parecían estar en todas partes, se anclaron en su trasero y apretaron la carne con demasiado ímpetu. Si no hubiera estado tan sumida en las nuevas sensaciones que la despojaban de su voluntad, aquella caricia excesiva hubiera resultado dolorosa. Pero Willow estaba igual de enloquecida que el laird, y no se daba cuenta de que ella arañaba, apretaba y mordía con la misma fiereza que el hombre. Lo único que sabía era que necesitaba saborearlo, tocarlo, hacerlo suyo... Desde el principio se había sentido fascinada por aquel guerrero y ahora tenía la oportunidad de experimentar en su propia piel lo que debió sentir Thonia el día que el laird quiso mostrarle cómo se amaba a una mujer. Las sensaciones que habían burbujeado en su interior en aquella cabaña mientras miraba a la pareja regresaron con fuerza, multiplicadas por mil, enardecidas por el delicioso peso del cuerpo masculino sobre el suyo.

No sabía lo que iba a pasar a continuación, porque no se había quedado para ver el desenlace cuando el laird yació con Thonia. Pero no tenía miedo, porque lo que aquel hombre le hacía era tan bueno, tan placentero, que no podía hacerle daño.

Ewan, por su parte, estaba consumido por el delirio. La situación se le escapaba de las manos por momentos, acelerada por su deseo desmedido y también, no se engañaba, por la pasión de aquella criatura que lo había cautivado. Era una auténtica fiera, parecía no tener ningún reparo y le tocaba a su antojo. Sus pequeñas manos no descansaban en un lugar fijo mucho tiempo. Las tenía en la espalda, en el pecho, entre sus cabellos, en el cuello, acariciando sus brazos… todo al mismo tiempo. Al igual que su boca y su lengua tibia, que parecía decidida a aprenderse su sabor en una sola noche. A ese ritmo no iba a aguantar mucho más. En algún recoveco de su mente saltó una pequeña alarma. Un pensamiento insidioso que le recordó que no estaba siendo considerado con la femineidad de aquel delicioso ser que se retorcía bajo su cuerpo… Sin embargo, lo desplazó a un lugar oculto en su mente y se dejó llevar solo por sus más bajos instintos. Igual que le sucediera con Thonia en su último encuentro, lo único que le preocupaba era hundirse en su calidez y saciarse de ella hasta aplacar el deseo que lo había estado desgarrando desde que la conoció.

Se colocó entre los suaves muslos de su duende y devoró su boca con avaricia, sin tener suficiente, ansiándolo todo de ella. Notaba el fuego en las entrañas, exigente por momentos, tirano y despiadado. Ni siquiera se detuvo a quitarse el resto de su ropa. Simplemente, bajó sus calzas lo bastante como para liberarse y, sin pensarlo, guió su miembro con la mano para penetrarla de un solo movimiento.

El grito de Willow reverberó contra las paredes de roca de la mazmorra.

Ewan se quedó completamente quieto, paralizado de estupor ante aquel gemido de dolor. Miró el rostro de la criatura que ahora lo contemplaba con los ojos espantados y la respiración agitada. Las pequeñas manos se aferraban crispadas a sus hombros, mientras todo su ser temblaba bajo su cuerpo.

—Will, ¿qué te pasa? —preguntó con la voz enronquecida.

—Me has atravesado. Me has… me has hecho daño. Nunca creí que fueras capaz de hacerme daño.

Los ojos de Ewan destellaron con el brillo de la culpa al comprender. Se había dejado llevar por sus impulsos más primarios y había pasado por alto un detalle esencial. Al parecer, su duende, su criatura fantástica, era virgen como una doncella cualquiera. Intentó no moverse para no lastimarla más, aunque solo el cielo sabía lo que le costaba contenerse. Estar dentro de ella, a pesar de todo, era embriagador.

—Perdóname. —Acunó su rostro entre las manos y la besó con ternura—. No sabía que te haría daño, no pensé… Es que, me enajenas, contigo me pierdo, me convierto en un auténtico salvaje.

Willow lo seguía mirando con ojos asustados, con un reproche real en sus pupilas.

—Dame tu boca —volvió a susurrarle Ewan—. Haré que te sientas mejor, te lo prometo.

Ella asintió despacio y obedeció. El guerrero tomó sus labios muy despacio, saboreándolos, deleitándose con su forma y suavidad. Profundizó en el beso poco a poco, calentándola, incitándola, queriendo llevarla de nuevo al punto de locura en el que él se balanceaba peligrosamente. Cuando notó que ella se relajaba, se movió despacio, retirándose con cuidado.

Willow siseó de dolor y clavó las uñas en sus hombros.

—Tranquila… Déjame intentar algo —jadeó él contra su boca—. Si no funciona, prometo que me detendré y no tendrás que pasar por esto.

Su mano buscó el punto donde sus cuerpos estaban unidos y la acarició con los dedos.

Willow ignoraba que un hombre pudiera tocar de una manera tan íntima a una mujer. Aquel contacto era más que agradable. Su cuerpo se rindió muy rápido a las nuevas sensaciones y el placer se fue haciendo hueco, desplazando el dolor que había sentido con su repentina invasión. Una necesidad extraña creció al ritmo de aquellas caricias que, unidas a los besos profundos de Ewan, erradicaron el miedo y el malestar que la invadían momentos antes.

Cuando al fin el hombre escuchó el gemido escapando de su garganta, se atrevió a moverse de nuevo. Intentó salir de ella despacio, apretando los dientes para no perder el poco control que le quedaba. ¡Dios, cómo deseaba abandonarse y gozar entre sus piernas!

—¡No! —exclamó Willow, abrazándolo para pegarlo a su cuerpo—. No me dejes, quédate dentro.

Ewan cerró los ojos y respiró soltando el aire muy despacio.

—¿Estás segura?

—Sí. Continúa con lo que estabas haciendo, por favor, tócame...

El guerrero no pudo evitar esbozar una sonrisa de satisfacción. ¡Oh, sin duda su duende era apasionado y atrevido!

—Te tocaré hasta que alcances el cielo. Después, lo alcanzaremos juntos. —Rozó su garganta con los dientes, mordisqueando, enviando ramalazos de placer al punto que ella deseaba que volviera a acariciar—. Te lo prometo.

Y así fue. Los dedos de Ewan obraron maravillas en su intimidad, al tiempo que él se balanceaba muy lento entre sus piernas. El roce era increíble, la sensación de sentirse llena de aquel hombre la superaba. La tensión que se acumulaba entre sus cuerpos creció y creció hasta que Willow, gritando de nuevo a las paredes, se retorció de placer entre deliciosos espasmos.

Ewan no le permitió relajarse. En cuanto sintió que se deshacía entre sus brazos, se retiró para embestirla con fuerza al tiempo que robaba de sus labios el último aliento del orgasmo que aún la mantenía en una nube. Ella, que había cerrado los ojos, transida de placer, volvió a abrirlos.

—Ewan... —susurró, desbordada por aquel fuego que él avivaba una vez más en su interior.

—Lo sé, pequeño duende. Lo sé.

Continuó moviéndose, besándola, adorándola con sus manos, con el cuerpo entero. Tal y como él había predicho, consiguió elevarla a las nubes por segunda vez, pero en esa ocasión, a juzgar por el gruñido satisfecho que escapó de la garganta masculina, Ewan también alcanzó el mismo cielo.

CAPITULO 30

Se había quedado dormida. Ewan la contempló en aquella penumbra ambarina de la celda y no supo si lo que acababa de suceder había sido un sueño. Tuvo deseos de despertarla para repetir, pues su piel la había deseado tanto, con tanta intensidad, que el fuego que lo consumía aún no se había extinguido. Admiró aquel cuerpo pequeño y perfecto, delicioso, que le había demostrado estar lleno de la misma pasión que se desbordaba por los ojos azules de Will. De súbito, tuvo miedo de abandonar esa celda y volver a la realidad. ¿Y si el duende mutaba de nuevo a muchacho? Acarició uno de sus pechos despacio, complacido al notar que, aún dormida, aquella criatura reaccionaba a su contacto. El rosado pezón se endureció y su cuerpo se movió buscando su cercanía. Entonces decidió que no le importaría. Que lo mantendría junto a él adoptase la forma que adoptase, aunque rezaba por que, al menos, por las noches, pudiera transformarse en la hermosa mujer que tenía delante. Se moría por volver a hacerla suya, puesto que nunca, en su vida, se había sentido más completo que estando dentro de ella.

Con un suspiro resignado, se incorporó y se vistió. Ella gimió y se acurrucó sobre sí misma, añorando su calor. Ewan la envolvió en la gruesa piel de oso y la cogió en brazos para sacarla de aquella apestosa celda, donde se juró no volver a encerrarla jamás. Abandonó las mazmorras y se dirigió a sus propios aposentos, aprovechando que la mayoría de los habitantes del castillo dormían y no tendría que dar explicaciones a nadie.

Se equivocó. Porque unos ojos curiosos, que estaban donde no debían, fueron testigos de cómo el laird cargaba con uno de sus sirvientes, un muchacho además, y lo llevaba a su alcoba para pasar el resto de la noche.

La luz del alba despertó a Willow. Se encontraba a gusto, un agradable calor la envolvía y notaba bajo su cuerpo un colchón mullido en lugar del duro suelo de la celda. Al abrir los ojos, lo primero que vio fue el rostro de Ewan, relajado en su sueño. Recordó todo lo que había sucedido la noche anterior y el rubor cubrió sus mejillas. ¡No sabía que yacer con un hombre era tan placentero! Había dolido, eso era cierto, y aún sentía molestias en sus partes íntimas. Pero el dolor no había durado mucho y, en compensación, las sensaciones habían resultado indescriptibles. Incluso ahora, en esos momentos, la incomodidad que sentía entre las piernas no hacía sino evocar en ella la impresión de estar llena de aquel hombre.

Levantó una mano para acariciar su cara, fascinada por su mentón cuadrado, rasposo por la incipiente barba. Ewan abrió los ojos en cuanto sus dedos lo tocaron y se quedaron mirando, muy cerca el uno del otro, estudiándose las almas.

—Buenos días —dijo ella al fin, con una tímida sonrisa.

A la luz del día todo parecía distinto. Los ojos avellana de Ewan la observaron durante unos segundos más y, de pronto, frunció el ceño. Se incorporó con cierta brusquedad y lanzó la manta que los cubría hacia atrás, dejando al descubierto sus cuerpos desnudos.

—Eres una mujer.

Willow no supo descifrar su tono.

—Bueno, creo que eso quedó muy claro anoche, ¿o no?

El guerrero se llevó las manos a los ojos y se los frotó, como si así pudiera despejarse del todo.

—Anoche me hechizaste, es lo único que sé. Confundiste mi mente, me lanzaste algún conjuro, no sé, no sé muy bien lo que ocurrió. Eras un muchacho y, de pronto, una hermosa mujer.

Willow se indignó. ¿De qué fantasías hablaba?

—Escúchame —le dijo, apartando sus manos para que pudiera mirarla a los ojos—, nunca he sido un muchacho. ¿Lo oyes? Nunca.

Tuve que disfrazarme para escapar, Marie cortó mi larga melena y me aplastó los pechos para que nadie pudiera reconocerme. Soy una mujer. No soy un duende, ni una criatura fantástica y, por supuesto, no puedo cambiar de forma a mi antojo. Ojalá pudiera, porque entonces te garantizo que no me hubiera transformado en un mozuelo insignificante. Si pudiera, me convertiría en un guerrero grande y fuerte, como mis hermanos, como tú, Ewan Campbell, y nadie me separaría jamás de mi gente, te lo aseguro.

Las palabras fueron calando en la abotargada mente del laird hasta que este, de pronto, la aferró por las muñecas.

—¿Eres una mujer?

Willow puso los ojos en blanco, incapaz de lidiar con aquella mente tan obtusa.

—¡Por San Mungo! —exclamó, imitando a su madre adoptiva—. ¿Qué más pruebas necesitas?

—El muchacho que llegó con los St. Claire, el que yo mandé a las porquerizas, el que yo entrené sin piedad, al que casi obligo a encamarse con una prostituta… ¿siempre ha sido una mujer?

—Aún me cuesta creer que no os dierais cuenta, mi señor. —Willow volvió a la fórmula de cortesía con la que siempre se había dirigido a él para que comprendiera que sí, en efecto, era la misma persona—. Vuestro tío Alec se percató desde el primer momento.

Ewan la repasó como si la mirara por primera vez, bastante horrorizado. La obligó a tumbarse sobre la cama y le separó los muslos. Cuando vio los rastros de sangre entre ellos, cerró los ojos, asumiendo por fin el engaño al que había sido sometido. Lo invadió una furia ciega. Se sintió un completo estúpido por no haberse percatado, por creer que las criaturas de las fábulas realmente podían existir.

—Quédate ahí quieta —le ordenó.

Se levantó de la cama y fue hasta el aguamanil de su alcoba. Vertió agua fresca de la jarra que su ama de llaves, Jane, siempre mantenía llena, y mojó un paño limpio. Regresó y se sentó al lado de la chica. Miró una vez más las manchas resecas de sangre mezclada con su propia esencia en los muslos femeninos y suspiró. La lavó con cuidado, con mimo, sin mirarla a la cara.

—¿Te hice mucho daño?

—Sí, mi señor.

Ewan ocultó una sonrisa ante la sinceridad descarnada de la joven. A pesar de todo, notó que ella no era inmune a sus atenciones y que se estremecía ante su contacto.

—Perdona por mi torpeza. Jamás te hubiera desvirgado de una manera tan salvaje si hubiera sabido… —Volvió a suspirar, derrotado por su propia impericia—. Perdóname, Will.

—Os dije que no sabía nada de estas cosas, ¿recordáis? En la cabaña de Iona, cuando queríais que aprendiera.

—Es cierto. Lo olvidé. La verdad es que anoche estaba enloquecido… Cuando te vi convertida en mujer, apenas podía creerlo. Era como si un sueño se hiciera realidad. Temía… temía que en cualquier momento pudieras volver a transformarte en hombre.

—¿Quién os ha contado tantos cuentos de hadas, mi señor?

Ewan por fin la miró. Sus ojos avellana buscaron el azul de los suyos antes de contestar.

—Mi madre.

Willow asintió, comprensiva. Sabía, por Alec, lo importante que había sido su madre y lo culpable que se sentía por su muerte.

—A mí también me contaban historias de pequeña. La mujer que me crió, Marie, conocía muchas leyendas. Pero nunca pensé que yo podría convertirme en la protagonista de una de ellas.

El guerrero volvió a arrugar la frente.

—Eso no habría sucedido si no me hubieras engañado de este modo. ¿Te haces una idea del infierno que me has hecho pasar? —la acusó.

—Para mí tampoco ha sido un camino de rosas, mi señor.

Ewan se fijó en la altivez de su pequeño mentón al hablar. Había podido intuirlo por el modo en que había respondido a sus caricias, pero ahora lo corroboraba con su actitud. Will era una fiera de cuidado. No había podido doblegar su voluntad ni su ánimo cuando fingía ser un muchacho, y mucho se temía que, como mujer, aquel problema iba a agravarse de modo alarmante. Había demasiado orgullo y altanería en aquel cuerpo tan menudo.

Se inclinó sobre ella para imponerle su estatura y tratar de amedrentarla.

—¿Quién eres?

—Ya os lo he dicho. Mi nombre es Willow... Willow MacGregor.

Los ojos de Ewan sondearon los suyos como si quisiera leerle la mente.

—No lo entiendo. Puedo comprender que escaparas del ataque a Meggernie tal y como confesaste, y que John y Maud te trajeran hasta aquí, pero ¿por qué el disfraz?

Ahora era cuando ella tenía que decirle el motivo por el que había regresado. Debía confesar quién era, quién había creído que era él y que, una vez aclarado que no había asesinado a su hermano, necesitaba de su protección. Sin embargo, la miraba con tanta intensidad, que tuvo miedo.

—Pensé que estaría más segura si todo el mundo pensaba que era un muchacho.

—¿Por qué? —insistió él—. A mi juicio, te pusiste en una situación mucho más peligrosa al fingir algo que no eras. Cada vez que pienso en cómo te traté, en cómo te hice entrenar con el resto de mis hombres… ¡Cielo Santo, Will! Les ordené que te atacaran, que te golpearan con todas sus fuerzas y te di solo un escudo para protegerte. Y aquella horrible noche, cuando te encontré con Reed MacNab… ¿Sabes lo que te habría ocurrido si no hubiese llegado a tiempo de sacarte de su alcoba?

Ella se incorporó y le arrebató el paño húmedo de la mano para que dejara de toquetearla. La estaba volviendo loca.

—Supongo que me habría hecho cosas horribles. Máxime al descubrir que yo no era el muchacho del que se había encaprichado. —Se abrazó las rodillas y se cubrió los pechos, avergonzada de pronto al darse cuenta de que ambos estaban desnudos. Era curioso que llevaran conversando varios minutos y no se hubiera sentido violenta por ese motivo—. Sí. Si no fuera por ti, me habría hecho mucho daño.

Ewan se dio cuenta de que temblaba.

—Y después de librarte de sus garras, caes en las mías y te lastimo igualmente.

Ella buscó su mirada y ladeó la cabeza, sorprendida.

—¿Te comparas con Reed MacNab?

—Tú misma lo has dicho antes: te hice daño. Fui un completo animal.

—Sí. Y también me hiciste tocar el cielo —susurró, ruborizándose.

Los ojos de Ewan ardieron con aquella confesión. Alargó un brazo para acariciar la cara de su duende con infinita ternura.

—Si pudiera, volvería a llevarte a las alturas.

Willow cerró los ojos, disfrutando de la caricia. Cuando él la tocaba, todos los pensamientos coherentes desaparecían de su mente.

—¿Qué te lo impide?

—Tú. ¿No estás molesta ahí abajo? Temo volver a lastimarte si me dejo llevar por la lujuria que me quema por dentro. Puede que no seas un duende, pero me has embrujado, Will.

—Willow.

—Para mí siempre serás Will —le confesó.

Y era cierto.

Lo había deseado desde el primer momento, aunque se negara a sí mismo ese sentimiento. Había caído en su embrujo desde el primer día, se había sentido cautivado por su manera de mirarlo, por su valentía, por su carácter indómito. Había deseado a la persona, a Will, sin importarle lo que fuera. Que fuera una mujer le facilitaba mucho las cosas, por supuesto, y le hacía tan feliz que el corazón le iba a reventar de dicha; pero si hubiera sido un chico, si jamás hubiera podido satisfacer sus instintos más primarios por ser algo contrario a su naturaleza, él seguiría encandilado con sus ojos, con sus labios, con esa rebeldía con la que le hacía frente a pesar de llevar todas las de perder. Will siempre sería Will para él. La persona a la que se había acostumbrado a ver cada día, la que sus ojos buscaban cuando entraba en cualquier sala de la fortaleza, cuya presencia se había vuelto tan indispensable que, estando lejos de ella, le costaba hasta respirar.

Will se había convertido en la única persona en el mundo que no soportaría ver morir, sin la cual ya no concebía su existencia.

—Estoy… estoy un poco molesta —musitó ella, contestando a su anterior pregunta—. Pero ayer pude comprobar lo hábiles que son tus dedos prodigando caricias. Estoy convencida de que lograrás que el malestar se me pase pronto.

Ante esas atrevidas palabras, Ewan solo pudo gruñir.

Se abalanzó sobre su boca y la aferró de su corta melena para que no pudiera escapar tras su provocación. En cuanto sus lenguas entraron en contacto, la llama del deseo creció entre sus cuerpos sin remedio, obligándoles a reducir el espacio que los separaba. Ewan tiró de ella y la colocó sentada a horcajadas en su regazo, sin dejar de besarla, sin abandonar su dulce boca.

—Y dime, pequeño duende, ¿te conformarás con mis dedos, o necesitas algo más de mí? —al decirlo, le mordió suavemente el labio inferior y tiró de él, logrando que ella se estremeciera.

—Lo quiero todo de ti —respondió, perdida en ese mundo de sensaciones recién descubiertas.

Él la estrechó más contra su cuerpo, acariciándole la espalda, los muslos, las caderas… Su mano se detuvo en el punto entre sus piernas y Willow jadeó. Se separó un poco para poder mirarlo, pues quería ver su cara mientras la tocaba. Adoraba mirar a ese hombre a los ojos. Ardían con una intensidad que la traspasaba.

—¿Te duele? —preguntó Ewan, en un susurro. Ella negó con la cabeza—. ¿Y si hago esto?

Antes de que Willow se diera cuenta, el guerrero introdujo un dedo en su interior. Ella abrió los ojos un segundo, impresionada, y luego los cerró, arqueándose hacia atrás. Él aprovechó para capturar uno de sus pechos entre los labios y saborearlo a placer.

—Mi señor… —murmuró la joven, apenas sin voz—, esto no me lo hiciste anoche.

Ewan esbozó una sonrisa contra su piel.

—¡Ah, pequeña! Hay muchas cosas que aún no te he hecho —pasó su lengua al otro pecho y le complació escucharla gemir—. Pero tranquila, poco a poco, te prometo que te las mostraré todas.

Willow se aferró a su pelo y lo olvidó todo… excepto sentir. Aquel guerrero la tocaba de una forma que jamás podría haberse imaginado, conseguía que se creyera especial y adorada. La inundaba con su esencia, su tacto, su olor, su calor... y ella no podía pensar en nada que no fuera él. Llenaba por completo su mundo, no había nada más en la habitación. Ewan y ella, y aun así no era suficiente.

—Mi señor... —gimió, cuando el calor la sofocó.

—Lo sé. Ven aquí.

La elevó por las caderas y se colocó para penetrarla despacio, contenido, saboreando cada instante. Sus ojos, prendidos en los de Willow, se maravillaban por la emoción del momento en que sus cuerpos se completaban.

—¡Ah, mi amor, dime que esto es tan bueno para ti como para mí!

Willow no podía hablar. Tenerlo dentro era indescriptible. Se sentía colmada, eufórica, feliz. En aquel instante, podría haber gritado al viento que era la mujer más dichosa de la faz de la tierra.

—Acércate —le pidió él, en un jadeo—, dame tus labios.

Ella se entregó gustosa. Ewan comenzó a moverse, a entrar y salir de su cuerpo con una cadencia lenta, enloquecedora, mientras la besaba con ardor. Las enormes manos masculinas se deslizaban por toda su piel, dejando un rastro de fuego a su paso, despertando en ella sensaciones embriagadoras.

La tensión iba aumentando. Willow notaba cómo se acercaba al abismo, cómo su corazón latía cada vez más aprisa y le faltaba el aire. Jadeaba entre beso y beso, sin poder contener dentro de su garganta sonidos que jamás había emitido. Ewan acrecentó el ritmo. Los dedos masculinos se anclaron en sus caderas y la guiaron, marcando un compás cada vez más rápido, más apremiante.

—Will… Oh, Dios, di mi nombre…

—Sí, Ewan, sí…

Estaba enfebrecido, no tenía bastante de ella. La ciñó por la cintura con fuerza y lamió sus pechos sin dejar de moverse, rápido, hambriento, ansioso por alcanzar el placer sublime que sabía que se escondía en el interior de aquella mujer. Cuando lo sintió, cuando las sensaciones le sacudieron entero y le atravesaron el cuerpo de parte a parte, se derramó dentro de ella, abrazado a ese cuerpo pequeño y delicioso que, ya lo tenía decidido, sería suyo para siempre.

Willow se dejó arrastrar por el placer del hombre que la tomaba y se apropió de su orgasmo, lo hizo suyo, lo compartió con él. Echó la cabeza hacia atrás y gritó de puro goce, notando que su corazón explotaba en miles de pedacitos que le bailaron en el pecho antes de volver a recomponerse.

Se quedaron abrazados, las respiraciones agitadas, los cuerpos temblorosos.

—Soy un necio —murmuró Ewan, contra la piel de su hombro—. ¿Cómo es posible que no viera todo ese fuego que tienes dentro? ¿Cómo me pude dejar engañar por tu disfraz?

Ella le agarró de los cabellos y tiró para obligarlo a que la mirara.

—Yo creo que sí lo viste. ¿Por qué, si no, me besaste aquella vez, después de acabar con el grupo de MacNab?

Ewan se sumergió en el azul brillante de aquella mirada que lo tenía subyugado. Abrió la boca para contestar, pero unos golpes en la puerta contuvieron su lengua.

Aquella interrupción era un verdadero fastidio. Se quedaron en silencio, a la expectativa, y los golpes se repitieron con más apremio. El laird supo que no podía desoír la llamada.

—Espérame aquí.

Se separó de ella y la dejó con cuidado sobre la cama. Después se tapó con el manto que lucía sus colores mientras se dirigía hacia la puerta. Abrió lo justo para preguntar por qué demonios lo molestaban a esas horas y con tal premura.

—¿Qué sucede?

Al otro lado, la cara circunspecta de su lugarteniente, Colin, no presagiaba nada bueno.

—Son Adair y Lawler, laird, te reclaman.

—¡Al diablo con ellos! ¿Es que no respetan mi descanso?

—Ewan, alguien ha formulado una acusación contra ti. Han convocado un consejo urgente, alegan que no eres digno de ocupar el cargo.

—¿Qué excusa han encontrado en esta ocasión para atacarme?

—Alguien te vio anoche con el muchacho. El testigo ha confesado que habéis pasado la noche juntos… —El lugarteniente guardó silencio unos segundos mientras estudiaba su reacción—. ¿Es verdad? —preguntó al final.

Ewan tensó la mandíbula y sus ojos se oscurecieron.

—Es verdad —admitió—. Dame unos minutos para que pueda vestirme. Dile a esos dos viejos buitres que enseguida compareceré.

—Ewan, escucha…

Colin no tuvo tiempo de decir nada más, porque el laird le cerró la puerta en las narices.

Cuando se giró, encontró la mirada asustada de Willow, que estaba sentada en la cama cubriéndose con una manta.

—Mi señor, no debes temer nada. Confesaré, les diré a todos quién soy, no perderás el liderazgo del clan por mi culpa.

Ewan bufó. Caminó decidido hasta donde había tirado sus ropas la noche anterior y las rescató para lanzárselas.

—No harás nada de eso —espetó, furioso—. Nadie va a decirme con quién debo o no debo yacer. Nadie se valdrá de tan sucia artimaña para robar lo que es mío por derecho. Ponte tu ropa de siempre, Will, y cubre bien esos hermosos pechos para que nadie los note. No abrirás la boca.

Willow miró las prendas de sirviente con aprensión, sin decidirse a obedecer.

—No lo entiendo.

—No hay nada que entender —masculló Ewan mientras terminaba de vestirse con sus mejores calzas y su camisa más elegante—. Cuando bajemos al salón, tú serás Will, el muchacho que has sido desde que llegaste a Innis Chonnel, el hijo de John y Maud.

—Pero no lo soy.

Ewan se acercó y se inclinó sobre ella, apoyando las manos una a cada lado de su cuerpo. Sus ojos se fundieron y parte de la furia del laird se desvaneció ante el azul de su mirada.

—Para mí siempre serás Will. Me enamoré de Will y no me avergüenzo. He tardado en comprenderlo, pero ahora sé lo que mi corazón ha deseado desde que te vi por primera vez. Nadie va a utilizar en mi contra lo que siento por ti. Te lo prometo.

Dicho lo cual, selló aquella promesa con un tierno beso.

CAPITULO 31

Cuando entraron en el salón, gran parte de los guerreros del laird ya estaban presentes. Fuera quien fuera el que los había convocado, se había dado mucha prisa, pues casi todos ellos vivían en la aldea, al otro lado del lago. Solo acudían a Innis Chonnel para los entrenamientos y las celebraciones. Y cuando eran requeridos con urgencia, como era el caso.

Los consejeros Adair y Lawler ocupaban la mesa principal y su butaca, la silla del jefe del clan, estaba girada de espaldas. Eso significaba que su propia gente no le consideraba digno de ocupar aquel cargo.

Ewan barrió la sala con la mirada, tomando nota mental de todos los presentes, de sus caras, de la postura de sus cuerpos. Estaba claro que había dos bandos bien diferenciados. Los que se encontraban más cerca de la mesa principal y que parecían custodiar a los consejeros lo miraban en actitud desafiante. Eran más de la mitad de sus hombres y parte del servicio, y aquello le dolió. Por otro lado, al fondo de la sala se encontraban el resto de su tropa, con Colin a la cabeza, y algunos de los sirvientes, entre los cuales se encontraban su ama de llaves, Jane, y los leales John y Maud con su hija Liese. Cuando los St. Claire vieron a Will, dieron un paso hacia él y le hicieron gestos con las manos para que se acercara. En sus rostros, la preocupación por aquella situación se entremezclaba con el alivio de tenerlo de vuelta con ellos.

Ewan se colocó en el centro del salón. Llevaba colgada del cinto su enorme espada y sobre la camisa blanca, cruzándole el pecho, el manto colocado sobre el hombro con los colores de los Campbell. Dejó que su mano descansara sobre la empuñadura de su espada y mantuvo su postura firme y altiva, con las piernas separadas y la cabeza erguida.

—Una acusación pesa sobre mi persona —habló, con voz alta y firme—. Quiero saber de qué se trata, y quién la ha proferido.

—Una sirvienta os vio anoche llevando en brazos al que, si no me equivoco, es vuestro sirviente personal. Os siguió, preocupada tal vez por si el muchacho estaba enfermo, y descubrió que, en lugar de llevarlo con su familia como hubiera sido menester, lo llevasteis a vuestra alcoba. Y de allí ya no salió nadie en toda la noche. —El anciano Adair hizo una pausa y lo miró con desdén—. Agnes, acércate.

La joven salió del grupo de sirvientes que se había posicionado contra el laird. Ewan la taladró con la mirada, y en su mente el alivio más esperado relajó lo que debía ser un ceño asesino. *Ella*. De nuevo aquella chica, de cara dulce, de ojos huidizos y turbios, de lengua viperina. Había echado a su mejor amigo de Innis Chonnel por su culpa, y ahora lo veía claro: Agnes no había sido violada. Lo primero que haría, en cuanto pusiera orden en aquella farsa, sería ir en busca de Melyon.

—Repite ante todo el mundo lo que viste anoche.

Agnes, al igual que hiciera el día del juicio contra su lugarteniente, interpretó muy bien su papel. Si había alguien entre sus detractores que aún no lo tuviera muy claro, después de la afligida confesión de la muchacha se terminaría de convencer.

Willow, que observaba la escena con el corazón en un puño, odió con todo su ser a la criada. Le había creado problemas desde su llegada, pero nunca había tenido tantas ganas de arrancarle la lengua como en ese momento.

—¿Negáis estos hechos? —preguntó Adair, cuando ella terminó su alegato.

—No.

Un murmullo escandalizado recorrió la sala, añadiendo más tensión a la atmósfera que ya se respiraba. Willow apretó la mano de Maud, debatiéndose entre cumplir los deseos de Ewan y permanecer callada, o salir en su defensa.

—¿Habéis… habéis dormido con un muchacho?

—Eso, señor, no es de la incumbencia de nadie.

—¡Lo es! —El estallido de Lawler sorprendió a todos, porque, además, había golpeado la mesa con una mano furiosa—. ¡Lo es si pretendéis ser nuestro líder!

El rostro de Ewan se ensombreció. Por fin, ahí lo tenía. Tantos días de censura soterrada habían dado su fruto. Aquellas dos aves carroñeras habían encontrado un motivo, o lo que ellos creían que era un motivo válido, para desacreditarle delante de su gente.

—Debéis ser más claro, señor —habló con el tono arrastrado, contenido—. Debéis exponerme por qué el hecho de haber pasado la noche en la misma alcoba que mi sirviente me incapacita para el liderazgo.

Lawler se levantó de su silla, temblando de puro enojo. Tal vez pensaba que Ewan se iba a mostrar más contrito, más avergonzado, y que cedería sin más.

—A los ojos de Dios es un pecado y os hace débil. Y no podemos permitirnos tener un laird débil…

—Tu padre jamás habría consentido tal comportamiento, Ewan, lo sabes —habló de nuevo Adair, abandonando el trato formal que requería aquel consejo al ver que su compañero de intrigas perdía el dominio de sí mismo.

—Mi padre no está —Ewan fue tajante—. No obstante, no quiero que mi propia gente dude de mis capacidades. Habéis puesto en entredicho mi valía cómo líder, con el único pretexto de mi supuesta debilidad. ¿A quién proponéis para que me suceda en el cargo? ¿Tal vez a tu hijo, Lawler? ¿O al tuyo, Adair? Reto a cualquiera de ellos a un combate por el mandato del clan. A los dos a la vez, si lo estimáis más oportuno…

Los dos aludidos se removieron inquietos. Cada uno de ellos se hallaba de pie, detrás de su respectivo padre, como si les estuvieran guardando las espaldas. Como si estuvieran esperando que Ewan, abochornado por la acusación, depusiera su espada al momento para que la recogiera cualquiera de ellos.

—No será así como se resuelva esta cuestión. Estás siendo juzgado, por lo tanto, habrás de acatar lo que este consejo decida. —Por su tono, era evidente que a Lawler le costaba mantener las formas.

Ewan negó con la cabeza muy lentamente.

—Habéis dicho que mi pecado me hace débil. Os demostraré que no es así. ¿Piensas que voy a dejar que me arrebatéis mi sitio? ¿Con qué autoridad moral me cuestionas en asuntos de la fe cristiana? ¿No debería ser el padre Cameron el que presidiera este consejo, en el que se me juzga por cometer pecado carnal?

—¡¡Es antinatural!! —gritó Lawler, golpeando de nuevo la mesa con saña—. No necesitamos al párroco para que nos ilumine al respecto. Dios creó al hombre y a la mujer por algo, lo dicen las sagradas escrituras.

Ewan le sostuvo la mirada sin inmutarse. Esos dos viejos metomentodo no adujeron nada de todo aquello cuando cobijaban bajo su techo a Reed MacNab, a pesar de que era conocida por todos su preferencia por los muchachos imberbes. Si a Lawler le preocupaban las sagradas escrituras, él era un asno con arreos. De reojo, vio que Willow daba un paso al frente y levantó una mano para detenerla. No estaba dispuesto a dejar que lo ningunearan, porque estaba claro que la atracción que sentía por Will era una mera excusa para conseguir lo que esos dos habían perseguido desde que su padre muriera: hacerse con el poder.

—Will, ven aquí —le llamó Maud en un susurro—. No intervengas, será peor.

Ella se volvió con los ojos cargados de angustia.

—Pero es que yo…

—Shhh, ven —agarró su mano y tiró de ella para que regresara a su sitio—. Tranquilízate, los que son fieles al laird no van a permitir este ultraje. No sabemos por qué el señor te sacó de las mazmorras para llevarte a su alcoba, pero alguna razón tendrá. Confiamos en él.

Willow se dio cuenta de que la última frase de la mujer no había sonado tan convincente como el resto. Maud era una mujer muy religiosa, incapaz de creer las acusaciones de aquel consejo.

—Cuando esto acabe, ya le ajustaré yo las cuentas a esa malcriada de Agnes —escuchó decir en un murmullo a Jane, el ama de llaves.

—Callad, mujeres —siseó John, al ver que los consejeros habían unido sus cabezas para cuchichear algo antes de volver a hablar.

—Muy bien —anunció Adair—. Nos parece justa tu petición. Esperaremos a que el padre Cameron regrese de su viaje para volver a convocar esta asamblea y juzgarte frente a un hombre de Dios.

—Mientras tanto —habló Lawler, que pretendía decir siempre la última palabra—, esperarás en las mazmorras.

Nada más escuchar aquello, Ewan desenvainó su espada. Colin y el resto de los hombres que le eran leales avanzaron y se posicionaron a su lado, con actitud desafiante. Los rostros de los ancianos se crisparon ante aquella osadía.

—¿Pretendes que libremos una batalla aquí, en el salón de los Campbell? ¿No estás dispuesto a aceptar la decisión de este consejo? ¡Siempre se ha respetado nuestra opinión! ¡Te debes a tu clan, y si tu gente te considera indigno, debes asumir sus consecuencias!

—No toda su gente piensa como vosotros, Adair —intervino entonces Colin—. Ewan Campbell es nuestro líder por derecho y no aceptaremos que nadie lo encierre en unas mazmorras.

—Si fuera un jefe digno, acataría la decisión de los que hemos estado velando por la supervivencia de este clan desde antes de que él naciera. ¿Dónde está su honor? —rebatió Lawler.

Ewan se adelantó entonces, más enfurecido de lo que jamás creía haber estado.

—Mi honor está justo aquí —le dijo, mostrándole el filo de su espada—. Y dos viejos que han estado amargándome la existencia desde que tomé posesión de mi cargo no me van a dar lecciones de lealtad hacia mi gente. De hecho —añadió, mirándolos fijamente—, quedáis relevados del cargo de consejeros en este mismo momento. A mi padre tal vez pudisteis engañarlo... ¿creéis que no sé que le manejabais a vuestro antojo? Duncan Campbell era un buen guerrero, un maestro implacable que entrenó a los mejores hombres que conozco. Pero no era bueno dirigiendo los asuntos del clan. Por eso delegaba en vosotros... Y ahora le pagáis así, queriendo quitar a su hijo de en medio para seguir haciendo lo que siempre habéis hecho: gobernar a vuestro antojo.

Por primera vez desde que había entrado en el gran salón, Ewan vio una sombra de duda y miedo en los ojos de los ancianos. Pero no iba a ser tan fácil, por supuesto. Y él tampoco quería derramar la sangre de los suyos, así que volvió a ofrecerles una salida digna.

—Reitero mi ofrecimiento. Un juicio por combate, vuestros hijos contra mí. Dos contra uno... Ya que consideráis que después de esta noche junto a Will soy más débil, deberíais aceptar mi propuesta. Si pierdo, prometo que os cederé el mandato sin oponer resistencia.

Tras sus palabras, se hizo el silencio en la sala. Adair se mesó la barba blanca y Lawler lo taladró con los ojos sin piedad. Ewan confiaba en que ellos tampoco quisieran derramar sangre Campbell sin necesidad. Una guerra interna en el clan, con Bruce llamando a sus puertas para reclamar guerreros que lucharan contra los ingleses, no era buena idea.

—De acuerdo —concedió al final Lawler, el más reticente.

—Preparaos —les dijo Adair a los que iban a ser los contrincantes del laird—. En una hora se decidirá el liderazgo del clan por combate, en el patio de armas.

Ewan envainó su espada y les hizo un gesto con la cabeza a los ancianos antes de darse la vuelta y salir del salón, acompañado por sus hombres.

En cuanto la asamblea se disolvió, los St. Claire rodearon a Willow. La primera en abrazarla fue Maud, que la apretó contra su pecho como si fuera su verdadera madre.

—Criatura, creíamos que no te volveríamos a ver.

—Will, qué alegría que hayas vuelto —le dijo Liese, apretando su mano de manera más comedida.

—Sí, muchacho. Estábamos preocupados por ti. —John le dio una palmada en la espalda.

—Yo también os he añorado... —confesó ella. Los miró con todo el amor que sentía por esa familia y supo que no podía postergar más el momento de decir la verdad—. Ahora que he regresado, necesito hablar con vosotros.

—Por supuesto —susurró Maud.

—Pero no aquí. Vamos a nuestra cabaña, por favor.

—Sí, pero antes... espera un momento. —Maud se fijó en que Jane se dirigía como una flecha hacia donde se encontraba Agnes y fue tras ella. Tenía las mismas ganas o más que el ama de llaves de reprender a esa insensata.

Willow las observó desde la distancia, porque sabía que, si se acercaba a la joven rubia, le arrancaría los ojos y la lengua. Las dos mujeronas la avasallaron sin tregua y Agnes bajó la cabeza, con las orejas ardiendo de humillación. O eso parecía. Cuando terminaron de amonestarla y se alejaron, Willow se fijó en que la chica les dirigía una mirada tan cargada de odio que le puso la piel de gallina.

No lo pudo soportar.

Se dirigió hacia ella ciega de furia y cuando estuvo a su lado, le cruzó a cara de una bofetada. La muchacha se llevó la mano a la mejilla, horrorizada, y Willow se sintió insatisfecha. Aquel no era castigo suficiente y deseaba con toda su alma que Agnes se revolviera para poder seguir atacándola. Sin embargo, John se plantó a su lado en un visto y no visto, interponiéndose entre las dos. Willow no entendía por qué el grandullón pelirrojo parecía tan enojado con ella.

—¡No vuelvas a hacer nada semejante! No me importa lo que haya hecho esta arpía, ningún hombre en mi presencia levantará la mano contra una mujer, ¿me has entendido? ¡Vamos, aléjate de ella!

—¡Will, ven aquí! —Maud la agarró del brazo y la sacó del salón a toda prisa.

La familia se dirigió hacia su cabaña y, cuando por fin estuvieron solos, John volvió a reprenderla.

—Me avergüenza tu comportamiento, Will. No imaginaba que pudieras hacer algo semejante.

Willow ya no tenía muy claro si lo que le ofendía era que hubiera golpeado a Agnes, o tal vez la propia acusación vertida por sus labios envenenados. A pesar de que la habían recibido con cariño, notaba que en sus ojos había una sombra de duda por todo lo que se había dicho en aquel salón.

—Perdóname, John. Tal vez, cuando te cuente lo que quiero confesaros, me entiendas mejor.

Maud la miraba tan fijamente que Willow se puso nerviosa. Por suerte, la mujer no era de las que se andaban por las ramas y abordó el tema que les preocupaba sin más demora.

—¿Por qué te llevó el laird a su alcoba anoche?

—Antes de contestar, debo deciros algo. —Willow se retorció las manos, sin saber cómo confesar a verdad. No podría soportar que aquella gente le diera la espalda... Ahora eran su familia—. No soy quien vosotros creéis que soy.

Silencio.

Los tres la miraban con los ojos redondos de expectación, hasta que Liese preguntó:

—¿Y quién eres?

—Mi nombre no es Will, sino Willow MacGregor. Soy...

—¿Una mujer? —la interrumpió John, atónito al escuchar su tono ya libre del disfraz.

Maud contuvo una exclamación tapándose la boca con una mano. Liese negaba con la cabeza, como si no pudiera dar crédito.

—Sí, soy una mujer. Pero, además, yo...

—¿Cómo es posible que no nos diéramos cuenta? —volvió a interrumpirla Maud.

Se acercó a ella y la palpó, tocándole los brazos, las mejillas, pasándole las manos por su corta melena oscura.

—¿Cómo es posible? —repitió Liese, acercándose también, como si al contemplarla desde una distancia más corta la verdad fuera más evidente.

—Es posible porque sois buena gente, y confiáis en los demás sin poner en duda su palabra, sin juzgar, aceptando las debilidades de cada uno y aceptándolos tal y como son. Will tenía muchos fallos, eso no podéis negarlo. Maud, estoy segura de que tú notabas que había algo diferente en mí.

La mujer asintió con una sonrisa y lágrimas asomando a sus ojos.

—Noté que eras bastante afeminado, Will... Willow. Pero muchos muchachos jóvenes parecen muy blandos y luego ensanchan, se convierten en hombres. Supongo que yo tenía la esperanza de que algo así ocurriera contigo.

—Habéis sido tan buenos conmigo, tan generosos, que mi bochorno es mayor por haberos ocultado algo así. Lo lamento y os pido que me perdonéis.

Maud la abrazó.

—Lo único que me duele es que no confiaras en nosotros. Jamás te habríamos delatado, si ese era tu miedo. —Se separó de ella y sujetó su cara entre las manos para mirarla con cariño, con los ojos dulces de una madre—. Somos tu familia, con todas las consecuencias. Te hubiéramos protegido de aquello de lo que huías...

—De eso precisamente quería hablaros. No solo soy una mujer, también soy...

Un golpe en la puerta la interrumpió. Jane, el ama de llaves, entró tras esa llamada con muchas prisas.

—Will, el señor te reclama. Ahora.

—Entonces ve... Ve con él, criatura, ya habrá tiempo de hablar y de aclarar todo este lío —la apremió Maud.

Willow asintió y salió en dirección al patio de armas, donde seguramente el laird se preparaba para su combate.

CAPITULO 32

Tenía miedo.

Sabía que Ewan era un guerrero consumado, que era el más diestro con la espada. Lo había visto en acción y no dudaba ni de su fuerza ni de su habilidad. A fe suya que su espada era una prolongación de la férrea voluntad que demostraba en todo lo que se proponía. Y en esta ocasión estaba empeñado en demostrar su valía a toda la gente de su clan. Willow confiaba en que el laird se saldría con la suya como era habitual en él...

Aun así, temía por su vida.

Sus pasos se volvieron más apremiantes según se acercaba al patio, deseosa de ver de nuevo el rostro que se había aprendido de memoria y que adoraba con todo su ser. No podía confesarle a Ewan su inquietud, porque una mera insinuación de sus dudas le ofendería. Ya había demostrado que era capaz de enfrentarse a muchos y salir victorioso, y no había razón para subestimarlo. Pero eso no evitaba que su corazón latiera desaforado pensando en lo que, por infortunio del destino, podría ocurrirle si perdía esa lid.

Al llegar al patio se encontró con que el laird ya se había deshecho de la camisa y lucía su increíble torso desnudo, que era puro músculo surcado de cicatrices. Vestía tan solo con sus calzas y sus botas negras. Balanceaba la espada para ejercitar el brazo, bajo la atenta mirada de sus hombres y de los que se habían posicionado en el otro bando. A Willow no le pasaron desapercibidos los rostros circunspectos de los contrincantes de Ewan. Sin duda, eran hombres fuertes, de brazos poderosos que, para colmo, habían sido entrenados por el propio laird. Pero tenían miedo en los ojos... A pesar de ser dos contra uno, temían aquel enfrentamiento.

—¡Will!

271

Ewan acudió a su encuentro en cuanto la vio. Se detuvo a un par de pasos, devorando su rostro con la mirada, sin atreverse a acercarse más.

—¿Me has hecho llamar, mi señor?

—Sí, solo quería verte antes de empezar.

—No tienes por qué combatir —le susurró. Se moría por apretarse contra su pecho y sentir sus fuertes brazos alrededor.

—Cuando todo esto acabe, voy a besarte hasta que te duelan los labios.

Willow no lo dudaba. El mismo anhelo que brillaba en los ojos avellana de Ewan le estaba perforando a ella el alma.

—Por favor, detén esta locura. Si me descubro, este juicio por combate no tendrá razón de ser. No has cometido ningún pecado, no pueden acusarte de nada.

—Si no lucho hoy, mañana encontrarán cualquier otra excusa para difamarme.

—Pero al menos tu hombría no quedará en entredicho.

—Jamás he estado tan seguro de mi hombría. —Ewan se acercó un paso, apretando los puños a ambos lados de su cuerpo para evitar la tentación de tocarla—. No tengo que dar explicaciones a nadie, ni siquiera a mí mismo. Will me robó la cordura desde la primera vez que le puse los ojos encima, y no me arrepiento. No soy menos hombre por ello.

Ella sonrió y deseó abrazarlo más que nunca.

—Pero Will no existe.

—Claro que sí. Está ahí dentro, detrás de esos ojos azules que me han quitado el sueño.

El corazón de Willow latió más deprisa con aquella afirmación. Lo miró con adoración, dejando traslucir una vez más el inmenso deseo que sentía por ese hombre.

Él la apuntó con un dedo.

—Deja de mirarme así, sabes que eso ha sido siempre mi perdición.

Nada más decirlo, Ewan caminó varios pasos hacia atrás, correspondiéndole con los ojos, confesándole sin hablar que él sentía lo mismo. Después, se dio la vuelta y se dirigió hacia el grupo de hombres que lo esperaban para comenzar el combate.

Poco a poco, todos los habitantes de Innis Chonnel se congregaron en el patio para ser testigos de la lucha por el mandato del clan. Los St. Claire se reunieron con Willow y ella notó sus miradas interrogantes, su desconcierto ante el hecho de que no desvelara la verdad para impedir la injusticia.

—El laird lo prefiere así —fue lo único que les dijo, antes de volver su atención a los combatientes que ya se preparaban en el centro del corro de curiosos.

—Muy bien —escucharon todos que decía Ewan, en voz alta y enérgica—. Veamos de parte de quién está la razón. Si he cometido pecado, tal y como se me acusa, estos dos hombres me vencerán sin problemas. Pero si soy inocente, no volveréis a dudar de mi liderazgo, ni os opondréis a él. Lawler y Adair, si salgo victorioso, no serán nunca más parte del consejo de los Campbell.

Los murmullos de los presentes eran dispares en opiniones. Los hijos de los dos ancianos se miraron y asintieron antes de ponerse en guardia y Willow temió que su fuerza y su implacable entrenamiento fueran demasiado para un hombre solo, a pesar de que ese hombre fuera Ewan.

Los tres guerreros empezaron a moverse, tanteándose, estudiándose, muy concentrados. El laird fue el primero en atacar, lanzándose contra el que tenía más cerca. El golpe de su acero contra la espada del enemigo sonó brutal, y los sucesivos envites fueron rápidos y contundentes. El otro adversario levantó también su espada y lanzó una estocada larga que estuvo a punto de alcanzar el costado de Ewan. Willow contuvo el aliento y buscó la mano de Liese, que estaba a su lado, para apretar el miedo contra su palma. El laird esquivó aquel ataque y se revolvió para devolver el golpe, con tanta fiereza que hizo perder el equilibrio al otro guerrero. Hubiera podido rematarlo, pero el segundo adversario se interpuso y detuvo el mandoble, empujando a Ewan hacia atrás. Los ojos del laird estaban en llamas y regresó al ataque con voluntad de hierro, dejándose el alma en cada golpe.

Así estuvieron largos minutos. Willow temblaba tanto que Liese le pasó un brazo por los hombros. Nadie hablaba, todos estaban absortos en aquella cruenta batalla que ya se había cobrado varios cortes, muchos golpes y la resistencia de los poderosos brazos, que se resentían a medida que el tiempo pasaba sin un claro vencedor. Al final, la superioridad del laird fue imponiéndose y, a pesar de que sus adversarios habían conseguido herirlo en un par de ocasiones, un golpe en la cara a uno lo dejó fuera de combate y el otro terminó, tras varias estocadas seguidas e infernales, tirado en el suelo con la espada de Ewan apuntándole al cuello.

Colin y algunos hombres se adelantaron cuando esto sucedió, para desarmar a los perdedores y flanquear a su líder, que se volvió hacia los ancianos, casi sin aliento.

—¿Alguien más duda de mi valía? —preguntó. El silencio flotó como una brisa helada entre los presentes—. Muy bien. Pues no quiero volver a discutir este tema nunca más.

Adair y Lawler lo contemplaron con soberbia. Por el gesto de sus rostros, Ewan tuvo claro que había ganado la batalla, pero no la guerra. Sin embargo, para bien o para mal, había otra lucha mucho más importante en ciernes y no podía permitirse el lujo de perder el tiempo defendiendo su posición. Ahora tocaba luchar por Bruce, por su rey, y salvaguardar los intereses de Escocia frente a los ingleses. Y si, para cuando todo acabara, él había salido vivo de todas las batallas que le quedaban por delante, confiaba en que el monarca supiera recompensarlo con su apoyo incondicional para seguir al frente del clan Campbell.

—No quiero más disputas internas —añadió, antes de dar por concluido aquel asunto—. Es necesario que empecemos a pertrecharnos para marchar. El rey Bruce ha solicitado que nuestra guarnición se reúna con su ejército en Stirling, no podemos demorarlo más.

Ante la mención del monarca, los ancianos por fin parecieron reaccionar. Asintieron levemente con la cabeza y empezaron a dar órdenes a diestro y siniestro. Ewan se abstuvo de recordarles que ya no eran parte del consejo y que sus privilegios habían quedado reducidos, porque lo cierto era que su ayuda no le venía mal. Ellos habían luchado ya en otras guerras y valían más por su experiencia que por su buena voluntad.

Dejó que todos volvieran poco a poco a sus tareas y se giró para buscar a Will entre los sirvientes. Era el momento de hablar con ella, tenía muchas cosas que aclarar. Y esperaba poder hacerlo. La noche anterior, y esa misma mañana, el hambre que tenía de su boca, de su aliento, de su piel, le había impedido pensar con claridad. Quería saber muchas cosas de ella… En realidad, quería saberlo todo. Y, de paso, también quería reprenderla por su estupidez. Ahora que estaba más sereno, veía con más claridad lo peligroso que había resultado su disfraz. Su insensatez podía haberle costado la vida y quería saber por qué se había visto obligada a ocultarse bajo las ropas de un muchacho.

Caminó hacia ella con el ceño más pronunciado de lo normal, aunque Willow, que lo esperaba en el mismo sitio desde donde había visto el combate, no pareció asustada. Esa era otra de las cosas que desde el principio le había sorprendido de Will: que siempre lo retara con la mirada, que jamás se amilanara, a pesar de que hubo veces en las que realmente debía estar rota por dentro.

—¡Señor! —uno de sus hombres lo interceptó antes de que pudiera llegar hasta ella—. Bors acaba de cruzar el lago y trae dos acompañantes.

Por la cara de su soldado, Ewan supo que el asunto era grave.

—¿Y quiénes son?

—Se trata… Se trata de Melyon, laird.

El nombre de su amigo retumbó en sus oídos un momento. Pero ahí no acababa la cosa.

—Y viene con vuestro tío Alec.

Ewan se giró hacia Willow con los ojos abiertos por la sorpresa.

—Sí —reconoció ella—. Fueron ellos los que me acompañaron de regreso.

—¡No pueden entrar aquí! —exclamó Adair, que lo había escuchado todo y se acercaba a ellos con paso decidido.

Lawler, que le seguía a la zaga, le secundó.

275

—Por supuesto que no. Alec Campbell fue condenado al destierro por el antiguo laird, y Melyon es un violador de mujeres…

—¡Basta! Por lo que a mí respecta, Agnes me ha demostrado no ser de fiar y pienso retomar el tema de esa supuesta violación, no te quepa duda. Me dijisteis una vez que no había obrado bien en aquel juicio y ahora reconozco que teníais razón. Pero no porque fuera demasiado blando con mi amigo, sino por no haber prestado más atención a las dos partes. Solo se escuchó una versión y mucho me temo, para mi vergüenza y dolor, que no fui justo con el mejor de mis guerreros. —Ewan los silenció a todos con aquel discurso. Pero no había terminado—. Y mi tío… Sí, fue condenado por tratar de ayudar, por intentar solucionar un conflicto con los MacGregor mediante el diálogo, en lugar de usar la espada.

—¡Se enfrentó al laird, se rebeló contra él! —explotó Lawler, congestionado por la ira.

Ewan sonrió de forma siniestra tras su estallido. Y luego habló muy despacio, arrastrando las palabras.

—Sí, justo lo mismo que habéis hecho vosotros dos en el día de hoy. Si fuerais consecuentes con vuestros propios juicios de valor, aceptaríais que en este mismo momento yo os condenase al destierro, al igual que mi padre hizo con mi tío, ¿no es así?

Los dos viejos dieron un paso atrás ante la amenaza. Willow, que observaba la escena, jamás se había sentido más orgullosa del laird de los Campbell.

—Tranquilos. Aunque os lo mereceríais, no pienso expulsaros de Innis Chonnel. El clan os necesita; más ahora, que yo he de partir al frente. Pero valoraréis mi generosidad y aceptaréis de buen grado el regreso de mi tío… ¿ha quedado claro?

Nadie replicó, acatando con su silencio la voluntad del laird.

Por la puerta principal apareció entonces Bors, seguido de los dos guerreros que caminaban confiados y sin ningún temor hacia el líder de los Campbell. Willow se fijó en que muchos de los hombres saludaban a Melyon con alegría al verlo de regreso. Y casi todos mostraban un respeto casi reverencial por Alec. A pesar de haber sido expulsado por el anterior laird, los habitantes de Innis Chonnel lo admiraban por lo que había sido y por lo que aún era. Viendo su envergadura y su porte altivo, y conociendo la generosidad de su corazón, Willow pensó que no era para menos.

—Me alegra estar de nuevo en casa —anunció, con una sonrisa.

Ewan lo miró con todo el aprecio que sentía por ese hombre, que había significado más que su propio padre en algunas ocasiones.

—Y yo soy feliz de verte de nuevo, viejo —replicó, dando un paso al frente para abrazarlo de manera ruda.

—¿Llegamos en mal momento? —preguntó Alec, mirándolo de arriba abajo—. Estás herido.

—Son solo un par de rasguños. Un precio muy bajo que he pagado gustoso por conservar lo que es mío —explicó Ewan.

Su tío lo observó con más atención y asintió, orgulloso de él. Ya averiguaría más tarde a qué se estaba refiriendo.

El laird se volvió después hacia Melyon y se acercó a él. Sus miradas se encontraron por primera vez desde que lo desterrara, y a Willow, que observaba la escena conteniendo el aliento, se le encogió el estómago.

—Perdóname —dijo de pronto Ewan, rompiendo la tensión que parecía flotar en el aire.

—No hay nada que perdonar —respondió Melyon—. Eres mi laird, siempre acataré tus decisiones.

—¿Aunque sean equivocadas?

Melyon dejó ver entonces una sonrisa atravesada y le ofreció el antebrazo a su amigo.

—La próxima vez que te equivoques, te obedeceré. Pero antes, no te quepa duda, te romperé de un cabezazo esa elegante nariz que luces en tu fea cara.

Ewan soltó una carcajada ante la amenaza. Le estrechó el brazo, feliz, sabiendo que había recuperado a su lugarteniente.

—Bienvenido —le dijo—. Y ahora, ponte manos a la obra y ayúdame con estos hombres… No quiero que cuando nos presentemos ante Bruce parezcan un puñado de borregos desentrenados.

—Antes —les interrumpió Alec—, tenemos algo más importante que resolver.

El guerrero buscó entre los presentes hasta que halló a Willow a poca distancia de donde se encontraban. La chica le dedicó una sonrisa y se acercó a ellos.

—Veo que has sobrevivido al temperamento de mi sobrino. Estaba preocupado por ti.

—No es tan terrible —lo defendió ella.

—¿Hablas del mismo Ewan que yo conozco? —preguntó Melyon con sorna.

Willow le sonrió con la complicidad que se había creado entre ellos durante esos días. Al laird no le pasó desapercibido aquel cruce de miradas y un escozor hasta entonces desconocido le perforó el estómago. Deseó apartar a Will y ponerla a su espalda, ocultarla del mundo, de Melyon, para que nadie más que él pudiera disfrutar de sus hermosos ojos azules.

—¿Qué es ese asunto tan importante? —preguntó, con un carraspeo molesto.

—Un buen grupo de MacGregor te espera en la aldea —anunció Alec sin ambages—, y vienen acompañados de algunos de sus aliados. He hablado con ellos, quieren una reunión contigo.

—¿MacGregor? —susurró Willow.

Su rostro se iluminó al tiempo que todas las alarmas interiores de Ewan saltaban.

—¿Qué han venido a hacer aquí? ¿Qué desean? —preguntó, con la mandíbula tensa.

Alec miró a Willow y notó que su corazón estaba acelerado con la noticia. También supo, por el desconcierto de su sobrino, que la chica no le había revelado su verdadero origen. Desconocía también si al final había sido capaz de confesarle que no era un muchacho, pero no había tiempo de deshacer aquel entuerto en esos momentos, con la tropa de los MacGregor y sus aliados acampados al otro lado del lago.

—Te recomiendo que no les hagas esperar y salgas a averiguarlo. Me han dado su palabra de que no quieren enfrentamientos, solo quieren dialogar —explicó.

—Yo te acompañaré —anunció Melyon.

—Y yo —se ofreció también Colin—. En cuanto crucemos, reagruparé a nuestros hombres en la aldea, por si acaso.

—Nosotros también iremos —proclamó Adair, acercándose junto a Lawler—. Si hay diálogo, será mejor que estemos presentes. El consejo Campbell no puede quedarse al margen, porque supongo que vienen a pedir explicaciones acerca del ataque… El asunto es grave.

—No iréis —decidió Ewan—. Ya os lo he dicho, ya no sois mis consejeros. Ahora ese cargo lo ocupa mi tío Alec; será él quien me acompañe.

—¡Pero…! ¡No puedes hacernos esto! Esos sucios MacGregor ya nos crearon dificultades en el pasado, cuando tu padre gobernaba el clan. Nosotros estábamos allí, sabemos cómo manejarlos.

—¿Sucios MacGregor? —siseó Willow, aborreciendo con toda su alma a ese viejo entrometido.

—Will, esto no te concierne —le advirtió Ewan.

—¿Que no me concierne?

Los ojos avellana del laird la miraron como si quisieran clavarla en el sitio para que no se moviera de donde estaba.

—No. Ahora eres un Campbell, ya te lo dije. No te entrometas en esto.

Willow se enfureció. Su gente, su clan, sus hombres, estaban al otro lado del lago. Por fin podría escapar de la incertidumbre que ensombrecía su alma desde que abandonó su hogar, ¿y aquel guerrero testarudo pretendía que permaneciese al margen?

—Quiero ver a los MacGregor, mi señor.

Ewan se dio cuenta de que volvía a dirigirse a él con la misma rebeldía que cuando fingía ser solo un muchacho.

—Pues no los verás —sentenció él—. Te quedarás aquí hasta que averigüe lo que quieren.

—¿Por qué?

—Porque soy tu laird, y me obedecerás.

No esperó a que le replicara. Se dio la vuelta y fue a por la camisa que se había quitado para el combate. Mientras se vestía para salir al encuentro de sus visitantes, repartió instrucciones a sus hombres. A John, en concreto, le ordenó vigilar a Will para que no se le ocurriera abandonar Innis Chonnel. Solo de pensar que los MacGregor pudieran reclamarla, sentía las tripas revueltas. Sabía que era una estupidez y una exageración, ¿por qué iban a reclamar a una sirvienta? Sobre todo, a una que había escapado de Meggernie y que, a buen seguro, ellos ignoraban hasta que existiera. Sin embargo, no se fiaba del carácter posesivo de los clanes de las Highlands. Si se enteraban de que uno de los suyos se había escondido entre los muros de su fortaleza, podrían exigir que regresara a su propio hogar. Y él jamás lo permitiría. Will… Willow, era suya. Si alguna vez había sido una MacGregor, ya no lo era. Eso no admitía discusión.

Cuando estuvo listo, se encaminó junto con el resto de la comitiva hacia los botes para cruzar el lago. Antes de salir por el portón principal, sin embargo, miró una vez más hacia atrás. Willow lo atravesaba con sus ojos azules cargados de furia. No le importaba. Prefería tener que vérselas con ella más tarde, en su alcoba, a correr el riesgo de perderla para siempre.

CAPITULO 33

Alec miró a Ewan de reojo. No entendía por qué no había querido llevar a Willow con ellos y él no deseaba arrebatar autoridad a su sobrino delante de su gente, por lo que no había interferido... en ese momento. Sin embargo, sabía que la presencia de la muchacha iba a ser fundamental en su encuentro con los MacGregor, así que, antes de salir de la fortaleza, había dado instrucciones muy concretas a Donald al respecto.

—¿Cuándo han llegado? —preguntó Ewan, antes de que la barca alcanzara la otra orilla.

—Esta mañana, al alba. Melyon y yo escuchamos la algarabía de sus tropas y salimos a su encuentro. Y menos mal, porque tus hombres ya se estaban preparando para el enfrentamiento, pero logramos que todos mantuvieran la calma.

—¿Qué es lo que quieren? ¿Qué buscan?

—No me lo dijeron. Malcom MacGregor no quería hablar con nadie más que contigo. Supongo que se trata del ataque a su fortaleza y del asesinato de su hermano. —Alec miró a su sobrino con seriedad—. Siento decírtelo, pero no has obrado con inteligencia en este asunto. ¿En qué estabas pensando? Ser temido no es la mejor manera de ganarse el respeto de los demás. No debes cargar sobre tus hombros los crímenes de otros solo por parecer más fuerte.

Ewan bajó la cabeza, abatido. Su tío era una de las pocas personas en las que depositaba una fe ciega, y sus reprimendas lo afectaban, porque sabía que estaba en lo cierto.

—Ahora lo sé. El padre Cameron ya me lo advirtió y le prometí que iba a poner remedio. Pero con todo el asunto de Will... mi cabeza no estaba donde debía haber estado.

Alec pudo intuir su desconcierto. Ewan había estado muy perdido.

—Bueno, pues esta es tu oportunidad de aclarar las cosas. El tema debe quedar zanjado sin más dilación, para que cuando te reúnas con el rey nadie pueda verter ninguna acusación sobre tu persona.

Ewan asintió y se quedó pensativo, con la mirada perdida en el agua.

—¿Os dijo ella que era una mujer? —soltó de pronto.

—No. Me di cuenta antes de que se despertara. —Alec dejó escapar una risa entre dientes—. No sé cómo no te percataste... Me gustaría haber visto tu cara cuando al fin lo confesó.

—No tiene gracia, viejo —protestó Ewan ante su divertimento—. Casi pierdo la cordura por su culpa.

Alec siguió riendo y le palmeó la nuca con cariño.

—La poca cordura que tienes, querrás decir...

—Atentos, llegamos —les anunció Melyon, tras ellos.

Todos los ocupantes del bote miraron hacia la orilla, donde los esperaba una comitiva MacGregor. Además de ellos, pudieron ver a unos cuantos MacNab, entre los que se encontraba su odioso laird, James. Ewan buscó entre los guerreros y distinguió con rapidez al que debía ser Malcom por su postura y el ceño de su mirada que, a juzgar por su fiereza, bien podría partir un tronco por la mitad con los ojos. Era un hombre bastante alto, con una envergadura temible y un aspecto intimidatorio. Su cabello moreno lucía largo hasta los hombros y una espesa barba oscura le cubría el rostro. Al acercarse, ambos hombres se reconocieron como los respectivos líderes de sus clanes y no dejaron de estudiarse en ningún momento.

—Buen día, señores —saludó Ewan cuando estuvieron a su altura—. ¿Qué trae al hijo del laird MacGregor hasta las tierras de los Campbell? —preguntó sin rodeos, haciendo gala de su falta de tacto habitual.

Alec carraspeó a su lado, dándole a entender que era un bruto.

—¿Acaso no somos bienvenidos? —inquirió Malcom, cuya mano reposaba como al azar sobre la empuñadura de su espada.

—Por supuesto que lo sois. Mi sobrino carece de modales, pero es un hombre generoso y hospitalario, os lo puedo asegurar —terció Alec para limar asperezas.

—¿Y bien? —insistió Ewan, obviando todos los esfuerzos de su tío por hacer que aquel encuentro fuera pacífico.

—Hemos tenido que regresar del frente para resolver cuestiones del clan —explicó Malcom—. Me consta que sois conocedores del ataque que sufrió Meggernie. En esa incursión asesinaron a mi hermano... y nos robaron algo que era nuestro.

Ewan recordó de pronto la misteriosa joya que todo el mundo andaba buscando. ¿Cómo había podido olvidar eso también? Will había trastocado su mente de tal manera, que había pasado por alto todas las cuestiones que podían haber resuelto aquel enigma.

—Como ya le dije a James MacNab cuando estuvo aquí, preguntando por vuestra joya, los Campbell no la tienen. —Ewan miró directamente al hombrecillo al hablar.

—Eso me dijiste, pero no me lo creí —espetó el aludido con saña—. Fue bastante sospechoso que, después de preguntarte por la joya, desaparecieras de tu hogar al día siguiente. Envié a mi hombre de confianza a buscarte..., pero nunca regresó. Encontramos su cuerpo, junto con los del resto de su grupo, asesinados en mitad del bosque. ¿No sabrás tú acaso qué les ocurrió?

Muy bien. No solo tenía que dar explicaciones a los MacGregor, también debía responder por las muertes de los MacNab. Ewan notó que su pulso se aceleraba y respiró hondo, tratando de calmarse.

—Yo los maté.

La afirmación crispó el rostro de James, que se llevó una mano a la empuñadura de su espada con un gruñido furioso. Malcom le colocó una mano en el pecho para que se tranquilizara.

—Antes, quiero escuchar lo que tiene que decir —dijo, taladrando a Ewan con la mirada.

Él hizo un gesto de asentimiento, agradecido por la intervención. No temía enfrentarse a James, de hecho, lo estaba deseando, pero no quería enzarzarse en una lucha contra aquellos hombres. Era necesario que los MacGregor supieran de su inocencia.

—Yo los maté —volvió a decir—, porque ellos me atacaron primero. Me asaltaron en el bosque, cinco contra uno... No, miento, cinco contra dos, porque me acompañaba mi sirviente. De hecho, creo que él fue la causa de aquella emboscada. Al parecer, Reed se había encaprichado con el muchacho y estaba dispuesto a todo con tal de salirse con la suya. Fue en defensa propia, James, no hay delito alguno en defenderse.

—Pero sí lo hay en atacar una fortaleza al amparo de la noche cuando el grueso de sus soldados está luchando en el frente junto a nuestro rey —saltó Malcom, con el tono encendido. Avanzó un paso para añadir—. Sí es delito robar lo que no te pertenece…

Ewan levantó las manos para pedir calma.

—No fueron los Campbell los que llevaron a cabo esa incursión. Yo no robé nada… yo no maté a tu hermano.

—¿Y ya está? ¿Debemos creer en tu palabra sin más? —inquirió Malcom.

—Yo fui amigo de tu padre —intervino entonces Alec—. Lo tenía en tanta estima que me enemisté con mi propio hermano, el antiguo laird, al interceder por él en el pasado y tratar de evitar el enfrentamiento que han mantenido nuestras familias estos últimos años. Fui desterrado por mi propio clan… Y eso sí debe bastarte para creer en mi palabra. Y te juro, por mi honor, que los Campbell no atacaron Meggernie. Ewan no es culpable de los crímenes que le imputan y está dispuesto a demostrártelo encontrando al verdadero artífice de este engaño.

Malcom meditó sus palabras. Observó a uno y otro hombre decidiendo si debía confiar o no en aquel argumento.

—Tengo un vago recuerdo de ti —admitió al fin—, de cuando venías a Meggernie siendo mi hermano y yo unos niños. Mi padre se ha referido a tu valor y tu lealtad en contadas ocasiones, y aunque no me fiara de tu palabra, debo fiarme de la de mi padre. Estoy dispuesto a creer… y a aceptar la ayuda del laird de los Campbell.

Ewan soltó el aire que retenía en los pulmones.

—Me alegra oírte decir eso —dijo Alec, con una sonrisa.

—Hallaremos al culpable de la muerte de tu hermano —le prometió Ewan.

—Mi prioridad en estos momentos es encontrar la joya… Es lo que me quita el sueño. —Malcom miró a Alec con intención, hablándole con los ojos de algo que no se atrevía a pronunciar en voz alta por miedo a empeorar la situación.

Y Alec entendió… La luz se encendió en su cabeza porque, de todos los presentes, era el único que podía saber a qué se refería. Porque, aunque desconocía que aquel era el apodo por el que se la conocía entre su gente, él estaba presente cuando la joya nació. Entendió la desesperación de Malcom y dio gracias por haber sido precavido y haberse adelantado a los acontecimientos. Había supuesto que a los MacGregor les complacería saber que Willow estaba allí, sana y salva, y se había arriesgado a desobedecer la orden de Ewan pidiéndole a Donald que la condujera hasta allí. Pero nunca imaginó que la estuvieran buscando con tanto ahínco… La muchacha jamás mencionó que su familia desconociera su paradero y él supuso que su disfraz y su escondite habían sido idea de los propios MacGregor para mantenerla a salvo. Aquello sin duda era un golpe de suerte; serviría para demostrarle a Malcom su buena voluntad: habían cuidado de su hermana todo aquel tiempo.

—Me parece que vuestra búsqueda ha terminado —le dijo, con gesto conciliador—. Tienes que perdonarme, ignoraba la importancia de esa joya y no até cabos… Ewan no es culpable de mentirte, porque él tampoco sabe a qué te refieres, pero sí, él la tiene. La ha tenido todo este tiempo.

Ewan le miró de hito en hito.

—¿De qué estás hablando, tío? Jamás he visto esa joya de los MacGregor.

Alec se acercó a él, le puso una mano en el hombro y le miró a los ojos.

—Sí la has visto.

La profundidad de aquella afirmación caló en la mente de Ewan, al que se le desencajó el rostro al comprender. No podía ser, no podían estar hablando de…

—¡¡Malcom!!

El grito desgarrado llegó desde la orilla, donde uno de los botes de Innis Chonnel acababa de atracar. Todos miraron y vieron cómo aquella criatura de pelo corto, vestida con ropas masculinas demasiado grandes, salía corriendo en dirección a los MacGregor seguida por Donald, que intentaba retenerla sin éxito. Pasó como una exhalación entre las caras perplejas de los Campbell, sin fijarse en nada que no fuera su objetivo.

Malcom estaba petrificado, sin poder quitar sus ojos de la criatura que avanzaba como una flecha hacia su posición. Cuando la tuvo encima y se lanzó a sus brazos, él los abrió por instinto, y porque el corazón le decía que por fin había encontrado lo que buscaba.

—¡Malcom! ¡Pensé que jamás volvería a verte!

Al escuchar aquella voz, las rodillas del guerrero temblaron y sus manos apretaron con fuerza el cuerpo suave que se escondía en los harapos.

—Willow...

Ella se separó para poder mirar aquel rostro amado y sus ojos se llenaron de lágrimas. Le acarició la cara con reverencia y su hermano supo que estaba pensando también en Niall, y en que, a pesar de que sus caras eran idénticas, jamás volvería a verlo. Malcom también la contempló, feliz y al tiempo azorado por su aspecto.

—¿Qué te ha pasado? —preguntó, pasándole los dedos por los cortos mechones de pelo—. Estás... estás tan cambiada... ¿Qué te han hecho?

Ella negó con la cabeza, con la cara surcada de lágrimas y la garganta estrangulada de emoción, incapaz de pronunciar una palabra. Volvió a estrecharse con fuerza contra su cuerpo, buscando el calor y el olor familiar de su hermano, con el corazón henchido de felicidad y melancolía.

Frente a ellos, Ewan asistía al reencuentro sin salir de su estupor. Su duende, esa criatura maravillosa que había descubierto la noche anterior bajo el disfraz de muchacho, se abrazaba con una confianza y un amor incondicional a Malcom MacGregor. Y a él le ardían las entrañas de celos y de ganas de arrancar de los brazos de su oponente a la mujer que consideraba suya... y de nadie más.

Dio un paso hacia ellos, con el rostro crispado y los puños apretados a ambos lados del cuerpo. Alec le puso una mano en el pecho y Ewan gruñó por lo bajo.

—Es mía…

—No. Ahora ya no.

—¿No lo entiendes? —Ewan giró la cara hacia su tío y le habló en voz tan queda que Alec apenas lo escuchó—. Se entregó a mí, ahora me pertenece. No consentiré que ningún otro hombre me la arrebate, y me da igual que estuvieran prometidos o que se quisieran con locura antes de que ella llegara hasta mí. Estoy seguro de que los sentimientos de Willow han cambiado, ella no puede amarlo…

Alec se quedó tan sorprendido por sus palabras que no le salió la voz para contestarle. ¿La muchacha se había entregado a él? ¿Cuándo? ¡Por los cuernos de Satán, aquello complicaba las cosas! Y el colmo era que creyera estar presenciando un reencuentro entre dos amantes… Debía aclarárselo antes de que hiciera el mayor ridículo de su vida. Cuando Ewan dio otro paso en dirección a los MacGregor, lo retuvo sujetándolo del brazo.

—Willow sí lo ama, mucho más de lo que piensas.

—Imposible.

—Escucha, Ewan…

—No.

Se zafó del brazo de su tío y avanzó un poco más.

—Es su hermano —dijo al fin Alec, poniéndole de nuevo la mano en el hombro.

La implicación de esas palabras caló en la conciencia de Ewan muy despacio, como una rama hundiéndose en un lodazal.

Hermana de Malcom MacGregor.

Por lo tanto, hija de Ian MacGregor, un gran señor de las Highlands, el laird de su clan.

No era la hija de unos sirvientes, no estaba sola.

Tenía todo un clan que la respaldaría si lo necesitara, tenía un padre y un hermano poderosos.

Y él la había tratado de manera despreciable desde que la conoció. Le había hecho la vida imposible, ¡se la había llevado a la cabaña de una prostituta! Y, para colmo, no contento con todo eso, la había deshonrado y desvirgado en una mugrienta y maloliente mazmorra…

CAPITULO 34

Estaba con los suyos, estaba con Malcom. Quiso que aquellos instantes duraran para siempre. Sentir los fuertes brazos de su hermano apretándola con tanto amor le devolvía la paz interior que ya creía haber perdido sin remedio.

—Pensé que no volvería a verte —le confesó, contra su hombro.

—Y yo, pequeña —respondió el guerrero, estrechándola contra su pecho. Ambos eran conscientes de que, a partir de aquel momento solo serían dos y siempre les faltaría algo. Pero tal vez, por eso mismo, aquel reencuentro les había unido más.

Willow se separó despacio y se limpió la cara con las mangas de su camisa. Miró al resto de los hombres MacGregor y su corazón volvió a acelerarse al reconocer tantas caras. Era reconfortante saber que aquellos soldados no escupirían a su paso y no le volverían la cara. Todo lo contrario.

—¡Angus! —exclamó, al ver al gigantón guardando las espaldas a su hermano, como siempre. Se acercó a él y este hincó la rodilla en tierra, le cogió la mano y se la besó con cariño. Willow sonrió, feliz—. Levanta, Angus, y dame un abrazo como es debido. ¡Por San Mungo! ¿Son lágrimas eso que brilla en el fondo de tus ojos?

—Ya pensábamos que también te habíamos perdido a ti —le dijo, con la voz enronquecida.

Se levantó y la abrazó, y el resto de los hombres hicieron corro en torno a ellos para saludar a su señora, emocionados. Willow apretaba manos y repartía sonrisas que se mezclaban con lágrimas de felicidad... ¡estaba en casa! Por fin estaba con los suyos.

—Willow, ven... —Malcom reclamó su atención cogiéndola del brazo—. Necesito saber, ¿por qué vas así vestida? ¿Qué le ha pasado a tu pelo? ¿Por qué estás aquí, con los Campbell?

La joven notó cómo el tono de su hermano se crispaba a medida que preguntaba. Miró de reojo a Ewan y al resto de sus guerreros, que contemplaban la escena expectantes, algo apartados. Sabía que a Malcom no le haría gracia enterarse de sus desventuras entre los Campbell, por lo que intentó justificar su presencia allí explicando el detonante de aquella extraña situación.

—Fue por Marie… —comenzó—. Ella cumplía órdenes de Niall aquella horrible noche, y me dijo que tenía que huir, que tenía que disfrazarme y ponerme a salvo. Los Campbell no me raptaron, no fueron ellos los que atacaron Meggernie. Me fui yo, me escondí aquí todo este tiempo y ellos…

—Yo te diré lo que hacía en la fortaleza de los Campbell —la interrumpió James MacNab, con una mueca maligna, adelantándose—. Era el criado personal del laird. Le servía la comida, le limpiaba las botas y le ensillaba el caballo.

El corazón de Willow se saltó un latido al escucharlo y su rostro se encendió. Hasta que no lo escuchó en boca de aquel miserable, no sintió en su piel el bochorno de que su hermano y toda su gente conociera aquella historia. La cara de Malcom también estaba roja, pero de ira contenida.

—¿Qué acabas de decir? —siseó.

—Malcom, no. No es lo que piensas… Nadie sabía quién era yo, llegué a Innis Chonnel con una familia que me acogió, y que casualmente iban a trabajar como sirvientes en la fortaleza. Pensé… pensé que lo mejor era mantener el disfraz, te lo juro. Ellos no sabían nada, Ewan desconocía mi verdadera identidad.

El aludido se acercó a ellos, con la mirada acerada y expresión circunspecta. Apoyaba su mano en el pomo de su espada, con aire precavido.

—Dice la verdad. No sabía quién era hasta este momento. —Buscó los ojos de la chica antes de añadir—. Si lo hubiera sabido, jamás se le habría dado el trato que le hemos dispensado todos los habitantes de Innis Chonnel. Ni siquiera me enteré de que era una mujer hasta ayer. Siempre pensé que era un muchacho flaco y enclenque… Tu hermana sabe guardar muy bien los secretos.

Esto último lo dijo dolido, y Willow se dio cuenta de lo enfadado que estaba Ewan por su engaño. No había tenido tiempo de explicárselo…

—Eso no me consuela, Campbell —habló de nuevo Malcom. Cogió a su hermana del brazo y la apartó de Ewan, empujándola hacia atrás, hacia donde se encontraba el grueso de las tropas MacGregor. El gesto hablaba por sí solo—. Mi hermana es una dama y me ofende encontrarla en estas circunstancias.

—Te entiendo —musitó el laird—. Yo también estoy avergonzado. Si Will…

—Willow —lo corrigió su hermano con fiereza.

—Willow —aceptó Ewan, con un gesto de disculpa—. Si Willow me hubiera revelado su identidad, te juro por mi honor que la hubiera protegido. Te ruego que aceptes mis más sinceras disculpas.

—Sí, Malcom —intervino entonces Alec, acercándose—. Por favor, acepta también nuestra hospitalidad. Debéis estar agotados después de vuestra búsqueda, sed bienvenidos a Innis Chonnel. Será un placer que hagáis un alto en vuestro camino y compartáis mesa con nosotros. Hay muchas cosas de las que hablar, mucho que aclarar.

—Yo no aceptaré la hospitalidad de los Campbell —saltó James MacNab, que seguía la conversación sin perderse detalle—. Ewan mató a mis hombres, y aunque él jura que fue en defensa propia, no puedo confiar en su palabra.

—Sin embargo, dice la verdad —lo defendió Willow—. Yo estaba con él en el momento en que los MacNab nos atacaron a traición.

Malcom apoyó las manos en los hombros de Willow y la miró a los ojos.

—¿Qué estás diciendo? Este hombre afirma que iba acompañado por su sirviente, y que el motivo de aquella emboscada fue que Reed estaba encaprichado con el muchacho…

Willow le sostuvo la mirada a su hermano sin pestañear.

—El muchacho era yo. Y si Ewan no me hubiera protegido, posiblemente ahora estaría muerta… o algo mucho peor —susurró.

Malcom se volvió hacia el MacNab, encolerizado. James levantó las manos, con el ceño fruncido ante el giro de los acontecimientos.

—¿Cómo sabemos que ella dice la verdad? Ha convivido con los Campbell, es evidente que siente por ellos un aprecio que...

—¡James! —rugió Malcom—. Jamás, nunca, te atrevas a insinuar que mi hermana es una mentirosa. Y da gracias de que Ewan la defendiera en aquel momento, porque si le hubiera pasado algo a Willow, si alguno de tus hombres le hubiera hecho algún daño, todo tu clan lo hubiera pagado, no te quepa duda.

El rostro del MacNab se encendió por la indignación. Había llegado hasta allí como aliado de los MacGregor, dispuesto a enfrentar a los Campbell para resolver los crímenes que pesaban sobre aquel clan: el ataque a Meggernie, la masacre de sus hombres en el bosque. Sin embargo, en cuestión de minutos, las lealtades de los allí presentes habían cambiado por culpa de aquella muchacha.

—No estoy dispuesto a permanecer más tiempo aquí, escuchando infamias acerca de mi lugarteniente asesinado. Ya veo que mi palabra no vale nada contra la del Campbell...

—No es su palabra la que estoy escuchando, sino la de mi hermana —le cortó Malcom.

James apretó los labios en una fina línea de irritación.

—No me enzarzaré en una disputa contra vuestros clanes, porque el rey nos necesita a todos. Pero que os quede muy claro que, por lo que a mí respecta, nuestra alianza acaba aquí y ahora.

Nada más decirlo, el hombre se giró y ordenó a sus soldados que se dispusieran a abandonar el lugar.

—Lamento todo esto —dijo Ewan, cuando los MacNab ya montaban sobre sus caballos para partir. Sin embargo, no se arrepentía de lo ocurrido y no intentó detenerlos. Era un alivio que se marcharan.

—Señores —intervino Alec para suavizar la tensión del ambiente—, vamos a la fortaleza. Allí los MacGregor podrán asearse y descansar de tanto sobresalto.

—Sí, y podremos pensar también en la manera de hallar al culpable de la muerte de tu hermano —le propuso Ewan a Malcom.

—De nuestro hermano, querrás decir —espetó Willow, para sorpresa de los dos guerreros—. Te olvidas de que Niall también era mi hermano, no me excluyas de esto.

292

Ewan contempló aquellos ojos azules anegados de tristeza y entendió muchas cosas. El odio que le profesó desde el principio cobraba ahora sentido. Si ella pensaba que él era el asesino de su hermano, era lógico que deseara matarlo con sus propias manos. Era incapaz de imaginar todo lo que tenía que haber sufrido durante el tiempo que había pasado simulando ser Will.

A pesar de que estaba muy enfadado con ella, tuvo ganas de abrazarla y de consolar todo ese dolor que se reflejaba en su dulce rostro.

—Aceptaré vuestra hospitalidad —anunció Malcom—. Tras escuchar a mi hermana, no puedo culparte de todo lo que le ha ocurrido, ni del trato que se le ha dispensado a causa de su disfraz. La conozco muy bien, y si ella se propuso pasar desapercibida, no dudo de que lo logró. Cuando algo se le mete en la cabeza, es complicado hacerle cambiar de opinión.

Ewan no le confesó que, precisamente, para él no había pasado en absoluto desapercibida. No creía que a Malcom le gustara enterarse del obsesivo interés que había sentido por Will.

—Entonces —volvió a hablar Alec—, si a mi sobrino le parece bien, me adelantaré para informar de que esta noche celebraremos una cena especial… Los MacGregor han recuperado su joya; como amigo del laird Ian MacGregor, no puedo sentirme más feliz.

—Por supuesto, tío. Informa a Jane para que lo prepare todo para esta noche.

—Willow, ven conmigo —le pidió Alec a la joven, ofreciéndole la mano—. Sé que no quieres separarte de los tuyos, ahora que por fin los has encontrado, pero, por la memoria de tu madre, a la que adoraba, me veo en la obligación de volver a convertirte en lo que eres… una dama. No temas, Malcom, cuando la vuelvas a ver, será de nuevo la Willow que tú conoces.

La muchacha miró a su hermano, indecisa. No quería dejarlo, un miedo primitivo se instaló en su corazón al darse cuenta de que no quería volver a quedarse sola.

—Ve con Alec, yo me reuniré contigo enseguida —le prometió Malcom, acariciándole la mejilla—. No me iré de aquí sin ti.

Para Ewan, aquella afirmación fue como un flechazo inesperado en el pecho. Y cuando vio que la joven asentía, feliz, con lágrimas en los ojos, su corazón se partió en mil pedazos. Él ni siquiera era una opción para ella… Su hermano había regresado y ahora para Willow no parecía existir nada más.

La joven cogió la mano de Alec y se dejó llevar. Cuando pasó al lado de Ewan, se detuvo y le tocó el brazo con suavidad.

—Perdóname por no haberte dicho quién era —musitó, con voz queda.

Él sintió cómo aquella caricia atravesaba la tela de su camisa y le ardía en la piel. Su voz, ronca y tierna, hizo que deseara cargársela al hombro y llevársela lejos de allí. ¿Cómo no había escuchado aquel timbre tan femenino antes? ¿Cómo era posible que lo hubiera mantenido engañado tanto tiempo?

No le contestó. Tampoco la miró. Dejó que Alec la apartara de su lado, sabiendo que debía poner orden en el caos de sentimientos que bullía en su interior. Demasiado para asimilar en tan poco tiempo, demasiadas revelaciones, demasiados frentes abiertos. Ewan estaba agotado y aún le quedaba todo el día por delante. Miró a los MacGregor e intentó concentrarse en la tarea que tenían por delante, descubrir quién estaba detrás de todas aquellas intrigas que habían perjudicado a sus respectivos clanes.

Cuando Jane vio llegar a Alec MacGregor, su rostro se iluminó. Años atrás, aquel hombre había sido uno de los pilares de Innis Chonnel y el ama de llaves había notado su falta en el día a día de la fortaleza. Lo apreciaba de verdad.

—¡Jane!

—Mi señor, qué alegría. ¿Habéis vuelto para quedaros?

—Esta vez sí, mi querida Jane. Mi sobrino me necesita y nada conseguirá que abandone de nuevo a mi gente.

La mujer le mostró una sonrisa complacida.

—Estoy segura de que a todos los Campbell les agradará saber que habéis regresado.

—Sí. Hay mucho que celebrar, Jane. Y, precisamente, te estaba buscando para darte instrucciones: vamos a organizar una gran cena. Tenemos invitados, los MacGregor, así que esta noche todo tiene que resultar perfecto.

—Por supuesto. —Jane se fijó en el muchacho que había llegado acompañando a Alec—. Will, vas a tener que echarnos una mano, tenemos poco tiempo para preparar todo lo que…

—No —la interrumpió Alec—. Will tiene otra tarea por delante. Y nadie mejor que tú para ayudarla.

—¿Ayudarla? —preguntó el ama de llaves, confusa—. ¿A quién?

—A Willow MacGregor, hija del laird del clan MacGregor. —Al decirlo, Alec empujó con suavidad a la joven que había enrojecido ante la mirada estupefacta de Jane—. Su hermano es uno de nuestros invitados y quiero que Willow esta noche luzca como la dama que siempre ha sido, a pesar de que se haya escondido tras estas modestas ropas de sirviente todo este tiempo. Conociéndote, supongo que aún tienes los vestidos de Cait guardados, por lo que te rogaría que rescataras alguno de su baúl para engalanarla.

El ama de llaves era incapaz de hablar. Se había quedado muda de asombro, mirando el rostro del que, hasta el momento, creía un muchacho… un sirviente.

—¿Jane? —inquirió Alec, llamando su atención.

La mujer parpadeó y sus ojos se despegaron por fin del rostro de Will para volverlos hacia el guerrero.

—Sí, he guardado los vestidos de Cait. Seguro que podré arreglarle alguno a tiempo para la cena.

Willow se acercó a ella al notar su desconcierto y se tomó la libertad de coger sus manos con todo el cariño que sentía por el ama de llaves de Innis Chonnel.

—Jane, perdona por mentirte… por mentiros a todos. Tenía que esconderme hasta que los míos viniesen a buscarme, y así ha sido. Te agradeceré que me ayudes a volver a ser yo misma, porque lo cierto es que llevo tanto tiempo bajo esta enorme camisa, que ya no sé ni quién soy. —Acompañó sus palabras con una cariñosa sonrisa que se ganó el corazón de Jane al instante.

—Mi señora… No hay nada que perdonar. Habréis pasado un suplicio después de que vuestro hogar fuera atacado, viéndoos obligada a servir al laird de otro clan para sobrevivir. No todas las damas se hubieran rebajado a tales menesteres para salir adelante… os admiro.

—Gracias, Jane.

—Acompañadme, vamos a la alcoba de la que fue la señora de esta fortaleza. Lo primero es quitaros toda esa mugre que os ha servido de disfraz y que ya no necesitaréis. Y cuando os hayáis dado un buen baño, elegiremos entre las dos el vestido que mejor os siente…

Alec sonrió, satisfecho por la buena acogida de Jane a las nuevas circunstancias de Willow.

—Yo iré a las cocinas para informar a Edith de la celebración de esta noche —se ofreció, para que el ama de llaves pudiera dedicarse a la joven—. Estará encantada de ponerse al mando por un día.

Jane miró al cielo y puso los ojos en blanco. Ella también estaba convencida de que a la cocinera le alegraría saber que, ocupada el ama de llaves en otros asuntos, tenía la oportunidad de ponerse al frente de los sirvientes para repartir todas las tareas. Solo esperaba que el liderazgo no se le subiera demasiado a la cabeza.

—Tranquila, Jane —le susurró Willow, leyéndole la mente. Ella también conocía el carácter de la enorme mujerona que se ocupaba de los fogones—. Tienes a Maud para equilibrar un poco la balanza. Entre las dos conseguirán preparar una cena memorable.

Era cierto. Alec se marchó rumbo a las cocinas y ellas se encaminaron a la antigua habitación de Cait Campbell.

El corazón de Willow se aceleró ante la idea de volver a recuperar su vida, algo que estaba deseando… y temiendo a la vez. Porque cuando volviera a ser una MacGregor, tanto en espíritu como en cuerpo, ¿cómo reaccionaría Ewan? Había aprendido a tratar con el Campbell, con su intransigencia, con su dureza, siendo Will. Pero ¿cómo le haría frente siendo Willow? Él no podría tratarla igual, y menos delante de su hermano. Eso, sin contar con el enfado que había visto en sus ojos cuando se enteró de quién era ella. No le había dirigido ni una sola mirada ante su súplica de perdón, no había dicho nada.

Y aquel silencio y aquellos ojos que la rehuían le habían dolido en lo más profundo del alma.

Cuando entraron en la alcoba de Cait, Jane fue derecha al hogar para encender el fuego. La habitación era muy acogedora y estaba limpia, algo que era mérito del ama de llaves ya que, a pesar del tiempo transcurrido, no había podido olvidar a su señora y mantenía sus aposentos como cuando estaba viva. En cuanto prendió la chimenea, arrastró la tina de madera para ponerla cerca del calor, demostrando una fuerza que sorprendió a Willow. Después, dio orden de que subieran agua para el baño.

Mientras esperaban, Jane abrió el baúl donde guardaba los vestidos de la madre de Ewan y los sacó para estirarlos sobre la cama. Willow comprobó que Cait debió de ser una mujer elegante pero sencilla, porque no eran demasiado recargados. Pensó que, de haber seguido con vida, seguramente hubiera hecho buenas migas con la señora de los Campbell. Pasó las manos por las diferentes telas, re-creándose en su suavidad. Comparada con la basta camisa que vestía y que, a veces, le enrojecía la piel por el picor, era toda una delicia.

—¿Cuál prefieres? —preguntó Jane. Enseguida, se dio cuenta del tratamiento que le había dado y se disculpó—. Perdonadme, mi señora. Estoy acostumbrada a hablar con Will y no me he dado cuenta...

—Jane, tranquila. Lo prefiero así. A mí también me resulta raro que me trates de vos, porque me aleja de todos los que me habéis acogido como a una más y me habéis hecho sentir parte de vuestro hogar. Llámame Willow.

El ama de llaves negó rotundamente con la cabeza.

—No sería apropiado, no... Ni hablar. Sois la hija de un laird y no me sentiría cómoda.

La joven suspiró, con una sonrisa resignada.

—Como quieras.

Mientras continuaba examinando los vestidos, la puerta se abrió y Liese entró cargada con un par de cubos de agua. La muchacha se quedó paralizada en la puerta, mirando a Willow con cara de sorpresa.

—Pasa, Liese. Llena la tina —le ordenó Jane.

—Sí, señora.

Willow contempló el rostro de la que, durante todo aquel tiempo, había sido como su hermana. Liese tenía las mejillas arreboladas y sus ojos la esquivaban. Se sentía mal por el azoramiento que debía de estar sintiendo... La chica siempre mostró un interés por Will que no tenía nada que ver con el hecho de ser hermanos, y averiguar que no era un hombre había sido un duro golpe.

—¿Querrás ayudar a la señora en su baño mientras yo le ajusto uno de estos vestidos?

—¿Qué? —preguntó Liese, escandalizada.

La mirada que le dedicó a Willow era una mezcla de horror y de sorpresa.

—Debes perdonarme, Liese. Y John, y Maud, porque no solo os mentí al no deciros que era una mujer. Soy... soy la hija del laird Ian MacGregor.

—Así que, después de todo, sí tenías una familia —le echó en cara, con un susurro—. Mis padres y yo te acogimos, y todo este tiempo te has estado riendo de nosotros.

—¡Liese! —la reprendió Jane. No debía hablarle así a una dama.

—No, déjala. Tiene motivos para estar enfadada. Yo, sin embargo, solo siento agradecimiento hacia ella y hacia sus padres —Willow se acercó a la joven rubia y buscó sus ojos, tratando de congraciarse con la que todavía consideraba su hermana—. Si no hubiera sido por vosotros, tal vez yo no hubiera sobrevivido. Os debo mi vida y jamás podré olvidarlo. No quiero que tú, o tus padres, me veáis como alguien a quien servir. Sois mi familia... el cariño que siento hacia vosotros no puede desaparecer solo por cambiarme de vestido.

—Will...

A Liese se le quebró la voz y bajó la cabeza, avergonzada. No sabía cómo enfrentarse a ella, cómo debía tratarla, cómo debía mirar a Willow en su nueva y distinguida condición femenina.

—¿Me haces un favor? —le pidió, cogiendo su mano para llevarla hacia la cama—. Ayúdame a elegir vestido, Liese. Hace mucho que llevo ropa de hombre y no me veo capaz de tomar yo sola esta decisión.

Le sonrió con dulzura esperando que la joven comprendiera que la confianza que se había forjado entre las dos cuando era Will se mantenía intacta. Y pareció funcionar. El rostro de Liese se relajó y le devolvió la sonrisa, al tiempo que apretaba su mano con cariño. Sus ojos se posaron sobre los vestidos estirados en la cama y se iluminaron de emoción ante la tarea que tenían por delante.

—Vamos a ponerte muy guapa, Willow MacGregor. Mi hermana se va a presentar delante de su gente y del laird Campbell como una auténtica dama. Quiero ver cómo todos esos que te han gritado, que te han hecho de menos por ser un muchacho pusilánime, se quedan con la boca abierta cuando te vean.

La carcajada de Jane las sorprendió a ambas.

—No había caído en eso —confesó, divertida, olvidando de nuevo el tratamiento que le debía a la señora. Era difícil acostumbrarse—. Va a ser muy interesante ver la reacción de todos esos brutos que te tiraban de culo en los entrenamientos cuando aparezcas en el gran salón y te sientes al lado de tu hermano. Venga, métete en la tina, que vamos a frotarte hasta que te dejemos la piel reluciente…

CAPITULO 35

Durante las horas que Willow estuvo desaparecida, Ewan tuvo tiempo de conocer un poco mejor a su hermano. Enseguida comprendió que Malcom MacGregor era un hombre con el que podría entablar amistad, llegado el caso. Era terco como una mula, sincero y directo, igual que él. Tenían otras cosas en común, como, por ejemplo, su preocupación por esclarecer lo ocurrido en Meggernie y quién era el culpable del ataque. Sin embargo, ambos coincidieron en que era mejor que Willow estuviera presente cuando analizaran todos los datos que habían recabado, ya que sin duda ella podría verter algo de luz en algunos puntos de la historia.

Así las cosas, pasaron todo el día con sus respectivas tropas. Ewan preguntando a Malcom todo lo relacionado con la lucha que mantenía Bruce en el frente, y Malcom examinando con ojo crítico los avances de Ewan con los soldados que preparaba para cuando se uniera con el rey en Stirling. No pudo encontrarles ninguna pega. Eran guerreros bien adiestrados y muy disciplinados; serían bien recibidos por el resto del ejército escocés para la batalla que pondría fin al sitio del castillo.

En todo ese tiempo, Willow no se reunió con ellos. Alec les advirtió que, probablemente, ya no la verían hasta la fiesta que preparaban, pues Jane estaba decidida a transformar por completo al muchacho que todos conocían como Will, en la dama que en verdad era. Malcom asintió satisfecho ante aquella información, porque deseaba volver a encontrarse con su hermana, la que él conocía y a la que había echado de menos cada día.

Ewan, sin embargo, se mostró inquieto e impaciente.

Anhelaba volver a ver a la joven, no había podido hablar con ella desde aquella mañana y necesitaba aclarar demasiadas cosas. Ahora, con su hermano bajo el mismo techo, vigilándola como un perro guardián, presentía que encontrar un momento a solas iba a resultar casi imposible...

Cuando llegó la hora de la cena, Ewan ocupó su sitio en la mesa del gran salón, rodeado de su nuevo consejo. Los invitados se habían sentado en el ala derecha de la mesa, de modo que podían verse bien las caras para conversar a sus anchas. Era la primera vez que el laird se sentía a gusto ocupando su sillón, con su tío Alec, Melyon y Colin cerca de él, apoyándolo como jamás lo habían apoyado los dos viejos que había heredado de su padre. Una única preocupación enturbiaba su ánimo: Willow. ¿Qué iba a pasar ahora con ella? No estaba preparado para dejarla en manos de su hermano, no estaba preparado para verla partir con su gente. ¿Cómo iba a soportar no tenerla cada día, no besarla, no perderse de nuevo en su calidez?

No había terminado de formular esa pregunta en su mente, cuando la joven hizo acto de presencia en el salón. Al verla, su corazón comenzó a latir muy deprisa. Apenas la reconocía bajo su nuevo aspecto y, sin embargo, su cuerpo reaccionó a su proximidad como por encanto.

Llevaba un vestido en tono azul claro que destacaba aún más sus enormes ojos. La parte superior se ceñía alrededor de su delgado busto y la falda caía, amplia y elegante, hasta el suelo. Las mangas ocultaban unos brazos que él sabía suaves y delicados, abriéndose a la altura del codo en forma acampanada hasta sus manos. Se había peinado con cuidado, colocando sus cortos mechones de manera ordenada y atractiva, adornando su cabeza con una diadema de pequeñas flores blancas que le quedaba mejor que una corona a una reina.

Willow caminó por el salón con un andar regio y decidido. Todas las miradas se volvieron hacia ella y las conversaciones quedaron suspendidas en el aire. Ewan comprobó cómo muchos de sus hombres la contemplaban con la mandíbula desencajada; los más sensatos, incluso, tuvieron la decencia de parecer avergonzados ante la visión de aquella dama. La gran mayoría se había burlado de ella sin compasión cuando era Will... ¡habían escupido a su paso! Ahora, Ewan estaba convencido de que todos pensaban en la mejor manera de abordarla para pedirle excusas por su comportamiento. Si algo bueno tenían aquellos guerreros, además de su valentía y arrojo, era que sabían reconocer sus errores.

El primero en hacerlo, para su sorpresa, fue Bors, el barquero. Se levantó de su silla y la interceptó a medio camino, colocándose frente a ella.

—Mi señora —le dijo, inclinando la cabeza a modo de saludo cortés—. El laird nos ha dicho quién sois vos en realidad. Lamento... lamento haberos tratado como a un gusano pusilánime.

Willow enarcó ambas cejas, sorprendida por la elección de aquellas palabras. A pesar de todo, le hizo gracia que aquel pedazo de bruto conservara su esencia, por mucho que su vestido lo hubiese impresionado. No se hubiera sentido cómoda con una actitud exagerada de galantería mal disimulada. Los Campbell no eran así, y ella había aprendido a apreciarlos con sus ariscas y crudas maneras.

—Acepto tus disculpas, Bors. Me hubiera gustado oírlas cuando todavía era Will, ya que opino que nadie se merece que escupan a su paso solo por no saber sujetar una espada, pero agradezco tu arrepentimiento. Y ahora, si me permites, mi hermano me está esperando.

Era cierto. Malcom se había puesto en pie y los miraba con fijeza y el ceño fruncido. Lo último que Willow deseaba era que su hermano averiguase de golpe todo lo que había tenido que soportar mientras vivía entre los Campbell...

—Mi señora —volvió a hablar Bors, impresionado por su contestación—, consideradme vuestro leal servidor. No deseo que tengáis ese concepto de mí. Admiro vuestra valentía, y la del antiguo Will, ya que hablamos del tema. Ahora que habéis desvelado vuestra identidad, con más motivo. Cualquier otro muchacho no hubiera aguantado ni un día nuestros insultos durante los entrenamientos, se hubiera rendido a la primera. Pero vos no lo hicisteis...

—Tendremos esta conversación en otro momento, Bors —le cortó ella, viendo que su hermano había perdido la paciencia y se acercaba a ellos con paso firme.

—Willow, te acompañaré a tu sitio. —Malcom le puso una mano en la espalda de manera posesiva para guiarla hacia la mesa principal. De camino, la mirada que el guerrero les dedicó a los soldados Campbell fue demoledora. Dejaba claro que partiría en dos con sus propias manos a aquel que osara molestar o importunar a su hermana.

Ewan no se perdió detalle de aquella escena, sintiendo unos celos corrosivos en las entrañas al ver cómo el MacGregor cuidaba de Willow y extendía su protección alrededor de su persona. Como si ella fuera un auténtico tesoro… La joya de Meggernie. Miró a sus propios hombres, incómodos con la nueva situación, arrepentidos, al igual que él mismo, por haberse equivocado tanto con Will. Y después miró a los soldados MacGregor, solo para ver cómo esa criatura que lo tenía fascinado se deshacía en sonrisas con ellos y se dejaba agasajar, feliz de que por fin alguien supiera tratarla como merecía. Era fácil suponer lo mucho que la joven tenía que haber echado de menos a su gente…

Cuando al fin tomó asiento, lejos de él, flanqueada por Malcom y el enorme cuerpo de su lugarteniente, Angus, los ojos de Willow buscaron los suyos. El impacto de encontrarse los dejó a ambos aturdidos unos segundos. Ewan la encontraba arrebatadora en su nueva condición femenina, pero hubiera dado cualquier cosa por acercarse a ella, arrancarle ese elegante vestido e introducir los dedos entre los oscuros mechones de su corto cabello para alborotar su peinado y encontrar, bajo aquel impresionante aspecto, a su Will.

—Te la estás comiendo con la mirada —le advirtió Alec, cerca de su oído—. Y no creo que a su hermano le haga ninguna gracia.

—¿Cómo ha podido pasar esto? —preguntó, desesperado—. Ayer era mía… Iba a ser mía para siempre. Ahora es como si ese vestido hubiera levantado una barrera entre los dos. Es como si Will se hubiera esfumado.

Ewan cogió su copa de vino y bebió con ganas para intentar aplacar su angustia.

—No se ha esfumado. Sigue ahí, detrás de esos ojos azules… ¿No lo ves? ¿No te das cuenta de cómo te mira ella?

—Willow MacGregor ya ha elegido, tío. Y no ha dudado, además. Está pletórica junto a su gente, junto a su hermano. En cuanto él apareció, yo dejé de ser una opción para ella.

—Te rindes muy fácilmente.

—Sí —le secundó Melyon, metiéndose en la conversación—. ¿Desde cuándo te has vuelto un llorica y un cobarde? Cuánto mal te hizo mi marcha, amigo —se burló.

Ewan volvió a beber. Ellos no lo entendían… Lo que le había hecho a Willow no tenía nombre. Cuando su hermano se enterase, iba a arrancarle la cabeza… o tal vez alguna otra parte de su cuerpo más concreta, y no lo culpaba. Para colmo, Malcom era uno de los pocos hombres que Ewan podía considerar un digno rival. Llegado el caso, vencer a esa mole en un combate singular iba a resultar casi imposible. Claro, que, eso no debía ocurrir jamás. Era el amado hermano de Will, no podía ir contra él de ninguna de las maneras. Se pasó una mano por la cara, desesperado. No sabía cómo iba a solucionar ese embrollo…

Las bandejas con comida empezaron a llegar y el ambiente se relajó un tanto. Los MacGregor demostraron tener buen apetito y Edith, la cocinera, había organizado un banquete digno de reyes a pesar de los pocos recursos de los que disponían en esos días. Sirvieron grandes bandejas de cordero, pichones de paloma y salmón. Había también gruesas rebanadas de queso, panes morenos de crujientes cortezas, tortas azucaradas y tartas repletas de jugosas moras en su interior. Era una ocasión especial y querían agasajar a sus invitados como merecían.

Willow estuvo muy bien atendida, tanto su hermano como Angus no dejaron de llenarle el plato, a pesar de que tenía el estómago cerrado. Observaba en silencio a todos los sirvientes ir y venir, consciente de que, hasta el día anterior, había compartido esas tareas con ellos. Se sentía desubicada, fuera de lugar. Buscó a Maud con la mirada y la vio cerca de los soldados Campbell, llevándoles jarras de vino y cerveza. La mujer pareció notar que la observaban, porque levantó los ojos y la contempló desde la distancia. El corazón de Willow se paró unos segundos, pendiente de la reacción de su madre adoptiva. Estaba convencida de que Liese ya la había puesto al día y deseaba acercarse a ella para que la abrazara y le dijera que nada había cambiado, que seguía queriéndola como cuando era Will. Maud por fin esbozó una sonrisa cariñosa y Willow pudo respirar tranquila. En cuanto acabase la cena, tenía que buscarla, tanto a ella como a John, y aclarar las cosas con ambos.

—No estás comiendo nada —la voz de Malcom la sobresaltó.

—No tengo mucha hambre. Demasiadas emociones.

—Me he dado cuenta de que el laird te mira sin disimulos.

Willow, que acababa de meterse un bocado de carne en la boca, casi se atragantó.

—Ten en cuenta que, hasta ayer, yo era su sirviente personal. Ignoraba mi verdadera identidad, debe de estar estupefacto —intentó justificarlo.

—No parece estupefacto —intervino Angus, al otro lado—. Te mira como si quisiera cargarte en su hombro para sacarte de aquí. Has debido impresionarlo mucho vestida de mujer.

—¿Cómo reaccionó cuando descubrió que no eras un muchacho? —inquirió Malcom, sin darle tregua.

—Se molestó… él… él se enfadó bastante.

—No me extraña. ¿Por qué no le confesaste quién eras cuando viste que aquí estabas a salvo?

Willow miró a Ewan con el gesto arrepentido.

—Creía que era el asesino de Niall. Estaba convencida de que era el culpable de todos mis males y quería vengarme de él.

Malcom se giró hacia ella, boquiabierto.

—¡Dios Todopoderoso, Willow! ¿Qué pensabas hacer? Míralo, si hubieras intentado cualquier ataque contra él, ahora estarías muerta. No puedo creer que hayas sido tan inconsciente.

—Pero aquí sigo, a pesar de todo —le respondió ella, empezando a enfadarse. ¿Por qué se empeñaban todos en recordarle una y otra vez que no obraba con buen juicio?

Aquellas palabras afectaron a su hermano, que la abrazó de improviso y delante de todos los presentes. Le susurró, muy cerca del oído.

—Perdona. No te puedes hacer una idea de lo feliz que estoy de que sigas aquí, y de haberte encontrado por fin. A ti no puedo perderte… A ti no. No puedo pasar por eso otra vez.

Willow sintió el nudo en la garganta ante su sentida confesión. Así solía ser Niall, espontáneo y sincero. Malcom siempre había sido más reservado y, tal vez por eso, sus palabras la sorprendieron y la emocionaron hasta las lágrimas. Ella tampoco quería volver a pasar por eso. Su corazón ya estaba incompleto y lo estaría hasta el día de su muerte, pero seguía latiendo, y Malcom era indispensable para no volver a perder el ritmo de sus latidos. Lo miró, con los ojos empañados, y acarició su barba oscura con cariño.

—No me perderás.

Al otro lado de la mesa, Ewan tampoco probaba bocado.

Al ser testigo del gesto de amor de los hermanos, algo se encendió en su interior. Tenía celos de Malcom porque la abrazaba; de Angus, que se sentaba al lado de Willow y le servía la comida. Tenía celos de todos y cada uno de los soldados MacGregor, que hablaban con su señora y la conocían desde siempre. Deseaba romper todos los lazos que la unían a su clan, porque en el fondo de su corazón, deseaba que Will fuera Campbell para poder atarla por siempre a él.

Sin pensar muy bien lo que hacía, se levantó de su sitio y acudió hasta las sillas de sus invitados. Malcom le miró intrigado y los que había alrededor guardaron silencio.

—Necesito hablar con Willow. A solas.

—¿Por qué? —preguntó el MacGregor, cogiendo la mano de su hermana por encima de la mesa, como si con el gesto la pudiera mantener a salvo del laird de los Campbell.

—No nos ha dado tiempo a aclarar ciertos temas que tenemos pendientes. Todo ha ido muy rápido, ha sido muy precipitado. Ayer era mi sirviente, hoy es una preciosa dama, hija de un señor de las Highlands.

—¿Qué asuntos pueden haber dejado inconclusos un laird con su criado? —Malcom se levantó para plantarle cara—. ¿Acaso no te ha limpiado bien las botas?

—¡Malcom! —Willow se levantó también y sujetó el brazo de su hermano—. No seas grosero. Te lo explicaré todo… a su debido momento. Pero necesito que ahora confíes en mí, y que me dejes ir con él. Es verdad que tenemos asuntos de los que hablar. Sé que no te gusta, pero debes permitirme un momento a solas con él. A pesar de las circunstancias, si no fuera por Ewan, tal vez yo no hubiera sobrevivido. Me acogió en su casa junto con los St. Claire. Se lo debes.

El MacGregor inspiró con fuerza y clavó una inquisitiva mirada en el rostro de la joven. Estaba claro que la idea de una entrevista entre los dos le disgustaba sobremanera. No quería perderla de vista y no se terminaba de fiar del Campbell.

—Por favor… —insistió Willow, acariciándole en antebrazo.

—Está bien —concedió—. Pero espero que vuestra reunión no se alargue mucho, no quiero que te alejes demasiado.

—Te lo prometo —le dijo, alzándose de puntillas para depositar un suave beso en su mejilla.

Después se retiró y acompañó a Ewan, que se dirigió hacia las escaleras para subir a la planta de los dormitorios.

Durante el trayecto, el laird apenas la miró, y Willow se puso nerviosa. Observó de reojo su perfil, serio y distante, y su corazón se aceleró. Imágenes de la noche pasada con él inundaron su mente y un estremecimiento recorrió su cuerpo, haciéndola temblar. ¿Dónde había ido a parar la complicidad que habían compartido? Todo parecía haberse detenido en el momento de reencontrarse con su hermano, su relación había quedado en suspenso y ella empezaba a notar las consecuencias.

Lo echaba de menos. Mucho. Apenas había pasado un día, pero Willow ya notaba su falta en la piel… y en su alma. No lo soportaría si Ewan continuaba enfadado con ella, si esa barrera que se había levantado entre los dos una vez descubierta su identidad era demasiado alta como para franquearla.

Entraron en la alcoba del laird y este cerró la puerta tras de sí. Apoyó la espalda en ella y se cruzó de brazos, mirándola con la misma intensidad que la primera vez que la tuvo ante sus ojos. Willow empequeñeció ante su imponente aspecto y su gesto fiero, y los temblores regresaron. Solo tenía miedo de una cosa: que Ewan jamás volviera a estrecharla entre sus brazos.

O a besarla.

CAPITULO 36

—Di algo, por favor —le pidió, tras varios segundos de silencioso escrutinio.

Ewan cogió aire y lo soltó despacio, relajando un poco su expresión.

—Ojalá solo fueras Will.

La frase le provocó un pinchazo en el pecho; a pesar de todo, mantuvo la compostura.

—Perdóname, tendría que haber confiado en ti y contártelo.

—Hubiera sido lo más prudente, sí. Pero entiendo que, si pensabas que yo era el asesino de tu hermano, prefirieras guardar silencio. Eso no significa que no me moleste. ¿Sabes en qué situación me has puesto? ¿Eres consciente de que te he deshonrado de todas las maneras posibles? Cuando tu hermano se entere, lo mínimo que hará será castrarme.

Así que eso era lo que realmente le preocupaba. Willow sintió un ramalazo de decepción que encendió la furia de sus ojos.

—No temas, por mí no sabrá nada. Mañana me marcharé de Innis Chonnel y no tendrás que verme nunca más. Tu vida volverá a la normalidad… No he hecho más que causarte problemas desde que aparecí, ¿verdad?

Ewan gruñó por lo bajo tras aquella afirmación. Se acercó a ella de dos zancadas y la tomó de la cintura.

—No permitiré que te alejes de mí, Will. Después de todo este tiempo, ¿aún no me conoces?

—Ya no estoy bajo tu protección —susurró ella, con el corazón disparado ante su cercanía—. Ahora es Malcom quien tiene mi tutela.

Ewan cambió su gesto al escuchar la pena en esas palabras. Su mirada se suavizó y acarició su mejilla con ternura.

—Y yo… ¿qué tengo yo, entonces?

Willow inclinó la cabeza y cerró los ojos para disfrutar del contacto de aquella mano áspera. Una vez más, su cuerpo respondía con vida propia ante ese hombre. Se estremecía ante su olor, su calor, el sonido de su voz, su forma de mirarla. No podía ocultarlo más… ni ante él, ni ante sí misma.

—Tú tienes mi corazón —confesó, en un susurro—. Siempre lo has tenido. Incluso cuando te odiaba, cuando pensaba que tú eras el responsable de la muerte de mi hermano, lo ocupabas por entero. Solo podía pensar en ti, llenabas mi mundo y, de alguna manera, me diste fuerzas para seguir adelante. Contigo tenía una meta, algo en lo que volcar mis energías y mis ganas de vivir. Es cierto que, al principio, eras una obsesión malsana. Después, no sé cómo ha ocurrido, poco a poco la balanza se ha inclinado al lado contrario. Y mi odio se ha evaporado, dejando solo este otro sentimiento dentro…

Willow agarró la mano que acariciaba su cara y la llevó hasta su pecho para que él notara los latidos desaforados de su corazón.

Ewan tragó saliva, estremecido con la revelación. Aquella era una de las cosas que más adoraba de Willow: su descarnada sinceridad. Le decía lo que pensaba, lo que sentía, sin ningún tipo de doblez.

—Mi pequeño duende, ¿qué voy a hacer contigo? Has vuelto mi mundo del revés y ya no puedo concebir mi vida sin ti. ¿Cómo puedo evitar que te marches? No quiero perderte...

La joven notó que sus ojos se empañaban ante la confesión. Se puso de puntillas para alcanzar su boca y demostrarle con aquel gesto lo que su garganta estrangulada no le permitía articular. Sin embargo, apenas habían rozado sus labios, cuando unos golpes en la puerta los separaron con brusquedad.

—¡Willow! ¿Estás ahí?

La inconfundible voz de Malcom retumbó al otro lado. Ewan suspiró, frustrado. Era evidente que el tiempo que aquel halcón con apellido MacGregor consideraba apropiado para preservar la virtud de su hermana había expirado. Se separó de ella con desgana y abrió la puerta, forzando un gesto impasible que no delatara todo lo que bullía en su interior.

—Malcom, no hacía falta que vinieras a buscarme. Ya habíamos terminado —explicó Willow, caminando hacia él.

—Te escoltaré de regreso al salón, entonces —replicó, mordaz, sin dejar de mirar a uno y a otro alternativamente, buscando en sus caras algo que delatara la naturaleza de la conversación que habían mantenido.

Ewan consideró más oportuno guardar silencio; no quería que Malcom se pusiera más a la defensiva de lo que ya estaba. Dejó que los hermanos se adelantaran y se quedó a solas en la alcoba, mareado con sus propios pensamientos, recordando palabra por palabra lo que Willow acaba de confesarle. Si antes estaba decidido a no dejarla marchar, después de escuchar de sus labios que él era el dueño de su corazón, su determinación aumentó.

Will se quedaría, ya era parte de él. Por mucho que intentara resistirse, por mucho que amara a su añorado hermano, ella ya era una Campbell. Aunque todavía no lo supiera.

Después de debatir y exponer lo que cada uno sabía acerca del ataque a Meggernie, tanto los MacGregor como los Campbell llegaron a la conclusión de que iba a resultar muy complicado averiguar quién se hallaba tras ese horrible crimen. Willow relató su experiencia y tanto Ewan como Malcom se mostraron consternados al conocer los pormenores de su huida. La joven no mencionó la carta que aún tenía en su poder... Decidió que se la mostraría primero a su hermano, como le había prometido a Marie. Y tendrían que seguir a partir de ahí, porque estaba claro que Malcom tampoco había averiguado mucho cuando visitó Meggernie, nada más regresar del frente.

—Nuestra gente estaba desperdigada —le confesó a los presentes, aunque miraba a Willow directamente—. No quedaban soldados MacGregor, habían caído en el enfrentamiento... o habían desaparecido.

—¿Pudiste... pudiste confirmar lo que dicen de Niall con tus propios ojos? —preguntó Willow, en un susurro.

Todos los allí reunidos guardaron silencio y miraron a Malcom. El guerrero, sin embargo, pareció ahogarse con la respuesta. Sus ojos se empañaron y tragó saliva antes de bajar la vista.

—Enterramos a Niall como se merecía —contestó Angus por él, con la voz enronquecida por la emoción—. Al igual que al resto de nuestros hombres.

A Willow se le encogió el alma al comprender que Malcom había encontrado el cuerpo de su hermano... a saber en qué condiciones. Se le llenaron los ojos de lágrimas que derramó en silencio, conteniéndose para no acudir junto a él y abrazarlo. Estaban presentes los hombres de confianza de ambos lairds y no quería abochornarlo.

—¿Y Marie? ¿Errol y los demás? —consiguió preguntar, notando que las palabras le arañaban en la garganta al salir.

Malcom al fin pareció encontrar fuerzas para contestar. Levantó la mirada antes de hablar.

—No sabría decirte... —musitó—. Algunos... algunos de los cuerpos, con el fuego...

Se le quebró de nuevo la voz. En sus ojos podía leerse el tremendo sufrimiento que aquello le había causado. Era su gente, su clan, y no habían podido defenderlos.

—No tuvimos tiempo de hacer averiguaciones, Willow —volvió a intervenir Angus—. Después de dar sepultura a los que pudimos hallar, abandonamos Meggernie para buscarte. Por desgracia, aunque por fin te hemos encontrado, no podremos dedicar a este asunto el tiempo y la energía que merece. Bruce nos reclama.

—Sí —corroboró Ewan—. Yo también estoy deseoso de esclarecer este asunto, me gustaría saber quién ha incriminado a los Campbell en esta sucia artimaña. Pero tenemos un plazo limitado para reunirnos con el rey, así que las investigaciones tendrán que ser pospuestas.

Todos estuvieron de acuerdo en que se dedicarían a ello en cuerpo y alma cuando regresaran del frente... si regresaban. Alec guardó silencio una vez más en lugar de hablar de la sospecha que enturbiaba su ánimo. Aún no podía poner rostro al traidor que buscaban y dar un nombre. Sabía que si contaba lo ocurrido tantos años atrás en la batalla de Stirling, tanto su sobrino como Malcom querrían indagar en los hechos. Lo último que deseaba era distraerlos de la misión que en esos momentos era más importante: la guerra contra los ingleses.

Angus, al percatarse de la pena que bañaba los rostros de Malcom y Willow, derivó la conversación a los planes del rey Bruce y a lo que les esperaba una vez se unieran al ejército que comandaba.

Y funcionó.

Malcom relajó su expresión circunspecta para centrarse en lo que allí se decía, y la joven Willow se excusó, harta de oír hablar de batallas, de estrategias y de los malditos ingleses, y abandonó el gran salón.

Puso rumbo a las cocinas, necesitaba ver a Maud. No había tenido ocasión de acercarse a ella en el transcurso de aquella celebración y no quería posponerlo más.

Encontró a la mujer ayudando a lavar los platos y las jarras que habían usado en el banquete. Se acercó a ella ante la mirada aturdida del resto de los criados, incluida la de Agnes, que la contempló con resentimiento. Willow, simplemente, ignoró a la muchacha que tantos problemas había causado.

—Maud.

La interpelada levantó la vista para encontrarse cara a cara con aquella dama que era y no era su Will.

—Mi señora... —susurró, con una mezcla de orgullo, admiración y pena.

—No, Maud, por favor. Sigo siendo yo, no soporto que me mires como si fuera alguien inalcanzable. Necesito que me abraces, que me perdones por no habértelo dicho. Lamento de corazón haberme aprovechado de la bondad de tu familia y por nada del mundo querría que pensaras que me he estado riendo de vosotros.

—No lo pienso —contestó—. Por desgracia, sí que eres inalcanzable ahora. Mírate —le dijo—, ese vestido es precioso y yo tengo las manos empapadas de agua sucia y jabón.

—¡Oh, Maud! ¿Crees que me importa más un estúpido vestido que mi familia? —le preguntó, con lágrimas en los ojos, lanzándose a sus brazos.

La mujer la acogió con alivio al darse cuenta de que no había perdido del todo a la criatura que había adoptado como suya. Le manchó el vestido con sus manos mojadas y le posó un beso en la coronilla. Ahora, su pelo olía a flores y ella era una dama, pero Maud reconoció en aquel cálido gesto a su Will.

—Sé que aquí estáis muy a gusto, y que la lealtad que os une al laird Campbell es grande. Pero quiero que sepas que en mi hogar siempre tendréis un lugar. Esté donde esté, siempre seréis bienvenidos... sois parte de mi familia.

—Somos simples criados —protestó Maud, que no terminaba de encontrar adecuada la relación que Willow pretendía seguir manteniendo.

—Para mí no. Sois mucho más, y si alguna vez me dejas demostrártelo, lo comprenderás.

La joven había llegado a conocer muy bien a los St. Claire. Sabía que no aceptarían vivir en ningún lugar sin ganarse el sustento. Eran gente trabajadora y orgullosa, no podría trasformar sus vidas así como así, aunque eso fuera, precisamente, lo que más le apetecía hacer. No quería que Maud siguiera fregando cacharros, ni que Liese acarreara los cubos de agua para el baño de los señores. Podía hablar con Malcom para que ofreciera a John un puesto en el ejército MacGregor, y Maud y Liese podrían vivir con ella, ayudándola a gobernar Meggernie durante la ausencia de su padre, haciéndole compañía hasta que la guerra terminara. Pero, para eso, debían abandonar Innis Chonnel con los MacGregor cuando se marcharan de allí, y no estaba segura de que eso fuera lo que deseaban. Apreciaban mucho al laird Campbell, y ella no pretendía inmiscuirse en sus vidas. Pero también quería que supieran que, si la necesitaban, Willow respondería por ellos.

—Muchas gracias, mi niña —le dijo Maud, con la voz estrangulada de emoción. Después, se soltó de su abrazo, algo envarada por la situación, y volvió a su tarea con energías renovadas—. Y ahora, márchate a descansar. Ha sido un día muy largo y lleno de sorpresas para todos. Aunque te pese, este ya no es tu lugar... Vamos, esta noche dormirás en un colchón blando, así que haz el favor de soñar cosas bonitas por todos nosotros.

—Recuerda mi ofrecimiento, Maud —musitó Willow, con una sonrisa cariñosa.

La mujer la miró a los ojos y le devolvió el gesto de corazón.

—Lo recordaré siempre, mi señora.

Cuando regresó al salón, Ewan ya no estaba. No pudo evitar buscarlo por toda la sala con los ojos y sentir un pinchazo de decepción al comprobar que se había retirado sin despedirse de ella. Malcom se acercó en cuanto la vio aparecer y le ofreció su brazo para escoltarla hasta sus aposentos.

—Él no está.

—¿A quién te refieres?

—Al hombre que buscas... A mí no me engañas, Willow. ¿Qué está pasando aquí?

Ella esquivó sus ojos y se mordió el labio inferior. No le gustaba mentir a su hermano, pero también era consciente del daño que le haría si le contaba todo lo ocurrido entre el laird Campbell y ella.

—No sé de qué estás hablando —le contestó, con la voz temblorosa por el embuste.

Malcom se detuvo en mitad del pasillo que conducía a sus habitaciones. Una tea que prendía de la pared arrojaba una luz ambarina a su espalda, consiguiendo que su rostro quedara en sombras, con lo que parecía más serio de lo que ya era habitual en él.

—Willow, no tenemos tiempo para juegos. Trato de averiguar lo ocurrido en Meggernie y, aunque tú hayas cogido cariño a esta gente, yo no descarto su implicación en el ataque. No sé lo que hay entre el laird Campbell y tú, pero es evidente que algo pasa. Y no me fío de él. Tú misma lo creías el asesino de nuestro hermano... ¿qué te ha hecho cambiar de opinión?

La joven se ruborizó. Malcom, si bien no era tan sensible como Niall, era igual de intuitivo. Y lamentaba que la hubiese descubierto tratando de ocultarle cosas.

—Él no es un asesino. Y no tiene nada que ver con lo ocurrido en nuestro hogar.

—¿Cómo lo sabes?

Willow miró a un lado y a otro del pasillo, verificando que se encontraban a solas.

—Ven a mi alcoba, quiero enseñarte algo.

Lo condujo hasta los antiguos aposentos de Cait, donde ahora habían trasladado sus escasas pertenencias. Cerró la puerta una vez dentro y buscó en su hatillo el pergamino que Marie le había entregado cuando escapó de Meggernie.

—Niall encontró esto y se puso muy nervioso. Estábamos con tío Gilmer y tuvimos que marcharnos a toda prisa de Landon Tower. Para Niall, era prioritario llegar a Meggernie y pertrecharnos para repeler un ataque, pero alguien nos traicionó. Abrieron las puertas desde dentro y el enemigo, fuera quien fuera, consiguió entrar.

Malcom leyó aquellas letras y su gesto fue cambiando según sus ojos avanzaban por las líneas de tinta.

—¿De dónde sacó Niall esta carta?

—No sé de dónde la sacó. Pero está claro que la persona a la que se refiere odia a nuestro padre. A Ewan prácticamente lo crió su tío Alec, y ese guerrero me ha ayudado sabiendo quién era yo, solo por el cariño que le tiene a nuestra familia. Estoy convencida de que ninguno de ellos es el hombre del que habla el anónimo. Es evidente que, sea quien sea, iba a por mí. Ese es el motivo del ataque a Meggernie. Y lo que me rompe el corazón es que el canalla no diera conmigo y matase a Niall en mi lugar.

Malcom clavó en ella sus ojos azules y se estremeció.

—No se te ocurra volver a decir algo así. ¿Me has oído? Estoy seguro de que Niall hubiera dado su vida por ti mil veces más, al igual que yo.

—Su vida no era menos valiosa que la mía —apuntó ella con dolor.

—Por supuesto que no. Pero él entregó la suya en un acto de amor incondicional, así que no lamentes seguir con vida. Debes honrar su memoria agradeciendo que sigues aquí, colmándonos de felicidad a todos los que te queremos.

Willow se acercó a él y lo abrazó, enterrando la cara en su pecho.

—Duele demasiado, Malcom. Cada vez que pienso en que no volveré a verlo o a hablar con él, me rompo por dentro. ¿Cómo lo soportas tú? ¿Cómo puedes respirar cada día, sabiendo que jamás volverás a tenerlo a tu lado?

—Respiro porque sí lo siento a mi lado... —le dijo, separándola un poco para llevarse una mano al corazón—. Lo llevo aquí dentro, siempre conmigo. Respiro porque también te tengo a ti. Yo... yo no sé decir las cosas bonitas que te decía Niall, ni sé qué palabras usar para que te sientas mejor. Sé que él y tú teníais una conexión especial que no compartíais conmigo... No es un reproche. Simplemente, vosotros estabais hechos de otra pasta y lo único que lamento es no saber reconfortarte como lo haría él. Pero jamás dudes de que te quiero más que a nada y que haría cualquier cosa por ti.

Willow le miró con lágrimas en los ojos. Su enorme hermano, grande y fiero, confesaba que él no sabía decir cosas bonitas y lo hacía, justamente, con las palabras más sentidas y hermosas que jamás le había dedicado.

—Yo también te quiero, Malcom.

Volvió a abrazarlo con fuerza hasta que el tierno momento fue demasiado para el guerrero. Con un carraspeo envarado, puso fin al abrazo y fijó su atención de nuevo en la carta que sostenía en la mano.

—¿Quién más la ha leído? —preguntó, mientras Willow se limpiaba las lágrimas con los dedos y se obligaba a centrarse.

—Que yo sepa, solo Niall, tú y yo. No se la he mostrado a nadie más.

—Has hecho bien. Y la mantendremos en secreto hasta que descubramos quién puede ser el enemigo de nuestro padre.

—No creo que sea ningún Campbell, Malcom. Ewan está deseoso de encontrar al culpable, porque esa misma persona ha tratado de incriminar a su clan.

Malcom la observó con suspicacia. Se cruzó de brazos antes de insistir en un tema que ella esquivaba a toda costa.

—Te noto muy preocupada por exculpar a los Campbell de este embrollo. Willow, ¿qué ocurre? ¿Qué hay entre el laird y tú?

—Nada.

—Nada... Eso sería lo lógico, dado que hasta ayer él no sabía que eras una mujer. Pero te conozco, Willow. Te pones nerviosa en su presencia, lo miras demasiado. ¿Sientes algo por él?

Malcom era brutalmente directo. No se daba cuenta de que aquel era un rasgo característico de su familia, pues ella tampoco era dada a los rodeos o las ambigüedades. Les gustaba llamar a las cosas por su nombre y decir lo que les pasaba en cada momento por la cabeza. ¿Qué podía esperar entonces del menos sensible de los tres hermanos? Bajó la cabeza, avergonzada, consciente de que no tenía escapatoria.

—Sí, así es. Supongo que preferirás que no te describa mis sentimientos hacia él, por lo que solo te confirmaré que existen.

Malcom la miraba con los ojos muy abiertos. Aquello le superaba... Una vez más, echó de menos no ser como Niall. Seguro que él podría enfrentarse a esa situación mucho mejor de lo que iba a hacerlo él.

—Pues entonces —dijo, sin abandonar su postura autoritaria—, es una suerte que el laird haya tardado tanto en descubrir que eres una mujer. He llegado a tiempo de evitar una situación comprometida para ambos. Mañana nos marcharemos rumbo a Meggernie y tú tendrás tiempo de averiguar si esos sentimientos que dices tener son fuertes, o tan solo un capricho alimentado por la admiración hacia un guerrero notable como Ewan Campbell.

Willow escuchó aquellas palabras con un eco lejano. Su corazón se hacía añicos por dos motivos: por ocultar a su hermano que la situación de la que hablaba ya había tenido lugar y, sobre todo, por tener que abandonar Innis Chonnel al día siguiente.

Separarse del laird de los Campbell era lo último que deseaba hacer. Pero no desobedecería a su hermano... eso jamás.

CAPITULO 37

—¿Te has vuelto loco?

El padre Cameron lo miraba como si de verdad hubiera perdido la razón y necesitara que dos de sus mejores hombres lo atasen con cuerdas.

—En absoluto. Creo que, dadas las circunstancias, es lo más sensato y honrado por mi parte.

Ewan vio como los ojos del religioso se agrandaban hasta casi salírsele de las órbitas y se apresuró a servirle un poco de esa agua de fuego que guardaba con tanto celo en el mueble de su salita. El hombre agradeció el gesto y lo tomó todo de un solo trago, para asombro de su laird.

—Si llego a saber esto, hubiera alargado más mi viaje —confesó. Miró hacia el techo, como si buscase un ente divino en las alturas—. Podías haberme mandado una señal, Señor. Dos días más, solo dos días más alejado de este lugar, y no me vería en esta tesitura.

Para Ewan, el regreso del religioso a Innis Chonnel había sido providencial. Le habían comunicado su llegada después de que Willow desapareciera rumbo a las cocinas, y la solución a su problema se le manifestó tan clara y tan lógica, que no supo por qué no lo había pensado antes. Acudió al hogar del padre Cameron para comunicarle su decisión sin más demora. El tiempo corría en su contra y debía actuar cuanto antes si no quería perder a su duende.

—¿Qué problema hay? —le preguntó, sin entender su reticencia—. Ella ha reconocido que su corazón es mío. Para mí, eso es suficiente. Willow ya es mía, padre, solo quiero que lo haga oficial.

El religioso lo miró con la boca abierta.

—¡A escondidas de su hermano! ¿Cómo puedes pedirme que os case en secreto?

—No se lo ocultaré por mucho tiempo. Mañana por la mañana todos lo sabrán, y ya no podrán hacer nada por evitarlo.

El padre Cameron se llevó las manos a la cabeza.

—¿Sabes el problema en el que te meterás? ¡Te enemistarás con la familia de tu esposa! ¿Crees que esa es una buena forma de empezar un matrimonio?

—¡Oh, padre! ¡No es como si la raptara para casarme con ella!

—¿Estás seguro? ¿Cómo sabes que ella quiere lo mismo que tú? ¿Se lo has propuesto, te ha dicho que sí?

—No hace falta. Ya os lo he dicho, ella me ha entregado su corazón. Eso significa que me ama, no necesitamos su conformidad explícita.

El padre Cameron dejó el vaso vacío sobre la mesa con un golpe seco, mostrando así su enfado por la intransigencia del joven e impulsivo laird.

—Yo sí la necesito. No te casaré con ella a no ser que me diga, a la cara y sin ningún tipo de coacción, que eso es lo que realmente desea. Y aun así, sigo pensando que no es sensato en absoluto.

Ewan se levantó de la butaca que ocupaba y asintió con la cabeza, conforme con aquella propuesta.

—Muy bien. ¿Quiere oírlo de sus labios? Se la traeré aquí para que ella misma se lo diga.

El padre Cameron lo observó marchar sintiendo que el corazón le rebotaba en las costillas de indignación y asombro. Algunas veces aquel muchacho se mostraba testarudo como una mula, y mucho se temía que en aquella ocasión su obcecación podía acarrearle un serio disgusto.

Volvió a coger el vaso y acudió al mueble para rellenarlo con más agua de fuego. Lo bebió de un solo trago, otra vez, pero ni el ardor de aquel licor destensó el nudo que se le había formado en el estómago.

Willow no podía dormir. Había abandonado el lecho, cansada de dar vueltas, y se había sentado en una butaca frente al fuego del hogar. Miraba el baile de las llamas con una maraña de sentimientos encontrados en su interior. ¿Qué iba a pasar ahora? Estaba feliz de haberse reencontrado con Malcom, eso era irrefutable. Pero no era menos cierto que necesitaba estar cerca del laird de los Campbell. Acababa de descubrir que ese hombre gobernaba a capricho sobre sus sentimientos... y todo aquel día había sido una auténtica tortura para ella. No había tenido tiempo de asimilar que, esa misma mañana, sus cuerpos habían estado juntos, desnudos, prodigándose caricias que ahora, al recordarlas, le aceleraban el corazón a pesar de sentirlas tan lejanas. Apenas había descubierto la pasión y necesitaba volver a experimentar todas esas emociones para cerciorarse de que eran ciertas. Había echado de menos a Ewan cada minuto de cada hora de aquel largo día. Añoraba que volviera a estrecharla entre sus brazos y que la besara con el ardor que recordaba...

Su hermano iba a matarla. Si se enteraba de que se había entregado por propia voluntad a ese guerrero, la repudiaría. No era para menos. Había deshonrado a toda su familia, aquel no era el comportamiento que se esperaba de una dama. Claro que ella había dejado de serlo el mismo día en que huyó de Meggernie. Al menos, así lo sentía. ¿Cómo se había metido en ese lío?

Su corazón se debatía en esos momentos entre la lealtad que le debía a su hermano, a su gente, y lo que empezaba a sentir por Ewan. ¿Así era el amor? Nunca se había enamorado, pero si ese sentimiento implicaba tener la cabeza y los ojos llenos de su imagen, de su fuerza y su espíritu a todas horas, entonces estaba enamorada. Si amar significaba desear con toda el alma, tener impulsos continuos de tocarlo, de besarlo, de sentir piel con piel, entonces ya lo amaba.

Sin embargo, todo lo que su corazón albergaba respecto a ese hombre no podía imponerse al hecho de que jamás desobedecería a su hermano. Lo tenía tan claro que se estremeció de miedo y ausencia prematura solo con pensarlo.

—¿Will? —La voz grave y susurrada llegó desde un lugar en la pared, cerca de la cama.

Willow se sobresaltó y se puso de pie al momento, escudriñando entre las sombras para distinguir a su interlocutor.

Ewan apareció de la nada, al parecer, atravesando una puerta que comunicaba su alcoba con la del propio laird.

—Perdona si te he asustado. Tu hermano ha apostado un guardia en la entrada de tu habitación, así que he tenido que recurrir a este pequeño secreto que solo conocían mis padres. Cada uno ocupaba su dormitorio, pero por las noches se visitaban a través de esta puerta escondida en la pared.

Willow se llenó los ojos con su imagen. Lo único que deseaba era lanzarse a sus brazos y dejarse envolver por su calor. Pero recordó las palabras de Malcom y se mantuvo firme en el sitio, abrazándose el cuerpo por el pudor de que la viera en ropa de cama.

—No deberías estar aquí —susurró, sin convicción.

Ewan dio un paso hacia ella, con el ceño fruncido.

—He venido a ver a Will. Necesito hablar con ella, no con Willow MacGregor.

—Pues tendrás que acostumbrarte a no encontrarla más, porque yo soy quien soy. Y no puedo cambiarlo.

Él continuó acercándose, ignorando el temblor que de pronto se había adueñado del cuerpo femenino. Era un placer para la vista, allí de pie de espaldas al fuego, cuya luz silueteaba su figura a través de la fina tela de su camisón. Ewan sintió el tirón en las entrañas por el deseo que esa criatura siempre despertaba en él... ¿Cómo era posible? ¿Por qué no se cansaba nunca de mirarla? Se detuvo a unas pulgadas de su rostro y respiró su aroma, cerrando los ojos para disfrutarlo. Cuando volvió a abrirlos, la mirada azul de Willow reflejaba la verdad que se empeñaba en ocultar a toda costa.

—Aquí estás, pequeño duende. Por unos segundos, creí que te había perdido.

Las fuertes manos del guerrero subieron por su cuello hasta acariciarle las mejillas. Willow se estremeció de placer ante el contacto y se pegó más a su cuerpo. Ewan se inclinó y atrapó sus labios con delicadeza, casi como si la reverenciara. La sangre en sus venas ya ardía por esa mujer... y olvidó por unos momentos el motivo por el que había ido a buscarla a esas horas de la noche. La estrechó entre sus brazos, aumentando la intensidad del beso, exigiendo que su Will emergiera de aquel cuerpo vestido con un distinguido camisón para entregarse a él sin ningún tipo de inhibición.

La joven respondió a la pasión del laird, como siempre había hecho, y sus pequeñas manos se enredaron en su pelo para atraerlo aún más. Parecía que quisiera fundirse con su enorme cuerpo y Ewan gruñó de satisfacción, deseando lo mismo.

Y ese era el problema, siempre querría más de ella. Por eso estaba allí, por eso había burlado al guardia que su hermano había apostado en su puerta, arriesgándose a ser descubierto.

—Me robas la cordura… cuando empiezo a tocarte, ya no puedo parar.

—Yo no te he pedido que pares —respondió ella, sin aliento.

Ewan puso fin al beso y se separó para poder pensar con claridad. Los ojos de Willow, velados de deseo, parecían confundidos con su alejamiento.

—Eres una tentación, pequeño duende. Jamás me has rechazado, aun cuando debieras haberlo hecho. Esto no está bien.

—Lo sé. Pero solo nos queda esta noche… y quiero pasarla junto a ti.

El laird negó con la cabeza a pesar de que su sinceridad, como siempre, le desarmaba.

La tomó de las manos con ceremonia, como si lo que fuera a decir fuese muy importante para él.

—Y yo quiero pasar contigo el resto de mis noches. Y todos mis días. Y compartirlo todo contigo. Willow MacGregor, cásate conmigo.

La joven parpadeó, sin saber si le había entendido bien.

—Pero… mañana me marcho con mi hermano. ¿Casarnos? Es muy precipitado, Malcom no lo entenderá. Se supone que tú me creías un muchacho hasta ayer, ¿cómo va a aceptar que de la noche a la mañana quieras casarte conmigo?

—No tiene que aceptarlo él —espetó Ewan, molesto porque ella no se mostrara ilusionada con su proposición de matrimonio—. Tienes que aceptarlo tú. Cásate conmigo, ahora, esta noche. El padre

Cameron nos está esperando. Mañana cuando Malcom se entere, ya no podrá hacer nada.

Willow suspiró y le dejó ver una sonrisa triste.

—Oh, sí. Claro que podrá hacer algo... Te matará.

Ewan la soltó, frustrado, y anduvo por la habitación como si estuviera enjaulado.

—¿Crees que yo le dejaría? Me subestimas, mujer. Tu hermano es sin duda poderoso, pero puedo hacerle frente.

Le tocó el turno a ella de enfurecerse.

—¡Oh, sí, por supuesto! El laird de los Campbell es un gran guerrero y no se le puede cuestionar, ¿verdad? Pues lo siento, pero sí lo cuestiono. He visto luchar a mi hermano y puede hacerte mucho daño. Sin embargo, lo que más me preocupa es que tú quieras hacerle daño a él. Sé que también podrías hacérselo, y eso jamás lo consentiré. Ya he perdido a Niall, no pienso perder a Malcom —Willow bajó el tono para añadir—. Lo siento, Ewan, pero no puedo casarme contigo. No seré la culpable de una disputa entre nuestras familias.

Ewan le dirigió una mirada cargada de anhelo y furia posesiva.

—Eres mía. Te vuelvo a repetir lo que te dije esta tarde, ¿crees que voy a permitir que abandones Innis Chonnel?

—Claro que lo harás, insufrible déspota. Que me haya entregado a ti no significa que sea tuya, ¿me oyes? No soy de nadie. ¿Qué vas a hacer, secuestrarme?

—Estoy contemplando esa posibilidad, sí.

—Te has vuelto completamente loco.

Él se abalanzó entonces sobre ella y la encerró entre sus brazos. Willow notaba el poder de aquel cuerpo que se imponía al suyo sin esfuerzo, pero no sintió temor. Ya no tenía miedo de aquel hombre, porque por muy ceñuda que fuera su expresión, sabía que no le haría ningún daño.

—Tú me has vuelto loco —la corrigió él, bajando el rostro para besarla una vez más.

Ella se rindió a sus labios sin presentar batalla. Le gustaba saberse deseada, le gustaban sus besos. Pero era igual de cabezota que él y, por muchos besos que le diera, no lograría que cambiara de opinión.

—¿Lo ves? Eres mía. Lo has sido desde que me miraste por primera vez con esos ojos de duende que me tienen hechizado. Tu corazón es mío, tú misma lo has confesado, así que vamos a casarnos.

Ella le acarició el mentón con esa sonrisa apenada que no presagiaba nada bueno.

—Si en lugar de Malcom hubiera sido Niall, tendríamos una oportunidad. Niall me conocía mejor que nadie, Niall tenía el corazón más sensible. Nos hubiera entendido... o eso quiero creer. Pero Malcom no lo entenderá. Malcom te matará, y yo no quiero que eso ocurra. Tampoco quiero perderlo, amo a mi hermano y ahora solo estamos él y yo. No puedo hacerle esto...

Cuando pronunció la última frase, sus ojos se llenaron de lágrimas. Con cada palabra, el dolor en el rostro de Ewan se hacía más evidente. Lo estaba rechazando y a ella misma se le partía el corazón.

—Me queda muy claro de qué lado está tu lealtad —le dijo, con el tono helado, soltándola.

—Ojalá todo fuera distinto, como dijiste. —Willow se giró hacia el fuego y se frotó los brazos. De repente, tenía mucho frío.

—No. Lo que yo dije fue que ojalá solo fueras Will —replicó Ewan con dureza—. Entonces nadie te alejaría de mí.

No supo cómo llegó ese pensamiento a su cabeza, pero Willow se encontró de pronto ante una idea inquietante. Lo miró antes de preguntar.

—¿Te hubieras casado con Will?

—¿Qué quieres decir?

—Si yo no fuera una dama, si yo no tuviera una familia poderosa, ¿te habrías casado conmigo? ¿O te habrías limitado a conservarme como amante?

Ewan tardó más de la cuenta en contestar, y ese fue su error.

—Supongo que sí. Al final me habría casado contigo.

—¿Al final? ¿Al final de qué?

—Todavía me estoy acostumbrando a verte como mujer. No puedo decirte lo que hubiera pasado si solo fueras Will, una sirvienta. Sin embargo, tengo muy claro que no te hubiera dejado marchar...

—¡Por supuesto que no! —estalló ella—. A Will podías someterla, encerrarla en tu mazmorra, hacer con ella lo que te viniera en gana. Porque eres el laird de los Campbell y siempre ha de hacerse tu voluntad. Me has tenido a tu servicio personal todo este tiempo y ahora no admites que yo no obedezca tus requerimientos.

Ewan se mostró abatido tras sus duras palabras.

—Pensé que en este tiempo habías llegado a conocerme mejor.

Ella lo miró con ojos dolidos.

—Oh, sí. Te conozco. Me has hecho la vida imposible solo porque pensabas que no era lo que se suponía que debía ser. No cumplía tus reglas mezquinas e intransigentes y fui debidamente castigada por ello.

—¿Esa es la opinión que te merezco?

No. Willow también pensaba que era el hombre más increíble que había conocido. Pero no se lo diría. Confesarle que se había enamorado de él solo empeoraría las cosas. Y ella tenía que partir al día siguiente, con Malcom, y alejarse de Innis Chonnel sin ningún tipo de vacilación.

Su silencio hirió a Ewan en lo más profundo de su ser. Reconocía que no la había tratado bien y que las cosas hubieran sido muy distintas de haber sabido él su verdadera identidad. Pero ella estaba pasando por alto el calvario que había sufrido por ese mismo motivo y también que, una vez descubierta la verdad, no había tenido ocasión de demostrarle nada.

No habían tenido tiempo, esa era la cuestión, y si ella se marchaba al día siguiente, ya nunca lo tendrían.

—Muy bien —dijo, dirigiéndose a la puerta secreta para volver a su propia alcoba—, no insistiré más. Pensé que Will sería más valiente, que sería capaz de romper las normas y luchar por lo que deseaba. Yo rompí esas reglas por ti, desoyendo los dictados de mi moral, de mi estricta educación; acepté mis sentimientos, me expuse a la censura de todo mi clan por ti. Te has metido en mi sangre, en mi cabeza, en mi corazón. Lo hubiera arriesgado todo por ti, aunque únicamente fueras Will. Que seas hija del laird MacGregor solo acelera la toma de decisiones porque es la única manera de tenerte.

Pero si tú no piensas desobedecer a tu hermano, si vas a acatar lo que él ordene sin vacilar... que así sea.

Desapareció antes de que Willow encontrara las palabras que necesitaba decirle. Cuando se vio sola en la habitación, se dejó caer de rodillas al suelo, abrazándose el cuerpo, y dejó que todo el dolor que sentía en el corazón se desbordara por sus ojos en forma de llanto silencioso.

CAPITULO 38

No había dormido bien. ¿Cómo dormir, con esa angustia que le oprimía el pecho? Willow se levantó muy temprano y se vistió sin ayuda de ninguna doncella. En su vida anterior tal vez hubiera esperado a que alguien fuera a despertarla, remoloneando en la cama, para dejarse luego aconsejar acerca del peinado que debía llevar o la ropa que podía lucir ese día. Pero ya no. Llevaba demasiado tiempo valiéndose por sí misma como para recurrir a sirvientes que hicieran lo que ella podía hacer sola.

Cuando se estaba peinando su corto cabello, Liese entró sin llamar y se dirigió a ella casi sin aliento.

—¡Por todos los cielos, Liese! ¿Qué ocurre?

La joven rubia cogió aire, con una mano en el pecho, antes de hablar.

—Lo va a matar, Will. Tienes que venir conmigo, deprisa.

El corazón de Willow se disparó ante su tono de alarma.

—¿A quién van a matar?

—Tu hermano... el laird...

A Liese le costaba explicarse. Willow no esperó a entenderlo, cogió su mano y salieron juntas de la habitación a toda prisa. ¿Qué había sucedido? ¿Quién iba a matar a quién? De cualquier modo, el miedo apretó la garganta de la joven hasta dolerle.

Liese la guió hasta el patio de armas, donde había un círculo de personas que se arremolinaban en torno a la pelea que estaba teniendo lugar. Willow se abrió paso a codazos y cuando al fin pudo ver lo que estaba ocurriendo, el corazón casi se le paró.

Malcom estaba moliendo a puñetazos a un Ewan que no se defendía. El laird de los Campbell dejaba que la lluvia de golpes cayera sobre él sin hacer tan siquiera el amago de devolverlos. El rostro de

Malcom estaba crispado por la furia y la rabia; el de Ewan, ensangrentado y aturdido.

—¿Por qué nadie hace nada? —preguntó, desesperada, al notar que tanto los guerreros Campbell como los MacGregor presenciaban aquel abuso sin tratar de detenerlos.

—Ewan lo ha querido así —le respondió Melyon, acudiendo a su lado—. Creo que tú eres la única que puede parar esta locura.

Willow, horrorizada, se adelantó para intentar traspasar la nube de cólera que parecía cegar a su hermano.

—¡Malcom, detente! ¿Me oyes? ¡Para de una vez, vas a matarlo!

Mas el MacGregor no pareció escucharla. El siguiente puñetazo logró tirar al suelo al poderoso Ewan Campbell, y ella aprovechó el momento para correr a su lado e interponerse entre ambos. Enfrentó a su hermano con valentía, levantando una mano para que detuviera un nuevo ataque.

—¿Te has vuelto loco? —le preguntó—. ¿A qué viene esto?

Malcom por fin se percató de su presencia. Sus ojos enfocaron y la miró, dejando salir toda su decepción y su enfado.

—¿De verdad me lo preguntas? —Se acercó a ella y Willow dio un paso atrás, sobrecogida por la furia que llameaba en los ojos de su hermano—. Menos mal que padre no está aquí, porque él lo habría matado. ¿No ibas a contármelo? Sé que no soy Niall, pero no puedo creer que no me confiaras algo así.

—¿De qué estás hablando? —preguntó ella, en un susurro. ¿Qué diantres le había dicho Ewan para que le propinara semejante paliza?

—Hablo de lo que te ha hecho. Te ha deshonrado, ha abusado de ti... y lo ha confesado sin ningún pudor, delante de todos. ¿Acaso lo niegas?

Willow enrojeció, avergonzada. Sin embargo, mantuvo la vista fija en los ojos de su hermano.

—No. No lo niego.

Malcom respiró hondo y cerró los ojos, como traspasado por un dolor lacerante. Cuando los abrió de nuevo, su orden fue categórica.

—Lo quiera o no, se va a casar contigo. Hoy mismo. Voy a hablar con el padre Cameron.

Se dio la vuelta y se marchó con pasos airados. Willow se fijó en que abría y cerraba sus manos, intentando aliviar el dolor que debía tener en sus ensangrentados nudillos. Sin duda, se había despachado a placer con Ewan, no se había contenido a la hora de descargar toda su furia sobre el cuerpo de su oponente.

La joven se agachó junto al cuerpo caído del laird, que intentaba levantarse sin conseguirlo. Su cara era un poema. Le sangraba la nariz, sus pómulos y cejas estaban abiertos, y tenía los labios hinchados.

—¿Qué has hecho? —le preguntó, notando que las lágrimas acudían a sus ojos al verlo en ese estado lamentable. Se había quedado quieto soportando el castigo que Malcom le infligía. Conociéndolo, aquello tenía que haber sido una auténtica tortura, y no solo por la fuerza de los golpes. Contenerse le tenía que haber costado un mundo.

—Te dije que no iba a permitir que te marcharas.

—¿Qué le has dicho?

—Nada que no supieran ya todos los Campbell: que pasaste la otra noche en mi alcoba, cuando todavía no sabía que eras una dama. Tarde o temprano se hubiera enterado, de todas maneras.

—Podría haberte matado... —susurró ella, acariciándole la cabeza.

Ewan se incorporó con un gesto de dolor y puso una mano sobre su mejilla.

—Y ni siquiera le he llegado a confesar que te quité la virginidad en una mazmorra maloliente... —le susurró, de modo que nadie más los escuchara—. Cielo santo, prométeme que jamás se lo dirás, no quiero volver a pasar por esto nunca más. ¿De qué están hechas sus manos, por todos los infiernos? ¿De hierro?

Willow sonrió entré lágrimas. Le ayudó a levantarse y, antes de darse cuenta, Ewan la estaba abrazando, enterrando la cara en su cuello.

—Perdóname por obligarte a esta boda. Me dijiste que solo obedecerías a tu hermano, no me dejaste opción. —Posó las manos en sus mejillas y profundizó en sus ojos—. No podía dejar que te marcharas, pequeño duende. No puedo vivir sin ti.

La besó tras sus palabras. Muy despacio, conteniendo el aliento por el dolor que debía sentir en los labios. Willow reprimió sus ganas de aplastar la boca contra la del hombre, así que se limitó a dejarse acariciar, feliz por cómo se había resuelto su problema y, al mismo tiempo, triste por el disgusto que había causado a su gente. Sobre todo a Malcom.

Hablaría con él después de la boda. Le explicaría que lo ocurrido había sido cosa de dos, algo que no podían haber evitado aunque lo hubiesen querido, porque se amaban... Ninguno de los dos lo había pronunciado en voz alta, pero Willow sabía que era así. Y Malcom tenía que entenderlo y perdonarla. Solo así su felicidad sería completa.

La ceremonia se llevó a cabo esa misma tarde. El padre Cameron no puso ningún inconveniente y menos después de ver la furibunda expresión del MacGregor. Él mismo apadrinó a la novia en ausencia de su padre, y la expresión asesina de su rostro no desapareció hasta bien avanzada la celebración. El malestar que se manifestaba claro en cada uno de sus ademanes se extendía por igual a todos y cada uno de los MacGregor allí presentes. Los Campbell, sin embargo, estaban divididos. Algunos, como Alec, Melyon, Colin y la mayoría de los sirvientes, entre los que se encontraban los St. Claire, se mostraban felices y complacidos con esa unión. Maud no dejó de llorar, emocionada, mientras John le pasaba la mano por la espalda para consolarla.

El resto de los Campbell estaban aturdidos. Las tropas del laird, los mismos que tantas veces habían vilipendiado al muchacho llamado Will, veían ahora cómo este se convertía en la esposa de su jefe. Cuando menos, era un circunstancia extraña y desconcertante.

El ambiente se relajó bastante durante la cena que tuvo lugar después. No fue una celebración fastuosa, no habían tenido tiempo para eso y, además, el día anterior habían consumido el mejor cordero y sus reservas de salmón. Pero no faltaron el vino y la cerveza, y algún brindis especial para los novios y familiares más cercanos con el licor favorito del padre Cameron, lo que consiguió templar los nervios de ambos clanes. A Malcom se le fue pasando el disgusto con cada jarra de cerveza que ingería, y al final, acabó poniéndose en pie para dedicar unas palabras a su hermana y a su esposo.

—Willow, quiero desearte, aquí delante de todos nuestros amigos, toda la felicidad del mundo. No era la boda que tu familia deseaba para ti, pero si tú amas a este hombre, no hay más que hablar. Ojalá nuestro padre estuviera aquí. Te diría que no ha visto nunca una novia tan bonita como tú. Ojalá... —Malcom cogió aire, tragando el nudo que tenía en la garganta—, ojalá Niall pudiera verte en estos momentos.

Se le trabó la voz y Willow tuvo que limpiarse las lágrimas que habían acudido a sus ojos al escuchar el nombre de su otro hermano.

—Yo sé que me está viendo, Malcom. Lo siento aquí —susurró, tocándose el pecho a la altura del corazón.

El MacGregor asintió, complacido por su comentario, antes de proseguir su pequeño discurso.

—Y a ti, Ewan Campbell, te deseo que sepas hacer feliz a mi hermana. Te quedas con la joya de Meggernie, te quedas con parte de nuestros corazones. Si ella te ha elegido, no dudo de que harás lo posible por merecerla. Y si no lo haces —lo miró con tanta intensidad que Ewan notó el calor de esa mirada en cada una de sus heridas—, terminaré lo que he empezado hoy. Te mataré.

Hubo un tenso silencio tras esa última amenaza, hasta que Angus, el lugarteniente de Malcom se levantó con su jarra en alto y exclamó en voz alta.

—¡Por Willow y Ewan, a su salud!

El resto de los presentes brindaron también por ellos y la celebración continuó sin más incidentes. Hubo música y danzas, y la nueva esposa del laird bailó con todo aquel que se lo pidió. Hasta Bors le solicitó un baile y ella aceptó sin rencores, disfrutando de las atenciones que recibía de su nueva familia.

Ewan la contemplaba desde su asiento, incapaz de seguir el ritmo de la fiesta debido a las magulladuras de su cuerpo. Si no hubiera sido porque la novia se encontraba radiante, ganándose los corazones de todos los presentes, se habría retirado a sus aposentos nada más terminar la cena. Estaba destrozado, ese MacGregor se había ensañado con él y tardaría varios días en recuperarse y en respirar sin que le dolieran las costillas. Pero ver la sonrisa de Willow, su esposa, mientras danzaba sin tregua con unos y otros, merecía el esfuerzo de aguantar un poco más. En esos momentos se dio cuenta de lo poco que la había visto sonreír... Y reír, nunca. A partir de aquel día esperaba ver esas muestras de felicidad a diario. Su rostro se transformaba con la sonrisa. Se volvía más luminoso, más bello si cabía... No veía el momento de que la fiesta terminase para poder disfrutar de ella a solas, sin tener que compartirla con los demás.

Al finalizar una de las danzas, Willow se acercó hasta él y se sentó sobre su regazo con descaro, juntando la frente con la suya.

—¿Cómo te encuentras? —le preguntó, casi sin aliento por el baile.

—Si pretendes que baile contigo, ya puedes irte por donde has venido, esposa.

Willow se puso seria tras ese comentario. Ewan había usado un tono juguetón, acorde al ánimo que ella exhibía, y no se esperaba que reaccionara así.

—¿Qué te ocurre? —quiso saber.

—Es que... me has llamado esposa.

—¿No quieres que te llame así?

—Sí, claro. No me molesta, todo lo contrario. Pero acabo de darme cuenta de que estamos casados. Casados de verdad.

Ewan le mostró una sonrisa que podría haber sido radiante, si sus labios no hubieran estado tan magullados. Adoraba a esa mujer.

—¿Acabas de darte cuenta? ¿Dónde has estado durante la ceremonia y la posterior celebración?

—Creía que aquí, a tu lado. Es evidente que la euforia me ha despistado y no he sido consciente hasta ahora de lo que esto significa.

—¿Y qué significa?

Ella le rodeó el cuello con sus brazos y se apretó contra su cuerpo. Se inclinó sobre su oído para susurrarle la respuesta.

—Que vamos a pasar juntos el resto de nuestras vidas.

—Podemos empezar por esta noche. ¿Te importa si te privo del resto de los bailes y te llevo a nuestra alcoba sin más demora?

Willow lo miró a los ojos y él pudo ver, una vez más, cuánto lo deseaba. No podía creerse la suerte que había tenido de encontrarla.

—Llévame adonde quieras, Ewan. Tú tenías razón, soy toda tuya.

Y el laird de los Campbell premió esa confesión con un tierno beso delante de sus invitados, que jalearon entusiasmados al descubrir que el amor que se profesaban los novios era real y apasionado.

—Hoy te has ganado el corazón de todos los Campbell —le dijo Ewan cuando por fin se quedaron solos en su alcoba—. Y el de Bors, en concreto, no era nada fácil de conquistar.

—Se ha mostrado arrepentido por haberme insultado tantas veces, pero no creo que haya sido porque lo haya conquistado. Tengo la sospecha de que mi hermano ha tenido mucho que ver en su cambio de actitud. Bors ha visto lo que te ha hecho a ti y, si Malcom llegara a enterarse de cómo me ha tratado él, quién sabe cómo reaccionaría.

Ewan se llevó una mano al costado con gesto de dolor.

—¿Quién sabe? Yo lo sé. Tu hermano es un auténtico salvaje.

—Ya te lo dije, pero no me hiciste caso. Hubiera sido más sensato no decir nada... de momento. Me hubiera marchado con él y yo se lo habría contado más adelante. Con más calma y cuando estuviera lejos de ti. Habrías estado a salvo.

Ewan cogió el brazo de su esposa para atraerla hacia él y besar sus labios muy despacio.

—Nunca estaré a salvo si estoy lejos de ti. ¿No lo entiendes?

—Lo entiendo. Pero me parece excesivo el precio que has tenido que pagar —replicó ella, besando cada moratón de su maltratado rostro.

—Pasaría por esa tortura mil veces con tal de no perderte...

339

—Te amo, Ewan —le confesó ella, abrazándolo con fuerza.

El hombre siseó de dolor y la apartó con cuidado.

—Perdóname, pequeño duende. Creo que no vas a poder disfrutar de una noche de bodas como Dios manda. No puedo más... necesito tumbarme.

Willow le ayudó a llegar al lecho y Ewan se sentó, bufando por no poder complacer a su mujer como merecía.

—Ya disfrutaremos de nuestra noche de bodas en otro momento, esposo. Hoy me conformo con que duermas a mi lado, envolviéndome con tu calor. Ven, te ayudaré a desnudarte.

Si el laird de los Campbell creía que padecer los golpes de Malcom MacGregor era la peor tortura a la que podían someterlo, se equivocaba. Sentir las pequeñas manos de su adorable mujer desvistiéndolo, rozando sus brazos, su pecho, sus piernas... era más de lo que podía soportar. A pesar de que su cuerpo no estaba en condiciones, notó que respondía con voluntad propia a las atenciones de su esposa. Y también fue consciente de que ella escondía una sonrisa al darse cuenta de cómo reaccionaba a su contacto.

—¿Por qué tengo la sensación de que me estás provocando adrede? ¿Eres consciente de que vas a matarme?

—De ningún modo. Mi señor, no va a suceder nada esta noche entre tú y yo. Quiero que te repongas de tus heridas cuanto antes.

—¿Estás segura?

—Completamente. No va a suceder nada... excepto que vamos a dormir muy juntos, abrazados... y desnudos.

Ewan se tensó al escuchar esas palabras de su boca. Las imágenes que evocaban en su mente eran más sugerentes si cabía que la propia realidad. Una sacudida de deseo lo estremeció de pies a cabeza y enredó sus manos en el corto cabello de Willow para buscar su boca.

—Shhh, nada de eso —lo reprendió ella, apartándose lentamente para ponerse lejos de su alcance.

Se situó frente a él y comenzó a quitarse la ropa sin ningún complejo. Ya lo había hecho antes y disfrutaba con la mirada encendida de Ewan, con sus labios entreabiertos que jadeaban de pasión por el mero hecho de contemplarla. Se deshizo lentamente del sencillo vestido color crema que había usado para la boda, imprimiendo a sus movimientos un aire tan sensual que al guerrero se le secó la boca y se le disparó el pulso.

—Quiero sentir tu piel —le susurró, cuando estuvo desnuda, acudiendo de nuevo a su lado.

Le ayudó a tumbarse y ella se acurrucó contra su cuerpo, exhalando un suspiro satisfecho. Era evidente que su esposo estaba muy tenso y excitado, pero también era consciente de las magulladuras que cubrían su torso y la dificultad que tenía al respirar. Le acarició despacio el pecho, resiguiendo las líneas de sus cicatrices, con la intención de conseguir que se relajara. Tras unos minutos, la mano de Ewan atrapó la suya para que se mantuviera quieta.

—Detente o no respondo. ¿Sabes lo que me haces? Esto es mucho peor que la paliza de tu hermano. Eres un duende malvado...

—¿Prefieres que me ponga el camisón? —murmuró ella, mimosa, apretándose contra él.

—No vas a volver a usarlo conmigo, Will. Dormirás siempre así, desnuda, a mi lado.

—Menos cuando duerma en mi propia alcoba.

—No tendrás tu propia alcoba, esposa. Al menos para dormir. Que mis padres usaran esa fórmula no significa que yo también tenga que aplicarla. Te quiero conmigo, siempre que sea posible.

Willow sonrió con la mejilla apoyada en su pecho. No podía sentirse más feliz.

—Duérmete, esposo. Prometo ser buena. No te tocaré más por esta noche, te dejaré descansar.

El gruñido del laird reverberó en aquel amplio pecho que le servía de almohada.

—Eso es muy fácil de decir... Esta mañana pensé que tu hermano iba a matarme. Qué equivocado estaba, vas a matarme tú.

CAPITULO 39

Los hombres MacGregor estaban listos para partir. El día había amanecido muy nublado, hacía frío y un aire molesto se colaba por cada rincón de Innis Chonnel. Malcom se acercó a su hermana, que tiritaba envuelta en su capa junto al portón de salida de la fortaleza.

—Vuelve dentro. Estás temblando de frío —le dijo, apoyando las fuertes manos en sus hombros.

—No es por el frío —habló ella—. Tengo miedo. ¿Cuándo volveré a verte? Me quedo sola otra vez...

—Ya no estás sola. Ahora eres la señora de este castillo y hay mucha gente que te arropará y te hará compañía. Ahora tienes un esposo.

—Sí, que se marchará también dentro de poco.

Respecto a eso Malcom no podía consolarla. La abrazó, tratando de trasmitirle con ese gesto todo lo que era incapaz de expresarle con palabras. Ella enterró la cara en su pecho y le devolvió el abrazo, presa de un temblor que no podía controlar.

—Dile a padre que lo echo de menos, y que lo tengo siempre presente en mi corazón. Dile también que me perdone. Sé que no era la boda que tenía pensada para mí, pero también sé que Ewan le parecerá un yerno más que aceptable.

Malcom suspiró y besó su coronilla.

—A pesar de que sigo detestando a ese miserable por lo que te hizo, reconozco que es un laird fuerte. Sus hombres y su gente lo respetan y lo admiran. Y te ama, o de lo contrario, no se explica que no me devolviera ni uno solo de los golpes que le di. Eso ha de bastarme para considerarlo digno de ti y estoy convencido de que padre no le pondrá ninguna pega.

A Willow le agradó escucharle decir eso.

Se separó y miró el rostro de su hermano con avidez, tratando de memorizar cada uno de sus rasgos, el brillo de sus ojos azules, lo bien que le sentaba esa barba oscura que le daba un aire peligroso.

—Quiero que vuelvas sano y salvo, ¿me oyes? Y, por favor, trae a nuestro padre también de vuelta. Necesito que me dé su bendición...

Malcom secó con su pulgar la lágrima que se había escapado de los ojos de su hermana. Sabía lo duro que había sido para ella que su padre no estuviera el día de su boda. Esa maldita guerra les estaba robando muchas cosas... Más valía ganarla de una vez para que todos pudieran volver a sus vidas.

—Tranquila —le susurró—. A nuestra vuelta, organizaremos una celebración como Dios manda. Llevarás un vestido de novia de verdad. Y estarán todas las personas que amas y que no han podido estar en esta ocasión: padre, el tío Gilmer, tu gente...

Willow asintió, sorbiendo sus lágrimas. Sí, deseaba con todo su corazón que ese día llegase. No por el acontecimiento en sí, sino porque eso significaría que todos estaban bien, que habían salido airosos de las miserias del tiempo que les había tocado vivir. La guerra habría terminado y podrían vivir en paz, sin sufrir más ausencias, sin padecer más muertes innecesarias como la de Niall.

—Willow, no quería marcharme sin hablarte de esto —Malcom llamó su atención con seriedad y la apartó de los oídos curiosos que merodeaban por la zona—. He cogido la carta que le enviaron a Niall, se la llevaré a padre. Tú sigues en peligro, al menos hasta que demos con el traidor. Creo que aquí estarás a salvo, los Campbell han demostrado ser de fiar y cuidarán de ti. Por si acaso, extrema las precauciones y advierte a Ewan de que deje una guarnición en la fortaleza. Si averiguo algo, te lo haré saber a la mayor brevedad.

Willow asintió y no pudo evitar sentir cierto alivio al cederle a su hermano parte de la carga que había llevado desde el día del ataque. No estaba sola en esa lucha, Malcom se encargaría de indagar hasta dar con el asesino de Niall, no le cabía ninguna duda. Lo abrazó, apretándolo todo lo fuerte que pudo para poder sentir su corazón latiendo en su pecho, para que sus ropas y sus manos se impregnaran con el particular olor de su familia.

—Tengo que marcharme ya, mis hombres esperan —le dijo él con el tono enronquecido por la emoción.

—No dejes que te maten, por favor.

—Yo le cuidaré, pequeña, no temas —dijo una voz a su espalda.

Willow soltó a Malcom y se giró para ver a Angus, preparado ya para partir. El enorme guerrero la contemplaba con cariño y ella se lanzó también a sus brazos para despedirse.

—¿Lo prometes? —le susurró al oído.

—No pude estar al lado de Niall para protegerlo. Nadie hará daño a tu otro hermano si yo puedo evitarlo —aseguró el hombretón, devolviéndole el abrazo con torpeza.

Willow notó un doloroso nudo en la garganta cuando los vio marchar. Odiaba esa maldita guerra, y rezó con toda su alma para que todos aquellos a los que veía partir regresaran pronto, sanos y salvos.

Ewan se encontraba mucho mejor. Estaba convencido de que la suavidad de la piel de su duende y su calor corporal eran curativos, porque no se explicaba que con la paliza que había recibido ya pudiera levantarse sin dificultad de la cama. Llevaba una semana casado con Will, y no dejaba de sorprenderlo. Todo había pasado tan rápido que aún no se había hecho a la idea... Era como si aquello le hubiera sucedido a otro y él fuera un mero espectador de su propia vida. A veces, cuando contemplaba a la que ahora por derecho era su mujer, seguía viendo al muchacho que había fingido ser. Poco a poco, su cabello volvería a crecer y su apariencia cambiaría para erradicar la imagen de duende que a él lo había conquistado. Estaba convencido de que él seguiría encontrándola hermosa, porque había algo en ella, algo mucho más profundo que una melena recortada y unos ojos como cielos de primavera, que lo cautivaba. Pero lamentaba que perdiera la esencia de lo que había llamado su atención.

Por otro lado, la mujer que descubría cada noche, cuando se desnudaba frente a él sin tapujos, lo embrujaba. Era una continua fuente de motivación y nuevas sensaciones. Jamás le había ocurrido algo así con nadie. Will era tan de verdad, tan sincera, tan natural, que él no comprendía cómo no había descubierto antes su disfraz. No parecía tenerle miedo, no demostraba el pudor que podría esperarse en una recién casada ante el ímpetu apasionado de su esposo. Y esa cualidad lo enardecía aún más. Cada noche, lo ayudaba a desnudarse para ir a dormir. Sus finos dedos no titubeaban y la muy descarada le acariciaba a placer, dejando patente que su enorme cuerpo de guerrero la fascinaba. Y él deseaba que no le dolieran tanto las costillas al respirar, para atraparla entre sus brazos y demostrarle lo que podía encontrar si persistía en aquella actitud provocativa.

Luego, cuando Ewan ya estaba tumbado en el lecho, se desnudaba ella. Era un auténtico tormento. Will era suave, pequeña, perfecta. Su piel, iluminada por el fuego que mantenían prendido en el hogar, adquiría tonos cálidos y dorados que lo hipnotizaban. Sus movimientos eran deliberadamente lentos y el guerrero se preguntaba si ella era consciente de lo que hacía, de lo febril que resultaba su extraño ritual. La deliciosa boca de su duende se mantenía entreabierta en el proceso. Algunas veces, su pequeña lengua asomaba para humedecer sus labios y Ewan tenía que cerrar los ojos, convencido de que enloquecería de deseo por esa criatura.

Al final, la joven se reunía con él en el lecho y los arropaba a ambos con una manta para acurrucarse después contra su cuerpo, como ella quería, piel con piel, notando cada uno la respiración del otro, su calor, los estremecimientos que los sacudían por el mero hecho de estar tan juntos.

A Ewan le costaba conciliar el sueño en esas condiciones. Estaba convencido de que su esposa, en su escasa experiencia, ignoraba hasta qué punto lo perturbaba con su desinhibida actitud. Y si hubiera confesado que así no podía descansar en condiciones, no dudaba de que ella se habría marchado a la habitación de su madre para poner distancia entre los dos, por su bien.

Eso no debía suceder jamás.

Él aguantaría aquella tortura con los dientes apretados. Él esperaría... sabría esperar. Y solo de ese modo lograba al fin evadirse al sueño reparador: imaginando su venganza. Imaginando cómo se cobraría cada una de las caricias que su duende le había prodigado sin que él pudiera corresponderle, recreando en su mente cómo serían los besos que devorarían aquella boca provocativa, fantaseando con el momento en que pudiera hundirse de nuevo en ella y arrancarle los gemidos de placer que a él lo volvían loco...

Se levantó de la cama sacudiendo la cabeza, tratando de calmar sus ardorosos pensamientos. Esa mujer suya, definitivamente, iba a conseguir que perdiera la razón.

Miró a su alrededor, algo desorientado, para descubrir que ya hacía rato que había amanecido y que los MacGregor habrían abandonado a esas horas Innis Chonnel. Lamentaba no haber podido ir a despedirlos, pero Will también había resultado ser una mandona y le había prohibido hacer cualquier esfuerzo innecesario.

—Quiero que te recuperes cuanto antes —le había dicho, dándole un beso rápido en los labios que lo dejó con ganas de más.

Se había marchado dejando un vacío perturbador en su lecho. Ewan supuso que regresaría pronto, en cuanto se hubiera despedido de su gente. Pero no fue así. La esperó en vano y, al final, decidió que iría a buscarla él mismo. Se encontró arrugando la frente cuando cayó en la cuenta de que tal vez la joven había decidido marcharse con los MacGregor, después de todo.

—No. Ella no haría eso —dijo en voz alta.

Por si acaso, se apresuró a vestirse con lo primero que encontró. Cuando estaba poniéndose las botas, no sin dificultad, la puerta se abrió y el alivio lo inundó, disolviendo el nudo de pánico que se le había formado en la boca del estómago.

—¿Qué haces levantado? —le preguntó Willow.

Traía en sus manos una bandeja con un tazón de caldo, algo de carne, fruta y bebida.

—Iba a buscarte —reconoció él—. Tardabas demasiado.

—He ido a las cocinas para traerte el desayuno. Perdona, tal vez me he entretenido más de la cuenta. ¿Tanta hambre tienes?

Ewan cerró los ojos y suspiró. Ella malentendía su impaciencia.

—Sí tengo hambre. Pero no se trata de eso.

La joven dejó la bandeja sobre la mesa que él usaba como escritorio y lo miró extrañada. Su gesto intenso y la manera de contemplarla fueron más reveladores que las palabras.

—¿Creías que me había ido con Malcom?

—Bueno. Ya me quedó claro a quién le debes lealtad. Era una posibilidad.

Willow acudió a su lado y se acuclilló a los pies de la cama, donde él estaba sentado. Puso las pequeñas manos sobre sus rodillas y buscó sus ojos.

—Después de lo que hiciste, después de exponerte delante de todos y dejar que Malcom te destrozara a puñetazos, ¿crees que te abandonaría?

—¿Solo te has quedado por lástima? —preguntó él a su vez.

Ella abrió los ojos, sorprendida de que se le hubiera pasado esa idea por la cabeza.

—Ewan Campbell, tú no puedes inspirar lástima a nadie. ¿No te has visto? ¿No te das cuenta de cómo te miran todos? Eres un guerrero imponente, un hombre notable. Los que no te temen, que son muchos, te admiran.

—¿Y tú?

—¿Yo qué?

—¿Me temes... o me admiras?

Willow se incorporó y se sentó a horcajadas sobre sus rodillas, levantándose las faldas para poder acomodarse mejor. Le rodeó el cuello con los brazos y fundió sus ojos con su mirada atormentada. Se enterneció al ver que su respuesta era de vital importancia para él.

—Yo te amo, Ewan Campbell. Temo que tú no sientas lo mismo por mí. Temo el momento en que tenga que dejarte marchar. Temo tener que dormir en esta cama sin que tú estés en ella. Y admiro todo lo que has hecho por mí, el hombre que eres, tu valentía, tu confianza, tu lado más salvaje, el brillo de tus ojos cuando me miras y solo ves a Will, sin más adornos que el halo de misterio y magia que te has empeñado en otorgarme.

—No lo dudes, pequeño duende. Ese brillo que te fascina en mis ojos es amor.

Ella se apretó contra el cuerpo grande y cálido de su esposo.

—Entonces he hecho bien en quedarme, porque así podrás demostrármelo. Tienes toda la mañana para convencerme...

—¿Qué hay de mi convalecencia? —susurró Ewan contra sus labios provocadores.

—Apelaré a tu increíble fortaleza física. Has tenido una semana para recuperarte, ¿en serio me vas a hacer esperar más?

Antes de darse cuenta de lo que ocurría, Willow se encontró envuelta en los poderosos brazos del hombre, arrastrada hasta quedar tumbada boca arriba en el lecho, con él acomodado entre sus piernas.

—No tendrás que esperar ni un instante más, esposa —le dijo, un segundo antes de apoderarse de su boca.

Ella lo aceptó ansiosa, enardecida al descubrir que él estaba más que preparado para cumplir con sus deberes maritales. Necesitaba su respiración, el aliento que se escapaba de sus labios, el salvaje impulso de cada una de sus caricias, el beso de su piel en todo su cuerpo.

Se desnudaron el uno al otro sin demorarse ni recrearse en los detalles. La pasión contenida durante esos días exigía ser liberada toda de golpe, feroz, descontrolada, tirana. Ya habría un momento para el amor calmado más tarde, cuando ambos se hubieran saciado mutuamente, cuando los dos se encontraran repletos del olor, del sabor, del calor del otro.

—Ábrete para mí, pequeño duende. Déjame entrar —murmuró Ewan, perdido en la suavidad de su cuello, en el tacto de aquellos voluptuosos pechos bajo sus manos.

Willow separó aún más sus piernas dispuesta para recibirlo, temblando de anhelo, suspirando de placer anticipado. El guerrero se colocó entre sus muslos y la penetró con fuerza, haciéndola gritar. Esta vez no se detuvo a comprobar si ella estaba bien, pues su rostro, transido de emoción, ruborizado por la intensidad del gozo, lo impelió a entregarse por completo.

Mientras se movía sobre ella, en ella, la besó una vez más, hundiendo su lengua en la dulce boca, tragándose los gemidos que brotaban de entre sus labios. Deseó que aquel momento durara toda la mañana y se lamentó cuando se dio cuenta de que no podía alargar el placer a su antojo pues tenía vida propia, crecía y crecía al mismo ritmo de sus embestidas, se inflamaba con cada caricia, con cada palabra de amor que derramaban el uno sobre el otro.

—Me vuelves salvaje... no puedo contenerme.

—Ewan, llévame contigo. Lléname de ti.

Sus jadeos, sus palabras suspiradas encendieron la chispa que desencadenó el orgasmo más increíble que Ewan había experimentado en su vida. Siguió meciéndose sobre ella después, preso de un temblor delicioso, tratando de exprimir al máximo la sensación.

—Te amo, Will —susurró contra su oído—. Y espero poder hacerte esto muchas, muchas veces más antes de que me vaya.

Willow contuvo un sollozo de placer absoluto y lo abrazó con fuerza, sabiendo que todo lo que le diera sería insuficiente para aplacar la desesperada necesidad que tenía de ese hombre. Nunca tendría bastante de él, nunca se saciaría.

—Más te vale —le advirtió, buscando de nuevo su boca.

Quería averiguar si era capaz de encender de nuevo la pasión de su esposo usando sus manos, su lengua y sus labios como armas. Él había lamido sus pechos provocando espasmos caprichosos en su cuerpo. ¿Podría ella a su vez degustar las zonas más atrayentes de la anatomía de aquel guerrero para proporcionarle el mismo tipo de placer? Aún era bastante inexperta en aquellos menesteres. Pero recordaba las manos de Thonia acariciando el miembro de Ewan, y el modo en que él había reaccionado apretando los dientes, siseando de gusto. Si ella se atrevía a hacerlo también, no solo con sus manos, sino también con su lengua, con sus labios, ¿le gustaría?

Desconocía la respuesta, pero pensaba averiguarlo esa misma mañana...

CAPITULO 40

Ewan divisó a lo lejos el bosque de Torwood, donde el rey Robert de Bruce había decidido reunir a todos sus hombres antes del día señalado para la gran batalla que se avecinaba. En su interior se encendieron emociones encontradas. Había esperado mucho para acudir al llamado de su rey. Amaba a su patria y deseaba formar parte de aquella lucha, la misma por la que su propio padre había dado la vida. Por fin había llegado el momento, por fin pondría su espada y todo lo que era al servicio de una causa en la que creía con fe ciega. Y estaba satisfecho por ello.

Por otro lado, su mente no dejaba de evocar el rostro de Willow durante la despedida que habían tenido unos días antes. Tampoco podía olvidar sus palabras sentidas, cargadas de angustia ante su inminente partida.

—Ahora es cuando quisiera ser de verdad el muchacho que fingía ser antes —le había confesado—. Así podría acompañarte allá donde quiera que el rey te envíe.

—Yo siento justo lo opuesto. Me alegra que seas una mujer, mi mujer, y que te quedes en nuestro hogar, lejos de las maldades de la guerra. No importa lo que ocurra conmigo, aquí estarás a salvo.

Ella se había fundido contra su cuerpo, con lágrimas en los ojos.

—No estaré a salvo hasta que no regreses de nuevo a mí.

Ewan la había besado entonces, despacio, llenándose de su sabor para grabarlo a fuego en la memoria. Willow le supo dulce por su tibieza, salada por sus lágrimas. Era, sin duda, el mejor recuerdo del mundo para llevarse a la guerra. Ese, junto con los días y noches que había pasado a su lado, amándola por toda una vida. Ninguno de los

351

dos sabía si volverían a verse y, aunque no salió de sus bocas, el miedo estaba ahí, agazapado detrás de cada caricia, de cada mirada que se dedicaban como si fuera la última.

Suspiró al recordar los instantes compartidos, echándola tanto de menos que le escoció en la piel. Su esposa se había descubierto como una criatura sensual y atrevida, insaciable. Su natural curiosidad y su falta de pudor cuando estaban juntos lo sorprendieron. Tanto, que su pequeño duende habría hecho enrojecer a la mismísima Thonia con sus ocurrencias. Solo con recordar algunos de esos momentos su cuerpo reaccionaba, pidiéndole a gritos que volviera grupas para regresar junto a ella.

Pero no la añoraba solo porque era la mejor amante que jamás hubiera tenido. Willow había resultado ser también una esposa increíble. Se había hecho enseguida con las riendas de la fortaleza, adaptándose a su nueva vida sin esfuerzo. Como mujer del laird, le había dado todo su apoyo y ayuda mientras terminaban de preparar a las tropas. Junto a Jane, su ama de llaves, había organizado los recursos de Innis Chonnel para garantizar que nadie padeciera carencias mientras él estaba lejos. Se había mostrado cariñosa y atenta con los miembros de su nuevo clan, ganándose la lealtad de todos y cada uno de ellos. Sin duda, se la veía feliz y satisfecha, y nadie podía resistirse a su encantadora forma de ser.

Ahora Willow había dejado de ser la joya de Meggernie para convertirse en la de Innis Chonnel. Y un tesoro así merecía ser custodiado. Ewan había dejado en la fortaleza una pequeña guarnición de hombres liderada por Bors que, aunque molesto por no poder acudir a la guerra junto con su laird, acató la orden sin protestar demasiado. Rezó para que sus escasos recursos fueran suficientes, dado que el rey necesitaba el grueso de sus tropas para defender el sitio de Stirling...

—Ella estará bien. Esa joven ha demostrado que puede valerse por sí misma.

Ewan miró a su tío Alec, que se había situado a su lado alcanzándole con el caballo. Era asombrosa la manera en que parecía leerle la mente cuando se mostraba preocupado.

—Lo sé. Pero a veces eso no es suficiente. Ojalá que todo esto acabe pronto y encontremos al responsable de la muerte de Niall MacGregor. Tengo el presentimiento de que Willow no estará a salvo hasta que lo hallemos.

Alec estuvo de acuerdo y rezó para poder rescatar de sus recuerdos el rostro del traidor que buscaban.

—Iremos a ver a los MacGregor en cuanto lleguemos al campamento y nos presentaremos juntos ante Bruce —le dijo a su sobrino—. Así el rey verá que no hay ninguna disputa entre nosotros y que, cuando la guerra termine, habrá que dar con el verdadero culpable de este horrible suceso para impartir justicia.

Ewan asintió, con la mirada fija en las primeras tiendas de campaña que ya se levantaban frente a él entre los árboles de Torwood.

El cuchillo voló por el aire y se estrelló contra el cuerpo de paja del muñeco sin llegar a clavarse. Bors chascó la lengua con fastidio y miró a su señora sin disimular su decepción.

—No, no y mil veces no.

—Así es como Melyon me enseñó a lanzar —se defendió Willow, recogiendo el arma para volver a intentarlo.

—Me cuesta creerlo. ¿No será que no prestaste atención?

Bors era implacable. La trataba casi como cuando la creía un muchacho endeble, incluso había empezado a tutearla durante sus sesiones. En el tiempo que duraban sus prácticas, solo eran Bors y Will, aunque en cuanto terminaban, el hombre volvía a tratarla como merecía la señora de Innis Chonnel. A la joven no le molestaba, todo lo contrario. Cuando le había pedido a Bors que continuara el entrenamiento que había comenzado con Alec y Melyon, sabía que el guerrero no la trataría como a una damisela. Si quería mejorar, si quería aprender, necesitaba un profesor como él. Era duro, despiadado y no se andaba con contemplaciones. Algunas veces sorprendía en su gesto alguna palabra malsonante que no llegaba a pronunciar, y entonces tenía que contener la risa para no enfadarlo más. Pero lo cierto era que junto a él, en los pocos días que llevaba practicando, había mejorado bastante.

—Presté atención, Bors. Me dijo que lo cogiera de la hoja y que moviera el brazo de este modo...

—¡Ja! Escucha, Will. Jamás, jamás, muevas el brazo de ese modo. Tienes que lanzar con todo el cuerpo, fíjate en mí. ¿Ves? Mira mis caderas, como las coloco frente a mi objetivo. Mira cómo cojo impulso... y lanzo con todo el cuerpo, no solo con el brazo, ¿lo entiendes?

Willow estudió su postura y la memorizó. Ahora le tocaría el turno a ella y tenía que demostrarle que había estado atenta a sus explicaciones. Bors se enfadaba con mucha facilidad, era un gruñón increíble. Y, tal vez por eso, ella estaba empezando a apreciarlo de verdad.

Agarró de nuevo el cuchillo como el guerrero le había indicado y se colocó en posición. Se pasó la lengua por los labios, concentrada. Tenía que salir bien. Debía aprender a defenderse, puesto que el peligro seguía ahí fuera, al acecho.

No le había llegado a decir a Ewan nada acerca de la carta que la señalaba como objetivo principal del traidor a su padre, porque no quería cargar sobre sus hombros esa preocupación cuando él debía marchar a una guerra. No deseaba que nada lo distrajese de la lucha contra los ingleses; su mente y su corazón debían estar concentrados en esa batalla para mantenerse con vida. Y tampoco quería que dejara más hombres de los estrictamente necesarios en la fortaleza. Necesitaban a los guerreros en el frente, no allí, en Innis Chonnel, protegiendo a una sola persona.

—¿Vas a lanzar antes de que me salgan canas? —preguntó Bors, sacándola de sus cavilaciones.

Willow respiró hondo, tomó impulso y lanzó imitando los movimientos del hombre.

El cuchillo voló rápido y con fuerza, y se clavó en la cabeza del muñeco, entre los ojos.

—¡Bien! —exclamó la joven, feliz por el logro.

Bors la contempló con una ceja enarcada y los brazos cruzados sobre el pecho.

—¿Bien? No te alegres tanto y corre de nuevo a por el arma. Di bien cuando seas capaz de clavarlo todas las veces, sin fallar. Esto puede haber sido un buen lanzamiento... o pura suerte.

Willow se indignó.

—¿Pura suerte? ¡Me duele el brazo de las veces que me has hecho repetir!

—¡Pues seguirás lanzando hasta que te quemen los músculos! ¿Crees que frente a un enemigo vas a tener la opción de repetir el tiro si fallas? Como que me llamo Bors, la señora de los Campbell aprenderá a no fallar. Ningún Campbell falla con un arma.

La miró con intensidad, retándola a decir lo contrario.

Ella irguió la cabeza y cuadró los hombros. Fue hasta el muñeco y recuperó el cuchillo para volver a intentarlo. Se colocó, lanzó... y acertó de nuevo. Miró a Bors con orgullo, pero el guerrero no cambió el gesto serio de su rostro. Lo único que hizo fue señalar de nuevo el blanco antes de decir:

—No he dicho que puedas descansar. Otra vez.

Willow soltó un suspiro resignado. Si quería algún tipo de alabanza de ese hombre, podía esperar sentada...

Tal y como lo había hablado con su tío, nada más llegar, Ewan y sus hombres de confianza se dirigieron a la zona donde se reunían los MacGregor.

Alec, Melyon y Colin no quisieron dejar solo a su laird, pues todos eran conscientes de que iba a enfrentarse por primera vez a su suegro, un guerrero respetado de temible reputación en el campo de batalla. Si Malcom le había contado a su padre cómo el Campbell había logrado desposarse con su hija, suerte tendría de no volver a recibir una paliza igual o peor a la que le propinó el hermano de su dama.

Antes de alcanzar la tienda de los MacGregor, el propio Malcom les salió al paso. Se plantó delante de Ewan y, obviando todas las fórmulas de cortesía, fue directo al grano.

—Mi padre no sabe nada, y no necesita saberlo. Bastante ha sufrido ya con la muerte de Niall. En lo que a mí respecta, Willow se enamoró de ti y, dadas las circunstancias y tu inminente marcha para comparecer ante el rey, consentí ese matrimonio por el bien de mi hermana. Pase lo que pase en la batalla, ella queda protegida por tu nombre y el de su familia. Si ninguno de sus seres queridos regresara, no se encontrará desamparada.

—Innis Chonnel es su hogar y allí la quieren. Tu hermana no podría estar en un lugar mejor si, llegado el caso, ninguno sobreviviera. Te prometo que no revelaré a tu padre las circunstancias verdaderas de nuestro casamiento.

Malcom asintió tras recibir su palabra y solo entonces se dio la vuelta para guiarlos hasta el interior de la tienda de los MacGregor. Allí, Ewan conoció a su suegro, un highlander casi tan alto como su hijo, de feroz apariencia a pesar de su edad, cuyo rostro, poblado de una barba entrecana, delataba el sufrimiento del que Malcom había hablado. Los ojos del guerrero eran oscuros y acerados, sin duda habían perdido brillo, y estaban sombreados con la pena y la tristeza de un hombre al que le habían arrancado parte de su alma.

—Padre, los Campbell acaban de llegar —anunció Malcom—. Este es su laird, el hombre del que te he hablado.

Ian se levantó del asiento que ocupaba y se colocó frente a ellos. Ewan notó cómo el escrutinio de aquellos ojos lo perforaba atravesándole la piel.

—Así que tú eres el guerrero que le ha robado el corazón a mi hija.

—Mi señor —Ewan hizo un gesto de respeto con la cabeza, sosteniendo la mirada de su suegro—, quiero que sepáis que ha sido al contrario. Ella ha robado mi corazón, mi alma y mi cordura. Ha sido todo un honor que Willow me aceptara como su esposo y lo único que lamento es que la crueldad de esta guerra no haya permitido que yo pudiera pedírsela a su padre en matrimonio como debería haber sucedido. La providencia quiso que, en su lugar, su hermano llegara a Innis Chonnel a tiempo para que la boda pudiera celebrarse antes de mi partida. Os aseguro que no podría amarla más, señor.

Malcom se removió inquieto al lado de su padre, pero no dijo nada. Ian miraba a Ewan de manera tan penetrante que el silencio se espesó hasta resultar incómodo. Por fortuna, no duró mucho. El laird de los MacGregor desvió la vista y buscó a su viejo amigo Alec Campbell para dirigirse a él.

—¿Es tan hábil con la espada como con las palabras? —le preguntó, directamente, sin saludo previo.

—Mucho más, Ian. Ignoro de dónde le nace esa vena de poeta, pero ten por seguro que en el campo de batalla serás testigo de que su acaramelada confesión de amor no resta ni valentía ni destreza a su acero. Es uno de los mejores guerreros que he tenido el privilegio de entrenar.

Ian miró de nuevo a Ewan, con algo parecido a la aprobación en su gesto.

—Malcom me ha dicho que eres digno de mi pequeña, y debo fiarme de su palabra. Si, además, un hombre como Alec, por el que siento el más grande de los respetos, te avala, no tengo más que añadir. Bienvenido a mi familia —le dijo, tendiéndole la mano.

Ewan le estrechó el antebrazo con decisión y sintió alivio cuando el laird de los MacGregor le palmeó el hombro con confianza. Después, por fin, llegaron los saludos y el abrazo de los dos amigos que llevaban tanto tiempo sin verse. Alec se alegró de volver a encontrar al que había sido su compañero en antiguas lides y se regocijó de poder volver a compartir aquellos épicos momentos con él.

Después de hablar y de ponerse al día brevemente, decidieron que era hora de presentarse ante el rey para que este pasara revista a los soldados que Ewan había traído consigo. Robert de Bruce se mostró feliz de su llegada y se complació al ver con sus propios ojos el buen trabajo que el laird de los Campbell había hecho adiestrando a los nuevos soldados, tal y como él mismo le encomendara.

Ahora que ambos clanes habían comparecido ante él, el rey abordó el tema del ataque a Meggernie y se alegró al descubrir que la disputa entre MacGregor y Campbell había quedado en nada, pues el verdadero culpable de aquel horrible ataque aún no había sido descubierto. Bruce no quiso ahondar en ese tema dadas las circunstancias, y zanjó el asunto pidiendo a sus lairds que se centraran en la batalla que estaba por venir. Prometió que, si Dios les concedía la victoria y salían airosos de su enfrentamiento con los ingleses, él mismo retomaría las pesquisas de aquel grave delito para encontrar al responsable e impartir justicia. El recuerdo de Niall MacGregor no caería en el olvido. Les dio su palabra y tanto los Campbell como los MacGregor le creyeron, pues el rey Bruce jamás les había decepcionado.

Una vez finalizado su entrenamiento con Bors, Willow se dirigió a las cocinas de Innis Chonnel, como cada tarde. Había cogido por costumbre no descansar durante el día, porque era el único modo de poder conciliar el sueño durante la noche. Echaba tanto de menos a Ewan que cuando se quedaba a solas en su alcoba, apenas podía respirar. La cama era enorme y notaba su falta, su ausencia se le clavaba en el alma y los ojos le escocían de aguantar el llanto. Por eso no podía retirarse a descansar, como le pedían cada uno de sus doloridos músculos tras su sesión con Bors. Iría a la cocina y ayudaría a preparar la cena, o a realizar cualquier otra tarea que le encomendaran.

En cuanto Maud la vio llegar, la regañó.

—No deberías estar aquí.

Willow la ignoró, como hacía cada vez que la mujer le señalaba que ahora era la señora de Innis Chonnel y por lo tanto no le correspondía estar allí, ayudando con los trabajos que eran más propios de sirvientes.

—¿Hay que amasar pan? —le preguntó a Edith, la cocinera, mientras se lavaba las manos.

—Sí, señora.

La joven asintió, se remangó el vestido y se dirigió a la mesa donde normalmente preparaban la masa.

—No puedo quedarme todo el día de brazos cruzados, Maud —le explicó—. Además, trabajar me ayuda a no pensar en que mi esposo, mi padre, mi hermano y muchos hombres buenos se encuentran en el frente, expuestos a la ira de los ingleses.

—Yo creo que es al revés —intervino Jane—. Que se cuiden mucho los ingleses de nuestros soldados, porque pelean por algo mucho más noble que la avaricia que mueve a nuestros enemigos. El rey Eduardo y sus perros falderos solo quieren más tierras y riquezas, y no les importa que para conseguirlas nos tengan que echar a nosotros de nuestros hogares. El rey Bruce nos defenderá, nuestros hombres pelearán dejándose el alma para conservar lo que es nuestro.

Los que se encontraban en ese momento en la cocina miraron al ama de llaves y asintieron a sus acertadas palabras. Willow también pensaba así, pero sabía por Ewan que el ejército inglés les superaba en número y que las fuerzas no estarían equiparadas en la batalla. ¿Podrían los escoceses salir victoriosos teniéndolo todo en contra? Su corazón se encogía solo con pensarlo y por eso le costaba tanto conciliar el sueño por las noches. Odiaba desvelarse, porque entonces era cuando se ahogaba con los recuerdos y añoraba más a su esposo, su mirada, sus caricias, sus besos... Así que trabajaba, ocupaba su mente y agotaba su cuerpo para poder dormir aunque solo fuera un poco al terminar el día.

Ewan tenía que regresar. Debía regresar a ella, a sus brazos, a su vida.

Notó que estaba amasando el pan con demasiado ímpetu cuando la mano de Maud se posó en su hombro y le habló con voz susurrada.

—El laird no solo luchará por Escocia. También peleará por volver a su hogar, porque sabe que tú lo estás esperando. Jamás he visto a un hombre más enamorado, y el amor lo puede todo.

Willow no se había dado cuenta de que estaba llorando. Maud le limpió las lágrimas con cariño y dejó que la joven se abrazara a ella.

Era el único consuelo que podía ofrecerle: la esperanza de que todo saldría bien.

—Reza a tus santos, Maud. Pídeles que me lo traigan de vuelta, no puedo vivir sin él...

Maud cerró los ojos, elevando una plegaria al cielo para que allí arriba escucharan la súplica de la joven señora de Innis Chonnel.

CAPITULO 41

23 de junio, batalla de Bannockburn

Aquel primer día de enfrentamientos, el ejército escocés, inferior en número a sus enemigos, salió vencedor por la Gracia de Dios, ayudados por el arrojo y la valentía de sus corazones. Esa misma mañana, poco después de levantarse el sol, todos los soldados habían oído misa y se habían confesado, dispuestos a morir o bien a liberar a su país de la lacra inglesa. El rey Bruce les había regalado palabras de aliento antes de acudir a la lucha y todos escucharon su arenga con el alma enardecida, llena de esperanza:

—El día de hoy es nuestro día. Si alguno de vosotros encuentra que su corazón no va a mantenerse firme para soportar este duro combate y ganarlo o morir con honor, debe abandonar, y solo deben quedarse conmigo aquellos que estén dispuestos a resistir junto a mí hasta el fin y a aceptar el destino que Dios nos tenga reservado.

Sus hombres le contestaron con decisión que ni el miedo ni la muerte conseguirían que ellos evitaran la lucha y el rey se sintió orgulloso. Envió a cada guerrero con sus respectivas mesnadas a los lugares acordados según la estrategia planeada para resistir el ataque de los ingleses, urdida el día de antes junto a sus mejores hombres y consejeros.

Ewan se encontró junto al rey, al igual que los MacGregor y otros clanes amigos que no habían dado la espalda a Bruce, como los MacNab, los Stewart y hasta los hombres del ausente Gilmer Graham. Ewan sabía que Willow le tenía gran estima y hasta lo llamaba tío como si fuera de la familia. Le había contado que el guerrero había sido liberado por el propio Bruce de su obligación de combatir por haber perdido una mano en otra gran batalla. Sin embargo, eso no había impedido que enviara sus tropas para que se unieran a Bruce en la lucha contra los ingleses.

—Lo que me extraña es que él no haya decidido presentarse aquí junto con sus hombres, a pesar de todo —le había confesado Malcom, que lo conocía tan bien como su esposa—. Aun faltándole una mano, tío Gilmer sería un combatiente temible.

Ewan se dijo que, si salía de allí con vida, tendría que conocer a ese hombre que tanto admiraban los MacGregor. Si era alguien importante para Willow, debía estar presente en sus vidas.

Cuando el sol estuvo ya alto en el cielo, pudieron divisar que el ejército inglés se acercaba. Vieron cómo relumbraban sus escudos y cómo brillaban sus yelmos bruñidos; vieron muchas banderas bordadas, pendones y estandartes; vieron muchas lanzas, y miles de hombres a caballo, todos vestidos con flamantes sobrevestas... Era tal el tamaño de aquellas formaciones, que ocupaban una extensión increíble en el horizonte. Ewan se asombró de que sus compatriotas no flaquearan ante la amenaza inglesa y se sintió orgulloso de estar allí aquel día, compartiendo su destino con hombres de tal valía y arrojo.

Comprobó que la mayoría de los escoceses carecían de armadura y protecciones, al contrario que sus enemigos. Él mismo había prescindido de la pesada carga de todo el conjunto y tan solo se había colocado la cota de malla y el peto. Presentía que, de ese modo, tendría mucha más libertad de movimientos para el combate.

Llegado el momento, Ewan, al igual que el resto de los soldados que acompañaban Bruce, rugió levantando su espada en alto. Acto seguido, se lanzó al ataque con todo lo que era, dispuesto a vencer o morir en aquella batalla...

Se despertó al escuchar unos golpes en la puerta. Willow salió de la cama y se echó el manto de los Campbell por los hombros antes de abrir.

—¿Qué ocurre? —preguntó al ver a Bors al otro lado, con el rostro tenso.

—Acaba de llegar un mensajero.

El corazón de la joven se detuvo unos segundos por el terror que le produjeron aquellas palabras.

—¿A estas horas? —logró susurrar—. ¿Y qué... qué mensaje trae?

—No ha querido dármelo. Dice que se llama Errol MacGregor, que os conoce y que solo hablará con vos. Dice que viene de Stirling.

Willow no lo podía creer. ¿Errol? ¡Ella pensaba que había caído en el ataque contra Meggernie! La última vez que lo vio se alejaba junto a su hermano Niall para defender las murallas de su hogar.

Un momento... ¿había dicho que venía de Stirling? Abrió los ojos al comprender lo que eso podía significar. A esas horas de la noche y con tanta urgencia, solo podía portar malas noticias. El pánico le atenazó tanto la garganta que apenas pudo articular las siguientes palabras.

—¿Dónde está?

—Fuera, en la orilla del lago. Lo he dejado al cargo de Murdoc, lo está vigilando.

—¡Bors! ¿No lo has dejado entrar? —preguntó, indignada con su falta de consideración.

—Ewan me ha dejado al mando, y nadie entra de noche en la fortaleza por mucho que jure conocerte.

—Iré contigo para identificarlo. Conozco a Errol desde que era una niña, ha estado a las órdenes de mi padre toda su vida.

Salió de la alcoba tal y como estaba, en camisón y cubierta con el manto. Tal vez debería haberse vestido, pero la impaciencia por conocer las noticias que traía era más fuerte que su sentido del decoro. Bors iba a su lado alumbrando el camino con una tea, mascullando algo acerca de que como no fuera quien decía ser, iba a desollar al inoportuno mensajero con sus propias manos.

Willow atravesó el patio tiritando de frío y de miedo. Casi corría deseando alcanzar el portón de entrada donde aguardaba aquel hombre que hacía tanto que no veía. Cuando salieron, distinguieron dos figuras junto a una de las barcas.

—¿Errol? —preguntó, acercándose con el corazón en la garganta.

—Mi señora —dijo entonces él, dando un paso al frente para que pudiera verle la cara a la luz de la antorcha que sujetaba el Campbell.

—¡Oh, Dios mío! —exclamó ella—. No puedo creer que seas tú... ¡Creía que habías caído junto con Niall!

El MacGregor se arrodilló y tomó su mano con delicadeza.

—Fue horrible, nos masacraron —susurró él—. Creo... creo que solo yo conseguí escapar y huir de Meggernie...

Ella estrechó su mano con un amago de sonrisa y sus ojos se empañaron. Estaba feliz de tenerlo allí, pero le urgía conocer el contenido del mensaje que portaba.

—Me alegro de que pudieras volver con mi padre. ¿Qué... qué noticias me traes de Stirling? ¿Les ha pasado algo a él o a mi hermano? ¿A Ewan?

Errol bajó la cabeza y ocultó sus ojos. Willow se imaginó lo peor al ver aquel gesto y un dolor insoportable le atravesó el pecho.

—Errol, por favor, dime...

El hombre levantó entonces la mirada y, de pronto, aquel no era ya el guerrero que ella había conocido. En el fondo de sus ojos había una oscuridad que jamás se había manifestado antes.

Todo fue muy rápido. Soltó la mano de Willow y con un movimiento imposible, lanzó una daga al pecho de Murdoc, el soldado Campbell que tenía justo detrás. Se incorporó después de un salto al tiempo que sacaba otro puñal más de entre sus ropas.

Bors pensó que iba a apuñalarla a ella.

Por eso, en lugar de sacar su espada para atacar al intruso, se colocó en medio de los dos con los brazos abiertos, intentando proteger el cuerpo de su señora.

La daga se le clavó entre las costillas, perforándole un pulmón. Y después, Errol sacó su espada y la hundió sin contemplaciones en su vientre.

—¡No, Bors! —gritó Willow.

¿Qué acababa de suceder?

Todo había ocurrido tan deprisa que no era capaz de asimilarlo. Y los Campbell no estaban alertados, habían creído que Errol era un amigo, se habían confiado... Solo dos hombres acompañaban a la señora de Innis Chonnel en aquel momento, y los dos habían caído a manos de ese traidor.

Willow sujetó el cuerpo de Bors como pudo para que no se desplomara de golpe. Una vez en el suelo, le sujetó la cabeza y le miró a los ojos. De su boca salía sangre y en su rostro se adivinaba ya la sombra de la muerte.

—Os he fallado... ¿quién es ahora el gusano pusilánime?

—No, no... —los labios de Willow temblaban. Bors no, así no.

—Perdonadme, mi señora... —levantó una mano y buscó la suya—. Por todo.

—No vas a morir, Bors. Quédate conmigo.

—Si no muero, Ewan me destripará con sus propias manos por inútil. Es lo que merezco.

—Me has salvado la vida y Ewan estará orgulloso de ti.

Willow comprobó que la expresión de Bors se relajaba tras su comentario y que sus ojos se apagaban. Notó que la mano que sostenía ya no apretaba y supo que la había dejado. Estaba tan horrorizada que no pudo ni llorar.

—¿Te has despedido ya de tu amigo? —preguntó entonces Errol, con una voz desconocida. Era fría, era antipática y soberbia.

—Fuiste tú —le dijo con desprecio—. Tú abriste las puertas de Meggernie para que entrara aquel ejército y masacrara a los nuestros. ¿A quién dejaste entrar? ¿A quién te vendiste, miserable traidor? Por tu culpa, mataron a Niall.

Errol negó con la cabeza al tiempo que se acercaba a ella despacio, espada en mano.

—No lo mataron por mi culpa —le aclaró—. Yo lo maté con mis propias manos...

La joven se levantó con un grito de rabia y se tiró contra él intentando sacarle los ojos. Durante el forcejeo, los dos vieron cómo una figura salía de la fortaleza alertada por el jaleo.

—¡Agnes! —gritó Willow al reconocer a la sirvienta, que los miraba con ojos muy abiertos—. ¡Da la voz de alarma! ¡Corre, avisa a los demás!

Notó que Errol la empujaba en dirección a la barca y peleó con más ahínco para liberarse. Por lo visto, sus intenciones no eran matarla allí mismo.

—Si no te estás quieta, pequeña Willow, te haré mucho daño —le susurró al oído con voz arrastrada.

—¡Agnes! —aulló de nuevo pidiendo auxilio.

Para su total consternación, vio cómo la sirvienta se acercaba hasta ellos con una sonrisa taimada en su bello rostro. Cuando llegó a su altura, levantó la mano y la abofeteó aprovechando que Errol la sujetaba con fuerza.

—Esta te la debía —susurró con maldad.

Willow la miró con los ojos desorbitados.

—No vuelvas a golpearle en la cara —le reprochó Errol a Agnes, dejando patente que se conocían—. Tiene que estar perfecta cuando la entregue.

—¿Por qué? —preguntó Willow sin apartar la mirada de la sirvienta, aturdida por la doble traición.

—Podría darte muchos motivos, Will. Porque te reíste de mí haciéndome creer que eras otra persona, porque tú gozas de privilegios que yo no tengo, porque has conseguido conquistar el amor de un guerrero, algo que a mí se me negó... En resumen, porque te odio.

—Y porque te pago muy bien por tu ayuda, zorra interesada —añadió Errol, tirando de Willow hacia la barca.

Ella reaccionó y volvió a forcejear con todas sus ganas. Solo le dio tiempo a gritar una vez más antes de que aquel traidor la golpease en la cabeza.

Después, todo se volvió oscuro y ya no vio nada más.

24 de junio, batalla de Bannockburn

El día anterior habían resistido a los ingleses, haciéndoles retroceder de nuevo hacia su campamento, sin permitir que llegaran hasta el castillo que pretendían rescatar. Y en ese nuevo día, alentados y animados por su rey, se dispusieron a dejarse la vida en la batalla que tendrían que librar contra un ejército mucho mayor que no parecía dispuesto a claudicar.

Las tropas escocesas salieron a campo abierto, con sus largas lanzas preparadas para el ataque de la caballería inglesa. De nuevo, como ocurriera en la batalla de Stirling en la que Wallace derrotó a los ingleses años atrás, se agruparon formando unidades móviles, de manera que a sus enemigos les costase llegar hasta ellos a pesar de la carga de la caballería. Contaban, además, con la ventaja de que el terreno era pantanoso y estrecho, y dificultaba el avance de la formación invasora. Ni siquiera los peligrosos arqueros ingleses pudieron mermar sus fuerzas, pues no podían disparar desde los flancos y, para su desconcierto, el propio hermano del rey Bruce, Edward, lanzó su ataque sobre ellos con caballos ligeros para dispersarlos y no permitirles disparar contra sus compatriotas.

—Es como si hubiera retrocedido atrás en el tiempo —exclamó Alec Campbell en un determinado momento, dirigiéndose a su amigo Ian, que lo miraba a su vez con el orgullo brillando en sus ojos.

—Podremos decir a nuestros nietos que nosotros estuvimos en dos de las batallas más memorables que Escocia recordará —dijo, sosteniendo su espada con firmeza—. Venceremos, amigo mío, lo noto en los huesos.

—Que el cielo te oiga, padre —susurró Malcom a su lado, preparándose también para el choque inminente.

Ewan, junto a ellos, observó la escena y quiso grabarla en su cabeza. Él también sospechaba que aquel día sería memorable y no quería olvidar nada. Por un momento, cerró los ojos y pensó en su pequeño duende, allá en Innis Chonnel, en su hogar. Visualizó su dulce rostro, enmarcado en su corta melena oscura, sus ojos brillantes, su menuda figura. Nunca imaginó que se podía amar de aquel modo y dejó que todo ese amor que sentía le llenara el corazón en esos instantes. Si moría allí, si caía bajo alguna espada o lanza enemiga, quería que su último aliento fuera para ella. Para Will, para su esposa.

Cuando volvió a abrir los ojos, miró en derredor. Se sintió respaldado por las tropas de sus aliados, los MacGregor, los Stewart, los MacNab y los hombres de Gilmer Graham. Cada clan llevaba sus colores de algún modo en sus vestimentas, luciendo con orgullo el origen de sus raíces. Notó la energía que le recorría el cuerpo, preparado para la batalla, dispuesto para la lucha, y se lanzó al ataque junto con sus compañeros, sosteniendo el escudo con firmeza y la espada en alto, gritando tan fuerte que el miedo a la muerte desapareció del todo y quedó desterrado de su espíritu...

Fue una cruenta lucha. La hierba se tiñó de rojo con la sangre de los que allí caían. Se escuchaban los alaridos de dolor, el crujir de las lanzas al quebrarse, el entrechocar de los aceros de sus espadas. Los caballeros ingleses eran derribados de sus caballos para no volver a levantarse...

Ewan sudaba, gruñía y ensartaba a sus enemigos atravesando sus cotas de malla. Su tío Alec lo observó un momento con fascinación al verlo pelear de ese modo; pensó que, si moría ese día, lo haría gustoso por haber luchado mano a mano con el hombre del que más orgulloso se sentía.

Y entonces, como le ocurriera años atrás, una escena imposible ocurrió ante sus ojos. La misma que ya había vivido, la misma que había llegado a olvidar...

Uno de los suyos, un escocés alto, de porte bravo y aspecto fiero, se acercó por detrás a su sobrino, hacha en mano. Alec quedó paralizado por la coincidencia y el horror que se repetía, y no acertó a pronunciar palabra para advertir a Ewan de la vil traición que estaba a punto de suceder.

Por fortuna, los demás guerreros Campbell no peleaban lejos de su laird y uno de sus fieles comandantes, Colin, advirtió la extraña maniobra que se perpetraba contra su señor. Detuvo el ataque del hacha traidora con un alarido furioso que no bastó, sin embargo, para salir con vida de aquel envite. Tras un intercambio breve de golpes,

Colin cayó bajo el filo de aquella hacha, a tiempo de que Ewan se girara y fuera testigo de lo sucedido. Con una rabia ciega, cargó contra aquel traidor que había asesinado a uno de sus mejores amigos, y tal fue su furia, que un fuerte empujón y un solo golpe de su espada le bastaron para partir en dos el cuerpo de aquel hombre.

Alec reaccionó entonces, y se acercó a su sobrino cuando arrancaba su acero del cadáver. Estaba alterado, porque acababa de rescatar de su memoria la imagen olvidada: el rostro del culpable. El guerrero colocó una mano en el hombro de su sobrino para llamar su atención y esperó a que Ian MacGregor se acercara lo suficiente como para oírle.

—¡Ya sé quién ha mató a Niall, quién atacó Meggernie!

—¿Quién? —preguntó el laird MacGregor, sin resuello.

—El hombre al que considerabas como a un hermano. En la batalla de Stirling no trataba de salvarte la vida, Ian, ahora lo sé. Aquel día, trató de asesinarte.

CAPITULO 42

La cabeza le dolía como si unas manos enormes le estuvieran estrujando el cráneo. Willow abrió los ojos y miró alrededor, confusa. Tardó unos momentos en poder enfocar la vista.

—Me ha costado mucho trabajo encontrarte. Te escondiste muy bien.

Un escalofrío la recorrió entera al reconocer esa voz. Se incorporó despacio de la cama donde se hallaba y buscó a su interlocutor.

—Tío Gilmer —susurró. Dijo su nombre en voz alta para comprobar que aquello era verdad, que no era ninguna pesadilla provocada por el golpe que había recibido en la cabeza.

—Lamento que Errol se extralimitara en sus funciones. Sé que solo cumplía mis órdenes, pero no tenía por qué golpearte de ese modo.

El hombre se levantó de la butaca donde había estado esperando a que ella recobrara el conocimiento y se acercó a la cama. Willow se echó hacía atrás, aún estupefacta por aquel descubrimiento. ¿Su tío Gilmer? ¿Por qué? Era parte de la familia, se suponía que era el mejor amigo de su padre, que a ella y a sus hermanos los amaba como si fueran sus propios hijos...

Qué equivocada estaba. Ella y los demás.

¿Todos aquellos años había estado interpretando un papel? ¿Todo aquel cariño era fingido?

—¿Por qué? —preguntó en voz alta.

Notó que le fallaba la voz. Gilmer le había provocado un dolor demasiado profundo. Ya era horrible que Errol los hubiera traicionado de aquel modo; pero además él, precisamente él... era demasiado.

371

—Porque amaba a tu madre —confesó sin ambages.

La contempló de una manera extraña nada más decirlo y fue cuando Willow descubrió que las miradas del pasado, las que ella conocía, habían sido mentira. Lo observó con atención, dándose cuenta de que ahora que se había quitado la máscara parecía haberle cambiado hasta la cara. No reconocía el rictus de su boca, la expresión de sus ojos grises e incluso el timbre de su voz parecía distinto. No vio en él rastro de aquello que otrora consideraba atractivo e interesante. Por primera vez, lo vio como alguien peligroso, taimado y retorcido.

Entonces, la oscura verdad que encerraba aquel descubrimiento se reveló ante ella estrujándole el corazón de una manera salvaje.

—Tú ordenaste que mataran a mi hermano.

Gilmer suspiró con pesadez.

—No me quedó otro remedio. En un principio no entraba dentro de mis planes. A pesar de todo, le llegué a coger cariño con los años. Pero se revolvió, Willow. Lo tenían sujeto entre dos de mis hombres y, aun así, fue capaz de plantar cara y deshacerse de ellos para agarrarme por el cuello. —Gilmer le mostró entonces una fea marca en su garganta que daba fe de la rabia que había sentido Niall cuando lo apresó—. Errol tuvo que matarlo. Le clavó la espada en el pecho y, pese a estar agonizando, mis hombres me lo tuvieron que quitar de encima. Un guerrero formidable tu hermano, sin duda. Luchó hasta su último aliento por mantenerte a salvo.

Willow cerró los ojos, dejando que las lágrimas que ardían contra sus párpados se deslizasen por sus mejillas. Recrear aquella escena en su mente la destrozó como si en verdad la hubiera presenciado. Que Niall hubiera muerto así, sin un solo ser querido a su lado que lo auxiliara, multiplicaba su tristeza y su dolor.

Su mente, frenética por encontrar algún sentido a la pérdida tan injusta, quiso atar cabos.

—Mataste a mi hermano... ¿porque amabas a mi madre? —preguntó en un susurro ahogado, sin entender.

Gilmer buscó su mano para reconfortarla, pero ella se apartó como si apestara. Lo miró con todo el amor que había sentido por ese hombre trocado en odio visceral.

372

—La amé como ningún hombre ha querido jamás a una mujer. Siendo joven, le confesé mi amor, entregado y enamorado, poniendo mi mundo a sus pies. Pero ella eligió a otro.

—A mi padre.

—Sí. Mi mejor amigo se ganó su corazón, a pesar de no merecerlo. Él no la amaba como yo.

Willow entornó los ojos, irritada con aquel comentario.

—¿Cómo puedes saberlo? Tal vez la amaba más...

—¡No! —estalló Gilmer, sobresaltándola—. Porque si la hubiera amado de verdad, si la hubiera querido tanto, no la habría dejado de nuevo encinta.

Willow comprendió y asintió despacio, asimilando que ese hombre llevaba odiando a su familia desde hacía mucho tiempo.

—Te refieres a que ella murió por mi culpa.

Gilmer se pasó las manos por la cara. Parecía que también le costara recordar aquellos días, aquel tormento que había sufrido.

—Al principio sí. Te culpé al igual que culpaba a tu padre y a tus hermanos.

—¿Qué tienen que ver mis hermanos? —siseó ella, conteniendo su furia a base de apretar los dientes.

—Dar a luz a los gemelos fue lo que debilitó a Erinn. El médico se lo dijo a tu padre, le advirtió de lo que podía pasar si volvía a engendrar y, aun así, él desoyó su consejo. Quise matarlo aquel día, cuando todos sus amigos escuchábamos los gritos de tu madre mientras esperábamos en el salón de Meggernie a que tú nacieras. Estábamos allí para celebrar el acontecimiento, para acompañar a tu padre... —Gilmer dejó escapar un suspiro de entre sus labios que pareció más un lamento—. Fue la peor noche de mi vida. Escuchar cómo ella sufría, cómo poco a poco se le iba la vida del cuerpo sin poder acudir a su lado. Me desgarré por dentro, morí con ella aquel día. Y cuando tu padre apareció arrastrando los pies y nos comunicó la triste noticia, quise matarlo allí mismo.

—Pero no lo hiciste.

—No. Pero juré que lo haría... y lo intenté. En Stirling, durante la batalla contra los ingleses. Sin embargo, algo salió mal. Aquel soldado inglés salió de la nada interponiéndose entre mi hacha y la espalda de tu padre. Para colmo, Ian creyó que yo le había salvado la vida y, a partir de entonces, contrajo una deuda de honor conmigo... ¡qué ironía!

Willow se abrazó el cuerpo. Quería y no quería seguir escuchando. Deseaba saberlo todo, sus motivos enfermizos, sus intrigas, sus planes para destruir a toda su familia. Y al mismo tiempo, quería alejarse de su lado y no enterarse de hasta qué punto aquel hombre, al que había amado con todo su corazón, los odiaba tanto.

—Decidí entonces que esperaría —continuó Gilmer—. Aquel malentendido me daba la oportunidad de estar muy cerca de Ian y, al mismo tiempo, de mi otro objetivo principal.

Willow lo miró y se limpió las lágrimas que corrían por su cara sin control.

—Yo.

—Sí, tú.

Gilmer levantó la mano con la intención de acariciarle el pelo, pero ella volvió a alejarse, acurrucándose en la cabecera de la cama.

—Tú debías morir —le soltó a bocajarro—. Lo supe desde el mismo momento en que tu padre anunció que habíamos perdido a Erinn, pero que, por gracia de Dios, nos había dejado un ángel para nuestro consuelo. Por tu culpa ella murió. El amor de mi vida, el único sol que me alumbraba. Tú debías morir —repitió, sin mirarla, con los ojos perdidos en el pasado—, y comprendí que con tu muerte la venganza sería completa, porque Ian y los gemelos sufrirían más que si los acuchillase a ellos uno por uno.

La joven notó un escalofrío de horror ante sus crudas palabras. Lo miró de reojo, espantada por haber sentido alguna vez afecto por aquel ser despreciable. Muy a su pesar, Gilmer no había terminado aún su relato.

—Sin embargo, no eras una presa fácil. De pequeña, te protegían tanto, te tenían tan mimada que jamás estabas sola. No había manera de acercarse a ti sin que uno de tus hermanos no te estuviera rondando, o alguno de los soldados MacGregor. La joya de Meggernie... ¡con cuánto celo te guardaba tu padre!

374

—¿Y le culpas? —escupió ella con desdén—. Si todos sus amigos eran como tú, no es de extrañar que mi padre extremara las precauciones.

Gilmer soltó una risa ronca que le puso los pelos de punta.

—¡Oh, no creo que Ian desconfiara de sus aliados! Era, simplemente, su forma de ser. Tú fuiste el consuelo de todos ellos ante la pérdida de tu madre y todos, de manera inconsciente, te protegían hasta la exasperación. Pero no, no lo culpo. Es más, agradezco que así fuera.

Willow lo contempló sin comprender de qué manera insana funcionaba su mente. Sin duda había perdido el juicio por completo.

—No. No estoy loco —le dijo, mirándola como si supiera lo que pensaba—. Me alegro de no haberte matado. El día que cumpliste los trece años, cuando fui a visitaros, te presentaste ante mí con un vestido nuevo de color verde. Jamás lo olvidaré. Tus ojos azules eran idénticos a los de tu madre, tu pelo moreno caía por tu espalda enmarcando un rostro de niña, pero que sin duda tenía los rasgos de Erinn. Me impactaste, Willow, me dejaste sin palabras. Te estabas convirtiendo en mujer... en una mujer idéntica a mi único amor. Entendí que la vida me daba otra oportunidad; que allí, delante de mí, tenía el sueño que siempre había perseguido. Solo tenía que esperar... Y, llegado el momento, cuando ella estuviera ya totalmente reencarnada en ti, serías mía. Tú sí me aceptarías, y recibirías todo el amor que tenía guardado en mi corazón y que Erinn había rechazado. No importaba que tu padre o tus hermanos se negaran. Es más, ya lo tenía asumido. No permitirían que su preciada joya se desposara con un hombre que le triplicaba la edad, estaba convencido, así que solo tenía una opción: raptarte. Supe esperar, pequeña Willow. Meggernie jamás sería tan vulnerable como en estos tiempos, así que no pude demorarlo más. Ataqué cuando sabía que no podía perder, porque casi todos los MacGregor estaban en la guerra y ya no podían protegerte. Ataqué cuando pude convencer a Errol de que cambiara de bando.

—Errol... —murmuró, conmocionada—. ¿Cómo, por qué?

—Resultó muy fácil. Es un hombre avaricioso, bastó con prometerle que él sería mi mano derecha al mando de Landon Tower, y mi sucesor cuando yo muriese. Le dije que, al no tener hijos, no había nadie mejor que él para ocupar el puesto de laird de los Graham.

A medida que hablaba, Willow había ido abriendo más y más los ojos, horrorizada.

—Le mentiste —adivinó, consciente de la oscuridad de su alma.

Gilmer esbozó una siniestra sonrisa.

—Por supuesto. No cederé el liderazgo de mi clan a un sucio MacGregor, tenlo por seguro. Aún puedo tener descendencia, no soy tan viejo. Tú me darás un hijo varón para que pueda gobernar cuando yo falte.

Willow se estremeció de asco al oír aquellas palabras. Se había vuelto completamente loco.

—¿Y por qué inculpaste a los Campbell? ¿Qué tenías contra ellos?

Gilmer se encogió de hombros con indiferencia.

—¡Oh, absolutamente nada! Fueron ellos, como podía haber sido cualquier otro clan. Cualquiera me valía para apartar las sospechas de mí. No fue algo personal, solo práctico. Los Campbell son un clan poderoso y, si tu familia se enfrentaba a ellos, la lucha sin duda les iba a debilitar bastante. Algo que a mí me venía muy bien para llevar a cabo mis planes. Para que tú fueras mía, debía mermar las fuerzas de los MacGregor como fuera. Sin embargo, no contaba con que ese clan que se suponía que era el culpable de vuestra caída, te acogiera y te escondiera tan bien de mí. Por fortuna, tu ingenuo padre aún me tiene la suficiente estima y confianza como para escribirme desde el frente. Pretendía tranquilizarme y anunciarme con gran regocijo que la joya de Meggernie estaba sana y salva... y que ahora estaba con los Campbell. ¡Qué ironía! El hombre que más deseaba protegerte fue el que me facilitó la información que necesitaba para dar contigo. —La miró con los ojos cargados de un amor enfermizo que asqueó a Willow—. Y al fin, después de tanta espera... aquí estás.

—Has perdido el juicio —susurró entre temblores.

—¿Por qué? No te asustes tanto, querida. En estas tierras es habitual que un hombre enamorado rapte a su futura esposa. Y no tienes de qué preocuparte, te trataré bien. Y mi cariño te abrumará de tal modo que hará nacer en ti el amor.

Aquello fue demasiado. Willow ya había escuchado suficiente. Ese asesino, que los había engañado durante tantos años, que había intentado acabar con su padre, que le había arrebatado un pedazo de alma llevándose a su hermano por su infinita locura, la miraba como si todo lo pasado no fueran más que nimiedades que ella terminaría olvidando con el tiempo.

Se levantó de la cama y lo enfrentó con el mentón alzado. Ya no había lágrimas en sus ojos, pero sí una furia ardiente, sedienta de venganza.

—Aunque parece que tienes tus planes muy bien trazados, te olvidas de que mi padre, cuando se entere, te desollará vivo. Eso si no te encuentra antes Malcom, que te destripará con sus propias manos. —Luego, levantó el dedo donde lucía su alianza de boda—. Pero, sobre todo, reza para que antes no caigas en manos de mi esposo, porque entonces te aseguro que, primero te arrancará la única mano que te queda por haberte atrevido a tocarme —miró fijamente su muñón, sin rastro de compasión—, y después sufrirás la peor de las muertes...

Y, al contrario de lo que Willow esperaba, en lugar de sorprenderse por ver el anillo en su dedo o de desesperarse por ver truncados sus planes, Gilmer Graham esbozó una espeluznante sonrisa que no presagiaba nada bueno.

—¿Te refieres al laird Ewan Campbell? —Chasqueó la lengua antes de anunciar con maldad—: Lo siento, querida, pero es más que probable que a estas horas tu flamante esposo esté tirado en el campo de batalla, con un hacha clavada en la espalda, y tú seas una hermosa viuda necesitada de consuelo y, lo que es más importante, de un nuevo marido que vele por tu bienestar.

Willow no era de las que se desvanecían. Willow jamás se había desmayado, excepto si estaba muy enferma. Pero allí de pie, escuchando de labios de aquel hombre despreciable que Ewan podía estar muerto, notó que todo le daba vueltas y que el suelo se acercaba con rapidez a su cara. Después, simplemente, su mundo desapareció.

CAPITULO 43

Ewan no supo de dónde sacaron las fuerzas para seguir combatiendo después de la revelación de su tío Alec. Tanto él como Ian y Malcom MacGregor temían por Willow. Cuando el ejército escocés resultó vencedor en aquella épica batalla, no pudieron regocijarse como el resto de sus compatriotas. Aquel día sería recordado en los anales de la historia como el día en que el rey Robert de Bruce consolidaba su poder y recuperaba la independencia de Escocia.

Sin embargo, para Ewan Campbell, aquel siempre sería el día que más miedo había tenido en toda su vida.

Poco después de que la contienda finalizara, de regreso al campamento, curándose las múltiples heridas de guerra, llegó un mensajero de Innis Chonnel. Se trataba del joven Donald, que tan buena amistad había trabado con la nueva señora de los Campbell. Había cabalgado sin descanso día y noche para llegar hasta su laird y poder comunicarle la mala nueva. Ewan lo recibió con alarma y sus instintos no lo engañaron, pues aquel leal muchacho portaba la peor de las noticias.

—Se la han llevado, mi señor. Alguien llegó hasta Innis Chonnel haciéndose pasar por amigo, pero mató a Bors y a Murdoc, y la secuestró sin que nos percatáramos. Encontramos a los vigías inconscientes en sus puestos, nadie dio la voz de alarma. Cuando nos dimos cuenta ya era tarde y le habíamos perdido el rastro. Creemos... creemos que Agnes tuvo algo que ver, mi señor. Ha desaparecido de Innis Chonnel.

Las entrañas de Ewan se retorcieron por la angustia.

Tenía que haber echado a esa arpía en el mismo momento en que se enteró de que era una vil embustera y de que, por su culpa, había desterrado a su mejor amigo. Si resultaba ser cierto que ella había ayudado al traidor, la mataría en cuanto le pusiera las manos encima.

El hombre que había intentado atacarlo por la espalda, el mismo que había acabado con su amigo Colin, llevaba los colores de Gilmer Graham. Sin duda había sido él quién se había llevado a Willow. ¿Le habría hecho daño? ¿Estaría viva a esas alturas? El miedo emponzoñó su espíritu y le temblaron las rodillas al pensar en esa posibilidad. Aquel desgraciado no había tenido reparos en acabar con la vida de Niall MacGregor, ¿cómo podía, entonces, tener la esperanza de que ella estuviera bien?

La terrible noticia pronto se extendió por todo el campamento, y el mismísimo Bruce se indignó al conocer la traición de uno de los hombres a los que él tenía en tan alta estima. Le había honrado con generosidad y recompensado por su valor en la batalla cuando perdió la mano luchando por su patria. Así pues, no puso ningún inconveniente cuando, tanto los Campbell como los MacGregor, pidieron licencia a su rey para ir al rescate de la joven Willow. Les dejó partir solo con una condición: que impartieran justicia en su nombre, dado que él aún tenía asuntos que lo retenían en el frente y, aunque le hubiese gustado estar presente en el momento en que aquel traidor rindiera cuentas, un rey no podía abandonar sus obligaciones en aquellas horas tan trascendentales para su país.

—Pagará por todo el mal que ha hecho, majestad —prometió Ian MacGregor.

Y así partieron, rezando y anhelando en sus corazones que cuando llegaran a Landon Tower no fuera demasiado tarde...

Llevaba tres días en aquella habitación, encerrada bajo llave. Se había negado a comer y rechazaba todo cuanto viniera del que hasta ese momento había llamado tío. Lo detestaba, lo odiaba tan profundamente que prefería morir antes que dejar que la tocara.

Por suerte, ni siquiera lo había intentado.

En su locura, consideraba el amor que había sentido por Erinn algo tan sagrado, que no concebía deshonrar a su hija yaciendo con ella sin haber contraído primero matrimonio. Y, para eso, debía cerciorarse de que la joven, tal y como sospechaba porque así lo había planeado y ordenado, era viuda.

La espera la estaba volviendo loca. No saber si Ewan estaba vivo o muerto la llenaba de desesperación y tampoco podía preguntar a nadie, porque únicamente había visto a Gilmer desde que la encerraran allí. Él le llevaba las bandejas de comida en persona, él se llevaba el orinal que utilizaba y luego lo volvía a traer, vacío. No enviaba a nadie del servicio para atenderla y, poco a poco, estaba consiguiendo lo que pretendía: que Willow hablara con él, que lo necesitara, que esperara sus visitas para poder averiguar algo más acerca de ese futuro incierto que ahora se le presentaba ante sus ojos.

Aquel día llegó a la misma hora de siempre con el desayuno. Se quedó un momento en la puerta, mirándola con adoración, sin ocultar ya la pasión que había mantenido reprimida durante tantos años. Willow sintió una repulsión infinita que no se molestó tampoco en disimular.

—Hoy comerás, Erinn.

Otra de las cosas que la sacaba de quicio. Había empezado a llamarla como a su madre. Ya ni siquiera lo corregía... ¿para qué? Había quedado patente que su mente estaba seriamente perturbada.

—No comeré. Puedes llevarte tus gachas repugnantes. No las quiero.

—¿Es que acaso quieres enfermar? —Gilmer frunció el ceño.

Willow se cruzó de brazos, decidida, indicándole con toda su postura que ya podía esperar sentado a que ella decidiera probar bocado. A pesar de que se moría de hambre. A pesar de que hasta las gachas en ese momento le parecían un plato suculento sobre el que se lanzaría si no estuviera en juego mucho más que su propia vida.

—Bien. Tú ganas —concedió al fin el hombre.

La joven no supo a qué se refería hasta que él dejó la bandeja sobre la mesa que había junto a la pared, salió de la habitación, y volvió a entrar acompañado por otra persona.

A Willow le costó reconocerla, porque estaba tan maltratada, tan envejecida, que apenas había en ella rastro de la mujer que fue.

—¡Marie! —exclamó en un jadeo, llevándose una mano a la boca.

—Mi niña...

Y en cuanto escuchó su voz, su calidez tan familiar, corrió hacia ella para encerrarse entre sus brazos y que la acunara como lo había hecho desde que nació.

Sus nudosas manos la acariciaron con ternura y notó sus labios besándola en la sien con un amor que solo podía venir de una verdadera madre.

Lo que Marie había sido para ella, lo que aún era, lo que siempre sería.

—Shhh, ya está, mi niña. Ya estoy aquí contigo, nada malo va a pasar.

Las palabras de consuelo consiguieron que el llanto prendiera fuerte en su pecho y Willow sollozó con la cara enterrada en el hombro de la anciana, que también estaba llorando. Así las dejó Gilmer, advirtiéndoles muy seriamente antes de marcharse.

—Haz que coma, vieja. De lo contrario, volverás a la mazmorra donde estabas, y de donde no saldrás jamás.

Cuando se quedaron solas, Willow aún lloró un rato largo, desahogando todos sus miedos y el alivio del reencuentro contra el pecho de su nodriza. Poco a poco, recuperó el ritmo normal de su respiración y al fin se apartó para estudiar el aspecto de la mujer.

Su cara arrugada lo estaba aún más, en parte porque se la veía mucho más delgada de lo que recordaba. Sus ojillos castaños habían perdido el brillo de la determinación y la fuerza que siempre la habían caracterizado. El pelo gris, que siempre había llevado impecablemente peinado bajo una pulcra cofia, lucía ahora suelto, largo y sucio a su espalda. Su olor corporal, intenso y desagradable, decía mucho del trato que había recibido de su captor. Era indudable que Gilmer la había mantenido encerrada durante todo aquel tiempo, sin darle opción al aseo personal, incluso torturándola, porque las líneas de expresión de su rostro daban fe de un sufrimiento extremo que costaría borrar de su piel.

—¿Qué te ha hecho? —le preguntó con cariño, pasándole una mano por el pelo sin sentir ninguna repulsión, a pesar de su aspecto.

—Menos de lo que te hará a ti si consigue salirse con la suya —le dijo—. Menos de lo que le hizo a mi niño, a mi Niall...

Willow tragó saliva porque el dolor de Marie le escocía sobre el suyo propio, que ya tenía en carne viva. Apretó los dientes para no volver a llorar.

—Lo mató el bastardo de Errol.

—Lo sé. Gilmer me lo explicó con detalle para hacerme sufrir.

—No se saldrá con la suya —prometió Willow, apretando las manos de Marie con fuerza.

—Claro que no —la secundó, convencida—. Pero, para poder luchar contra él, debes estar fuerte. Así que, venga, siéntate en esa mesa y cómete todo lo que te ha traído. ¿Quieres que tu esposo se encuentre con una mujer famélica cuando venga a buscarte?

La pregunta disparó el corazón de Willow, como siempre que pensaba en Ewan. Fue sin duda su tono, carente de cualquier duda al respecto. Marie creía que él la rescataría y, por primera vez, la esperanza prendió en su pecho ante esa posibilidad. Si su nodriza, con lo sabia que era, lo tenía tan claro, a la fuerza habría de ser cierto.

—¿Quién te ha hablado de Ewan? —le preguntó, arqueando una ceja.

—El anillo de tu dedo —espetó Marie, mirándola con cariño—. ¿Se llama Ewan?

Willow se acarició la alianza con ojos soñadores.

—Sí. Es el laird de los Campbell.

—Un buen casamiento, sin duda. Tu padre estará muy orgulloso. ¿Y cómo ocurrió? Cuéntaselo todo a esta vieja... Gilmer me ha robado uno de los momentos que más ansiaba compartir contigo, mi niña, el día de tu boda. Así que nárrame con todo detalle cómo llegaste a conocerlo, cómo se enamoró de ti, cómo se te declaró, cómo fue esa ceremonia a la que no pude asistir...

Willow esbozó una sonrisa cargada de tristeza, porque ella también la había echado mucho de menos aquel día. Se prometió a sí misma que, si todo salía bien, si conseguían salir de ese embrollo, volvería a casarse con Ewan. Esta vez, delante de toda su gente, rodeada de las personas que más amaba en el mundo.

—En realidad —le confesó—, yo lo rechacé cuando se me declaró. Pero Malcom me obligó a casarme con él...

El rostro de la anciana reveló su sorpresa.

—¿Acaso fue una boda impuesta? Me cuesta creer que tu hermano hiciera algo así. ¿No lo amas?

La joven se llevó una mano al corazón y se ruborizó al recordar los momentos compartidos con Ewan.

—Lo amo con todo lo que soy —se sinceró.

A continuación, se sentó a la mesa para devorar aquel desayuno mientras le contaba a Marie, entre cucharada y cucharada, todo lo que había pasado desde el día en que la disfrazó de chico para que huyera de Meggernie. Lo explicó todo, sin guardarse nada, porque para ella no tenía secretos y sabía que, después de lo que había sufrido para mantenerla a salvo, tampoco los merecía.

Y, del mismo modo que ella relató sus aventuras desde el fatídico día del ataque a Meggernie, Marie le contó lo que había sido de ella todo ese tiempo. Fue capturada durante el asalto y llevada directamente a las mazmorras de Landon Tower. Gilmer la visitó a diario, en los días sucesivos, para golpearla y torturarla con el fin de que la anciana le revelara el paradero de Willow, del que al parecer no tenía ninguna pista fiable.

—Estaba desesperado —le contó Marie—, loco por encontrarte. Gracias al cielo que se nos ocurrió disfrazarte, y gracias al cielo también por poner en tu camino a los St. Claire, que te cobijaron en el seno de su humilde familia, apartándote de todos los lugares por los que Gilmer te buscaba.

Willow pensó en John, en Maud y Liese, y su simple recuerdo la reconfortó como pocas cosas podían hacerlo en aquellos momentos. Los echó de menos y lamentó el desasosiego que su desaparición les habría causado. ¿Le habrían sonsacado a Agnes lo sucedido? ¿Se lo habrían imaginado al encontrar los cuerpos de Bors y de Murdoc asesinados en la orilla del río? Deseaba que todo acabara pronto para poder volver junto a ellos.

—Por supuesto —le había confesado Marie—, yo jamás le dije nada que pudiera llevarlo hasta ti. Antes hubiera dejado que me matara.

384

Willow la había abrazado entonces, jurándose a sí misma que nadie la volvería a apartar de su lado.

Cuando Gilmer regresó a la alcoba, la joven le exigió que le procurara a su nodriza un buen baño y ropas limpias. Le echó en cara haber tratado de ese modo a la anciana e intentó que se avergonzara de su comportamiento, cosa que, lógicamente, no consiguió. Aunque, al menos, sí logró que tomase en cuenta su petición.

—Las dos podréis asearos y poneros ropas limpias —le concedió, mirándola de arriba abajo—. Mi futura esposa ha de estar presentable. Pronto volverá a crecerte el pelo, tal y como lo tenías antes, Erinn, y todos me envidiarán por tener una mujer tan bella y tan llena de virtudes.

Willow no pudo guardar silencio ante aquella presuntuosa afirmación.

—¿De verdad crees que me comportaré como una amante esposa contigo? ¿Después de haber matado a mi hermano, de torturar a mi nodriza, de secuestrarme y robarme de mi propio hogar?

—¡Este es ahora tu hogar! —estalló Gilmer, poniéndose rojo por la indignación.

—Te equivocas. —Willow dio un paso al frente—. Innis Chonnel es ahora mi hogar, el hogar de mi esposo.

—Nunca serás una Campbell.

—Ya lo soy —insistió ella, con la cabeza bien alta—. Del mismo modo que soy también MacGregor. Lo que nunca seré, lo que jamás verán tus retorcidos ojos de loco, es verme convertida en una Graham.

De dos zancadas, Gilmer se abalanzó sobre ella y con su única mano la aferró por el cuello.

Marie jadeó por el miedo, pero Willow le sostuvo la enfurecida mirada sin inmutarse. Haber sobrevivido a las arremetidas de Ewan Campbell cuando solo era Will la había preparado para soportar ahora los ataques de aquel hombre.

Y, si no hubiera temido por la vida de su querida nodriza, se hubiera defendido con uñas y dientes como todo su ser le pedía a gritos que hiciera.

385

—Serás una Graham. Serás mi esposa. Y me amarás.

—Mi corazón pertenece a otro hombre. Igual que el corazón de mi madre fue, y será por siempre en su recuerdo, de Ian MacGregor —siseó, apenas sin voz por lo mucho que apretaba su garganta.

Quería hacerle daño y le dio donde sabía que más le dolería. Gilmer la soltó, con los ojos desorbitados por la ira, pero solo para poder golpearla con fuerza en la mejilla. El bofetón hizo que Willow cayera al suelo y Marie acudió presta en su ayuda. El hombre la miró desde arriba, furioso, luchando por contenerse para no volver a tocarla. La apuntó con el dedo antes de hablar.

—Ahora veo que no eres como tu madre. Ella era dulce, amable, un verdadero ángel.

—Ya te lo he dicho —contestó desde el suelo, limpiándose el labio que le sangraba por el golpe—. Ahora soy medio Campbell. Si vuelves a ponerme la mano encima, te juro que cuando me beses, te arrancaré la lengua de un mordisco.

Gilmer miró a Marie con una clara amenaza en su gesto.

—Si te importan algo los tuyos, no harás nada semejante. Te comportarás como corresponde... Y me entregarás a mí tu corazón.

Dicho lo cual, se marchó de la alcoba dando un sonoro portazo antes de volver a cerrar con llave.

CAPITULO 44

Era de noche y Willow dormía abrazada a Marie, en la cama de aquella alcoba que se había convertido en su hogar durante los últimos días. La puerta se abrió de golpe, sobresaltándolas a ambas. Se despertaron y vieron a Gilmer entrar, con ojos de loco, y abalanzarse sobre la anciana nodriza.

—¡Déjala en paz, no te la lleves! —le pidió Willow, desesperada.

El hombre colocó un cuchillo en la garganta de Marie y la miró con intensidad.

—Vendrás conmigo, harás lo que yo te diga o ella morirá. ¿Lo has entendido?

Willow asintió con la cabeza, muerta de miedo. No soportaría perder a Marie también, así que obedeció a Gilmer y lo siguió fuera de la habitación.

Enseguida notó que algo no marchaba bien. Al menos para los Graham, porque había sirvientes corriendo de un lado a otro y, al llegar al gran salón, descubrió que los habitantes de Landon Tower se habían reunido allí, nerviosos, muchos de ellos en ropa de cama, a la espera de las instrucciones del señor del castillo.

—Vamos, no te detengas —le ordenó a Willow, al tiempo que empujaba a Marie para que caminara delante de él, rumbo a la torre del vigía.

Subieron por la escalera de caracol hasta lo alto del torreón y, una vez allí, Willow tuvo una vista completa del campo que se extendía ante Landon Tower. Abajo, ante las puertas del castillo, un ejército que enarbolaba los pendones con los colores Campbell y MacGregor amenazaba la paz de aquella fortaleza. En la oscuridad de la noche, decenas de antorchas iluminaban los rostros enfurecidos de todos los hombres que habían acudido a rescatarla.

El corazón de Willow latió muy deprisa, mientras buscaba en el grupo las caras conocidas que se moría por ver. Sin embargo, la distancia y la poca luz dificultaban que ella pudiera distinguirlos.

—¡¡Campbell!! —gritó Gilmer—. ¡¡Si en algo estimas la vida de tu esposa, entrarás tú solo, y desarmado!!

El puente levadizo del castillo se bajó entonces y en el torreón, el traidor Errol y otro soldado Graham apresaron a Willow para asomarla y que los hombres que aguardaban abajo pudieran verla bien. Ella sintió el vértigo de aquella altura al verse con medio cuerpo fuera de las almenas y el grito le salió sin querer, consiguiendo lo que Gilmer pretendía. Ella sabía que aquel demente no la dejaría caer al vacío, pero Ewan no.

El efecto fue inmediato.

Uno de los guerreros se adelantó al resto, a pie y con los brazos en cruz para mostrar sus manos desnudas. Se colocó en mitad del puente y miró hacia arriba. Willow se encontró con los ojos de su esposo y todo su cuerpo se convulsionó de alivio al verlo vivo... Aunque la sensación le duró poco.

—¡Aquí me tienes, Graham!

—¡Entra! ¡Tú solo! —repitió.

Ewan no lo dudó. Siguió caminando, decidido y sin mostrar ningún temor. Una vez hubo cruzado, el puente se volvió a levantar para cerrar el paso a los demás.

—¿Qué piensas hacer con él? —preguntó Willow, con la voz estrangulada por el miedo.

Gilmer la miró y esbozó esa sonrisa que ya no le parecía atractiva en absoluto. Era demoníaca... y bastante retorcida.

—Vamos al salón, querida, y te lo mostraré. No hagamos esperar al que, por ahora, aún puede llamarse tu esposo...

Sus palabras llenaron de pánico el corazón de Willow. Por supuesto. Si lo que pretendía era casarse con ella, Ewan estorbaba. Tendría que matarlo, algo que al parecer ya había intentado, sin éxito.

Escoltadas por Gilmer y Errol, Marie y ella fueron conducidas al salón principal, donde algunos soldados Graham ya habían apresado a Ewan y lo mantenían sujeto, con las manos en la espalda.

—¡Will! —exclamó, nada más tenerla ante sus ojos—. ¿Estás bien?

—Sí... —ella intentó correr a su lado, pero Gilmer la detuvo.

—Está muy bien, Campbell. ¿Acaso no la ves? Yo no le haría ningún daño, y ese ha sido tu error.

Ewan frunció el ceño y lo miró de un modo que hubiera atemorizado a cualquiera.

Willow reconoció aquella mirada.

Era la misma que tenía el día en que Reed MacNab les salió al paso con intención de atacarlos, en el bosque. Era la misma que tenía cuando enfrentó a sus consejeros, delante de todo su clan, para defenderse de las injurias vertidas sobre su persona. Era una mezcla de furia, impaciencia... y convencimiento de que saldría victorioso de aquel lance.

—¿No le has hecho daño, dices? —siseó, con la ira latiendo en cada una de sus palabras—. ¿Cómo llamas entonces a atacar su hogar, a matar a su gente, a asesinar a su hermano? ¿Cómo llamas al hecho de raptarla y traerla aquí, a la fuerza, alejándola de todo lo que ama?

—Ella aún no sabe lo que es el verdadero amor, Campbell. Yo se lo mostraré, yo haré que se dé cuenta de lo que es capaz de hacer un hombre por el amor de su vida. Todo lo que he hecho ha sido por ella, por nosotros, por nuestra felicidad —Gilmer se volvió hacia Willow y su sonrisa taimada le puso los pelos de punta—. Díselo tú, querida.

A un gesto suyo, Errol apresó el brazo de Marie y amenazó su vida con una enorme daga. Willow contempló con pánico creciente el rostro de su nodriza, que a pesar de todo no parecía tener miedo. Muy al contrario, negaba con la cabeza para evitar que Willow aceptara la coacción de Gilmer.

Luego miró a Ewan.

Se llenó de su imagen... El pelo castaño le caía a ambos lados de la cara desordenado, salvaje. Le había crecido la barba, dándole a su semblante un aire muy peligroso. A pesar de eso, a pesar de que cada fibra de su ser rezumaba una poderosa fuerza contenida, Willow pudo observar que estaba ojeroso y su mirada trasmitía el tormento de no poder sacarla de allí enseguida, como estaba deseando.

Jamás lo había amado tanto como en ese momento.

Él siempre le decía que era transparente, que sus deseos se traslucían a través de sus ojos. Willow esperaba que en aquella ocasión también fuera así, porque las palabras que debía pronunciar eran las más difíciles que había tenido que decir nunca y eran mentira.

—Sé que seré feliz con Gilmer —susurró—. No tenías que haber venido a por mí.

Ewan no demostró que aquella declaración lo afectara en lo más mínimo.

—Recorrería el infierno por ti. Te llevaré a casa, cueste lo que lo cueste.

Ella no pudo evitar sonreír ante la apasionada declaración. Se dijeron con la mirada todo lo que necesitaban saber, porque con los ojos siempre se habían comunicado mucho mejor que con las palabras.

Gilmer fue testigo de cómo el amor entre los dos jóvenes era mucho mayor que el miedo a la muerte, a lo que pudiera ocurrirles a cada uno de ellos, y no lo soportó. De nuevo sintió el rechazo, el saberse relegado porque la mujer de sus sueños elegía a otro, le entregaba a otro todo lo que él merecía...

Su rugido frustrado y furioso resonó contra las paredes del salón. Gilmer se abalanzó de nuevo hacia la nodriza de la joven y apartó a Errol de un empujón para ocupar su lugar. Con brutalidad, obligó a la anciana a ponerse de rodillas, frente a Willow. Con su única mano, apretó la daga contra la garganta de la mujer.

—Muy bien. Esto se acaba aquí y ahora. Haré que todo ese amor que no quieres darme se te pudra dentro como se pudrió el mío por Erinn. Serás tú la que acabe con su vida, pequeña Willow. ¡Errol, entrégale tu cuchillo! —gritó, con rabia—. Y ahora, querida, clávaselo a tu esposo en el corazón o ella morirá.

—¡No! —chilló Marie desde el suelo—. Yo solo soy una vieja, mi niña. No hagas tal cosa, no lo hagas por mí.

Willow miró el cuchillo que aquel traidor había puesto en sus manos, horrorizada. Errol la miró y esbozó una sonrisa de satisfacción que la descompuso. Luego miró a Marie, cuya garganta ya sangraba por la fuerza con la que Gilmer apretaba la daga. Y, por último, miró a Ewan. Su semblante era una máscara de furia contenida.

Caminó hacia él despacio, apretando con fuerza la empuñadura del cuchillo entre sus dedos.

—¡No, Willow, no! —gritó de nuevo Marie.

Pero ella solo podía mirar a Ewan, empaparse de su persona, del poder que emanaba de su cuerpo, a pesar de estar amarrado y sujeto por dos soldados. Llegó hasta él y ambos inspiraron con fuerza, reconociendo el olor inconfundible del otro.

—Mi pequeño duende... —murmuró Ewan, con la voz ronca.

—¿Malcom y mi padre? —le preguntó ella, con el corazón tan apretado de miedo que el pecho le dolía.

—Están vivos, están aquí.

Willow cerró los ojos de puro alivio. La guerra no se los había arrebatado.

—¡Basta de hablar! —la impelió Gilmer, desesperado—. ¡Vamos, acaba con él!

Willow se acercó y colocó la punta de la daga sobre el pecho de Ewan, a la altura del corazón. Él se irguió, sin dejar de mirarla a los ojos, sin demostrar miedo.

—No puedo dejarla morir —susurró Willow, a modo de disculpa.

Se aupó de puntillas y depositó un beso breve en los labios de su esposo como despedida. Él cerró los ojos para sentirla mejor, para dejarse envolver por la dulce magia de su duende una vez más...

—¡La mataré, Erinn! —aulló otra vez Gilmer al ver aquel gesto de amor. Había vuelto a usar el nombre de su madre, estaba fuera de sí—. ¿Quieres ver la sangre de tu querida Marie derramándose por el suelo de mi salón?

Willow apretó con fuerza el cuchillo, tal y como le habían enseñado a hacer Melyon y Bors... El pobre Bors, asesinado vilmente por un traidor. El huraño, maleducado y arisco Bors.

Pensó en lo que le diría en ese momento si la estuviera viendo. Le gritaría que actuase de una vez, que no se comportara como un alfeñique, que no era digna de considerarse una de los suyos...

—¡Vamos, demuéstrame que ya eres una Graham, o acabaré con tu dulce nodriza de un solo tajo! —rugió Gilmer otra vez.

—Ya te lo dije —siseó ella, mirándolo por encima del hombro—. Jamás seré una Graham... Ahora soy una Campbell.

Se movió tan rápido que aquel demente no lo vio venir. Willow se giró y, con ese mismo impulso, dio la vuelta al cuchillo y lo sujetó por el filo, lanzándolo después como Bors le había enseñado, con la rabia que sentía ante el recuerdo de su cuerpo muriéndose en la orilla del lago Tay.

No falló. La daga voló atravesando el salón con una fuerza asombrosa, directa al hombro de Gilmer. Soltó el arma con la que amenazaba a Marie en cuanto el dolor y la sorpresa lo atravesaron a partes iguales.

Gilmer la contempló sin dar crédito a lo que había pasado. Aquella no era su dulce Erinn. En sus ojos azules solo encontró desprecio y un odio tan profundo que, por primera vez, le hizo ver la verdad más clara y dolorosa: nunca, jamás, tendría su amor.

—¡¡Matadlos!! —gritó, enloquecido.

Ewan no esperó a que los soldados Graham cumplieran la orden. De un cabezazo se libró de uno de sus aprehensores y Willow saltó sobre la espalda del otro para darle cierta ventaja. Su esposo no tardó en dejarlo fuera de combate con un fuerte rodillazo en la entrepierna. Marie, que ninguno de los dos supo cómo pudo moverse tan deprisa, había recogido la daga que Gilmer había soltado y corrió hacia ellos, presta a cortar las cuerdas que ataban las manos de Ewan en su espalda.

El resto de los soldados que había en la sala se abalanzaron sobre ellos, mientras los habitantes del castillo se apretujaban al fondo del salón, temerosos por lo que allí estaba ocurriendo.

—Poneos detrás de mí —ordenó Ewan a Willow y a Marie, haciéndose con la daga que la anciana tenía en la mano como única arma para hacer frente a todos aquellos hombres.

Willow deseó una vez más tener la fuerza de sus hermanos para poder ayudar a su esposo, ya que su desventaja era demasiada en aquella ocasión contra Errol y los hombres de Gilmer. La pequeña guarnición que guardaba el castillo era insuficiente para proteger la fortaleza de un ataque, pero bastante para reducir a un solo hombre armado con un cuchillo.

Por suerte, la ayuda tan necesitada llegó justo en el momento en que Marie comenzó a rezar en voz baja por sus vidas. Las puertas del salón se abrieron con gran estruendo y las tropas MacGregor, junto con las de los Campbell, invadieron el lugar.

La lucha no duró demasiado; siendo los invasores superiores en número y en fiereza, se impusieron a los pocos soldados Graham sin causar apenas bajas.

Gilmer contempló la escena petrificado, sin asimilar lo que sucedía. Atónito, fue testigo de cómo todo su mundo se desmoronaba ante sus ojos sin poder hacer nada para evitarlo.

Una mujer avanzó abriéndose paso entre los hombres que se habían hecho con el control de Landon Tower, con la cabeza bien alta, sin avergonzarse de haberles ayudado a entrar en la fortaleza para derrotar al que hasta ese momento había sido su laird... y el único hombre al que había amado. Gilmer, sosteniéndose el hombro herido con el feo muñón, miró a su ama de llaves de hito en hito.

—Rhona...

—Lo siento, mi señor —exclamó la mujer, aunque su tono no demostraba arrepentimiento—. Siento haberos traicionado, pero no podía permitir que continuarais con esta locura.

—¿Por qué? Soy tu laird, siempre te he tratado bien, me debes lealtad a mí... ¡¡A mí!! —gritó, fuera de sí.

Rhona le miró fijamente y en ese momento, al verle derrotado, acabado gracias a ella, las lágrimas acudieron a sus ojos.

—Os fui leal durante muchos años, mi señor. Cuando amabais a otra, cuando la llamabais en sueños después de haber compartido el lecho conmigo... Siempre pensé que, al final, os daríais cuenta de que yo era más real que esa ilusión que manteníais intacta por una mujer que ya no existía. Pero no fue así. Os esperé en vano. Os di un hijo que ni siquiera quisisteis reconocer... y lo enviasteis a la guerra, lo dejasteis morir sin que hubiera recibido de su padre ni una sola palabra de orgullo o cariño.

Gilmer cerró un momento los ojos al comprender que la traición de Rhona la había ocasionado él mismo, por ignorarla, por no haber visto todo lo que ella le ofrecía y lo que le había dado a cambio de nada.

Un guerrero se adelantó entonces con paso solemne y se colocó al lado de la mujer. Le puso una mano en el hombro tanto para tranquilizarla como para agradecerle todo lo que había hecho por ellos. Ian MacGregor taladró con los ojos al que hasta hacía muy poco había considerado uno de sus mejores amigos.

—Rhona, no te sientas culpable —le dijo—. Este hombre es el mayor traidor de todos los tiempos y no tiene derecho a echarte nada en cara. —Luego, se dirigió a él—. Te traté como a un hermano, Gilmer. Y me has traicionado de la peor de las maneras. Podría pasar por alto que amaras a mi esposa en secreto y que intentaras matarme en el pasado. Podría... —Ian exhaló el aire de sus pulmones con un gesto de desprecio—. Pero has atacado mi hogar, has asesinado a mi hijo y, no contento con eso, también has raptado a mi hija. Eso no puedo perdonártelo.

Gilmer levantó la cabeza, muy digno. El odio que sentía por el MacGregor permanecía intacto, más vivo que nunca, y no pensaba doblegarse ante sus amenazas. Se fijó en que, a su lado, se posicionaba su otro hijo, Malcom, que lo contemplaba con tanta ira contenida que parecía un ángel vengador.

—Yo tampoco puedo perdonarte —le dijo, desenvainando su espada—. Y tú, Errol, ¿cómo has sido capaz? Tantos años creyéndote nuestro amigo, tienes sangre MacGregor, eres nuestra familia...

Willow habló entonces, mirando con aversión al que había jugado con ella y sus hermanos cuando eran pequeños, con el que tantas cosas había compartido a lo largo de su vida.

—Fue su espada la que acabó con Niall —dijo, con voz de hielo—. Él mismo me lo confesó antes de raptarme.

El gruñido de indignación de todos los MacGregor allí presentes se elevó en el aire y Errol dio un paso atrás.

Ian MacGregor lo perforó con su mirada antes de tomar su decisión.

—No voy a alargar el sufrimiento con el que cargo por más tiempo. No habrá juicio para ti, no volverás a Meggernie para recibir tu castigo. Malcom juró vengar a su hermano, y estoy seguro de que Ewan no pasará por alto que le hayas puesto tus sucias manos encima a su esposa para raptarla. —Miró por encima del hombro a los dos guerreros que estaban ya preparados espada en mano—. Es vuestro.

Los dos hombres se adelantaron. Los ojos de Errol se dilataron de terror al entender que no tenía ninguna oportunidad, que no habría piedad para él. Era un guerrero excepcional, pero no tenía nada que hacer frente a esas dos torres humanas que se le acercaban prometiendo la muerte con sus ojos.

Fue muy breve. Apenas un intercambio de golpes de espada desesperados y frenéticos. Willow no podía apartar la mirada de ellos, al que igual que el resto de los presentes, porque, aunque sabía que la imagen que estaba a punto de presenciar iba a resultar desagradable, no quería perderse el momento en el que aquel sucio traidor pagara por haberle quitado a su amado hermano.

Un grito animal se elevó en el aire cuando Ewan le cortó a Errol el brazo con el que sostenía el arma, a la altura del codo. El hombre cayó de rodillas, con el gesto distorsionado por el dolor.

—Esto, por haberte atrevido a tocar a mi esposa —le dijo, con desprecio.

Malcom se puso frente a él entonces. Lo miró con todo el fuego de la venganza ardiendo en sus ojos.

—Y esto por habernos engañado. Por fingir ser nuestro amigo. Por robarme a mi otra mitad de la manera más vil.

Levantó su espada y de un solo tajo le separó la cabeza del cuerpo, que rodó hasta pararse a pocos pasos de donde Willow se encontraba. Una náusea le subió por la garganta al contemplar aquella mirada espantada en sus ojos muertos. Pero no sintió lástima...

Ewan se giró entonces hacia Gilmer, que reculaba al ver el final que había tenido Errol.

—A ti también te mataría con mis propias manos por lo que le has hecho a mi esposa —exclamó—, pero creo que los MacGregor se merecen poder vengar a su gente, a Niall... y a tu adorada Erinn.

395

Gilmer se mostró indignado con la última afirmación. Apretó los labios hasta que estos formaron una línea recta que partió su enfurecido rostro en dos.

—¡Yo no le hice ningún mal a Erinn! ¡Fueron ellos... ellos, los que causaron su muerte!

—¿Sí? —insistió Ewan, queriendo hacerle daño. No pensaba dejarlo morir en paz. Solo por todo el sufrimiento que había causado, lo merecía—. ¿Qué pensaría ella de ti si se enterara de que mataste a uno de sus hijos?

—De hecho —Willow tomó la palabra—, estoy segura de que mi madre, esté donde esté, sabe lo que has hecho. Si pensabas encontrarte con ella en el otro mundo, Gilmer Graham, ten bien presente que incluso allí te despreciará por el mal que has infligido a mi familia. Jamás será tuya, ni en esta ni en otra vida. Jamás tendrás su corazón...

El rostro de Gilmer se demudó ante tales palabras. Lo que implicaban lo dejó seco y vacío por dentro. Y sintió pánico cuando Ian MacGregor avanzó hacia él, espada en mano, porque iba a morir con el corazón roto. Sabía que aquel sufrimiento lo acompañaría al más allá, y no habría en ese otro mundo ninguna esperanza, ningún alivio para él. Pasaría una eternidad en continuo sufrimiento, iría al infierno y se abrasaría por siempre en las llamas del desamor...

Ninguno de los que presenciaron su merecido final sintió pena por él.

CAPITULO 45

Los soldados Graham se rindieron tras la caída de su laird. Ian MacGregor les anunció que la suerte de todos ellos la decidiría el mismísimo rey Bruce, el cual ya estaba al tanto de la traición de Gilmer. Recibirían clemencia porque estaban cumpliendo órdenes de su laird, pero sin duda no saldrían impunes de aquella situación. Con esa incertidumbre pendiendo sobre sus cabezas, los Graham aceptaron ponerse al servicio de Ian hasta que el rey regresara del frente.

Tanto los Campbell como los MacGregor tomaron el castillo para pasar allí la noche y descansar del viaje que habían realizado sin apenas paradas, sin descanso, preocupados por llegar cuanto antes a Landon Tower para liberar a Willow. Al día siguiente partirían de regreso al hogar, algo que todos los hombres estaban deseando después de tanta guerra y tanta muerte.

Ewan ocupó uno de los aposentos que Rhona había preparado como buena ama de llaves del lugar. Esperó allí a su esposa, a la que dio tiempo para reencontrarse con su padre. Llevaban meses sin verse y Ewan sabía que Willow necesitaba aquellos momentos a solas, tenían mucho de lo que hablar... Aunque eso no significaba que no estuviera impaciente por tenerla de nuevo entre sus brazos.

Nunca había pasado tanto miedo en su vida. Desde que supo que Graham se la había llevado no había hecho otra cosa más que pensar en recuperarla, abrazarla, ponerla a salvo y garantizarle que nadie, nunca, volvería a hacerle daño. Aunque, definitivamente, su pequeño duende había demostrado que sabía cuidarse sola.

Sonrió para sí mismo al recordar cómo había lanzado ese cuchillo, con una puntería asombrosa y una valentía encomiable dado que Gilmer aún sujetaba a Marie con su única mano. Se había arriesgado mucho, pero había confiado y no había dudado, tal y como haría cualquier Campbell. Estaba muy orgulloso de ella y no veía el momento de demostrárselo.

Cuando Willow se reunió con él, por fin, cerró la puerta y se apoyó contra ella de espaldas, muy cansada. Lo miró con esos ojos grandes, enrojecidos por el llanto y las emociones que ya no le cabían en su pequeño cuerpo. Ewan se juró que, a partir de aquel momento, la cuidaría con mimo para que no volviera a sufrir nada parecido.

Se acercó y se pegó a ella, frente con frente. Dejó escapar un suspiro de alivio al tenerla allí, solo para él.

—Te amo —susurró, acariciándole las mejillas con los pulgares—. Me volví loco cuando me enteré de tu secuestro. Si te hubiera pasado algo jamás me lo hubiera perdonado.

—Tú no tienes la culpa de que Gilmer estuviera loco —respondió, echándole los brazos al cuello para pegarse más a él—. Ni de que Errol fuera un traidor despreciable y Agnes una arpía avariciosa. Por cierto, ¿qué ha sido de ella?

—Nadie lo sabe. Donald dijo que había abandonado Innis Chonnel y aquí tampoco la ha visto nadie.

—Es muy lista. Habrá huido con lo que Errol le pagó por su ayuda.

—Más le vale, porque si alguna vez le pongo las manos encima... —Ewan no terminó la frase, pero a Willow le quedó muy claro lo que ocurriría si llegara a suceder—. Tenía que haber dejado más protección en Innis Chonnel —se lamentó una vez más.

—No. Ellos hubieran encontrado la manera de llegar hasta mí y tal vez hubiera muerto más gente. El pobre Bors...

—No digas pobre Bors —la reprendió Ewan con suavidad—. Conociéndole, se estará retorciendo en su tumba al oír cómo le compadeces. Él era un soldado, murió por protegerte y hay que honrar su memoria como él hubiera querido. Y eso no incluye la compasión, te lo aseguro.

—No —reconoció Willow, con una sonrisa triste—. Pero cuando regresemos, tendrás que ir a su tumba y, como su laird, decirle que no le guardas rencor por dejar que lo mataran de esa manera. Era lo que más le preocupaba, haberte fallado.

Ewan se perdió en sus ojos, feliz de que aquella mujer fuera suya. Había sabido captar el verdadero espíritu de Bors, al igual que el del resto de los Campbell.

—Será lo primero que haga en cuanto volvamos.

Se miraron con avidez, cada uno recorriendo el rostro del otro, sintiéndose afortunados de haberse reencontrado.

Con un suspiro, Willow buscó su boca y lo besó despacio, saboreando el momento. Ewan respondió, sin prisas, recreándose en el delicioso sabor de aquella lengua dulce que calmaba todos sus miedos.

—Cuando Gilmer me dijo que posiblemente ya era viuda, me desmayé —le confesó cuando se separaron—. No pude soportar que tuviera razón. Perdóname.

—¿Quieres que te perdone por desmayarte cuando pensaste que tu esposo estaba muerto? —preguntó Ewan, enternecido—. Eso demuestra lo mucho que me amas.

—No. —Willow negó al mismo tiempo con la cabeza—. Quiero que me perdones por haber pensado que podía ser verdad. Quiero que me perdones por no ser capaz de sentir aquí dentro —se tocó el pecho—, que aún estabas vivo. Quiero que me perdones por no confiar en ti, en que harías todo lo posible por volver a mi lado.

Ewan la abrazó con fuerza, conmovido por sus palabras.

—Eres tan valiente, pequeño duende. Sé que no lo creíste. En el fondo, sabías que vendría a buscarte... Igual que yo supe cuánto me amabas cuando él te obligó a decir lo contrario.

Willow se miró en los ojos de su guerrero, tan enamorada, tan aliviada de tenerlo allí, entre sus brazos, que de nuevo las lágrimas acudieron a sus ojos y cayeron, silenciosas, por sus mejillas. Ewan las limpió con los pulgares y depositó un beso suave en cada uno de sus párpados.

—No soy tan valiente como mi esposo. Entraste tú solo, desarmado... Te pusiste a su merced. ¿Y si Gilmer te hubiera matado sin más? —Willow se estremeció al pensar en esa posibilidad. Había estado muy cerca de perderlo por su temeridad—. ¿Por qué lo hiciste? Si Rhona os estaba ayudando no tenías por qué arriesgarte de ese modo.

—¿Qué hombre no daría su vida a cambio de la de la mujer que ama? Me retó, te amenazó delante de todos nuestros soldados, delante de tu padre y de tu hermano.

—Aun así. Erais más, no debiste exponerte de ese modo.

—Contábamos con la ayuda de Rhona —le explicó—. Cuando nos vio llegar, se las compuso para salirnos al paso e informarnos de que nos ayudaría a entrar. Nos confesó que ella había sido la autora de la nota que recibió Niall, donde le advertía del peligro que corrías. Una nota de la que, por cierto, yo no sabía nada...

Ewan frunció el ceño al recordar ese detalle. Willow no le había hecho partícipe de ese secreto; si lo hubiera sabido, tal vez ese demente de Gilmer Graham no se hubiera salido con la suya.

—No te lo dije porque ya tenías muchas otras cosas en las que pensar —susurró Willow, dándose cuenta de que él estaba molesto—. ¿Qué hubieras hecho? No podías quedarte conmigo, y no iba a permitir que dejaras más hombres de los necesarios... Mi vida no vale más que la de todos los hombres que han tenido que luchar en esta guerra.

Ewan la apretó contra sí, hundiendo el rostro en su cuello.

—Tu vida es para mí lo más valioso. Quiero que sepas que, aunque Rhona no nos hubiera ayudado, yo habría entrado a por ti de todos modos. Y hubiera muerto por ti, Will. Moriría mil veces por ti...

Willow hundió las manos en su pelo y tiró de él para buscar su boca después de aquella confesión. Ewan devoró sus labios con avidez, dando gracias al cielo una vez más por tenerla allí con él, sana y salva. Sin embargo, no le bastaban los besos para demostrarle todo lo que sentía por ella, así que la cogió en brazos y la llevó hasta el lecho.

Allí, tumbados muy juntos, las palabras se volvieron susurros de amor. Se desnudaron mutuamente, se reencontraron, se acariciaron hasta aprenderse de memoria, hasta grabarse el uno en la piel del otro, hasta que solo paladearon el sabor del otro, hasta que solo respiraron a través del aliento del otro...

Al día siguiente, los Campbell y los MacGregor abandonaron Landon Tower para dirigirse a Meggernie. Se levantaron temprano, deseosos de ponerse en camino, y salieron de la fortaleza con las primeras luces del alba. Ian no deseaba demorar más su regreso y Ewan se ofreció a acompañarlo, para ayudar en lo que pudiera y, sobre todo, porque sabía que para Willow era importante estar con su padre en el momento del reencuentro del laird con su gente.

Sin embargo, la vuelta a casa supuso un cúmulo de emociones encontradas para la joven, que jamás imaginó lo que sentiría al volver a ver los altos muros de Meggernie.

Todo su ser se estremeció.

Parecía que habían pasado años desde que se marchó y, aunque siempre sería su hogar, lo que la unía a su familia, supo que su sitio ya no era aquel. En primer lugar, Niall ya no estaba, y Meggernie jamás sería lo mismo sin él. Willow no podía soportar el hecho de imaginar siquiera el vivir en un espacio donde cada rincón le recordaría a él, al hoyuelo que le salía en la cara cuando sonreía, a los incontables momentos en los que había sido feliz con su hermano. Sabía que aquella sensación terrible de pérdida se suavizaría con el tiempo, pero en esos momentos le desgarraba el alma.

Y, en segundo lugar, estaba Ewan. Su hogar era ahora Ewan Campbell, y allí donde él estuviera estaría ella también, porque no podía ser de otro modo. Jamás imaginó que pudiera llegar a sentir algo así por otra persona; necesitaba mirarlo, tocarlo, respirar cada noche durmiendo a su lado. Mientras avanzaban hacia el interior de la fortaleza, lo observó. Conversaba con su padre, comentaban las obras que había que acometer para reconstruir lo que el fuego había destruido durante el ataque. Se sintió feliz al ver que se llevaban tan bien. Su padre lo escuchaba con atención, mostrando su total aprobación a las acertadas ideas que Ewan le proponía. Ian había aceptado a su esposo y se le veía orgulloso de tener un yerno como él.

Hasta Malcom parecía haber olvidado las circunstancias que lo llevaron a propinarle aquella tremenda paliza y lo aceptaba con camaradería. Sí, sin duda, hubiera sido un regreso a casa muy entrañable si la tristeza por la ausencia de Niall no lo hubiera empañado.

El reencuentro con la gente que aguardaba impaciente en el patio fue también muy emotivo. Willow abrazó a sus amigos, a las personas que la habían visto crecer, que habían compartido con ella cada momento de felicidad y que habían sufrido por su marcha al no saber qué había sido de ella durante todo aquel tiempo. Entre unos y otros explicaron la suerte corrida por la joven señora desde que huyera de Meggernie, y la sorpresa al enterarse de que ahora era la esposa del laird Campbell fue mayúscula. Aquel guerrero tenía un aspecto severo e imponente. No conciliaban la dulzura de Willow con la fiereza de la mirada de su esposo. Sin embargo, al ver su felicidad, al ver el modo en que Ewan la rondaba, siempre atento, siempre pendiente de que ella estuviera bien, nadie pudo decir nada en contra de aquel matrimonio.

Aquel primer día, nada más llegar, visitaron la tumba de Niall. El laird de los MacGregor se arrodilló frente a su lápida con un desgarrado gemido. El dolor le estranguló la garganta y se tapó la cara con las manos porque en ese momento, justo en ese momento, la muerte de su hijo se volvía real en su mundo. Él estaba allí, bajo aquella tierra, y jamás volvería a verlo con vida.

Willow también lo sintió. El dolor etéreo que la había acompañado desde que supo lo sucedido con Niall se tornó tangible, ardiente, cortante. Ewan tuvo que sujetarla para que no cayera al suelo junto a su padre. El guerrero hubiera dado cualquier cosa por aliviar el sufrimiento de su esposa, así que no dudó en estrecharla entre sus brazos para hacerle comprender que no estaba sola. Que él la sostendría cada vez que lo necesitara. Que no había nada en el mundo que no pudieran afrontar si estaban juntos.

—No me sueltes, Ewan —le pidió, con un sollozo ahogado, apoyándose contra su pecho.

—Jamás.

Tras varios días en Meggernie, cuando parecía que todo volvía ya a la normalidad, Ewan anunció que era hora de regresar a casa. Se lo dijo a Willow por la mañana, cuando aún no se habían levantado de la cama, y la joven notó que la voz de su esposo sonaba insegura.

—Tengo previsto partir hoy hacia Innis Chonnel —susurró, mientras la apretaba contra su cuerpo—. Melyon y algunos de mis hombres se quedarán para ayudar a tu padre con la reconstrucción de Meggernie, pero yo no puedo demorar más mi vuelta. Me da pavor que Adair y Lawler hayan hecho de las suyas en mi ausencia.

—De acuerdo.

—Si te parece muy precipitado, puedes quedarte aquí y regresar cuando lo haga Melyon.

Willow se incorporó sobre un codo para poder mirar a su esposo a los ojos. Le conmovió que él le diera esa opción, porque estaba claro por su tono y su gesto de angustia que no era lo que quería.

—¿No te importa que me quede unos días más con mi familia?

—Si es lo que tú quieres, lo aceptaré.

Ella le dedicó entonces una sonrisa colmada de amor. Se inclinó para besarle en los labios, deleitándose con el sabor de aquel hombre dispuesto a complacerla a pesar de sus reticencias.

—Lo que yo quiero es volver a casa contigo. Quiero ir donde tú vayas, estar donde tú estés.

Ewan fundió sus ojos en el azul de su mirada. Dejó resbalar los dedos por los cortos mechones de pelo que enmarcaban su bello rostro.

—Me haces tan feliz… ¿Qué he hecho yo para merecerte?

Willow lo acarició a su vez, recorriendo con sus manos el amplio pecho de su esposo, donde nuevas cicatrices de batalla lucían recientes. Tenía que aprenderse esas también…

—¿Y qué he hecho yo para merecerte a ti?

Volvieron a besarse, entregados el uno al otro, dejándose arrasar por la pasión que crecía entre ellos y de la que no tenían nunca suficiente. Willow, atrevida, se encaramó encima de su cuerpo y apretó las caderas contra las de Ewan, buscándolo.

—Eres un duende muy descarado —susurró el guerrero, encantado con la iniciativa que demostraba.

Ella buscó su boca y le lamió los labios, mimosa.

—No soy ningún duende, esposo —murmuró, entre beso y beso—. Solo soy una mujer pidiéndole al hombre al que ama un poco de cariño.

—¿Un poco de cariño? —Ewan la sorprendió al cogerla y voltearla sobre la cama, colocándose encima de ella—. Amor mío, al hombre que amas no le basta un poco. Así que pienso darte mucho, pero mucho cariño, antes de que tú y yo abandonemos este lecho.

Willow sonrió feliz contra su boca, porque sabía que Ewan cumpliría de sobra esa promesa.

Una hora después, mientras desayunaban en el salón junto a su padre, su hermano y los hombres de confianza de ambos clanes, Willow cogió la mano de su esposo antes de anunciar que ese mismo día partirían hacia Innis Chonnel.

El rostro de Ian MacGregor se mostró serio tras sus palabras.

—No lo permitiré... —comenzó a decir.

El corazón de la joven se paralizó unos segundos al escucharlo.

—Pero, padre...

Ian levantó una mano para silenciar a su hija.

—No lo permitiré a no ser que me prometas que vendrás a visitarme a menudo —aclaró, relajando su expresión con una sonrisa.

Willow suspiró, aliviada. Ewan, a su lado, también pareció relajarse. La joven se levantó de su sitio en la mesa y acudió junto a su padre para abrazarlo.

—Vendré a menudo, lo prometo. No podría pasar mucho tiempo sin verte... Y a ti te digo lo mismo, Malcom.

—Claro, ¿y qué pasa conmigo? —rezongó Angus.

—Sabes que no podría vivir sin ti, Angus —respondió Willow, acercándose a él para darle un suave beso en la mejilla barbuda.

—Por supuesto —intervino entonces Ewan—, todos seréis bienvenidos en Innis Chonnel cuando queráis ver a vuestra joya.

—Ahora es tuya —le dijo Malcom—, y más te vale que cuides muy bien de ella...

Ewan levantó los brazos en señal de rendición.

—No tienes que advertirme más. Sé lo que me sucederá si no lo hago y, créeme, no deseo pasar por eso otra vez.

Sus palabras, junto con el gesto cómico de sufrimiento de Ewan, arrancaron una carcajada a todos los allí presentes. Willow se rió como todos los demás, feliz, casi, casi completa. Su mirada se desvió hacia el sitio de la mesa que su hermano Niall siempre había ocupado y que ahora, por respeto a él, permanecía vacío. Nadie ocuparía nunca su lugar y nadie olvidaría el hueco que había dejado en sus corazones.

Sí, Willow era feliz. Regresaría a casa con su esposo, pero nunca, jamás, podría dejar atrás el recuerdo de quién había sido ella entre aquellos muros: una hija, una hermana, una amiga querida para todos... la joya de Meggernie.

CAPITULO 46

Maud fue la primera en abrazarla cuando llegaron a Innis Chonnel. Lloró sobre su hombro de puro alivio al verla de regreso, sana y salva. Maldijo una y mil veces al bastardo que la había secuestrado, sumiendo a todos los habitantes de la fortaleza en una angustiosa incertidumbre por no saber qué había sido de ella.

—Estábamos tan preocupados... —confesó Liese, abrazándola cuando Maud la liberó.

Willow se conmovió al descubrir lo afectados que parecían.

—Grité cuando vi aparecer a Agnes, pero supongo que nadie me escuchó.

—Cuando nos dimos cuenta de lo ocurrido, ya era tarde para seguirte la pista —dijo John.

—No supimos lo que había pasado hasta el día siguiente —explicó Jane—. Los vigías estaban inconscientes... Todos aparecieron con un tazón de caldo vacío junto a su cuerpo.

—Supusimos que alguien se lo había llevado y que habían echado dentro alguna sustancia para dormirlos —continuó John—. Era evidente que los hombres conocían a la persona que les dio el caldo, porque no desconfiaron. Sin duda fue Agnes, no pudimos encontrarla después de aquello.

—¿Cómo diablos daría con Errol? ¿Y cómo se las apañó él para que ella le ayudara? —preguntó Willow, aún sin asimilar todo lo que había ocurrido.

—No debió de costarle mucho esfuerzo —apuntó Maud—. Agnes ha demostrado una y otra vez ser una mala persona, y no sentía ninguna simpatía por ti, Will. Es fácil suponer que, si ese hombre rondaba la zona buscando una oportunidad, conociera a Agnes mientras realizaba algunos de los recados que le encomendaba Jane.

407

—Lo cierto es que en los últimos días visitaba la aldea más de lo normal —susurró el ama de llaves, sintiéndose responsable—. Me dijo... me dijo que había conocido a alguien y me pedía horas libres para ir a verlo. Pensé que se había enamorado, pensé que por fin estaba sentando la cabeza.

—No podías saber lo que tramaba, Jane. Yo la abofeteé delante de todos el día del juicio contra el laird y la dejé en ridículo... supongo que eso bastó para empujarla a la venganza —murmuró Willow.

—Agnes no necesitaba excusas para ser malvada, Will. Yo soy el culpable de no prever algo así —masculló Ewan, apretando los dientes—. Yo le di una y mil oportunidades de enmendarse, y no lo hizo. La perdoné cuando me enteré de que la acusación contra Melyon era falsa, la perdoné cuando me delató delante del consejo Campbell por haber pasado la noche contigo. Si la hubiera expulsado de Innis Chonnel cuando debí, esto no hubiera ocurrido.

—Yo también tengo la culpa —insistió Jane—. Como ama de llaves, era responsable de Agnes. Estaba bajo mi protección y yo intercedí por ella tras cada fechoría, porque me daba pena que una muchacha tan joven fuera repudiada por su propia gente. Me equivoqué al defenderla.

—Ninguno tenéis la culpa de que ella sea una persona tan retorcida —espetó Willow, molesta al ver que la gente que amaba se echaba sobre sus espaldas los pecados de aquella sirvienta egoísta y avariciosa.

—Bien, pues no habrá más perdón para ella —anunció Ewan—. Vamos al gran salón. Jane, por favor, reúne a todos los sirvientes. Averigüemos si alguien sabe algo de ella.

Esta vez, incluso Adair y Lawler se mostraron conformes con la determinación de su laird. Lo que esa muchacha había hecho era muy grave. No solo había permitido que secuestraran a la señora del castillo sin mostrar una pizca de remordimiento. Además, había dejado Innis Chonnel desprotegida en mitad de la noche al dejar inconscientes a todos sus vigías. Podía considerarse un acto de traición en toda regla, y aquel que era capaz de traicionar de ese modo a su clan, a su gente, no merecía ningún tipo de compasión.

Fueron todos al salón y ocuparon sus respectivos sitios. Willow se sentó al lado de su esposo y esperó la llegada de los habitantes de Innis Chonnel. Cuando estuvieron todos reunidos, Ewan les habló.

—Todos sabéis ya a estas alturas el crimen que Agnes ha cometido. Si alguno conoce su paradero, que lo diga ahora. No podemos, ni debemos, encubrir a una persona que ha traicionado a todos los Campbell.

—No sabemos dónde está, mi señor —dijo uno de los aldeanos que cuidaba del rebaño del laird al otro lado del Awe—. Nadie la ha visto desde que se llevaron a la señora. Pero, si queréis, podemos hacer correr la voz de que se la busca. La encontraremos y la traeremos a vuestra presencia para que pague por sus fechorías.

—Esa víbora estará ya muy lejos —exclamó Maud, sin poder contener su lengua.

—Es muy probable —dijo Ewan—. Pero por mucho que corra, no puede desaparecer sin más.

—Daremos orden de que la busquen por las aldeas y las granjas Campbell. Y también por las tierras de nuestros aliados —propuso Adair.

—No.

Todos miraron a la señora de Innis Chonnel, que había sido contundente con su negativa.

—¿No? —inquirió su esposo, con el ceño fruncido—. Esa muchacha merece un castigo.

—Ya es bastante castigo que haya tenido que abandonar su hogar, el único lugar que conocía, donde nunca le faltó un techo bajo el que cobijarse y comida en la mesa. Sé por propia experiencia lo desolador que es encontrarte sin nada, malviviendo por los caminos solitarios, dependiendo de la generosidad de otras personas. Las monedas que Errol le dio no le durarán para siempre. Ella sola ha decidido su destino.

Ewan la miró y sus ojos se suavizaron. Cogió su mano y se la llevó a los labios para besarla.

—La señora de Innis Chonnel tiene razón. —Se volvió luego a los presentes—. No obstante, haced correr la voz de que, si alguna vez regresara, no será bienvenida. No habrá más perdones para ella, ningún otro Campbell volverá a sufrir a causa de sus maquinaciones.

Willow estaba sorprendida de que el laird hubiera tenido en cuenta su opinión delante de todo el clan y su corazón se llenó de una cálida dicha. También se alegró de que los dos antiguos consejeros respetaran la decisión sin cuestionarla, porque eso quería decir que estaban empezando a aceptar a Ewan y ya no tendría que seguir luchando por mantener el liderazgo de su gente.

—Gracias por escucharme, esposo —le susurró, inclinándose hacia él para que nadie más la oyera.

Ewan la sujetó por la barbilla con suavidad, perdiéndose en su mirada.

—Estoy convencido de que, si mi padre hubiera escuchado más a mi madre, habría sido un laird mucho mejor. Yo no soy como él... me ha costado darme cuenta, pero así es. Siempre te escucharé, pequeño duende, aunque eso signifique pelear contigo cuando no estemos de acuerdo en algo. ¿Te parece bien?

—Me parece bien. Además, no siempre tendrás que preguntarme lo que pienso, dado que te jactas de que puedes leer en mis ojos lo que quiero sin dificultad. Como ahora...

—¿Quieres que te bese?

Ella parpadeó, coqueta, con un asomo de sonrisa en los labios.

—¿Aquí, delante de todos? —volvió a preguntar él.

—No, mejor retirémonos a nuestra alcoba.

Ewan no pudo contenerse ante esa proposición y se apoderó de sus labios sin importarle que los presentes en aquel salón no les quitasen la vista de encima.

—Y ahora sí, Will —le dijo casi sin aliento cuando puso fin al beso—, vamos a ocultarnos del mundo un buen rato.

Se levantaron cogidos de la mano y se excusaron delante de todos. Los habitantes de Innis Chonnel los observaron marchar con una sonrisa en sus rostros. Sabían que, a partir de aquel día, tendrían que acostumbrarse a presenciar más gestos de cariño entre los dos esposos, porque estaba claro que eran incapaces de disimular en público el amor que se profesaban...

Había pasado ya un mes cuando Willow recibió la primera carta de su padre. La leyó emocionada, echando de menos que aquellas palabras no se las hubiera dicho en persona. Ian MacGregor le comunicaba que las obras de reconstrucción de Meggernie iban por muy buen camino y que pronto tendrían de regreso a Melyon y al resto de los hombres Campbell que se habían quedado allí para ayudarlos. Mencionaba también, de un modo un tanto enigmático, que faltaba muy poco para que volvieran a verse, y que Malcom la echaba mucho de menos. Sus ojos se empañaron sin que pudiera evitarlo.

Y así la encontró Marie cuando entró en la alcoba, llevando en las manos un par de vestidos que le había arreglado.

—¿Qué sucede? —se preocupó la anciana.

Willow levantó los ojos del papel y miró a su querida nodriza. La mujer se había negado a abandonarla después de haberse reencontrado y, aunque le partió el corazón abandonar su hogar, donde había criado a sus tres niños MacGregor, siguió a su joven ama hasta su nueva casa. Puede que Willow no la necesitara tanto como antaño, pero estaba convencida de que cuando tuviera un bebé, su ayuda sería fundamental. Algo que, por cierto, estaba deseando que ocurriera.

—Nada, tranquila —contestó, limpiándose las lágrimas—. Son noticias de Meggernie, solo me he emocionado.

—Últimamente estás mucho más sensible, ¿verdad?

Willow la miró arqueando una de sus cejas morenas.

—¿Qué quieres decir?

—Que se te saltan las lágrimas por las cosas más tontas.

—Bueno, después de todo lo que ha pasado, creo que he cambiado.

La anciana se fijó en sus pechos, creyendo detectar algo más de volumen en esa zona. Esbozó una sonrisa complacida ante sus sospechas.

—Y aún tendrás que cambiar mucho más.

La joven movió la cabeza, sin comprender nada. Dobló de nuevo la carta de su padre y se levantó para ir en busca de su esposo.

—Tengo que encontrar a Ewan. Le avisaré de que Melyon y el resto de sus hombres regresarán pronto a casa, estará encantado de saberlo.

Marie la observó marchar y suspiró, satisfecha. El laird iba a estar mucho más encantado cuando se enterase de que Willow llevaba en su vientre a su futuro hijo, de eso estaba convencida...

Ewan se encontraba en la casa del padre Cameron, tan enfrascado en la conversación con el religioso, que no se percató de su llegada. Tenían sobre la mesa un montón de papeles que intentaron ocultar cuando ella hizo notar su presencia.

—¿Qué ocurre aquí?

Los dos hombres se pusieron de pie, nerviosos.

—Nada.

—¿Nada? Ewan, sé cuando me mientes. ¿Qué estás tramando?

—No es nada malo, hija —la tranquilizó el padre Cameron.

—¿Y por qué no puedo enterarme?

—No es que no puedas enterarte. A su debido tiempo lo sabrás.

—¿Ese es el sello del rey Bruce? —preguntó ella, sin atender a las palabras de Ewan.

Se dirigió a la mesa donde había visto el documento en cuestión y lo cogió antes de que los dos hombres pudieran detenerla. Leyó en voz alta:

—"Por la presente, acepto la invitación con sumo gusto. Es un honor para mí asistir a la unión de uno de mis mejores valedores con la hija del laird MacGregor. Ambas familias han demostrado ser merecedoras de todo mi agradecimiento y haré lo que esté en mi mano para corresponderos" —Willow levantó los ojos, confusa—. ¿Qué significa esto? ¿Una boda?

Ewan suspiró, derrotado por la insistencia de su esposa. Se acercó a ella y la tomó de las manos.

—Iba a ser una sorpresa, Will. Vamos a celebrar de nuevo nuestra unión, pero, esta vez, como la ocasión lo merece. Tu padre, Marie y todos los tuyos deben estar presentes en un día así. Esta vez, yo quiero bailar con la novia hasta que me duelan los pies, y no permanecer sentado en una silla viendo como los demás lo pasan bien. Esta vez, pequeño duende, tendrás una noche de bodas inolvidable...

—¡Ejem! —carraspeó el padre Cameron, al escuchar el último comentario de Ewan. No creía que fuera necesario oír según qué cosas, por más que el joven laird no tuviera reparo en pronunciarlas en voz alta.

—Entonces, todos esos papeles, ¿son invitaciones? —preguntó Willow, que notaba ya que los ojos se le humedecían. Marie tenía razón, lloraba por cualquier cosa.

—Son las respuestas a las invitaciones que envié nada más regresar a casa. El primero en contestar fue el rey Bruce, como has leído, encantado de aceptar. A pesar de todas sus obligaciones ahora que debe mantener lo que conseguimos en la batalla de Bannockburn, hará un hueco para estar con nosotros en ese día tan señalado.

—¡Oh, por San Mungo! —exclamó Willow, imitando a Maud—. El mismísimo Bruce aquí, en Innis Chonnel. Tengo muchas cosas que preparar entonces. El banquete, la fiesta... ¡mi vestido!

Se pasó las manos por el pelo, con gesto preocupado. El rey de Escocia iba a estar presente en su boda y ella no tenía el aspecto, ni de lejos, de la dama que había sido antes de conocer a los Campbell.

—Shh, tranquila —le susurró Ewan, acunando su rostro con las manos—. No te pongas nerviosa. Iba a ser una sorpresa, ¿recuerdas? Jane, Maud y Marie lo están preparando todo, incluso tu fabuloso vestido. Te puedo asegurar que serás la novia más hermosa que jamás haya visto un rey. No necesitas ningún adorno para que tu belleza brille con luz propia. A mí me cautivaste vestida con harapos y con la cara sucia, porque ningún disfraz puede ocultar a mis ojos lo increíble que eres. Da igual cuán larga sea tu melena o cómo vistas. Incluso aunque fueras desnuda al altar, serías la criatura más maravillosa del mundo y yo no podría amarte más de lo que ya te amo.

—¡Cielo Santo! —el padre Cameron se santiguó al escuchar aquella especie de blasfemia. Desnuda al altar... ¡qué ocurrencia!

Después de hacerse cruces en el pecho, salió corriendo de su propio hogar para dejar intimidad a la pareja, porque estaba claro que

413

al laird de los Campbell le traía sin cuidado que un religioso estuviera presente en el momento de demostrar a su esposa cuánta verdad había en sus palabras...

AGRADECIMIENTOS

Esta novela lleva bastante tiempo en mi cabeza y los que me conocen saben la guerra que he dado hasta verla publicada. Por eso, quiero dar las gracias a todos los que me han sufrido en el proceso, los que han aguantado mis dudas, mis miedos y mis ganas sin perder la sonrisa en ningún momento.

Quiero agradecer a las que han sido mis hadas madrinas durante la revisión y corrección de la novela, mis tres lectoras cero. A Elena Castillo Castro, porque siempre me prestas tu sonrisa y tu ilusión, porque me acompañas en las horas de incertidumbre y también en las alegrías, y porque me das los empujones que necesito cuando los necesito. A Laura Esparza, porque sabes mucho, porque siempre estás dispuesta a ayudar y a dar lo mejor de ti, por tus consejos y por tu gran generosidad. Eres increíble, Laura. Y a Eva Rodríguez, porque es un lujazo ser tu amiga desde hace tanto tiempo, porque eres meticulosa y concienzuda, porque te entregas con pasión y sinceridad a cada tarea que acometes. Gracias a las tres por vuestro apoyo, por vuestro tiempo y por ayudarme tanto con el acabado final de esta novela.

Gracias también a Ditar de Luna, Leticia, por ser la artífice de una de las escenas más importantes de la novela. Nunca olvidaré cómo la representaste con aquella almohada a la que bautizaste como Antonia, aunque yo he tenido que cambiarle el nombre por Thonia, ya que le pegaba más a un personaje de la Escocia del siglo XIV.

No puedo olvidarme de mis compañeras de letras: Irene Ferb, Mónica Maier y Mabel Díaz, que han compartido conmigo (y espero que sigamos compartiendo duante mucho tiempo más) risas, dudas, sueños, decepciones y logros. Chicas, qué suerte teneros, qué suerte haberos conocido.

417

Gracias a Alexia Jorques por esta maravilla de portada, ha sido un placer trabajar contigo y espero poder seguir haciéndolo en proyectos futuros.

Gracias a mi familia, por vuestro apoyo, por convencerme de que podía hacer esto sola y por confiar en que todo saldría bien. Teneros siempre a mi lado es mi mayor triunfo.

Y por supuesto, gracias a vosotros, lectores, que le habéis dado una oportunidad a la novela. Siempre lo digo, pero es que es verdad: sin vosotros, nada de esto tiene sentido. Gracias de corazón.

SOBRE LA AUTORA

No todos saben que Kate Danon no es mi nombre real, aunque se lo imaginan. El seudónimo lo creí necesario para diferenciar mi faceta de escritora de infantil y juvenil, de la escritora de romántica adulta, en cuyos trabajos pueden aparecer escenas más subiditas o escenas más oscuras... A día de hoy, Kate Danon ya es parte de mi personalidad y me siento muy a gusto escribiendo bajo ese nombre.

Mi pasión por la escritura nació siendo yo muy jovencita y se ha ido haciendo más grande con los años. Siempre soñé con poder publicar y logré alcanzar esa meta en el año 2009, cuando la editorial Hidra y la editorial Edebé, casi al mismo tiempo, decidieron que les gustaba mi forma de escribir y me dieron la oportunidad de publicar mis libros infantiles (La serie de libros *El diario de Luna Moon* y *Experimento Mythos*, respectivamente).

Poco después, en el año 2012, ediciones Kiwi confiaba también en mi trabajo y publicó mi bilogía de Los Guardianes: *Los Guardianes de la Espada* y *La Senda del Guardián*, todavía bajo mi nombre real: Victoria Rodríguez.

En 2013 llegó mi primera novela romántica adulta, también con ediciones Kiwi, titulada *Una Mágica Visión*. Es con esta novela cuando decido utilizar por primera vez seudónimo y, a partir de entonces, las sucesivas irían todas firmadas como Kate Danon.

Con este nuevo libro me adentro en un mundo hasta ahora desconocido para mí: el de la autopublicación. *La Joya de Meggernie* era un proyecto muy especial para mí y, tal vez por eso, he querido ser yo la que controlara todos los procesos y cada paso que se daba hasta conseguir verla publicada. He puesto todo mi cariño, mi empeño y mi ilusión para que el acabado final resulte, como mínimo, atractivo para vosotros, los lectores.

Si queréis saber más cosas acerca de mi trabajo, podéis visitar mi blog:

http://katedanon.blogspot.com.es/

Mandarme un email:

kate.danon@gmail.com

O seguirme en redes sociales: Facebook (Kate Danon), Twitter (@KateDanon) e Instagram (Kate_Danon)

.

Made in the USA
Coppell, TX
08 November 2022

85945320R00246